KB117272

셜록 홈스의 모험

셜록 홈스의 모험

The Adventures of Sherlock Holmes

아서 코넌 도일 단편집　오숙은 옮김

THE ADVENTURE OF SHERLOCK HOLMES
by ARTHUR CONAN DOYLE (1892)

이 책은 실로 꿰매어 제본하는 정통적인 사철 방식으로 만들어졌습니다.
사철 방식으로 제본된 책은 오랫동안 보관해도 손상되지 않습니다.

보헤미아 스캔들

그녀는 셜록 홈스에게 항상 〈그 여자〉였다. 그가 그녀를 다른 식으로 부르는 법은 거의 없었다. 홈스의 눈에 그녀는 어떤 여자보다 우월하고 빛났다. 그렇다고 홈스가 아이린 애들러에게 연정 비슷한 감정을 느꼈다는 얘기는 아니다. 홈스처럼 냉정하고 정확하면서도 감탄을 자아낼 만큼 균형 잡힌 정신의 소유자에게 감정이란, 특히나 연애 감정이란 혐오스러운 것이었다. 내 생각에 홈스는 기계처럼 완벽하게 추리하고 관찰하는 데 역사상 가장 뛰어난 인간이지만, 연인으로서는 서투르기 짝이 없는 사람이었다. 그가 비웃거나 조롱하지 않고 무언가 부드러운 정서를 드러낸 적은 한 번도 없었다. 관찰자로서는 그런 감정을 느끼는 것이 바람직한 일이다. 인간의 감춰진 동기와 행위를 드러내는 데 탁월한 도구가 되니까. 그러나 논리적으로 추론하는 데 훈련된 사람이 섬세하게 균형 잡힌 정신에 그런 감정이 끼어들 여지를 두면 정신을 흐트러뜨리는 요소가 침입해, 모든 정신적 결과물이 의심을 살 수도 있는 일이다. 홈스 같은 사람에게 강렬한 감정이란 예민한 악기에 모래알이 들어갔다거나 그가 사용하는 고배율 확대경에 실금이 가는 것 이상으로 큰 문제를 일으킬 터였다. 그렇다 하더라도 홈스에게는 한 명의 여자가 있었으니, 바로 수상쩍은 의문의 기억을 남긴 채 고인이 된 아이린 애들러였다.

전에 내가 『네 개의 서명』이라는 책에서 대강 소개했던 사건들이 잇달아 일어난 후로는 홈스를 거의 보지 못했다. 그가 예언한 대로, 내가 결혼하면서 우리 사이는 소원해졌다. 나는 더할 나위 없이 행복했으니, 난생처음 가장이 된 사람을 둘러싼 소소한 일상에 완전히 사로잡히고 말았다. 반면에 보헤미안 기질을 타고난 덕에 사교라면 질색하는 홈스는 베이커가에 있는 하숙집에 남아 고서적 더미에 파묻힌 채, 한 주는 코카인에 빠져 있다가도 다음 주는 야망을 불태우면서, 마약으로 몽롱한 상태와 예리한 본성이 뿜어내는 에너지 넘치는 상태 사이를 오가고 있었다. 그는 여전히 범죄 연구에 깊이 빠져서, 경찰이 가망 없다고 포기해 버린 사건들에서 끝까지 단서를 추적하고 사건을 해결하는 데 엄청난 능력과 남다른 관찰력을 뽐내고 있었다. 이따금 그의 활약상에 대한 소문이 어렴풋이 들려왔다. 트레포프 살인 사건으로 오데사에 불려 갔다느니, 스리랑카의 트링코말리에서 일어난 앳킨슨 형제의 기이하고 비극적인 사건을 밝혀냈다느니 하는 소문이 들려왔고, 네덜란드 왕가의 미묘한 사건을 맡아 매우 품위 있게 해결했다는 이야기도 들렸다. 그러나 일간지를 통해 입수한 이러한 활약상을 제외하면, 나의 옛 친구이자 동료의 근황에 대해 아는 바가 거의 없었다.

어느 날 밤, 정확히 말하면 1888년 3월 20일의 일이었다. 나는 왕진을 갔다가 돌아오는 길에 베이커가를 지나게 되었다(이때 나는 군에서 제대하고 개업한 상황이었다). 결혼 전 아내의 마음을 사려 애쓰던 내 모습이며, 『주홍색 연구』의 어두운 사건들이 떠오르는, 여전히 기억에 생생한 문을 지나려니 다시 홈스를 만나 이 친구가 남다른 재능을 어떻게 발휘하고 있는지 알고 싶어졌다. 홈스의 방은 환하게 불이 켜져 있었다. 내가 위를 쳐다보는 사이에도 키가 크고 호리호리한 그의 검은 그림자가 블라인드를 두 번 지나갔다. 그는 고개를 숙이고 뒷짐을 진 채 빠른 걸음으로 부지런히 방 안을 오락가락하고 있었다. 홈스의 기분과 생활 습관을 속속들이 알고 있었기에 그런 태도와 행동만 봐도 지금 그가 어떤 상태인지 충분히 알 만했다. 그는 다시 일에 뛰어든 것이다. 마약으로 몽롱한 상태에서 빠져나와, 무언가 새로운 문제의 냄새를 맡고 달아올라 있었다. 나는 초인종을 누른 뒤 왕년에 홈스와 내가 살았던 그 방에 모습을 드러냈다.

홈스는 무덤덤하게 나를 맞았다. 원래 호들갑을 떠는 일이 없는 친구니까. 하지만 나를 보니 반가운 눈치였다. 그는 말없이 다정한 눈으로 나를 바라보며 안락의자에 앉으라는 손짓을 했다. 이어 시가 상자를 던져 주고는 구석에 있는 술병 케이스와 탄산수 제조기를 가리켰다. 그러고는 난로 앞에 서서, 생각에 잠긴 특유의 표정으로 나를 쳐다보았다.

「결혼 생활이 잘 맞나 보군. 마지막으로 봤을 때보다 체중이 3.4킬로그램은 늘어난 것 같아.」 그가 말했다.

「3.1킬로그램이야.」 내가 대답했다.

「아, 그런가. 조금만 더 생각할 걸 그랬군. 아주 조금만 더. 그리고 자네 다시 개업한 모양이군. 다시 일할 거라는 말은 하지 않았잖아.」

「그건 어떻게 알았지?」

「척 보면 알지. 자네가 최근에 흠뻑 젖은 적이 있었고, 무디기 짝이 없고 칠칠치 못한 하녀를 두고 있다는 사실도 알고 있지. 자, 이걸 다 어떻게 알아냈을 것 같나?」

「홈스, 내가 어찌 알겠나. 자네는 몇백 년 전에 살았다면 보나 마나 마법사로 몰려서 화형을 당했을 거야. 맞아, 나는 지난 금요일에 시골길을 걸었고 꼴이 엉망이 돼서 집에 돌아왔다네. 하지만 옷을 갈아입었는데 어떻게 그걸 추리해 냈는지 상상이 가지 않는군. 하녀 메리 제인으로 말하자면, 도무지 구제불능이라 아내가 해고하기는 했지만, 이 역시 자네가 어떻게 알아냈는지 도무지 모르겠어.」

홈스는 껄껄 웃더니 긴 손을 성마르게 마주 비볐다.

「아주 간단해. 딱 보니 자네 왼쪽 구두 안쪽, 난로 불빛이 비치는 자리에 거의 평행하게 여섯 줄로 긁힌 자국이 있잖아. 말라붙은 진흙을 떼어 내려고 누군가 생각 없이 긁어 대다가 생긴 자국이지. 따라서 자네가 궂은 날씨에 외출했었고, 집에 주인 구두를 망치기 일쑤인 그악스러운 런던 하녀를 데리고 있음을 추론할 수 있지. 자네 일에 관해 말해 볼까. 요오드포름 냄새를 풍기며 내 방에 들어온 신사가 오른쪽 검지에 검은 질산은 자국을 묻힌 채로, 안에 청진기를 숨기느라 옆쪽이 불룩 튀어나온 실크해트를 들고 있는데,[1] 바보가 아닌 이상 그가 현역 의사라는 걸 모를 리 없지.」

홈스가 추리 과정을 설명하자 너무나 간단한 논리라 나는 크게 웃을 수밖에 없었다. 「막상 자네 설명을 들으면 정말 말도 안 될 만큼 간단해서 나도 쉽게 추리할 수 있을 것 같아. 하지만 설명을 듣기 전에는 매번 헷갈리고 당최 오리무중이란 말일세. 시력은 자네만큼이나 좋을 텐데 말이야.」

「그렇기는 하지.」 그가 담배에 불을 붙이면서 안락의자에 풀썩 앉았다. 「하지만 자네는 보기만 하지 관찰하지는 않잖아. 이 두 가지는 분명히 달라. 예를 들어, 자네는 현관에서 이 방으로 이어지는 계단을 수없이 보았을 거야.」

「그렇지.」

「몇 번이나 봤을까?」

「글쎄, 수백 번.」

「그럼 계단이 몇 개야?」

「몇 계단이냐고? 모르겠는데.」

「그것 봐. 자네는 관찰하지 않은 거야. 그냥 보기만 한 거라고. 그게 요점이야. 나는 계단이 열일곱 개라는 걸 알지. 눈으로 보면서 동시에 관찰했기 때문이야. 그런데 자네가 이런저런 사소한 문제에 관심이 있고, 내가 경험한 한두 가지 사

<hr>

1 원래 청진기는 한쪽 끝이 종 모양으로 된 약 16센티미터 길이의 나무관이나 고무관으로, 한쪽 귀에 대고 사용하는 것이었다. 당시 의사들은 청진기를 실크해트 안에 넣고 다니는 습관이 있었으므로 불룩해진 실크해트를 보고 의사를 알아보기는 쉬웠다. 이하 모든 주는 옮긴이의 주이다.

건을 능숙하게 기록한 적도 있으니까 흥미를 느낄 것 같아서 하는 말인데, 이걸 보게.」 그는 탁자에 펼쳐져 있던 두꺼운 분홍 편지지 한 장을 던져 주었다. 「조금 전에 배달된 거야. 소리 내어 읽어 보게.」

편지에는 날짜가 없었고, 서명이나 주소도 없었다.

오늘 밤 8시 15분에 아주 중대한 문제로 상담을 하기 위해 한 신사분이 귀하를 찾아갈 것입니다. 귀하가 최근 유럽의 한 왕실을 위해 봉사한바, 이루 말할 수 없이 중요한 일을 믿고 맡길 수 있는 분이라고 생각했습니다. 귀하에 대한 이런 평가는 각지에서 입수한 것입니다. 부디 그 시간에 댁에 계시길 바라며, 혹여 방문객이 복면을 쓰고 가더라도 나쁘게 생각지 마시기를 바랍니다.

「이상한 편지군. 이게 무슨 뜻인 것 같아?」 내가 물었다.
「아직 아무 정보가 없어. 정보도 없는데 가설을 세우는 거야말로 중대한 실수야. 그러면 사실에 부합하는 가설을 설정하는 대신 은연중에 가설에 맞춰 사실을 왜곡하게 되지. 우선은 편지 자체를 보자고. 자네는 무엇을 추리했나?」
나는 편지에 적힌 글씨와 편지지를 주의 깊게 살펴보았다.
「이 편지를 쓴 사람은 아주 부자일 거야.」 나는 내 친구의 추리 방식을 흉내 내려 애쓰며 말했다. 「이런 종이는 한 묶음에 하프 크라운은 넘을 것 같거든. 유난히 질기고 빳빳해.」
「유난하다. 바로 그거야.」 홈스가 맞장구를 쳤다. 「그 종이는 영국산이 아니야. 불빛에 비춰 봐.」

홈스가 시킨 대로 하자, 종잇장에 비침 무늬로 들어간 Eg, P, Gt라는 글자가 보였다.

「자네는 그게 뭐라고 생각하나?」홈스가 물었다.

「틀림없이 종이 제작자 이름이겠지. 아니면 머리글자 도안이거나.」

「천만의 말씀. 대문자 G와 소문자 t는〈게젤샤프트Gesell--schaft〉를 나타내지.〈회사〉를 뜻하는 독일어야. 영어의 회사Company를 줄여서〈Co.〉라고 하듯이 흔히 쓰는 표현이지. 물론 P는 종이를 뜻하는 Papier에서 따온 거고. 그럼 Eg가 남는데, 그건『대륙 지명 사전』을 찾아보자고.」그는 선반에서 표지가 갈색인 두꺼운 책 한 권을 꺼냈다.「에글로프, 에글로니츠, 여기 있군, 에그리아. 보헤미아에 있는 독일어권 지역이야. 카를스바트에서 멀지 않네.〈발렌슈타인이 살해된 현장으로 주목받았고, 유리 공장과 제지 공장이 많은 곳으로 유명하다.〉아하, 친구. 자, 이제 짐작 가는 게 있나?」그가 눈을 빛내더니 의기양양하게 푸른 담배 연기를 크게 내뿜었다.

「종이가 보헤미아산이라는 거.」내가 말했다.

「그렇지. 덧붙이자면 이 편지를 쓴 사람은 독일인이야. 문장의 독특한 구조를 눈여겨보게.〈귀하에 대한 이런 평가는 각지에서 입수한 것입니다.〉프랑스인이나 러시아인이라면 이렇게 쓰지는 않겠지. 그건 동사를 멋대가리 없이 사용하는 독일인이 쓴 거야. 그렇다면 이제 남은 것은 보헤미아산 종

보헤미아 스캔들 **15**

이에 편지를 쓰고, 얼굴을 보이기 싫어서 복면을 쓰는 이 독일인이 무엇을 원하는지 밝혀내는 것뿐이야. 내가 틀리지 않았다면, 모든 궁금증을 풀어 줄 사람이 지금 오는군.」

홈스가 이렇게 말하는 사이 급한 말발굽 소리와 도로 연석에 바퀴가 쏠리는 소리가 들리더니, 거칠게 줄을 잡아당겨 울려 대는 초인종 소리가 들렸다. 홈스가 휘파람을 불었다.

「소리를 들으니 말 두 마리가 끄는 마차로군.」 그가 말했다. 「그렇지.」 홈스가 흘긋 창밖을 내다보며 말을 이었다. 「근사한 소형 브루엄 마차[2]에 멋진 말 두 필. 한 마리당 150기니는 나가겠군. 왓슨, 다른 건 몰라도 이 사건은 큰돈이 되겠는걸.」

「난 이만 가보는 게 좋겠어, 홈스.」

「무슨 소리야, 의사 선생. 가만 앉아 있어. 나의 보즈웰[3]이 없으면 이 홈스는 어쩌란 말인가. 장담컨대 이 사건은 정말 재미있을 거야. 놓치면 정말 아쉬울 거라니까.」

「하지만 자네 의뢰인이…….」

「신경 쓰지 말게. 나한테 자네 도움이 필요할 수도 있고, 의뢰인 역시 마찬가지일지 모르잖아. 올라오시는군. 의사 선생, 거기 안락의자에 앉아서 열심히 지켜보게나.」

느리고 육중한 걸음 소리가 계단과 통로를 울리는가 싶더니, 문 앞에서 멈추었다. 이윽고 권위가 실린 요란한 노크 소

---

2 말 한두 마리가 끄는 바퀴 넷 달린 유개 마차. 2인 이상이 탈 수 있다.

3 새뮤얼 존슨의 유명한 전기를 집필한 제임스 보즈웰James Boswell (1740~1795)을 가리킨다. 왓슨에 대한 찬사로 쓰인 말이다.

리가 들렸다.

「들어오시오!」 홈스가 말했다.

아무리 적게 잡아도 키가 198센티미터는 되고 가슴과 팔다리가 헤라클레스 같은 남자가 들어왔다. 호화로운 옷차림이 부티가 났지만, 영국에서는 취향이 형편없다는 소리를 들을 만했다. 양쪽 소맷단과 더블 버튼 코트 앞자락에는 두툼한 아스트라한 모피가, 어깨에서 뒤로 늘어뜨린 진청색 망토에는 타는 듯한 빨간색 실크 안감이 대어져 있었는데, 이 망토는 녹주석 브로치에 고정되어 있었다. 정강이까지 올라오는 기다란 부츠는 풍성한 갈색 모피로 테두리가 장식되어, 이 남자의 외모 전반에서 풍기는 야만스럽고 현란한 인상을 완성해 주고 있었다. 남자는 한 손에 챙이 넓은 모자를 들었고, 얼굴 윗부분에는 광대까지 내려오는 검은색 바이저 복면[4]을 쓰고 있었다. 방에 들어오는 순간 복면 매무새를 가다듬었는지, 한 손을 여전히 들고 있었다. 하관을 보니, 두툼하고 두드러진 입술과 과단성이 지나쳐 고집스러워 보이는 길고 곧은 턱이 강인한 성격의 소유자임을 말해 주고 있었다.

「편지 받으셨소?」 사내가 걸걸하고 굵은 목소리에 강한 독일어 억양으로 다짜고짜 물었다. 「찾아뵙겠다고 연락드렸소만.」 그가 누구한테 말해야 할지 모르겠다는 듯 우리를 차례로 쳐다보았다.

「우선 앉으시지요.」 홈스가 말했다. 「여기는 제 친구이자 동료인 의사 왓슨입니다. 이따금 훌륭한 실력을 발휘해서 사

---

4 눈 주변만 가리게 되어 있는 복면.

건 해결에 도움을 주지요. 존함을 여쭤봐도 되겠습니까?」

「폰 크람 백작이라고 불러 주시오. 보헤미아 귀족이오. 선생의 친구인 이 신사분 역시 지극히 중요한 문제를 털어놓아도 될 만큼 신의와 분별이 있는 분이겠지요. 만약 그렇지 않다면 독대를 청해야겠소이다.」

나는 일어서려고 했지만, 홈스가 내 손목을 잡고 도로 의자에 앉혔다. 「저는 이 친구와 꼭 함께 있어야 합니다.」 홈스가 말했다. 「저한테 하실 수 있는 말씀이면 무엇이든 이 친구 앞에서 하셔도 됩니다.」

백작은 넓은 어깨를 으쓱해 보였다. 「그렇다면 시작하지요. 대신, 두 분 모두 2년 동안은 절대 비밀을 지켜야만 하오. 2년이 지나면 세상에 알려져도 아무런 문제가 없소만, 현재로선 너무나 막중한 일이라 유럽 역사를 좌우할 수 있다고 해도 지나치지 않을 거요.」

「약속합니다.」 홈스가 대답했다.

「저도 약속합니다.」

「이 복면은 양해해 주시오.」 이상한 손님은 말을 이어 갔다. 「나를 보내신 존엄한 분께서 이 대리인의 정체가 알려지는 걸 원치 않기 때문이오. 그리고 사실 방금 말한 이름은 실명이 아니오.」

「알고 있었습니다.」 홈스가 무뚝뚝하게 말했다.

「정말 미묘한 상황이오. 자칫 이 일이 엄청난 스캔들로 번지기라도 하면 유럽의 한 왕실이 심각한 타격을 입을 수도 있으니 수습에 만전을 기해야 하오. 단도직입적으로 말해서

이 일은 보헤미아의 세습 왕가인 위대한 오름슈타인 가문과 관련되어 있소.」

「그것도 알고 있었습니다.」 안락의자에 앉은 홈스가 중얼거리며 눈을 감았다.

홈스가 유럽에서 가장 예리하게 사건을 추리하고 누구보다 정력적인 탐정이라고 소개받았을 우리의 방문객은 나른하게 축 늘어진 홈스의 모습을 적잖이 놀란 눈으로 바라보았다. 홈스는 천천히 눈을 뜨고는 답답하다는 듯이 거구의 손님을 바라보았다.

「전하께서 허심탄회하게 설명해 주시면 더 나은 조언을 해드릴 수 있을 겁니다.」 홈스가 말했다.

남자는 벌떡 일어서더니 안절부절못하고 방 안을 오락가락했다. 그러더니 이내 에라 모르겠다는 듯이 거칠게 복면을 벗어 바닥에 내동댕이쳤다. 「맞소, 내가 바로 그 왕이오. 내가 왜 그걸 숨겨야 하지?」

「지당하신 말씀입니다.」 홈스가 중얼거렸다. 「저는 아까 뵙자마자 전하가 카셀펠슈타인 대공이자 보헤미아의 세습 왕 빌헬름 고츠라이히 지기스몬트 폰 오름슈타인이시라는 사실을 알고 있었습니다.」

「선생은 이해하실 거요.」 우리의 낯선 방문객은 다시 자리에 앉으며 한 손으로 넓고 하얀 이마를 쓸며 말했다. 「내가 직접 나서서 이런 일을 하는 게 익숙하지 않다는 것을. 하지만 사안이 너무나 민감해서 대리인에게 다 털어놓을 경우 외려 약점을 잡혀 꼼짝 못 할 수도 있지요. 그래서 선생에게 자문하려고 신분을 숨긴 채로 프라하에서 여기까지 왔소.」

「그렇다면 어서 자문을 하시지요.」홈스가 다시 눈을 감으며 말했다.

「사실을 간단히 말하면 이렇소. 5년 전쯤 바르샤바에 가서 한동안 지내다가 아이린 애들러라는 유명한 여성 모험가를 알게 되었소. 두 분도 잘 아는 이름일 터.」

「내 자료철에서 그 이름 좀 찾아봐 주게, 의사 선생.」홈스가 눈을 감은 채 중얼거렸다. 홈스는 여러 해 전부터 사람과 사물에 관련된 온갖 기사를 체계적으로 정리해 두었기 때문에, 어떤 주제나 사람이건 어렵지 않게 정보를 찾아낼 수 있었다. 이때도 나는 어느 히브리 랍비와, 심해어류에 관한 논문을 쓴 한 중령의 약력 사이에서 아이린 애들러의 약력을 찾아냈다.

「어디 봅시다.」홈스가 말했다. 「흠! 1858년 뉴저지 출생이라, 흠! 콘트랄토, 흠! 라스칼라 극장, 흠! 바르샤바 황실 오페라단 프리마돈나, 그렇군! 오페라 무대에서 은퇴, 하! 런던 거주, 그렇군! 전하, 제가 이해하기로 전하께서는 이 젊은 여성과 얽혀 위신이 깎일 만한 편지를 몇 차례 보냈는데, 지금은 편지들을 돌려받고자 하시는 거겠지요.」

「바로 그렇소. 그런데 어떻게…….」

「비밀 결혼이라도 하셨습니까?」

「아니요.」

「법적 서류나 증명서는?」

「써주지 않았소.」

「그렇다면 전하께서 걱정하시는 이유를 모르겠습니다. 이 젊은 여인이 공갈 협박이나 다른 목적으로 편지를 이용하려 한다 해도, 편지가 진짜라는 걸 어떻게 증명하겠습니까?」

「필체를 보면 알지 않겠소.」

「흐흠! 위조하면 됩니다.」

「그 편지지는 내 전용이오.」

「훔친 거겠죠.」

「내 인장.」

「모방한 거고요.」

「내 사진.」

「샀겠죠.」

「둘이 같이 찍은 사진이오.」

「아, 이런! 이것 참 고약하군요! 전하께서 정말 경솔한 행동을 하셨습니다.」

「내가 미쳤었지. 제정신이 아니었소.」

「심각한 위험을 자초하셨습니다.」

「당시 나는 왕세자에 지나지 않았소. 한창때였고. 지금 내 나이 서른이니.」

「사진을 반드시 되찾아야 합니다.」

「애써 보았지만 실패했소.」

「대가를 지불하셔야죠. 사야 할 겁니다.」

「팔려고 하지 않을 거요.」

「그럼 훔쳐야죠.」

「다섯 번이나 시도했소. 두 번은 도둑을 시켜서 여자의 집을 샅샅이 뒤졌고, 한 번은 여행 중일 때 짐을 탈탈 털었소. 두 번은 노상에서 습격하기도 했고. 하지만 아무 소용이 없었소.」

「사진은 흔적도 없었습니까?」

「전혀.」

홈스는 웃었다. 「꽤 골치 아프게 됐군요.」

「나한테는 아주 심각한 문제요.」 왕이 꾸짖듯 대답했다.

「정말 그렇겠습니다. 그녀는 대체 사진으로 무엇을 할 속셈일까요?」

「나를 파멸시키려 하겠지.」

「하지만 어떻게?」

「나는 혼사를 앞두고 있소.」

「소문은 들었습니다.」

「상대는 스칸디나비아 국왕의 둘째 공주인 클로틸데 로트만 폰 작센메닝겐이오. 선생 역시 스칸디나비아 왕실의 엄격한 가풍은 들어서 알 것이오. 게다가 공주는 아주 예민한 여성이라오. 내 품행에서 티끌만 한 의혹만 발견되더라도 혼담은 깨지고 말겠지.」

「그런데 아이린 애들러는 어쩌겠다는 겁니까?」

「그쪽 왕실에 사진을 보내겠다고 협박하고 있소. 얼마든지 그러고도 남을 여자요. 선생들은 아이린을 모르겠지만, 심성이 강철 같은 여자요. 가장 아름다운 여인의 얼굴을 하고서 가장 단호한 남자의 정신을 지니고 있지. 내가 다른 여자와 결혼하는 꼴을 보느니 무슨 짓이든 저지를 것이오. 무슨 짓이든.」

「그녀가 아직 사진을 보내지 않았다는 것을 전하께서는 확신하십니까?」

「틀림없소.」

「그렇게 보시는 이유는요?」

「약혼을 공식 발표하는 날에 사진을 보내겠다고 했기 때문이오. 바로 다음 주 월요일이오.」

「아, 그렇다면 사흘이 남았군요.」 홈스가 하품을 하며 말했다. 「정말 다행입니다. 당장 중요한 한두 가지 문제를 살펴볼 시간은 있군요. 전하께서는 물론 당분간 런던에 머무르시겠지요?」

「물론이오. 랭엄 호텔에 폰 크람 백작이라는 이름으로 묵고 있소.」

「그렇다면 일이 진척되는 상황을 전보로 알려 드리겠습니다.」

「부디 그렇게 해주시오. 나는 근심으로 잠을 이루지 못하고 있소.」

「그럼, 보수는?」

「백지 수표를 주겠소.」

「정말입니까?」

「그 사진만 되찾을 수 있다면 내 왕국의 한 주라도 기꺼이 떼어 줄 수 있소.」

「당장 필요한 비용은?」

왕은 외투 안에서 묵직해 보이는 사슴 가죽으로 된 주머니를 꺼내 탁자에 내려놓았다.

「금화 3백 파운드하고 지폐 7백 파운드가 들어 있소.」

홈스는 공책 한 장을 찢어 영수증을 휘갈겨 쓰고는 왕에게 건넸다.

「그런데 숙녀분의 주소는요?」 그가 물었다.

「세인트존스우드, 서펀타인 대로, 브라이어니 로지요.」

홈스가 주소를 받아 적었다. 「한 가지만 더 여쭙겠습니다. 그게 캐비닛 판형 사진[5]인가요?」

「그렇소.」

「그럼, 안녕히 가십시오, 전하. 조만간 좋은 소식 전해 드릴 수 있을 겁니다. 왓슨, 자네도 잘 가게.」 왕이 탄 브루엄 마차 바퀴가 거리를 굴러가기 시작하자, 홈스는 이렇게 덧붙였다. 「괜찮다면 내일 오후 3시에 들러 주게. 이 작은 문제를 두고 수다나 좀 떨었으면 하니까.」

정확히 오후 3시에 나는 베이커가에 갔지만, 홈스는 집에 없었다. 하숙집 여주인의 말로는 아침 8시가 조금 지나 집을 나갔다고 했다. 나는 그의 외출이 얼마나 길어지든 기다릴 생각으로 벽난로 앞에 앉았다. 벌써 홈스의 수사에 큰 흥미를 느끼고 있었다. 앞서 다른 지면에 기록했던 두 건의 범죄 사건 같은 으스스하고 이상한 분위기는 전혀 없었지만, 그래도 사건의 성격이나 의뢰인의 높은 신분이 나름 독특한 맛을

5 14×10센티미터 크기의 사진으로, 보통 16.5×10.8센티미터 크기의 바탕지에 붙어 있다.

풍기고 있었다. 사실 홈스가 맡은 사건의 성격이야 어떻든 간에, 그가 상황을 꿰뚫어 보고 예리하게 추리하는 과정 자체가 매우 흥미로웠다. 나로선 그의 작업 방식을 연구하고, 지극히 복잡하게 뒤엉킨 수수께끼를 풀어내는 기민하고 절묘한 방식을 쫓아가는 것이 즐거웠다. 나는 홈스의 한결같은 성공에 너무 익숙해져 있었으므로, 그가 혹여라도 사건 해결에 실패할 가능성은 꿈에도 생각하지 않게 된 지 오래였다.

거의 4시가 다 되어 문이 열리더니, 술 취한 마부 한 명이 방으로 들어왔다. 불콰한 얼굴에 텁수룩한 머리와 구레나룻, 꼴사나운 옷차림을 하고 있었다. 내 친구의 기가 막힌 변장술에는 익숙해져 있었지만, 상대가 홈스임을 확신하게 되기까지 세 번을 거듭 뜯어봐야 했다. 그는 고개를 한 번 까딱해 보이고 침실로 들어가더니, 5분 후 예전과 같이 트위드 정장 차림의 점잖은 신사의 모습으로 나타났다. 그는 양손을 주머니에 넣고 난롯불 앞 의자에 앉아 두 다리를 쭉 뻗고는 한동안 껄껄 웃었다.

「와, 참 나!」 그는 한마디 하더니 숨넘어가게 웃었고, 다시 웃어 대다가 끝내는 기운이 빠져서 뒤로 기대어 늘어져 버렸다.

「무슨 일이야?」

「너무 웃겨서 그래. 내가 오전에 뭘 했고 어떤 짓을 하다 돌아왔는지 짐작도 못 할걸.」

「모르겠군. 아이린 애들러 양의 습관 따위를 염두에 두고 그 여자 집을 지켜보고 있었겠지.」

「맞아. 그런데 예상치 못한 일이 벌어졌어. 어쨌든 말해 주지. 오늘 아침 8시가 좀 넘어서, 일자리를 잃은 마부처럼 꾸미고 집을 나섰네. 마부들끼리는 서로 잘 통하는 데다 남들은 모르는 끈끈한 우애가 있거든. 일단 마부가 되면 서로에게 비밀이 없어. 나는 곧 브라이어니 로지를 찾아냈네. 아담하고 우아한 집이었지. 뒤뜰이 있고 앞쪽은 곧장 도로에 면한 2층집이야. 문에는 처브 자물쇠[6]가 채워져 있었지. 오른쪽의 커다란 거실에는 가구가 잘 갖춰져 있었고, 거의 바닥까지 내려오는 커다란 창이 있었는데, 그 영국식 창의 터무니없는 잠금쇠는 어린아이라도 열 수 있겠더군. 집 뒤쪽은 별다른 게 없었어. 다만 복도 창문은 마차 곳간 지붕에서 넘어갈 수 있겠더라고. 건물 주변을 돌며 이모저모 꼼꼼히 살폈지만, 별달리 흥미로운 구석은 없었어.

그 후 어슬렁거리며 길을 내려갔는데, 예상했던 대로 정원과 담을 맞대고 있는 마구간이 골목길에 있었네. 나는 말을 솔질하는 마부들을 도와주고 2펜스와 하프 앤드 하프[7] 한 잔, 섀그 담배[8] 두 대를 받았고, 애들러 양에 관해서도 원하는 만큼 정보를 얻었지. 알고 싶지도 않은 나머지 대여섯 명의 이웃 사람들 일대기도 덤으로 들어야 했지만 말이야.」

「아이린 애들러의 어떤 정보?」 내가 물었다.

「아, 그 여자가 동네 모든 남자의 마음을 사로잡았더라고.

6 처브 앤드 선스(1818년 창립)에서 만든 자물쇠. 처브와 아들은 〈풀 수 없는 자물쇠〉를 발명했다고 광고했다.
7 두 가지 종류의 술을 섞어 만드는 혼합주.
8 담뱃잎을 아주 가늘게 썬 담배로, 보통 질 나쁜 연초로 만들어서 독하다.

그녀가 이 지구상에서 보닛을 쓴 존재 중에 가장 우아하다나. 서펀타인 마구간 마부들은 남자들한테 다 그렇게 말한다더군. 그녀는 조용히 살면서 가끔 음악회에 출연해서 노래하는데, 매일 오후 5시에 마차를 타고 나갔다가 정확히 7시에 들어와 저녁 식사를 한다고 하네. 무대에 설 때를 제외하면 거의 나가지 않고. 찾아오는 사람은 남자 한 명뿐인데, 꽤 자주 온다는군. 검은 머리에 잘생겼고, 풍채가 좋지. 하루에 한 번은 오는데, 두 번 찾아올 때도 종종 있다더군. 고드프리 노턴이라는 자인데, 이너 템플 법학원 소속이라고 했지. 자네도 알다시피 마부는 편안한 말벗이라는 이점이 있지. 마부들은 노턴을 서펀타인 마구간에서 집까지 열댓 번은 태웠으니, 그에 관해 모르는 게 없었어. 들을 만한 이야기를 다 들은 후에 나는 다시 한번 브라이어니 로지 부근을 오락가락하면서 작전을 짜기 시작했네.

고드프리 노턴이라는 이 남자는 분명 이 사건에서 중요한 요소야. 그는 변호사지. 그게 찜찜하단 말이야. 그들은 무슨 관계일까, 그가 자꾸 찾아오는 목적은 뭘까? 여자는 그의 의뢰인일까, 친구일까, 아니면 정부? 만약 의뢰인이라면 사진을 그에게 맡겼을 거야. 정부라면 사진을 맡겼을 가능성은 적지. 답이 무엇이냐에 따라 내가 계속 브라이어니 로지를 주목해야 할지, 아니면 법학원 안에 있는 남자의 사무실을 살펴봐야 할지 달라지지. 그게 미묘한 문제라서 덕분에 조사 범위도 넓어졌지 뭐야. 이런 시시콜콜한 이야기를 늘어놓아 자네를 지루하게 만들고 있는지도 모르지만, 자네가 상황을 이해하고 싶다면 이런 사소한 문제들을 알아 두어야 하네.」

「똑바로 잘 듣고 있네.」 내가 대답했다.

「머릿속에서 이 문제를 계속 저울질하고 있을 때, 멋진 마차 한 대가 브라이어니 로지로 다가오더니 한 신사가 뛰어내리더군. 눈에 띄게 잘생긴 얼굴, 검은 머리, 매부리코에 콧수염. 마부들이 얘기하던 남자가 분명했는데, 굉장히 서두르는 것 같았어. 마부에게 기다리라고 소리치고는 마치 제집에 온 사람처럼, 문을 열어 준 하녀를 스치듯 지나치더군.

그는 30분 정도 머물렀는데, 그가 방 안을 오락가락하면서 두 팔을 흔들며 흥분해서 떠드는 모습이 거실 창으로 얼핏 보였어. 여자 모습은 전혀 보이지 않았고. 이윽고 노턴이 나왔는데, 아까보다도 더 허둥대는 거야. 그렇게 마차에 올라 주머니에서 금시계를 꺼내 심각한 표정으로 바라보더니 소리치더군. 〈전속력으로 갑시다. 우선은 리젠트가에 있는 그로스 앤드 행키 보석상에 갔다가, 에지웨어로의 세인트모니카 교회로 가주시오. 20분 안에 가면 하프 기니를 주겠소.〉

노턴 씨의 마차가 떠난 후 따라갈까 말까 고민하고 있을 때, 골목 위쪽에서 아담한 소형 랜도 마차[9] 한 대가 다가왔지. 마부가 얼마나 서둘렀는지 외투 단추를 반밖에 못 채우고, 타이는 한쪽 귀밑에 걸치고, 멜빵 끝 쇠붙이를 버클에 제대로 채우지도 못했더군. 마차가 채 멈추기도 전에 그 여자가 현관문에서 쏜살같이 튀어나와 올라탔지. 여자의 얼굴을 언

9 2인승의 바퀴 넷 달린 유개 마차로, 지붕이 나뉘어 있어 반만 열 수도 있고 전부 열 수도 있다.

뜻 봤다네. 실로 남자가 목숨을 걸 만한 사랑스러운 여자 였어.

〈존, 세인트모니카 교회로. 20분 안에 도착하면 하프 소버린[10]을 줄게요.〉 그녀가 소리쳤어.

왓슨, 그건 놓칠 수 없는 기회였어. 랜도 마차를 따라 달릴 지, 아니면 마차 꽁무니에 매달려 갈지 고민하는데, 마침 마차 한 대가 나타났지. 마부는 남루한 내 꼬락서니를 두 번이나 힐끔거렸지만 나는 퇴짜를 놓기 전에 얼른 올라탔어. 〈세인트모니카 교회로. 20분 안에 도착하면 하프 소버린을 주겠소.〉 그때가 11시 35분이었지.[11] 틀림없이 무슨 일이 벌어지고 있었어.

마차는 쏜살같이 내달렸다네. 내 생전 그처럼 빠른 마차는 처음이었지만, 앞서간 두 마차를 따라잡지는 못했지. 내가 도착했을 때는 모락모락 김이 나는 말들과 함께 마차 두 대가 교회 문 앞에 서 있더군. 나는 마차 삯을 내고 성당 안으로 달려 들어갔어. 안에는 내가 뒤쫓던 두 사람과 하얀 예복을 입은 사제뿐이었는데, 사제가 두 사람을 타이르는 것 같았네. 세 사람 모두 제단 앞에 모여 서 있었지. 나는 한가롭게 교회에 들른 사람처럼 어슬렁거리며 옆쪽 통로를 걸어갔어. 그런데 돌연 제단에 있던 세 사람이 나를 돌아보았고, 노턴이 나를 향해 부리나케 달려오지 않겠나.

10 10실링의 가치가 있는 금화.
11 코넌 도일이 결혼하던 1885년 당시에는 결혼식을 정오 이전에 올리도록 법으로 정해져 있었다.

〈하느님 감사합니다! 당신이면 되겠네요. 이쪽으로! 어서!〉 그가 소리쳤어.

〈무슨 일이오?〉 내가 물었지.

〈어서요. 3분밖에 안 남았어요. 시간이 지나면 법적 효력이 사라집니다.〉

나는 끌려가다시피 제단으로 향했고, 엉겁결에 내 귀에 들리는 속삭임을 따라 중얼거리며 증인 노릇을 했다네. 신부 아이린 애들러와 신랑 고드프리 노턴의 결혼식을 돕고 있었던 거야. 모든 일이 순식간에 벌어졌어. 한쪽에는 나한테 고맙다고 말하는 신랑이, 다른 한쪽에는 신부가 있었고, 내 앞에서는 사제가 나를 보고 환히 웃고 있었어. 지금까지 살면서 그렇게 황당한 일은 처음이었네. 아까는 그 생각을 하다가 웃음보가 터져 버린 거지. 약식으로 치르는 결혼식인지, 사제는 한사코 증인이 없으면 결혼시킬 수 없다고 거절했을 거야. 마침 내가 나타난 덕에 신랑은 들러리를 찾아 거리로 나서는 수고를 덜게 된 거지. 신부가 내게 1소버린을 주었는데, 기념으로 시곗줄에 그 금화를 달고 다닐 생각이네.」

「일이 정말 예상하지 못한 방향으로 흘러가는군. 그다음엔 어떻게 됐나?」

「자칫하면 내 계획에 막대한 차질이 생기겠구나 싶더군. 두 사람은 당장이라도 떠날 것처럼 보였기 때문에 아주 신속하고 강력한 조치를 취해야 하는 상황이었지. 그런데 두 사람은 교회 문 앞에서 헤어지더니 남자는 법학원으로, 여자는 집으로 돌아가는 거야. 〈평소와 똑같이 5시에 공원으로 나갈

게요.〉여자가 떠날 때 남자에게 말했는데, 그다음 말은 듣지 못했어. 그들은 서로 다른 방향으로 마차를 타고 떠났고, 나는 준비하러 자리를 떴어.」

「무슨 준비?」

「차가운 쇠고기 약간과 맥주 한잔이지.」그가 대답하며 벨을 울렸다. 「너무 바빠서 식사할 생각도 못 했거든. 게다가 오늘 저녁은 더 바쁠 것 같아서 말일세. 그런데 왓슨, 자네가 도와주었으면 해.」

「얼마든지.」

「법을 어기는 일도 괜찮겠나?」

「괜찮고말고.」

「체포될지도 몰라.」

「명분만 괜찮다면.」

「아, 명분이야 훌륭하지!」

「그럼 괜찮아.」

「그럼 자네를 믿어도 되겠구먼.」

「대체 뭘 부탁하려고?」

「터너 부인[12]이 음식을 가져왔으니 확실히 알려 주겠네.」홈스는 그렇게 말하면서 하숙집 여주인이 가져다준 간소한 음식을 허겁지겁 먹기 시작했다. 「시간이 없어서 먹으면서 말해야겠어. 벌써 5시가 다 되어 가네. 우리는 두 시간 내로 현장에 가 있어야 해. 아이린 양, 아니 부인이라고 해야겠지.

12 원문에는 터너 부인이라고 되어 있지만 〈허드슨 부인〉이라고 해야 할 것이다.

그녀가 7시면 외출에서 돌아오니까. 브라이어니 로지에 가서 그녀를 만나야 해.」

「그다음엔?」

「나한테 맡겨. 다음 일은 이미 계획을 세워 두었으니까. 내가 강조하는 것은 딱 하나. 무슨 일이 있어도 자네는 끼어들어선 안 되네. 알았지?」

「가만히 있으라고?」

「무슨 일이 생겨도 아무것도 하지 마. 약간 불쾌한 소동이 생길지도 몰라. 그래도 절대 끼어들지 마. 막판에 나는 집 안으로 실려 가게 될 거야. 그리고 4~5분이 지나 거실 창문이 열릴 테고. 자네는 열린 창 가까이서 대기해 주게.」

「알았네.」

「거기선 내가 보일 테니까 나를 지켜보고.」

「그러지.」

「그리고 내가 이렇게 손을 들면, 내가 준 물건을 방 안으로 던지게. 그러면서 불이 났다고 외치는 거야. 잘 알아들었지?」

「알았네.」

「별로 위험한 물건은 아니야.」 홈스가 말하면서 기다란 시가처럼 생긴 두루마리를 주머니에서 꺼냈다. 「배관공이 쓰는 평범한 스모크 로켓[13]이네. 저절로 불이 붙게끔 양쪽 끝에 뇌관이 있어. 자네 할 일은 그게 전부야. 불이 났다고 외치면 사람들이 달려오겠지. 그러면 자네는 길모퉁이에 가 있게. 나는 10분 후에 합류할 거야. 내가 제대로 설명했나 모르겠군.」

13 파이프가 새는 곳을 알아보기 위해 배관공이 사용하는 연기 발생 장치.

「가만히 있다가 창문 가까이에 서서 자네를 지켜본다. 자네가 신호하면 창을 통해 이걸 안으로 던지고, 불이 났다고 소리친다. 그런 다음 거리 모퉁이에 가서 자네를 기다린다.」

「정확해.」

「그럼 전적으로 날 믿게.」

「좋았어. 이제 새 역할을 준비할 시간이 된 것 같군.」

그는 침실에 들어가더니 몇 분 후 다정하고 소박한 비국교도 목사의 모습을 하고 나왔다. 챙 넓은 검정 모자와 헐렁한 바지, 흰색 타이, 자애로운 미소, 인자한 호기심으로 사람을 응시하는 듯한 태도는 배우 존 헤어[14] 정도는 되어야 흉내 낼 수 있을 터였다. 홈스는 단지 옷가지만 바꿔 입은 게 아니었다. 자신이 맡은 역할에 따라 표정, 행동거지는 물론이고 영혼까지 달라지는 것 같았다. 그가 범죄 전문가가 되기로 했을 때, 과학계는 예리한 연구자를, 연극계는 좋은 배우를 잃어버린 셈이다.

우리가 베이커가를 떠난 시간이 6시 15분이었고, 서펀타인 대로에 도착했을 때는 아직 7시를 10분 남겨 두고 있었다. 날은 이미 어둑어둑해져서, 우리가 브라이어니 로지 앞을 서성거리며 집주인이 돌아오기를 기다리는 사이 가로등에 하나둘 불이 들어왔다. 집은 홈스의 간결한 설명을 듣고 상상한 대로였지만, 동네는 예상과 달리 조용한 편이 아니었다. 오히려 조용한 동네의 작은 거리치고는 제법 북적거렸다. 한

14 John Hare(1844~1921). 당대 최고라 불렸던 성격파 배우로, 1907년 기사 작위를 받았다.

구석에서는 허름한 옷차림의 남자들이 모여 담배를 피우며 웃고 있었고, 숫돌바퀴를 돌리며 가위를 가는 사람 한 명, 아이 보는 소녀 한 명, 시시덕거리는 위병 두 명, 그리고 말쑥한 차림에 시가를 문 채 어슬렁거리는 청년들도 여럿 있었다.

집 앞을 서성거리며 홈스가 말했다. 「그런데 이 결혼 덕분에 일이 좀 간단해졌어. 그 사진은 지금 양날의 칼이 되어 버린 거야. 아이린 부인은 사진을 노턴에게 보여 주고 싶지 않을 거야. 우리 의뢰인이 스칸디나비아 공주가 사진을 보게 되지는 않을까 노심초사하는 것처럼 말이야. 그렇다면 이제 문제는 이거야. 사진을 어디서 찾느냐.」

「글쎄, 어디 있을까?」

「여자가 사진을 지니고 다닐 가능성은 거의 없어. 캐비닛 판형이니까. 너무 커서 여자들 드레스에 감추기는 힘들지. 게다가 왕이 그녀를 불러 세워 몸수색을 시킬 수 있다는 것도 알고 있어. 벌써 두 번이나 당했잖아. 그러니 사진을 가지고 다니지는 않는다고 봐도 무방하지.」

「그럼 어디 두었을까?」

「은행이나 변호사 사무실. 둘 다 가능성이 있지. 하지만 왠지 둘 다 아닐 것 같아. 여자들은 천성적으로 비밀스럽고, 비밀을 혼자서 간직하기를 좋아하잖아. 왜 사진을 다른 사람에게 맡기겠어? 자기 후견인은 믿을 만하겠지만, 그가 사업하는 사람이라면 감당하기 힘든 간접적이거나 정치적인 압력을 받을지도 모를 일이지. 게다가 여자가 며칠 내로 사진을 이용하기로 결심했다는 사실을 잊지 말게. 사진은 틀림없이 손 닿는 데 두었을 거야. 바로 자기 집 안에 있을 거란 얘기지.」

「하지만 도둑이 두 번이나 털었잖아.」

「흐음! 찾는 방법을 몰랐던 거지.」

「자네는 어떻게 찾을 셈인가?」

「내가 직접 나서진 않을 거야.」

「그럼?」

「여자가 손수 보여 주게 만들 생각이네.」

「하지만 그렇게 하려 들지 않을 텐데.」

「어쩔 수 없을걸. 그런데 마차 바퀴 소리가 들리는군. 그 여자 마차야. 이제 내가 시킨 그대로 해주게.」

홈스가 말하는 순간, 마차에 달린 차폭등 불빛이 대로의 모퉁이를 돌아왔다. 작고 날렵한 랜도 마차가 브라이어니 로지 문을 향해 딸각거리며 달려오고 있었다. 마차가 멈추자, 구석에서 빈둥거리던 남자들 가운데 한 명이 문을 열어 주고 동전 한 닢이라도 얻어 보려는 속셈으로 달려 나왔다. 하지만 똑같은 속셈으로 달려온 다른 부랑자의 팔꿈치에 밀려났다. 거친 싸움이 벌어졌다. 두 위병이 그중 한 부랑자의 편을 드는가 싶더니, 가위 가는 사람이 똑같이 격하게 다른 사람편을 드는 바람에 싸움이 커졌다. 난투극이 벌어졌고, 어느새 마차에서 내려와 있던 여자는 순식간에 주먹과 막대기로 서로 치고받고 얼굴을 붉히며 싸우고 있는 무리에 둘러싸였다. 홈스는 숙녀를 보호하기 위해 무리를 향해 달려갔으나 여자 곁에서 비명을 지르며 쓰러졌고, 얼굴에서는 피가 줄줄 흘러내렸다. 그러자 위병들이 한쪽으로 달아났고, 부랑자들은 다른 쪽으로 달아났다. 난투극에 끼어들지 않고 구경만 하던 잘 차려입은 사내들이 숙녀를 돕고 다친 사람을 보살피기 위해 몰려왔다. 아이린 애들러, 앞으로도 내가 이 이름으로 부를 여자는 황급히 계단을 올라갔다. 그러나 계단 꼭대기에 이르자 현관 불빛에 아름다운 몸매를 드러내며 멈춰 서더니 거리를 돌아보았다.

「그 가엾은 신사분이 많이 다치셨나요?」 그녀가 물었다.

「죽었어요.」 여러 목소리가 외쳤다.

「아니, 아니에요. 숨이 붙어 있어요. 하지만 병원에 데려가기 전에 죽을 겁니다.」 다른 목소리가 외쳤다.

「얼마나 용감한 분인가요.」 한 여자가 말했다. 「이분이 아니었다면 건달들이 저 숙녀분의 지갑과 시계를 훔쳐 갔겠죠. 아까 그놈들 모두 깡패들이에요, 망나니들이고요. 아, 이분이 지금 숨을 쉬네.」

「이분을 길거리에 눕혀 둘 순 없어요. 안으로 모셔 가도 될까요, 부인?」

「그래요. 그분을 거실로 모셔요. 편안한 소파가 있으니까. 이쪽이에요!」

사람들은 천천히, 엄숙하게 홈스를 브라이어니 로지로 들고 가 거실에 눕혔다. 그동안 나는 창밖의 내 위치에서 일이 돌아가는 상황을 지켜보았다. 방에는 불이 켜졌지만, 아직 블라인드를 치지 않았기 때문에 홈스가 소파에 누워 있는 모습이 훤히 들여다보였다. 순간 홈스가 부상자 흉내를 내며 양심의 가책을 느꼈는지는 모르겠지만, 다친 사람을 보살피는 친절하고 우아한 여성을 대상으로 음모를 꾸미고 있는 나 자신이 몹시도 부끄러웠다. 그렇다고 홈스가 나한테 맡긴 역할을 이제 와서 그만둔다면 친구에 대한 최악의 배신일 터였다. 나는 마음을 단단히 먹고 더블 코트 속에서 스모크 로켓을 꺼냈다. 어쨌거나 이 숙녀를 해치려는 건 아니니까. 우리는 그녀가 다른 사람을 해치려는 것을 막을 뿐이었다.

홈스가 소파에서 일어나 앉더니, 숨이 답답하다는 몸짓을 했다. 하녀가 창가로 달려와 창문을 활짝 열었다. 동시에 홈스가 손을 올렸고, 신호에 맞추어 나는 스모크 로켓을 방 안으로 던지며 소리 질렀다. 「불이야!」 내 입에서 외침이 떨어지기 무섭게, 말쑥하건 추레하건, 신사, 마부, 하인, 하녀를 가리지 않고 구경꾼들 모두가 한목소리로 〈불이야!〉 하고 외쳐 댔다. 자욱한 연기 구름이 뭉게뭉게 방 안을 맴돌았고, 열린 창으로 새어 나왔다. 사람들이 허둥대는 모습이 얼핏 보이는가 싶더니, 잠시 후 홈스가 불이 난 게 아니라며 안심시키는 목소리가 들려왔다. 나는 소리치는 사람들을 헤치고 빠져나가 길모퉁이로 향했고, 10분 후 홈스가 모습을 드러냈다. 나는 기쁜 마음으로 친구와 팔짱을 끼고 떠들썩한 현장을 함께 빠져나왔다. 그는 말없이 잰걸음으로 걷더니 마침내 에지웨어로로 향하는 조용한 거리에 접어들자 입을 열었다.

「의사 선생, 아주 잘했네. 그보다 잘할 수는 없을 거야. 일은 잘됐어.」

「사진을 구한 건가?」

「어디 있는지 알았어.」

「어떻게?」

「내가 말한 대로 그녀가 보여 주었지.」

「아직도 무슨 말인지 모르겠구먼.」

「알아듣게 설명해 주지.」 그가 웃으며 말했다. 「아주 간단한 일이라네. 거리에 있던 사람들이 모두 공범이라는 사실은 물론 자네도 알아차렸겠지. 다들 이 일 때문에 고용한 사람들이었어.」

「그 정도는 짐작했지.」

「그래. 싸움이 벌어졌을 때, 미리 손바닥에 붉은 물감을 적셔 두었다네. 그런 다음 앞으로 뛰쳐나가 넘어졌고, 내 손으로 얼굴을 쳐서 가련한 구경거리가 되었지. 아주 오래된 수법이야.」

「그것도 눈치챌 수 있었지.」

「사람들이 나를 떠메고 집 안으로 들어갔잖나. 그녀는 나를 안으로 들일 수밖에 없었어. 어쩔 수가 없잖아? 거실로 안내했는데, 내가 의심스러워하던 곳이 바로 거실이었어. 사진은 거실 아니면 침실에 있을 텐데, 나는 어디인지 알아내기로 했지. 사람들은 나를 소파에 눕혔지만, 내가 답답하다는 시늉을 하자 창문을 열 수밖에 없었고, 자네 차례가 되었던 거야.」

「내 역할이 어떻게 도움이 됐는데?」

「아주 중요했지. 자기 집에 불이 났다고 생각하면 여자들은 본능적으로 당장, 가장 소중하게 여기는 물건이 있는 곳으로 달려가게 마련이야. 그건 지극히 어쩔 수 없는 충동이라, 덕분에 나는 여러 번 그런 심리를 이용한 적이 있다네. 달링턴 바꿔치기 스캔들 사건 때나 안스워스성 사건에서 그랬었지. 결혼한 여자는 아이를 끌어안고, 결혼하지 않은 여자는 보석함을 챙기지. 오늘의 이 숙녀분께서 가장 소중히 여기는 물건이 우리가 찾는 사진이라는 것은 분명한 사실 아니겠나. 그녀는 틀림없이 사진을 챙기려고 달려가겠지. 〈불이야!〉라는 외침은 아주 그럴듯했어. 연기와 사람들이 부르짖는 소리가 얼마나 대단했는지 아무리 신경이 고래힘줄 같은 사람이라도 흔들렸을 거야. 그녀는 예상대로 행동하더군. 사진은 오른쪽 설렁줄 바로 위에 있었어. 미닫이 패널을 밀면 작은 공간이 나오는데, 거기 두었던 거지. 그녀가 부리나케 달려가서 사진을 반쯤 꺼내는 모습을 훔쳐봤지. 내가 불이난 게 아니라고 소리치자 그녀는 사진을 제자리에 넣었고, 스모크 로켓을 보고는 방에서 뛰쳐나갔어. 그 뒤로는 보이지 않았어. 나는 일어서서 뭐라 핑계를 대고는 그 집을 빠져나왔지. 당장 사진을 꺼내 올까 말까 망설이긴 했는데, 마부가 벌써 와서 노려보는 통에 다음 기회를 노리는 편이 낫겠다 싶었지. 너무 조급하게 굴다간 다 된 밥에 코 빠뜨리기 십상이니까.」

「이제 어떻게 하지?」내가 물었다.

「우리 임무는 사실상 끝났어. 내일 전하와, 괜찮다면 자네도 같이 그 집을 찾아갈 생각이야. 우리는 거실에서 숙녀를 기다리게 될 거야. 하지만 애들러가 나타났을 때쯤엔 손님도 사진도 사라졌겠지. 전하가 자기 손으로 직접 사진을 되찾으면 더욱더 만족할 테고.」

「언제 갈 생각인가?」

「오전 8시. 그녀는 아직 일어나지 않았을 테고, 그러니 거실은 우리 차지가 될 거야. 서둘러야 하네. 그녀가 결혼함으로써 생활이나 습관이 완전히 바뀌었을지도 모르니 말일세. 곧바로 전하께 전보를 쳐야겠어.」

우리는 어느덧 베이커가에 도착해 문 앞에서 멈추었다. 홈스가 주머니에서 열쇠를 찾는데, 누군가가 지나가며 인사했다.

「안녕하세요, 셜록 홈스 씨.」

당시 거리에는 여러 사람이 있었지만, 인사한 사람은 더블코트를 입고 급히 지나간 호리호리한 젊은이 같았다.

「저 목소리를 어디선가 들었는데.」 홈스가 희미하게 불 밝힌 거리를 굽어보며 말했다. 「대체 누구였더라.」

그날 밤 나는 베이커가에서 잤다. 아침에 일어나 토스트에 커피를 곁들여 먹고 있는데, 보헤미아 왕이 방으로 들이닥쳤다.

「진짜로 그걸 손에 넣었구먼!」 그가 홈스의 양어깨를 붙잡고 열띠게 그 얼굴을 바라보며 소리쳤다.

「아직은 아닙니다.」

「하지만 희망은 있겠지?」

「그렇습니다.」

「그럼 갑시다. 일각이라도 지체할 수가 없소.」

「마차를 불러야 합니다.」

「아니, 내 브루엄 마차가 대기하고 있소.」

「그럼 일이 수월해지겠군요.」

우리는 계단을 내려가 곧바로 브라이어니 로지로 출발했다.

「아이린 애들러가 결혼했습니다.」 홈스가 말했다.

「결혼이라니! 언제?」

「어제요.」

「누구하고?」

「노턴이라는 영국인 변호사하고요.」

「하지만 아이린이 그 남자를 사랑할 리 없을 텐데?」

「저는 사랑하기를 바랍니다.」

「이유가 뭐요?」

「그렇게 되면 전하께서 골치를 썩을 일이 사라질 테니까요. 만약 숙녀분이 남편을 사랑한다면, 전하를 사랑하지 않는다는 얘깁니다. 그리고 전하를 사랑하지 않으면, 전하의 결혼에 재를 뿌릴 이유가 없고요.」

「그건 사실이오. 하지만 그렇더라도……! 그래! 그녀가 나와 같은 신분이라면 좋았을걸! 어디 하나 나무랄 데 없는 왕비가 되었을 텐데!」 그는 다시 시무룩하니 입을 다물었고, 침묵은 서펀타인 대로에 도착할 때까지 지속되었다.

브라이어니 로지의 문은 열려 있었고, 늙수그레한 여자가 계단 위에 서 있었다. 그녀는 마차에서 내리는 우리를 비웃는 듯한 눈길로 지켜보았다.

「셜록 홈스 씨?」 그녀가 물었다.

「제가 셜록 홈스입니다만.」 내 친구가 약간 놀라 의아한 시선으로 그녀를 쳐다보며 대답했다.

「정말이네요! 주인아씨가 선생님이 찾아올 거라고 말씀하셨거든요. 아씨는 오늘 아침 남편분과 함께 채링크로스역에서 5시 15분 열차를 타고 대륙으로 떠나셨어요.」

「뭐라고요!」 홈스가 비틀거리며 뒷걸음질 쳤다. 분하고 놀라서 얼굴이 하얗게 질려 있었다. 「영국을 떠났다고요?」

「돌아오지 않으실 거예요.」

「그럼 문서는?」 왕이 쉰 목소리로 물었다. 「다 틀렸군.」

「확인해 봐야겠어요.」 홈스는 하녀를 옆으로 밀치며 거실로 달려갔고, 왕과 나도 뒤를 따랐다. 가구가 사방에 널브러져 있었다. 선반이 뒤죽박죽이고 서랍이 열려 있는 것이 도주하기 전에 황급히 물건을 챙긴 모양이었다. 홈스는 설렁줄로 달려가 작은 널판지를 들어내고, 급히 손을 집어넣어 사진 한 장과 편지 한 장을 꺼냈다. 야회복을 입은 아이린 애들러의 사진이었고, 편지 겉봉에는 〈셜록 홈스 귀하. 필요하실까 봐 두고 갑니다〉라고 쓰여 있었다. 홈스가 봉투를 뜯었고, 우리 셋은 같이 편지를 읽었다. 어제 날짜 자정에 쓴 편지에는 이렇게 쓰여 있었다.

　셜록 홈스 씨께,
　정말 잘하셨어요. 감쪽같이 저를 속이셨네요. 불이 났다는 외침을 듣고도 저는 전혀 의심하지 못했답니다. 하지만 제가 무심코 비밀을 드러냈다는 걸 깨닫고는 생각하기 시작했습니다. 몇 달 전 당신에 대한 경고를 들은 적이 있었지요. 만약 왕이 비밀 탐정을 구한다면, 그건 틀림없이 당신일 거라고요. 그리고 당신의 주소도 받았답니다. 그럼에도 불구하고, 당신은 나에게서 당신이 원하는 것을 알아냈지요. 의심이 생긴 후에도, 그토록 다정하신 늙은 신부님은 의심하기 힘들었어요. 하지만 아시다시피 저는 한때 배우였습니다. 남장이 새삼스러운 일도 아니지요. 일부러 남자 옷을 입고 자유를 만끽하기도 합니다. 저는 마부 존을 보내 선생님을 감시하게 하고는, 위층으로 달려가 산책복으로 갈아입었죠. 남자 옷을 저는 그렇게 부른답니다. 그리고 당신들이 떠나자마자 내려왔습니다.

그래요, 저는 당신 집까지 따라간 끝에 제가 정말 저 유명한 셜록 홈스의 주목을 받고 있다는 사실을 확인했습니다. 그런 다음 약간은 무모하게 선생님께 인사를 하고는 법학원에 가서 남편을 만났지요.

남편과 저는 그렇게 막강한 적수가 우리를 쫓을 때는 도주가 최선이라고 판단했습니다. 그래서 내일 당신이 여길 찾아왔을 때는 집이 텅 비어 있겠지요. 사진에 관해 말씀드리자면, 선생님의 의뢰인께서는 마음 놓으셔도 됩니다. 저는 그분보다 멋진 사람을 사랑하고 있고 그의 사랑을 받고 있습니다. 전하께서는 저를 잔인하게 농락했지만, 저는 그분의 앞길을 가로막지 않을 겁니다. 제가 사진을 간직하는 이유는 오직 하나, 저를 지키기 위해서입니다. 장차 전하께서 모종의 위해를 가하려 할 때 저 자신을 지키는 무기로 삼겠습니다. 혹시 갖고 싶어 하실지 몰라 전하께 사진 한 장을 남깁니다. 셜록 홈스 씨에게,

진심을 담아, 아이린 노턴,

결혼 전의 애들러

「얼마나 대단한 여자인가. 정말 대단한 여자야!」 우리 셋이 편지를 다 읽고 나자 보헤미아 왕이 혀를 내둘렀다. 「내가 말하지 않았소, 그녀가 얼마나 영리하고 결단력 있는 여자인지. 진정 훌륭한 왕비가 될 거라고 하지 않았소. 그녀가 나와 같은 수준이 아니라는 게 참으로 통탄스럽군!」

「제가 봐도 확실히 이 부인은 전하와 수준이 다른 것 같습니다.」 홈스가 쌀쌀맞게 말했다. 「전하께서 맡기신 일을 더 성공적으로 마무리 짓지 못해서 죄송합니다.」

「천만에, 그렇지 않소!」 왕이 소리쳤다. 「이보다 더 성공적일 수는 없소. 아이린은 제 입으로 한 약속은 반드시 지키는 여자라오. 이제 그 사진은 불태워 버린 거나 다름없소.」

「그렇게 말씀하시니 황송합니다.」

「선생한테 큰 빚을 졌구먼. 어떻게 보답하면 좋을지 말해 보시오. 이 반지는……」 왕은 끼고 있던 뱀 모양의 에메랄드 반지를 빼더니 손바닥에 놓고 내밀었다.

「전하께서는 제가 이것보다 더 소중히 여기는 물건을 가지고 계십니다.」 홈스가 말했다.

「그게 무엇이오, 말해 보시오.」

「이 사진입니다!」

왕은 놀라서 홈스를 바라보았다.

「아이린의 사진이라니!」 왕이 소리쳤다. 「선생이 원한다면 얼마든지..」

「감사합니다! 그럼 이 사건은 종결하겠습니다. 전하께 작별 인사를 올립니다.」 홈스는 허리 굽혀 인사하느라 왕이 내민 손을 보지 못하고 몸을 돌렸다. 나는 홈스와 함께 집으로 출발했다.

이것이 바로 보헤미아 왕국이 엄청난 스캔들에 휘말릴 뻔했던 사건이자, 한 여성의 기지 앞에서 홈스가 공들인 계획이 틀어져 버린 사건이었다. 홈스는 여성의 영리함을 두고 비웃곤 했지만, 요즘은 그런 소리를 도통 하지 않는다. 그리고 아이린 애들러 이야기를 할 때나, 그녀 사진을 언급할 때마다 항상 〈그〉 여자라고 함으로써 경의를 표한다.

신랑의 정체

「이봐, 친구.」 우리가 베이커가 하숙집의 벽난로 불가 양쪽에 앉아 있을 때, 셜록 홈스가 말했다. 「삶이란 우리 인간 정신이 창조할 수 있는 것 중에 가장 기기묘묘한 거라네. 우리는 주변에서 흔히 벌어지는 일상사조차 제대로 이해하지 못하지. 만약 자네와 내가 손잡고 창밖을 날아 이 거대한 도시의 하늘을 떠다니며, 집집마다 지붕을 슬며시 걷어 내고 그 안에서 벌어지는 기이한 일들을 엿볼 수 있다고 해보자고. 이상한 우연의 일치들, 온갖 꿍꿍이들, 엇갈린 의도, 그리고 대를 이어 작용하면서 꼬리에 꼬리를 무는 이상한 사건들을 엿볼 수 있다면, 상투적이고 결론이 빤한 소설들은 그에 비해 너무나 식상하고 부질없어 보일 거야.」

「하지만 꼭 그런 것 같지는 않아.」 내가 대답했다. 「신문에 실리는 사건들은 대체로 빤하고 저속하기 짝이 없어. 그리고 경찰 보고서는 사실주의의 극치라고 할 수 있지만, 솔직히 그 결말은 흥미롭지도 않고 멋도 없어.」

「사실적인 효과를 내기 위해서는 무엇을 말할지 신중히 선택해야 한다네.」 홈스가 말했다. 「경찰 보고서에는 그 점이 부족해. 세부 내용을 강조하기보다는 치안 판사의 진부한 설명에 더 강조점을 두니 말이야. 하지만 관찰자에게는 세부 내용이야말로 전체 사건의 핵심이자 본질을 담고 있는 것들일세. 그것을 통해 본다면 일상사만큼 기이한 것도 없는데 말이야.」

나는 웃음 지으며 고개를 저었다. 「자네가 그렇게 생각하는 것도 충분히 이해가 가. 물론 자네야 세 개 대륙 곳곳에서 아주 곤혹스러운 일을 당한 온갖 사람들의 비공식 조언자이자 조력자이다 보니, 별별 이상하고 기묘한 일을 다 접하게 되니 말일세. 하지만 여기……」 나는 바닥에 있던 조간신문을 집어 들었다. 「자네 주장이 맞는지 시험해 보자고. 우선 눈에 띄는 첫 번째 머리기사부터. 〈어느 남편의 아내 학대.〉 이 사건은 반 칼럼을 차지하고 있지만, 굳이 기사를 읽을 것도 없이 빤한 내용일 거야. 보나 마나 딴 여자가 생긴 남자가 술을 퍼마시고 아내를 구타했다는 이야기일 거라고. 여기에 언니를 동정하는 여동생이나 집주인 여자가 등장하겠지. 풋내기 초보 작가가 쓴 글도 이보다 엉성하지는 않을 거야.」

「저런, 자네가 든 예는 아까 자네의 주장을 뒷받침하기에는 부적절해.」 홈스가 신문을 집어 들고 훑어보면서 말했다. 「던대스 부부 별거 사건이군. 마침 내가 이 사건과 관련해 몇 가지 소소한 문제를 밝혀 주었지. 남편은 술을 입에 대지도 않는 사람이었고, 딴 여자는 없었어. 문제는 남편이 식사 때마다 틀니를 빼서 아내한테 던지는 습관이 있었다는 거야. 평범한 이야기꾼이라면 상상도 못 할 행동이지. 의사 선생,

코담배나 한 꼬집 태우고 순순히 인정하지 그래, 이번엔 내가 이겼다고 말이야.」

홈스는 뚜껑 가운데에 커다란 자수정이 박혀 있는 오래된 금제 코담배 상자를 내밀었다. 그의 검박한 생활과는 너무 대조적으로 휘황찬란한 물건이라, 나는 어디서 났는지 묻지 않을 수 없었다.

「아, 우리가 몇 주 동안 못 봤다는 사실을 잊고 있었군.」 홈스가 말했다. 「이건 아이린 애들러 사건을 도와줘서 고맙다며 보헤미아 왕이 보내 준 작은 기념품이야.」

「그럼 반지는?」 나는 그의 손가락에서 반짝이는 화려한 브릴리언트 컷 세공 반지를 흘긋 보며 물었다.

「이건 네덜란드 왕가에서 보내 온 거야. 하지만 내가 그들을 위해 처리해 준 사건은 워낙 민감해서 자네한테도 털어놓을 수가 없다네. 그동안 자네가 내 사건을 멋지게 기록해 준 공은 있지만 말이야.」

「그럼 지금 맡은 사건이 있나?」 나는 궁금증이 동했다.

「열 건이나 열두 건 정도. 하지만 흥미로운 사건은 하나도 없어. 중요한 사건들이지만 흥미롭지는 않지. 사실 그동안 깨달은 바로는, 보통 중요하지 않은 사건들이 오히려 면밀한 관찰이 필요하고 인과 관계를 빠르게 분석해야 해서 조사가 더욱 재미있더군. 큰 범죄일수록 오히려 단순한 경향이 있는데, 동기가 더 명확하기 때문이지. 지금 당장은 마르세유에서 의뢰받은 약간 복잡한 사건을 제외하면, 조금이라도 흥미로운 사건이 없어. 하지만 조만간 더 흥미로운 사건을 맡을

가능성이 있을 것 같군. 내가 잘못 짚은 게 아니라면, 저 여자
가 나를 찾아오고 있는 것 같으니 말이야.」

홈스는 어느새 의자에서 일어나 창가로 다가가서, 열린 커
튼 사이로 런던의 우중충한 잿빛 거리를 내려다보고 있었다.
그의 어깨 너머로 보니, 맞은편 보도 위에 체구가 큰 여자가
서 있었다. 목에는 풍성한 털목도리를 둘렀고, 요염한 데번
셔 공작 부인[1]처럼 한쪽 귀 위로 비스듬히 쓴 챙 넓은 모자에
는 커다랗게 휘어진 붉은 깃털 하나가 꽂혀 있었다. 그렇게
멋진 모자를 쓴 여자는 긴장한 듯 망설이는 태도로 우리 쪽
창문을 힐끔거렸고, 몸을 앞뒤로 흔들면서 장갑 단추를 만지
작거리고 있었다. 그러다 갑자기, 강둑을 박차고 물로 뛰어
드는 수영 선수처럼 보도를 박차고 나와 황급히 도로를 건넜
고, 잠시 후 초인종이 날카롭게 울렸다.

「저런 증상은 전에도 본 적이 있지.」 홈스가 담배를 벽난로
에 던지며 말했다. 「보도 위에서 몸을 흔든다. 이건 백이면
백 연애 사건이라네. 조언을 듣고 싶기는 한데, 너무 민감한
문제여서 터놓고 말해도 되는지 확신이 서지 않는 거야. 하
지만 여기서도 이렇게 세분할 수 있어. 만약 남성에게 심하
게 당한 여성이라면 크게 망설이지 않거든. 곧바로 초인종
줄이 끊어져라 세게 당기지. 이번 경우에는 연애 문제라고
생각해도 될 것 같은데, 왠지 이 아가씨는 화가 났다기보다

1 Georgiana Cavendish, Duchess of Devonshire(1757~1806). 제5대 데
번셔 공작 윌리엄 캐번디시의 아내로, 토머스 게인즈버러(1727~1788)가
1783년에 그린 초상화에서 커다란 모자를 비스듬히 쓴 모습으로 나온다.

는 당황하거나 슬퍼하고 있는 것 같아. 하지만 우리의 의문을 해소해 주기 위해 본인이 직접 찾아왔군.」

순간 노크 소리가 들리더니, 금단추 달린 제복을 입은 사환 소년이 들어와 메리 서덜랜드 양이 찾아왔다고 알렸다. 이윽고 검은 제복을 입은 소년 뒤쪽에, 마치 수로 안내선 뒤로 활짝 돛을 편 상선처럼 여자가 모습을 드러냈다. 셜록 홈스는 편안하면서도 정중하고 깍듯하게 손님을 맞았고, 문을 닫고는 고개 숙여 인사하며 안락의자를 권했다. 그러면서도 특유의 딴생각을 하는 듯한 표정으로 방문객을 살폈다.

「근시가 있는데 그렇게 타자를 많이 치면 좀 힘들지 않으세요?」 홈스가 물었다.

「처음엔 그랬지요. 하지만 지금은 자판을 외워서 보지 않고도 칠 수 있거든요.」 대답하던 여자가 갑자기, 홈스가 한 말의 뜻을 깨달았는지 화들짝 놀라더니 싹싹해 보이는 큰 얼굴에 두려움 어린 표정을 지었다. 「홈스 씨, 저에 관한 소문을 들으셨군요. 그게 아니라면 어떻게 그걸 아셨어요?」

「걱정 마세요.」 홈스가 웃으며 말했다. 「그런 걸 알아맞히는 게 제 일이니까요. 남들이 미처 못 보고 지나치는 것을 보는 훈련을 해왔거든요. 그런 능력이 없다면 서덜랜드 양이 나를 찾아올 이유가 없지 않겠습니까?」

「제가 여기 온 이유는 에서리지 부인한테서 홈스 씨 얘기를 들었기 때문이에요. 에서리지 씨가 실종되었을 때 경찰마저도 그분이 죽었다며 포기했는데, 홈스 씨가 쉽게 찾아내셨다면서요. 홈스 씨, 저한테도 그렇게 해주셨으면 해요. 제가 부자는 아니지만 1년에 1백 파운드 수입이 있고, 거기에 타자 일을 해서 조금 더 벌어요. 호즈머 에인절 씨가 어떻게 됐는지만 알아봐 주신다면 그 돈을 전부 다 드릴게요.」

「그런데 여기 상담하러 올 때 왜 그리 급히 오신 건가요?」 셜록 홈스가 손가락 끝을 모으고 천장을 바라보며 물었다.

약간 멍해 보이는 메리 서덜랜드 양의 얼굴에 이번에도 화들짝 놀란 표정이 나타났다. 「맞아요, 화가 나서 현관문을 쾅 닫고 뛰쳐나오긴 했어요. 왜냐하면 윈디뱅크 씨, 그러니까 저의 아버지라는 사람의 태평한 태도를 보니 분통이 터져 참을 수가 없었거든요. 그 사람은 경찰에 가려고 하지도 않고, 홈스 씨를 찾아올 생각도 안 해요. 아예 손 놓고 있으면서 피해를 보지는 않았으니 괜찮다는 말만 계속하니까, 울화통이 터져서 못 견디겠더라고요. 그래서 옷가지만 얼른 걸치고 곧장 이리로 온 거예요.」

「아버지라고요? 성이 다른 걸로 보아 계부인가 보군요?」 홈스가 물었다.

「네, 계부예요. 아버지라고 부르기는 하지만, 그것도 우스워요. 나이가 저보다 겨우 다섯 살하고 두 달 많을 뿐이니까요.」

「어머니는 살아 계신가요?」

「아, 네. 어머니는 살아 계시고 건강하세요. 아버지가 돌아가시고 나서 어머니가 너무 빨리, 그것도 열다섯 살이나 어린 남자랑 재혼하셔서 저는 별로 달갑지 않았어요. 돌아가신 아버지는 토트넘 코트로에서 배관 관련 일을 하시다가 작은 사업체를 남겨 주셨죠. 어머니는 현장 감독인 하디 씨와 사업을 계속했는데, 윈디뱅크 씨가 나타나면서 어머니에게 그 업체를 처분하게 했어요. 그 사람은 각지를 다니며 포도주 판매를 한답시고 아주 잘난 체했죠. 그렇게 영업권과 이권을 넘기고 4천7백 파운드를 받았는데, 아버지가 살아 계셨더라면 그런 말도 안 되는 헐값에 처분하지는 않으셨을 거예요.」

이런 두서없고 시시한 이야기에 짜증을 낼 만도 했지만, 홈스는 오히려 굉장히 집중해서 듣고 있었다.

「서덜랜드 양의 수입은 돌아가신 아버지의 사업에서 나오는 건가요?」 홈스가 물었다.

「아니에요. 제 수입은 별개예요. 오클랜드에 계신 네드 숙부께서 남겨 주신 거죠. 유산은 뉴질랜드 국채가 있는데, 연간 4.5퍼센트 이자를 받아요. 원금이 총 2천5백 파운드지만 저는 원금은 손댈 수 없고 이자만 받아요.」

「무척 흥미롭군요.」 홈스가 말했다. 「그렇다면 유산으로 1년에 1백 파운드라는 거액을 받고 타자로 버는 가욋돈까지 있으니, 종종 여행도 다니면서 인생을 실컷 즐길 만하겠군요. 사실 숙녀분 혼자라면 연 수입 60파운드 정도만 있어도 아주 풍족하게 살 수 있을 것 같습니다만.」

「홈스 씨, 저는 그보다 훨씬 적은 돈으로도 살 수 있어요. 하지만 집에서 지내면서 두 분한테 짐이 되고 싶지 않아요. 제 마음 이해하실 거예요. 그래서 함께 사는 동안에는 그분들께 제 수입을 쓰시라고 했어요. 물론 어디까지나 당분간이죠. 윈디뱅크 씨가 분기마다 제가 받을 이자를 인출해서 어머니한테 넘기는데, 저는 타자를 쳐서 버는 돈으로 충분히 잘 지낼 수 있어요. 한 장에 2펜스를 받는데, 하루에 열다섯 장에서 스무 장 정도 칠 때도 많거든요.」

「이 정도면 서덜랜드 양의 상황은 잘 알겠습니다.」홈스가 말했다.「여기는 내 친구 왓슨 박사입니다. 이 친구 앞에서는 편하게 말씀하셔도 됩니다. 그럼 호즈머 에인절 씨와의 관계를 전부 말씀해 주시죠.」

서덜랜드 양이 살짝 얼굴을 붉히면서 재킷 끝을 만지작거렸다.「그 사람은 가스 설비업자들의 무도회에서 만났어요. 아버지가 살아 계실 때 거기서 초대장을 보내오곤 했는데, 아버지가 돌아가신 후에도 우리를 잊지 않고 어머니한테 초대장을 보냈더라고요. 윈디뱅크 씨는 우리가 무도회에 가는 걸 싫어했어요. 심지어 아무 데도 가지 않기를 바랐죠. 제가 주일 학교 소풍이라도 가려고 하면 길길이 날뛰었어요. 하지만 저는 이번만은 갈 생각이었고, 꼭 가려고 했죠. 도대체 그 사람이 무슨 권리로 막아요? 윈디뱅크 씨는 아버지의 친구들이 다 무도회에 올 텐데, 우리한테 어울릴 만한 사람들이 아니라고 하더군요. 그리고 저더러 입고 갈 옷도 없을 거라고 핀잔을 줬지만, 제 옷장 서랍에는 새 옷이나 다름없는 플러시 천[2]으로 된 자주색 드레스가 있었죠. 결국 어떤 핑계로도 막을 수 없게 되자 그 사람은 프랑스로 출장을 떠났고, 어머니와 전 예전에 우리 현장 감독으로 일했던 하디 씨와 함께 무도회에 갔어요. 거기서 호즈머 에인절 씨를 만나게 된 거

2 실크나 면을 소재로 벨벳과 비슷해 보이게 만든 천.

예요.」

「그렇다면, 윈디뱅크 씨는 프랑스에서 돌아온 후, 두 분이 무도회에 갔었다는 사실을 알고 굉장히 화를 냈겠네요.」

「아, 그런데 그 문제는 그냥 좋게 넘어갔어요. 껄껄 웃고 어깨를 으쓱하더니 여자들은 제멋대로라 말려 봐야 소용없다고 하더군요.」

「그렇군요. 그러니까 가스 설비업자들의 무도회에 갔다가 호즈머 에인절이라는 신사를 만났다고요.」

「네. 그날 밤 만났어요. 다음 날 그 사람은 우리가 무사히 귀가했는지 확인하러 들렀고, 이후에도 나는 그를 만났어요. 그러니까 홈스 씨, 산책을 핑계로 두 번 만났거든요. 하지만 아버지가 출장에서 돌아온 후에는 호즈머 에인절 씨가 더 이상 우리 집에 올 수 없었어요.」

「못 왔다고요?」

「그게, 아버지가 좋아하지 않았으니까요. 아버지는 할 수만 있다면 우리 집에 아무도 들이지 않으려 했어요. 여자는 가족의 울타리 안에서 행복하게 지내야 한다고 입버릇처럼 말했죠. 하지만 제가 어머니한테 자주 말했다시피, 여자는 자신의 가정이라는 새 울타리를 꾸리고 싶어 하고, 저한테는 아직 저의 울타리가 없었죠.」

「호즈머 에인절 씨는 어떻게 됐나요? 서덜랜드 양을 만나려고 애쓰지 않았나요?」

「아버지가 일주일 후에 다시 프랑스로 떠날 예정이었는데, 호즈머 씨는 아버지가 출발할 때까지는 서로 만나지 않는 쪽이 안전할 거라고 편지를 보내 왔어요. 우리는 편지로 연락을 주고받았는데, 그 사람은 날마다 편지를 보냈어요. 아침에 제가 직접 편지를 찾아왔기 때문에 아버지에게 들킬 염려는 없었죠.」

「그 신사분하고 결혼을 약속하셨습니까?」

「네, 홈스 씨. 첫 번째 산책을 같이 하고서 결혼을 약속했죠. 호즈머, 나의 천사인 그 사람은 회계원인데, 레든홀가에 회사가 있다고 했어요. 그런데…….」

「어느 회사인가요?」

「홈스 씨, 그게 문제인데, 저는 몰라요.」

「그럼 사는 곳은요?」

「사무실에서 잔다고 했어요.」

「서덜랜드 양은 그 사람 회사 주소를 모르고요?」

「네. 레든홀가에 있다는 것밖에는요.」

「그럼 편지는 어디로 보냈나요?」

「레든홀가 우체국으로요. 우체국에 보내면 그 사람이 찾아갔어요. 사무실로 보내면 여자한테서 편지가 왔다고 직원들이 놀릴 거라고 했거든요. 그래서 그이처럼 저도 편지를 타자 쳐서 보내면 되지 않겠느냐고 했더니, 그러면 편지를 안 받겠다고 하더군요. 손글씨로 쓴 편지는 나한테서 받는 느낌이지만, 타자 친 편지는 우리 사이에 기계가 가로막고 있는 느낌을 준다면서요. 그러니 홈스 씨, 그이가 얼마나 저를 좋아했는지 아시겠죠. 에인절 씨는 그처럼 사소한 일에까지 마음을 쓰는 정말 세심한 사람이에요.」

「그게 무엇보다 의미심장하군요. 사소한 것들이야말로 진정으로 중요하다는 게 저의 오랜 좌우명이죠. 호즈머 에인절 씨에 관해 생각나는 게 더는 없나요? 아주 사소한 거라도 말입니다.」

「굉장히 수줍음이 많은 사람이었어요, 홈스 씨. 저랑 하는 산책도 낮보다는 저녁에 하곤 했는데, 사람들 눈에 띄기 싫대요. 아주 조용하고 예의 바른 사람이었어요. 목소리마저 부드러웠죠. 어릴 때 편도선염을 크게 앓아서 목이 약해졌다는데, 그다음부터 항상 우물거리며 속삭이는 소리로 말하게 되었대요. 옷차림도 아주 깔끔하고 늘 단정했지만, 시력이 저처럼 매우 약해서 눈이 부시지 않게 색안경을 썼어요.」

「그렇군요. 그럼 계부인 윈디뱅크 씨가 다시 프랑스로 떠났을 때 무슨 일이 있었습니까?」

「호즈머 에인절 씨가 다시 우리 집을 찾아왔는데, 아버지가 돌아오기 전에 결혼하자며 청혼하더군요. 굉장히 진지했어요. 저더러 성서에 손을 얹고 무슨 일이 있어도 항상 그에게 진실하겠다는 맹세를 하라고 시키더군요. 어머니는 아주 당연한 일이라며, 그것만 봐도 저를 얼마나 사랑하는지 알 수 있다고 말씀하셨죠. 어머니는 처음부터 그 사람을 마음에 들어 하셨는데, 심지어 저보다도 더 좋아하셨어요. 그렇게 일주일 내로 결혼하자는 이야기가 나오자, 나는 아버지는 어떻게 하느냐고 물었지만, 두 사람 모두 아버지는 신경 쓰지 말라면서 나중에 알리면 된다고 하더군요. 아버지는 어머니가 알아서 하시겠다고 하셨어요. 홈스 씨, 저는 그게 꺼림칙

했어요. 겨우 몇 살 차이밖에 안 나는 아버지한테 결혼 허락을 받는 것도 우스운 일 같았지만, 그렇다고 무슨 일이든 몰래 하고 싶지도 않았거든요. 그래서 보르도에 있는 아버지한테 편지를 썼어요. 아버지 회사의 프랑스 사무실이 보르도에 있거든요. 그런데 결혼식 당일 아침에 그 편지가 반송되어 왔어요.」

「아버지가 편지를 못 받은 겁니까?」

「네, 아버지는 편지가 도착하기 직전에 영국으로 출발했다고 해요.」

「하! 일이 공교롭게 됐네요. 그렇다면 결혼식은 금요일에 예정되어 있었군요. 교회에서 하기로 했나요?」

「네. 하지만 아주 조용히 치르기로 했죠. 결혼식은 킹스크로스역 근처의 세인트세이비어 교회에서 하고, 결혼식이 끝나면 세인트팬크러스 호텔에서 아침 식사를 하기로 되어 있었어요. 호즈머 씨가 이륜마차를 타고 우리를 데리러 왔어요. 그런데 어머니랑 나, 이렇게 두 명이었으니, 그 사람은 우리 둘을 이륜마차에 먼저 태우고 자기는 마침 나타난 사륜마차에 타더군요. 우리가 먼저 교회에 도착했고, 그이가 탄 사륜마차가 다가왔어요. 우리는 그 사람이 내리기를 기다렸는데, 내리지 않는 거예요. 마부가 마부석에서 내려 마차 안을 살펴보았지만, 아무도 없지 뭐예요! 마부는 그 사람이 마차에 타는 걸 똑똑히 보았는데, 도무지 어찌 된 일인지 모르겠다고 하더군요. 홈스 씨, 그게 지난 금요일이었어요. 그 후로 그분에게 무슨 일이 생겼는지 알 수 있을 만한 어떤 단서도 보거나 듣지 못했고요.」

「아가씨가 매우 수치스러운 일을 당한 것 같네요.」홈스가 말했다.

「아, 아니에요! 그렇게 친절하고 좋은 분이 제게 그런 행동을 할 리가 없어요. 아닌 게 아니라, 그이는 그날 아침 내내 무슨 일이 있어도 변치 말라고 하면서, 설사 예상하지 못한 일로 우리가 헤어지게 된다고 해도 내가 그에게 맹세했다는 사실을 잊지 말라고 했어요. 조만간 맹세를 확인할 거라고도 했죠. 결혼식 날 아침에 그런 말을 하다니 이상했지만, 일이 이렇게 되고 보니 왠지 의미심장하네요.」

「정말 그런 것 같군요. 그렇다면 서덜랜드 양은 그 사람한테 뭔가 예상치 못한 사고가 일어났다고 생각하는 건가요?」

「네, 홈스 씨. 그이는 어떤 위험을 예견했던 것 같아요. 그러지 않았다면 그렇게 말할 리가 없죠. 아마도 그이가 예견했던 일이 일어났다고 저는 생각해요.」

「그게 어떤 일인지는 전혀 짐작이 안 가고요?」

「네.」

「한 가지만 더 물을게요. 어머니는 이 문제를 어떻게 생각하시나요?」

「몹시 화를 내셨어요. 그리고 이 문제는 두 번 다시 입에 올리지도 말라고 하셨죠.」

「아버지는요? 아버지한테는 말씀드렸나요?」

「네. 아버지도 저처럼 그이한테 무슨 일이 생긴 듯하다고, 하지만 다시 소식을 듣게 될 거라고 생각하는 것 같았어요.

아버지 말이, 나를 교회 문 앞까지 데려갔다가 그냥 떠나 버리는 게 그 사람한테 무슨 이득이 되겠느냐는 거였죠. 그래요, 그이가 나한테 돈을 빌렸거나 나와 결혼해서 내 돈을 자기 앞으로 돌려놓았다면 또 모르죠. 하지만 호즈머 씨는 금전 문제에는 정말 사심이 없는 분이고, 내 돈은 한 푼도 넘보지 않을 사람이에요. 그런데 대체 무슨 일이 일어난 걸까요? 왜 편지도 쓰지 못할까요? 오, 생각만 해도 미칠 것 같아요! 밤에 한숨도 잠을 못 이룬답니다.」 서덜랜드 양은 방한용 토시에서 꺼낸 작은 손수건에 얼굴을 묻고 몹시 흐느끼기 시작했다.

「제가 경위를 조사해 보겠습니다.」 홈스가 일어서며 말했다. 「틀림없이 확실한 결과를 얻을 수 있을 겁니다. 이제 이 사건은 저한테 맡기시고, 더 이상 속 끓이지 마세요. 무엇보다 호즈머 에인절 씨를 기억에서 지워 버리세요. 그가 서덜랜드 양의 삶에서 사라져 버렸듯 말이죠.」

「다시는 그이를 못 볼 거라는 말씀인가요?」

「그럴 겁니다.」

「그이한테 무슨 일이 일어난 거죠?」

「이 문제는 저한테 맡기시라니까요. 그 사람 용모를 정확히 설명해 주시면 좋겠네요. 그가 보냈던 편지도 보여 주시고요.」

「지난주 토요일 자 『크로니클』 신문에 그이를 찾는 광고를 냈어요. 이건 광고를 오려 놓은 거예요. 또 이건 그이가 보냈던 네 통의 편지고요.」

「고맙습니다. 서덜랜드 양의 주소는요?」

「캠버웰 라이언 플레이스 31번지요.」

「에인절 씨의 주소는 모른다고 했죠. 그럼 아버지 회사는 어디인가요?」

「펜처치가에 있는 대형 클라레 포도주[3] 수입상인 웨스트하우스 앤드 마뱅크요.」

「잘 알겠습니다. 말씀을 아주 명료하게 잘해 주셨습니다. 이 편지들은 두고 가시고, 제가 드렸던 충고를 명심하세요. 이 일을 더 이상 마음에 담아 두지 마시고 부디 새 출발을 하십시오.」

「정말 친절하시군요, 홈스 씨. 하지만 그럴 수가 없어요. 저는 호즈머 씨에게 충실할 거예요. 그이가 돌아오면 언제든 결혼할 수 있도록요.」

터무니없이 요란한 모자를 쓰고 멍한 표정을 짓고 있었지만, 우리 의뢰인의 소박한 믿음에는 경의를 자아내는 고결한 무언가가 있었다. 서덜랜드 양은 작은 편지 묶음을 탁자에 놓고는, 부르면 언제든 다시 오겠다는 약속을 남기고 떠났다.

셜록 홈스는 양쪽 손가락 끝을 서로 맞대고 다리를 앞으로 쭉 뻗은 채, 천장을 쳐다보며 몇 분간 말이 없었다. 이윽고 선반에서 낡고 기름에 전 도기 파이프를 꺼냈다. 그에게는 상담자와도 같은 파이프에 불을 붙인 홈스는 의자에 뒤로 기대더니 뱅글뱅글 도는 푸른 연기 고리를 내뿜으며 한없이 나른

---

3 보르도 지역에서 생산되는 레드와인. 〈맑은〉을 뜻하는 프랑스어에서 나온 이름이다.

한 표정으로 앉아 있었다.

「그 아가씨, 참으로 흥미로운 연구 대상이야. 의뢰한 사건보다 그녀 자신이 더 흥미로운 것 같아. 어쨌거나 사건은 약간 진부해. 내 사건 자료철을 보면 비슷한 사건을 찾을 수 있을 거야. 1877년 앤도버 사건이 그렇고, 작년 헤이그에서도 비슷한 사건이 있었지. 발상은 진부하지만 한두 가지 새로운 면도 있기는 해. 어쨌거나 누구보다 아가씨 본인이 참으로 본받을 점이 많은 것 같아.」

「자네는 그 아가씨한테서 내가 보지 못한 많은 것을 읽어냈나 보군.」 내가 말했다.

「왓슨, 자네가 보지 못한 게 아니라 제대로 주목하지 않은 거야. 어디를 봐야 할지 몰랐고, 그래서 중요한 것을 모두 놓친 거지. 그녀의 옷소매가 얼마나 중요하고, 엄지손톱이 무얼 가르쳐 주는지, 구두끈에 어떤 중요한 단서가 달려 있는지, 내가 다 떠먹여 줄 수는 없어. 자넨 아가씨의 겉모습에서 무엇을 알아냈나, 어디 설명해 보게.」

「흠, 그녀는 빨간색 깃털이 꽂힌 우중충하고 챙 넓은 회색 밀짚모자를 쓰고 있었어. 재킷은 검은색, 거기에 검은 구슬이 수놓여 있었고, 가장자리에는 흑옥 장식이 달려 있었어. 드레스는 갈색인데, 커피색보다 좀 짙은 갈색이었고, 목과 소매에는 자주색 플러시 천이 덧대어져 있었지. 장갑은 회색이고 오른쪽 검지 부분이 닳아 있었고. 구두는 보지 못했네. 작고 동그란 금귀고리를 하고 있었는데, 전체적인 분위기는 꽤 부유하달까, 통속적이고 편안하고 느긋한 방식으로 말이야.」

셜록 홈스는 가볍게 손뼉을 치면서 만족스럽게 웃었다.

「이럴 수가, 왓슨, 자네 굉장한데. 정말 잘했어. 중요한 걸 죄다 놓치긴 했지만, 방법은 아주 제대로인데. 게다가 색깔을 빨리 파악하는 눈이 있어. 그런데 전반적인 인상에 치우치지 말고 세부에 집중해야 하네. 내가 여자를 볼 때 항상 처음 보는 것은 옷소매야. 남자의 경우엔 바지 무릎을 먼저 보는 쪽이 나을 거야. 자네도 보았다시피 그녀의 옷소매엔 플러시 천이 대어져 있었는데, 자국이 정말 잘 남는 천이지. 손목에서 조금 위쪽에 두 개의 줄이 아주 선명하게 나 있었어. 타자를 칠 때 팔이 탁자를 누르게 되는 자리야. 손재봉틀을 사용할 때도 비슷한 자국이 남지만, 이 경우 왼쪽 팔에만, 그것도 엄지손가락에서 가장 먼 새끼손가락 옆 부분에 생겨. 또 그 아가씨의 손목처럼 가장 넓은 부위를 가로지르지는 않아. 그런 다음 나는 얼굴을 보았는데, 코 양쪽에 오목하니 코안경 자국이 있더군. 그래서 의뢰인이 근시이고 타자를 친다고 대담하게 넘겨짚었는데, 아가씨가 깜짝 놀라더군.」

「나도 놀랐어.」

「어쨌든 틀림없는 사실이었지. 그런 다음에 시선을 내렸다가 놀랍고도 흥미로운 걸 발견했지. 서덜랜드 양이 신고 있는 구두는 양쪽이 비슷해 보였지만 실은 짝짝이였어. 한 짝은 앞코에 살짝 장식이 있었지만, 다른 짝은 장식 없이 밋밋했지. 한 짝은 단추 다섯 개 중 아래 두 개만 채워져 있었고 다른 짝은 첫째, 셋째, 다섯째 단추가 채워져 있었지. 평소 같으면 단정한 차림이었을 젊은 숙녀가 단추도 제대로 채우지 않은 짝짝이 구두를 신고 온 것을 보고 서둘러 집을 나섰다고 말한다 해도 뭐 대단한 추리는 아니지.」

「또 다른 건?」 나는 언제나처럼 내 친구의 예리한 추리에 몹시 흥미를 느끼며 물었다.

「얼핏 본 건데, 그녀는 집을 나서기 전에, 그러나 옷을 다 입은 후에 어떤 쪽지를 썼어. 자네는 오른쪽 장갑 검지 부분이 닳아 있었다고 했지만, 양쪽 장갑과 손가락에 묻은 보라색 잉크는 보지 못했어. 급히 뭔가를 쓰느라 잉크병에 펜을 너무 깊게 담갔던 거야. 분명 오늘 아침에 그랬을 거야. 그렇지 않고서야 잉크 자국이 손가락에 선명하게 남아 있을 리가 없지. 비록 약간 초보적인 추론이긴 해도 재미있다네. 하지만 일을 시작해야지, 왓슨. 호즈머 에인절 씨에 관한 광고 문안을 읽어 주겠나?」

나는 신문 조각을 불빛을 향해 들고 내용을 읽었다. 「사람을 찾습니다. 14일 오전 호즈머 에인절이라는 신사가 실종되었음. 건장한 체격. 키는 170센티미터. 피부색은 누르스름하고, 검은 머리에 정수리가 살짝 벗어짐. 풍성하고 검은 구레나룻과 콧수염. 색안경을 썼으며 어눌한 말투. 실종 당시 실크를 덧댄 검정 프록코트에 검정 조끼 차림. 앨버트 금시곗줄[4]을 늘어뜨렸고, 회색 해리스 트위드[5] 바지를 입고, 고무를 댄 반부츠에 갈색 각반을 차고 있었음. 레든홀가의 사무실에

---

4 굵직한 사슬로 된 시곗줄. 빅토리아 여왕의 남편인 앨버트 공(1819~1861)이 유행시켜 그의 이름이 붙었다.

서 일했다고 함. 누구든 행방을 아시는 분은 등등.」

「이 정도면 됐어.」 홈스가 중단시키더니 편지들을 훑어보며 말을 이었다. 「글이 너무 평범하군. 편지에는 에인절 씨에 대한 단서가 전혀 없어. 발자크의 소설 한 대목을 인용한 것 빼고는. 그런데 주목할 만한 점이 하나 있군. 틀림없이 자네도 알아챌 거야.」

「타자기로 쳤잖아.」 내가 말했다.

「편지 내용뿐만이 아니라 서명까지 타자로 했어. 맨 아래 깔끔하게 〈호즈머 에인절〉이라고 찍힌 타자 글씨 좀 봐. 날짜는 적혀 있지만, 레든홀가라는 막연한 주소를 빼면 아무것도 없어. 이 서명이 말해 주는 바는 아주 의미심장해. 사실 결정적이라고 할 수 있지.」

「뭐가?」

「아니, 이 친구야. 그게 이 사건에 얼마나 결정적인 의미가 있는지 모른단 말이야?」

「잘 모르겠어. 혹시라도 그 남자가 결혼 약속을 파기할 상황에서 자기 서명을 부인할 의도로 그랬다면 몰라도.」

「아니, 그건 요점이 아니야. 하지만 이 문제를 해결하기 위해 우선 편지 두 통을 써야겠어. 하나는 시내에 있는 한 회사에, 또 하나는 젊은 숙녀의 계부인 윈디뱅크 씨에게. 내일 저녁 6시에 여기 와달라고 부탁하는 편지를 보낼 거야. 아가씨의 남자 친척과 일을 처리하는 편이 좋을 테니까. 자, 의사 양반, 내가 쓸 편지에 답장이 올 때까지는 할 수 있는 일이 없으

5 아우터헤브리디스 제도의 해리스섬에서 생산한 트위드 직물.

니 이 사소한 사건은 잠시 선반에 올려 두어도 되겠어.」

나는 수많은 사건을 지켜보면서 내 친구의 예리한 추리력과 남다른 추진력을 믿어 왔다. 따라서 이 독특한 사건을 대하면서 홈스가 이토록 자신 있고 느긋하게 행동하는 데는 그럴 만한 이유가 있을 것 같았다. 내가 알기로 그가 실패한 것은 딱 한 번, 보헤미아 왕과 아이린 애들러 사건뿐이었다. 그러나 〈네 사람의 서명〉 사건의 기이한 일과 〈주홍색 연구〉와 관련된 특이한 상황을 돌이켜 보고는 이 홈스조차 풀 수 없다면 그야말로 이상하게 뒤엉킨 사건일 거라는 생각이 들었다.

나는 여전히 검은색 도기 파이프를 뻐끔거리는 홈스를 두고 집을 나왔지만, 내일 저녁쯤이면 그가 메리 서덜랜드 양의 사라진 신랑의 정체를 밝혀 줄 모든 단서를 손에 넣을 거라고 믿어 의심치 않았다.

당시 나는 매우 위중한 환자에게 온 신경을 쏟고 있었고, 다음 날은 종일 환자의 침상을 지키느라 짬을 낼 수 없었다. 일이 끝났을 때 시계를 보니 6시가 다 돼 있었다. 나는 이 작은 미스터리의 해결을 도와 대단원에 참석하기에는 너무 늦지 않았을까 가슴을 졸이며 급히 이륜마차를 잡아타고 베이커가로 향했다. 그러나 셜록 홈스는 혼자 있었고, 안락의자에 길고 여윈 몸을 파묻은 채 선잠을 자고 있었다. 병과 시험관이 방 안에 어지럽게 널려 있고 자극적인 염산 냄새가 코를 찌르는 걸 보니, 홈스는 하루 종일 무척 좋아하는 화학 실험에 몰두한 모양이었다.

「그래, 문제는 풀었어?」 나는 방에 들어서며 물었다.

「응. 중정석에서 나온 중황산염이었어.」

「아니, 그 사건 말이야!」 내가 소리쳤다.

「아, 그거! 내가 연구하던 황산염 얘기인 줄 알았지. 어제도 말했다시피, 이 사건은 수수께끼고 뭐고 할 게 없어. 몇 가지 세부 사항이 흥미롭기는 하지만 말이야. 그런데 한 가지 아쉬운 점은 그 사기꾼을 법적으로 처벌할 방법이 없다는 거지.」

「그럼 그 남자는 누구야, 그리고 무슨 목적으로 서덜랜드 양을 버린 거야?」

질문이 내 입에서 떨어지자마자, 그리고 홈스가 채 대답하기도 전에, 복도에서 축구공이 쿵 떨어지는 듯한 무거운 발소리가 들리는가 싶더니 문을 두드리는 소리가 들렸다.

「그 아가씨의 의붓아버지 제임스 윈디뱅크 씨야. 6시에 오겠노라고 답장이 왔어. 들어오세요!」 홈스가 말했다.

들어온 남자는 다부진 몸에 중간 정도의 키로, 나이는 30대쯤 되어 보였고, 얼굴은 깔끔하게 면도했는데 안색이 누르스름했다. 왠지 상대의 비위를 맞추려는 듯 태도는 상냥했지만, 잿빛 눈은 매우 날카롭고 사람을 꿰뚫어 보는 듯했다. 남자는 묻는 표정으로 우리 두 사람을 보더니, 반짝이는 실크해트를 작은 탁자에 내려놓고 살짝 목례를 하고는 옆걸음으로 가장 가까운 의자에 가서 앉았다.

「안녕하세요, 제임스 윈디뱅크 씨.」 홈스가 인사했다. 「타자기로 쓴 이 편지는 선생이 보내신 거죠? 6시에 오시겠다고 약속하셨습니다만!」

「그렇습니다. 조금 늦은 것 같군요. 아시다시피 남의 밑에서 일하는 처지라서요. 서덜랜드 양이 이런 사소한 문제로 성가시게 해드렸다면 죄송합니다. 이런 남세스러운 집안일을 떠벌리지 않았다면 좋았을 겁니다. 그 아이가 찾아온 건 전혀 제 뜻이 아니었습니다. 눈치채셨을지 모르지만, 제 딸은 걸핏하면 흥분하고 충동적이어서, 뭘 하기로 한번 마음먹으면 도무지 말릴 수가 없거든요. 물론 선생은 경찰과는 관련이 없으니 크게 신경 쓰이지는 않습니다만, 집안의 불상사가 밖으로 새어 나가는 게 유쾌한 일은 아닙니다. 게다가 쓸데없이 돈만 버릴 테니까요. 선생이 무슨 수로 호즈머 에인절이라는 사람을 찾겠습니까?」

「그렇지 않습니다. 얼마든지 호즈머 에인절 씨를 찾아낼 거라고 믿을 이유는 많거든요.」 홈스가 조용히 말했다.

윈디뱅크 씨는 화들짝 놀라 장갑을 떨어뜨렸다. 「그렇게 말씀하시니 기쁩니다.」

「정말 흥미로운 일이 하나 있습니다.」 홈스가 말했다. 「사람의 필체처럼 타자기 역시 제각기 아주 뚜렷한 특성이 있거든요. 아주 새것이 아니라면 다른 타자기와 똑같은 글씨는 나오지 않습니다. 어떤 활자는 다른 글자보다 더 닳았고, 어떤 활자는 한쪽만 닳기도 하지요. 윈디뱅크 씨, 선생이 보낸 이 편지를 잘 보세요. 〈e〉는 하나같이 약간 뭉개져 있고, 〈r〉의 경우는 꼬리가 살짝 흐릿합니다. 이외에도 열네 가지 특징이 더 있지만, 이 두 글자가 가장 뚜렷한 특징을 보이죠.」

「저희 사무실에서는 모든 서신을 이 타자기로 작성합니다.

그러니 약간 닮기는 했을 겁니다.」 우리의 방문객은 작은 눈을 빛내며 날카롭게 홈스를 쳐다보았다.

「그렇다면 윈디뱅크 씨, 아주 흥미로운 연구를 보여 드리죠.」 홈스가 말을 이었다. 「저는 요즘 타자기와 범죄의 연관성을 다룬 논문을 하나 쓸까 생각하고 있습니다. 제가 상당히 주목하고 있는 주제죠. 이건 실종된 남자가 보냈던 네 통의 편지입니다. 모두 타자기를 사용해서 쓴 거죠. 각각의 편지를 보면 ⟨e⟩가 뭉개져 있을 뿐 아니라 ⟨r⟩는 꼬리가 없어요. 이 확대경으로 보면 아시겠지만, 아까 언급했던 나머지 열네 가지 특징도 나타납니다.」

윈디뱅크 씨는 의자에서 벌떡 일어나 모자를 집어 들었다. 「이런 허무맹랑한 짓에 제 시간을 낭비할 수는 없습니다, 홈스 선생. 그 남자를 잡을 수 있으면 잡으세요. 일이 끝나면 알려 주시고요.」

「물론입니다.」 홈스가 냉큼 앞으로 나서며 열쇠를 돌려 문을 잠갔다. 「그럼 알려 드리죠. 이미 그 남자를 잡았습니다!」

「뭐요? 어디서?」 윈디뱅크 씨가 입술까지 하얘지며 소리치더니, 덫에 걸린 쥐처럼 주변을 훑어보았다.

「아, 그건 안 됩니다. 소용없을 겁니다.」 홈스가 점잖게 말했다. 「윈디뱅크 씨, 빠져나갈 길은 없습니다. 모든 정황이 빤히 보이는데 내가 그렇게 간단한 문제를 풀지 못할 거라고 말씀하시다니, 칭찬치고는 고약하군요. 그렇고말고요! 거기 앉으시오. 우리 이야기나 더 해봅시다.」

손님은 의자에 털썩 주저앉았다. 얼굴은 하얗게 질리고 이

마는 땀으로 번들거렸다. 「이, 이 일로 날 기소할 순 없을 거요.」 윈디뱅크 씨가 말을 더듬었다.

「나도 그 점은 잘 알고 있어.」 홈스가 갑자기 말투를 바꾸었다. 「하지만 윈디뱅크, 우리끼리니까 하는 말인데. 이번 일은 비열한 장난치고는 내가 다뤘던 여느 사건 못지않게 잔인하고 이기적이고 비정해. 자, 내가 사건의 경위를 설명할 테니 혹시 틀렸다면 반박해 봐.」

남자는 고개를 푹 숙인 채 의자에 웅크리고 있는 모습이 완패를 인정한 것 같았다. 홈스는 양손을 주머니에 찌른 채 벽난로 한쪽에 기대서고는, 우리한테 말한다기보다 혼잣말을 하듯 이야기를 시작했다.

「남자는 돈을 노리고 자기보다 한참 나이 많은 여자와 결혼했지. 그리고 같이 사는 수양딸의 돈까지 가로채서 실컷 쓸 수 있었어. 물론 수양딸이 같이 사는 동안에만 가능했어. 그런 처지의 사람들에게는 상당히 큰 액수였고, 그래서 만약 그 돈이 사라진다면 형편이 완전히 달라질 판이었지. 무슨 수를 쓰든 그 돈을 지켜야 했어. 수양딸은 착하고 붙임성이 좋은 데다 상당히 정이 많고 인간미가 있었지. 그런 개인적인 장점에 얼마간 수입까지 있었으니 남자들이 그녀를 독신으로 내버려 두지 않으리라는 건 분명했어. 수양딸이 결혼하면 해마다 들어오던 1백 파운드가 날아가 버릴 테니, 계부가 이 결혼을 막기 위해 무얼 어떻게 해야 할까? 그는 딸을 집에 붙잡아 두려고 속 보이는 방법을 써서, 딸이 또래 젊은이들과 어울리지 못하게 했지. 하지만 그것도 완전한 해결책은 아니라는 사실을 깨달았어. 수양딸은 점점 반항적으로 변해 자기 권리를 주장했고, 마침내 어느 무도회에 가겠다고 단호하게 선언했어. 그렇게 되자 영리한 계부는 어떻게 했을까? 양심을 저버리고 머리를 굴려 교활한 계책을 고안해 냈지. 아내의 묵인과 도움을 받아 변장을 한 거야. 색안경으로 날카로운 눈을 감추고, 구레나룻과 풍성한 콧수염으로 얼굴을 가리고, 또렷한 목소리를 가라앉혀 간사하게 속삭이듯 말했지. 수양딸이 눈이 나쁜 덕택에 정체를 들킬 염려 없이 안전하게 호즈머 에인절 씨로 둔갑해서는 자신을 사랑하게 만들고, 다른 남자가 접근하지 못하게 만들었어.」

「처음에는 그냥 장난이었어요.」 손님이 신음하듯 말했다. 「우리는 그 애가 그렇게 푹 빠질지 몰랐어요. 정말 꿈에도 생각 못 했어요.」

「아마 그랬겠지. 그렇더라도 아가씨는 남자에게 푹 빠졌고, 계부가 프랑스에 있는 줄로만 알았으니 한순간도 자기가 배신을 당했다고는 생각하지 않았어. 신사가 호의를 베풀자 몸 둘 바를 모를 만큼 좋았고, 어머니가 한껏 칭찬을 늘어놓자 효과는 더 커졌어. 이어서 에인절 씨가 찾아오기 시작했지. 제대로 효과를 보기 위해서는 이 방법을 끝까지 밀고 나가는 게 가장 확실했기 때문이지. 그렇게 몇 번 만나다가 결혼을 약속한 거야. 그래야 아가씨의 감정을 언제까지나 붙들어 놓을 수 있을 테니까. 하지만 그런 속임수가 영원히 통할 리는 없지. 프랑스로 출장 가는 척하는 일도 번거로웠거든. 이제 남은 것은 벌인 일을 확실히 마무리 짓는 거였어. 젊은 아가씨의 마음에 지워지지 않을 인상을 남겨서, 한동안 다른 구혼자들을 거들떠보지도 않게 할 극적인 방법이 필요했지. 그래서 성서에 손을 얹고 결혼 서약을 하게 했고, 결혼식 당일 아침에 무슨 일이 일어날 수 있다는 암시까지 남겼어. 제임스 윈디뱅크는 서덜랜드 양이 호즈머 에인절에게 미련을 못 버리고 그의 정체를 모른 채 노심초사하면서 10년 정도는 어떻게든 다른 남자에게 마음을 주지 않게 하려는 속셈이었던 거야. 그는 서덜랜드 양을 교회 문 앞까지 데려다 놓고, 자신은 차마 더 갈 수 없어서 편리하게 사라져 버렸지. 사륜마차의 한쪽 문으로 탔다가 다른 쪽 문으로 내리는 케케묵은 수법으로 말이야. 그게 내가 생각한 사건의 전말입니다, 윈디뱅크 씨!」

우리의 손님은 홈스가 말하는 동안 어느 정도 자신감을 되찾았는지 창백한 얼굴에 차가운 웃음을 지으며 자리에서 일어섰다.

「그럴 수도 있고 아닐 수도 있지요, 홈스 씨. 하지만 당신이 그렇게 잘났다면 지금 법을 어기는 사람은 내가 아니라 당신이라는 것도 알고 있겠지요. 처음부터 나는 기소당할 만한 짓은 조금도 하지 않았습니다. 하지만 저 문을 계속 잠가 둔다면 홈스 씨 당신이야말로 폭행과 불법 감금으로 기소당할 수 있어요.」

「당신 말처럼 법으로는 당신을 건드리지 못하지.」 홈스가 자물쇠를 풀고 문을 열어젖히며 말했다. 「하지만 당신만큼 천벌을 받아 마땅한 인간은 없어. 그 아가씨에게 오빠나 남자 친구가 있었다면 채찍으로 당신 어깨를 후려쳤을 거야. 아, 그렇지!」 홈스는 씁쓸히 코웃음 치는 남자의 표정에 얼굴을 붉히며 말을 이었다. 「의뢰인을 위해 꼭 할 일은 아니지만, 마침 여기 사냥 채찍이 있으니 본때를 보여 줄까…….」 홈스는 날렵하게 걸음을 옮겼지만, 미처 채찍을 잡기도 전에 우당탕 계단을 내려가는 소리와 무거운 현관문이 쾅 닫히는 소리가 들렸다. 창밖으로 제임스 윈디뱅크 씨가 전속력으로 달아나는 모습이 보였다.

「비열한 냉혈한 같으니!」 홈스가 웃으며 다시 의자에 몸을 던졌다. 「저 작자는 점점 더 큰 범죄를 저지르다가 결국엔 아주 흉악한 짓을 저지르고는 교수대로 갈 거야. 어쨌거나 이번 사건은 몇 가지 측면에서 그래도 흥미로운 요소가 있다네.」

「나는 아직 자네의 추리 단계를 전부 이해하지는 못하겠어.」 내가 말했다.

「우선 호즈머 에인절 씨라는 남자가 별난 행동을 하는 데는 보나 마나 뚜렷한 목적이 있었을 거라고 생각했지. 그리고 이 사건으로 실제 이익을 볼 사람이 계부뿐이라는 것도 분명하고 말이야. 그런데 두 남자가 함께 있었던 적이 없고, 늘 한 명이 떠난 후에야 다른 한 명이 나타났다는 사실이 뭔가 수상했네. 색안경과 이상한 목소리도 미심쩍었고. 이 두 가지는 변장을 암시하잖아. 무성한 구레나룻도 그래. 서명조차 타자로 치는 별난 행동 때문에 내 의혹은 더욱 굳어졌어. 그런 행동은 몇 글자만 봐도 눈치를 챌 만큼 서덜랜드 양이 그의 필체를 잘 알고 있었다는 것을 말해 주지. 이 모든 사실들 하나하나와 나머지 사소한 많은 요소가 모두 같은 방향을 가리키고 있었어.」

「그럼 그런 의혹들을 어떻게 확인했나?」

「일단 의심이 가는 자를 점찍고 나자, 보강 증거를 얻기는 쉬웠어. 나는 이 남자가 일하는 회사를 알고 있었네. 신문에 나온 인상착의를 가져다가 변장일 수 있는 요소를 하나씩 지워 나갔지. 구레나룻, 색안경, 목소리 등을. 그런 다음 그 회사에 편지를 보내 외판원 중에 그런 인상착의를 가진 사람이 있는지 물어봤네. 그리고 타자기의 특징을 파악해 놓은 후에, 회사 주소로 편지를 보내 여기로 와줄 수 있느냐고 물었어. 예상대로 그는 타자기로 답장을 써서 보냈지. 사소한 부분까지 똑같은 활자의 결함들이 드러나 있더군. 마침 펜처치가의 웨스트하우스 앤드 마뱅크에서도 답장이 왔는데, 신문 광고의 인상착의는 모든 면에서 그 직원, 제임스 윈디뱅크와 일치한다는 거야. 그게 전부야!」

「서덜랜드 양은 어쩌지?」

「사실을 말해 줘도 믿지 않을 거야. 옛날 페르시아 격언에 이런 말이 있지. 〈호랑이 새끼를 데려온 자에게 위험이 닥치듯, 여자의 환상을 가로챈 자에게도 위험이 닥친다.〉 호라티우스만큼이나 하피즈[6]의 글에도 세상사에 대한 통찰과 지혜가 담겨 있다네.」

6 페르시아의 시인 하피즈Hafiz(1325?~1389?)를 가리키지만, 이 말의 출처가 하피즈라는 사실은 확인되지 않았다.

빨강 머리 연맹

작년 가을 어느 날, 나는 셜록 홈스의 집에 들렀다. 그는 체구가 좋고 불그레한 얼굴에 나이가 지긋하고, 불타는 듯한 빨강 머리의 신사와 한창 대화를 나누고 있는 중이었다. 방해해서 미안하다고 말하며 도로 나오려는 찰나, 홈스가 갑자기 나를 붙들어 방으로 끌어들이고는 문을 닫았다.

「때마침 정말 잘 와주었어, 왓슨.」 그가 다정하게 말했다.

「지금 바쁜 것 같은데.」

「사실 바쁘지. 아주 많이.」

「그럼 옆방에서 기다리겠네.」

「그럴 필요 없어. 윌슨 씨, 이 신사는 제 파트너이자 조력자입니다. 그동안 성공리에 해결한 많은 사건에서 도움을 주었지요. 선생의 사건에서도 틀림없이 큰 도움이 되리라 생각합니다.」

체구가 좋은 남자는 의자에서 반쯤 일어나 가벼운 고갯짓으로 인사하면서, 통통한 눈두덩 속의 작은 눈으로 약간 미심쩍게 나를 바라보았다.

「저 긴 의자에 앉지.」 홈스가 자신의 안락의자에 도로 앉으면서 말했다. 그러고는 무언가를 따져 볼 때 하는 습관대로 손가락 끝을 서로 맞대었다. 「왓슨, 자네도 나처럼 단조롭고 틀에 박힌 일상을 벗어난 온갖 이상한 것을 좋아한다는 거 아네. 사건을 기록하는 열정이나, 이렇게 말하면 실례일지 모르지만, 내가 겪은 수다한 모험을 미화하는 것만 봐도 그렇지.」

「자네가 맡았던 사건들은 실제로 정말 흥미로웠어.」 내가 말했다.

「저번에 내가 한 말은 자네도 기억할 거야. 메리 서덜랜드 양이 내준 아주 간단한 문제를 조사하기 직전에 그랬잖아. 이상한 결과와 특이하게 맞물린 기묘한 일들을 찾아보려면 삶 자체로 들어가야 한다고, 삶은 언제나 우리네 상상보다 더한 것을 보여 준다고 말이야.」

「그 주장에 나는 동의하지 않았지.」

「그랬지. 하지만 어쨌거나 자네는 내 견해를 따라야 할걸. 그렇지 않으면 나는 그걸 뒷받침하는 사실을 계속해서 산더미처럼 들이밀 거고, 결국 자네의 이성은 거기에 깔려 무너져 내릴 테니까. 그러면 내 말이 옳다는 사실을 인정하겠지. 보라고, 여기 계신 제이비스 윌슨 씨가 이 오전에 나를 찾아와서 이야기를 시작하셨다는 게 좋은 예야. 장담하건대 이 이야기는 최근 내가 들었던 것 중에서도 손꼽을 만큼 독특해. 전에도 말했듯이, 가장 이상하고 특이한 일들은 큰 범죄가 아니라 작은 범죄와 연관된 경우가 많고, 실제로 가끔은 확실히 범죄가 일어났는지 아리송하기도 하지. 지금까지 윌슨 씨한테 들은 바로는 이 사건이 범죄인지 아닌지 판단이 서지 않지만, 진행 과정이 내가 들은 어떤 이야기보다 이상해. 그럼 윌슨 씨, 괜찮으시다면 아까 이야기를 다시 해주셨으면 합니다. 제 친구 왓슨이 앞부분을 듣지 못했기 때문만은 아니에요. 이야기가 워낙 기묘해서 아주 사소한 부분 하나도 놓치고 싶지 않거든요. 보통 저는 어느 정도 이야기를 들으면, 기억하고 있는 수많은 사건에 비추어 감을 잡을 수 있지요. 그런데 이 사건의 경우는 정말이지, 아무리 봐도 비슷한 예를 찾기 어려울 만큼 이상하다는 점을 인정할 수밖에 없군요.」

몸집이 거대한 의뢰인은 약간 뿌듯한 표정으로 가슴을 한껏 부풀리더니 방한 외투 안주머니에서 구깃구깃해진 신문을 꺼냈다. 남자가 무릎 위에 신문을 펴놓고 얼굴을 바짝 들이대서 광고란을 훑어 내려가는 동안, 나는 그를 찬찬히 살피며 내 친구의 방식대로 옷차림이나 외모에서 뭔가 파악하려고 애썼다.

그러나 열심히 뜯어봤지만 별로 얻은 게 없었다. 이 방문객은 비대한 몸에 행동이 둔하고 점잖은 척하는 전형적인 영국 상인의 모든 특징을 지니고 있었다. 약간 헐렁한 회색 셰퍼드 체크 바지 차림에, 그다지 깨끗하지 않은 검정 프록코트를 앞단추를 채우지 않고 입고 있었다. 담갈색 조끼 위로는 황동으로 된 무거운 앨버트 시곗줄을 늘어뜨리고 있었는데, 구멍이 뚫린 네모난 금속 조각이 장식으로 달려 있었다.

옆 의자에는 해진 모자와 주름진 벨벳 목깃이 달린 색 바랜 갈색 외투가 놓여 있었다. 아무리 봐도 불타는 듯한 빨강 머리와 몹시 분하고 불만스러운 듯한 표정 말고는 눈길을 끌 만한 구석이 전혀 없었다.

홈스는 열심히 머리 굴리는 내 모습을 흘깃 보더니, 무언가를 묻는 듯한 내 시선에 미소를 지으며 고개를 저었다. 「이 분이 한동안 육체노동을 했고, 코담배를 피우고, 프리메이슨 단원이고, 중국에 간 적이 있고, 최근에는 글씨 쓰는 일을 상당히 많이 했다는 사실은 확실해. 하지만 나머지는 나도 모르겠네.」

월슨 씨는 벌떡 일어섰다. 신문에서 집게손가락을 떼지 않은 채로 홈스를 쳐다보고 있었다.

「아니, 이럴 수가, 홈스 씨, 그건 어떻게 아셨습니까? 이를테면 내가 육체노동을 했었다는 사실은요? 사실은 예전에 배 만드는 목수 일을 했거든요.」

「손을 보고 알았습니다. 오른손이 왼손보다 꽤 크시죠. 오른손으로 일하셨으니 오른손 근육이 더 발달한 겁니다.」

「그럼 코담배는요, 그리고 프리메이슨은요?」

「그걸 어떻게 알아냈는지 말씀드려서 월슨 씨의 지성을 모욕할 생각은 없습니다만, 무엇보다 선생은 프리메이슨의 엄격한 규율을 어기면서까지 활과 컴퍼스 모양[1] 브로치를 달고 계시잖습니까.」

「아, 그렇죠. 그걸 깜빡했군요. 하지만 글씨를 많이 썼다는

1 정확히는 〈직각자와 컴퍼스〉 브로치로, 프리메이슨을 상징하는 표지다.

건요?」

「오른쪽 소맷단 끝이 12.7센티미터 정도 반질거리고, 책상에 닿는 왼쪽 팔꿈치 부근이 매끈하게 닳아 있습니다. 그게 달리 무슨 뜻이겠습니까?」

「그럼 중국은요?」

「오른쪽 손목 바로 위에 새긴 물고기 문신은 중국에서만 할 수 있는 거지요. 저는 문신도 조금 연구했고 해당 주제로 글도 썼습니다. 물고기 비늘에 섬세한 분홍 빛깔을 들이는 것은 중국만의 특유한 기술이죠. 더욱이 시곗줄에 달린 중국 엽전을 보면 문제는 더 간단해집니다.」

윌슨 씨는 크게 웃었다. 「맙소사! 처음에는 뭔가 영리한 술수를 쓴 줄 알았는데, 알고 보니 아무것도 아니군요.」

「왓슨, 내가 하나하나 설명한 것이 실수였다는 생각이 들기 시작하는군. 옴네 이그노툼 프로 마그니피코Omne ignotum pro magnifico, 모르는 것은 모두 대단해 보인다. 너무 솔직히 털어놓아 버려서 내 초라한 명성에 금이 가게 생겼어. 윌슨 씨, 광고는 아직 못 찾으셨습니까?」

「아뇨, 방금 찾았습니다.」 그가 퉁퉁하고 붉은 손가락으로 광고란 중간을 짚었다. 「여기 있네요. 모든 일이 이 광고 때문에 벌어졌어요. 직접 읽어 보시죠.」

나는 신문을 받아 들고 광고를 읽어 내려갔다.

빨강 머리 연맹에 알림 ─ 미국 펜실베이니아주 레버넌의 고 에저카이어 홉킨스의 유산 덕택으로, 회원들에게 순전히 명목상의 봉사에 대한 대가로 매주 4파운드씩을 지급하고 있습니다. 현재 결원이 한 명 생겼습니다. 심신이 건강한 21세 이상의 빨강 머리 남성은 누구나 지원할 수 있습니다. 월요일 11시, 플리트가 포프스 코트 7번지의 연맹 사무실로 내방하시어 덩컨 로스에게 지원하시기 바랍니다.

「이게 대체 무슨 소리야?」 나는 그 이상한 광고 글을 두 번이나 읽고 나서 불쑥 내뱉었다.

홈스는 의자에서 들썩거리며 낄낄 웃었다. 기분 좋을 때의 습관이었다. 「상식적으로 이해하기 힘든 광고지? 자아, 윌슨 씨, 처음부터 말씀해 주세요. 본인과 식구들 소개를 해주시고, 이 광고가 어떤 행운을 가져다주었는지도 낱낱이 말씀해 주세요. 왓슨, 자네는 우선 그게 며칠 자 무슨 신문인지 봐주게.」

「『모닝 크로니클』지, 1890년 4월 27일 자야. 딱 두 달 전이군.」

「좋아. 그럼, 윌슨 씨?」

「뭐, 아까 말씀드린 대로입니다, 셜록 홈스 씨.」 윌슨은 이마의 땀을 닦으며 말을 시작했다. 「나는 시내 근방의 색스코버그 광장에서 작은 전당포를 운영하고 있습니다. 가게가 크지 않은 데다 최근 몇 년간은 겨우 먹고살 정도였죠. 옛날에는 점원 두 명을 두었지만, 지금은 한 명뿐입니다. 그 친구에게 급료를 주려면 제가 따로 일자리를 구해야 할 형편이었지만, 일을 배우겠다며 급료의 절반만 받겠다고 해서 쓰게 됐습니다.」

「그 착한 청년 이름이 뭔가요?」 홈스가 물었다.

「빈센트 스폴딩이라고 하는데, 청년이라고 하긴 어려워요. 나이를 가늠하기 힘들거든요. 홈스 씨, 그만큼 똑똑한 점원도 없습니다. 더 나은 자리를 찾으면 지금보다 두 배는 더 벌 수 있을 거예요. 하지만 자기가 만족하는데, 내가 딴생각을 심어 줄 이유는 없지 않습니까?」

「당연히 그렇죠. 시세보다 낮은 값에 사람을 쓰시다니 정말 운이 좋으신 것 같습니다. 요즘 그런 행운을 누리는 고용주는 별로 없으니 말입니다. 그런데 선생의 전당포 점원도 지금 가져오신 광고만큼이나 특이한 것 같네요.」

「아, 물론 단점도 있어요. 아주 사진에 미쳐 있어요. 차라리 정신 수양이나 할 것이지 툭하면 사진을 찍어 대고는 현상한답시고 토끼가 굴에 뛰어들듯 냉큼 지하실로 내려가지요. 그게 큰 단점이지만, 대체로 부지런하고 괜찮은 직원이에요. 악한 구석도 없고.」

「지금도 윌슨 씨 가게에서 일하고 있죠?」

「네. 그 친구 말고는 열네 살 된 여자아이 하나가 있어요. 간단한 요리와 청소를 해주는 아이입니다. 우리 집에 있는 사람은 그게 다예요. 난 홀아비이고, 다른 가족은 없어요. 그렇게 우리 셋이서 아주 조용히 살고 있습니다. 굳이 아등바등하지 않아도 머리 위에 지붕이 있고, 빚을 갚을 만큼은 되는 살림살이지요. 이렇게 평온하게 살아가는 우리를 들쑤신

게 바로 이 광고입니다. 스폴딩이 딱 8주 전에 신문을 들고 사무실에 들어와서 말하더군요.

〈윌슨 사장님, 제가 빨강 머리라면 얼마나 좋을까요.〉

〈왜?〉 내가 물었죠.

〈그게, 여기 빨강 머리 남자들의 연맹에 또다시 자리가 하나 났대요. 그 자리만 얻으면 큰돈이 굴러들어 오거든요. 제가 알기로는 빨강 머리 남자들의 수보다 빈자리가 많아서, 유산 관리인이 돈을 어떻게 써야 할지 고심하고 있다고 하더라고요. 머리색을 바꿀 수만 있다면 그 멋진 여물통[2]에 내가 들어가는 건데.〉

〈아니, 그게 무슨 소리야?〉 내가 물었습니다. 홈스 씨, 아시다시피 나는 집에만 틀어박혀 있는 사람이고, 일도 내가 찾아 나서는 게 아니라 들어오기 때문에, 몇 주일씩 문밖을 나가지 않는 경우도 많아요. 그러다 보니 바깥세상 돌아가는 일에 어두웠고, 누가 무슨 소식이라도 가져오면 늘 반가웠죠.

〈빨강 머리 남자 연맹이라고 못 들어 보셨어요?〉 스폴딩이 눈을 동그랗게 뜨고 묻더군요.

〈한 번도.〉

〈아니, 사장님이라면 빈자리를 채울 자격이 있을 것 같은데요.〉

〈거기에 들어가면 뭐가 좋은데?〉 내가 물었죠.

〈아, 그냥 1년에 2백 파운드를 받는데, 하는 일이 별거 아니에요. 생업에 크게 지장을 받지도 않고요.〉

2 〈일자리〉나 〈상황〉을 가리키는 속어.

사실, 짐작하시겠지만 귀가 솔깃했습니다. 몇 년 동안 사업은 신통치 않았고, 가욋돈 2백 파운드면 아주 유용할 테니까요.

〈자세히 말해 봐.〉내가 말했습니다.

그러자 스폴딩이 이 광고를 보여 주더군요. 〈직접 보세요, 이 연맹에 결원이 생겼다니까요. 주소가 있으니 자세한 것은 찾아가서 물어보면 되죠. 제가 알기로는 미국의 백만장자, 에 저카이어 홉킨스라는 아주 별난 사람이 이 연맹을 설립했대요. 자신이 빨강 머리였는데, 세상의 모든 빨강 머리 남자들을 측은하게 여겼대요. 그 사람이 죽을 때 유산 관리인들한테 어마어마한 재산을 남기면서, 거기서 나오는 이자를 빨강 머리 남자들을 위해 쓰라고 유언을 남긴 거죠. 듣기로는 보수가 후하고, 할 일도 거의 없다던데요.〉

〈하지만 거기에 들어가려는 빨강 머리가 수도 없이 많겠지.〉내가 말했죠.

〈생각만큼 많지 않아요. 사실, 런던에 거주하는 성인 남자라는 자격 제한이 있거든요. 그 미국인이 젊었을 때 런던에서 사업을 시작해서, 옛날에 살던 도시에 보답하고 싶어 했대요. 그리고, 머리색이 옅은 빨강이거나 어두운 빨강이면 지원해도 소용없다던데요. 어쨌거나 진짜로 환하게 불타는 듯한 짙은 빨강이 아니면 안 된대요. 그러니 생각 있으면 한번 가보시죠. 사장님이야 물론 돈 몇백 파운드 벌자고 그런 수고를 할 이유가 없을 것 같기도 하지만요.〉

그런데 두 분도 보셔서 아시겠지만, 내 머리 색깔이 아주 짙고 선명하다는 건 사실입니다. 만약 머리 색깔 대회 같은 게 있다면 어떤 남자보다 유리할 거라고 생각합니다. 스폴딩이 그 일에 관해선 아주 잘 아는 것 같더군요. 녀석을 데려가면 도움이 되겠다 싶어서 가게 문을 닫고 당장 같이 가보자고 했죠. 스폴딩은 하루 제치게 돼서 아주 좋아했고, 그렇게 우리는 일을 작파하고 광고에 나온 주소를 찾아갔습니다.

홈스 씨, 내 평생 두 번 다시 그런 광경은 볼 수 없을 겁니다. 동서남북을 막론하고 머리카락에 붉은 기가 있다 싶은 온갖 남자들이 몰려왔더군요. 플리트가는 빨강 머리 남자들로 미어터졌고, 포프스 코트는 꼭 과일 행상의 오렌지 수레 같더군요. 광고 하나에 전국의 빨강 머리가 그렇게나 많이 모여들다니 상상도 못 한 일이었어요. 색깔도 어찌나 다양한지. 밀짚색, 레몬색, 오렌지색, 벽돌색, 밤색, 간색, 진흙색 등등 많았지만, 스폴딩의 말처럼 진짜 선명한 불꽃 같은 색은 별로 없더군요. 그렇게 많은 사람이 기다리는 꼴을 보니 기가 죽어 포기하고 싶었습니다. 하지만 스폴딩은 막무가내였어요. 녀석이 어떻게 했는지 모르겠지만, 북새통 속에서 떠밀고 당기고 들이받으며 저를 끌고 결국 사무실로 올라가는 계단까지 갔지요. 계단에는 사람들이 두 줄로 오가고 있었는데, 기대에 부풀어 올라가는 이들과 퇴짜 맞고 내려오는 이들이었습니다. 하지만 우리는 용케 비집고 들어가 곧 사무실 안으로 들어갔어요.」

「세상에 다시없을 재미있는 일을 경험하셨군요.」 의뢰인이 말을 멈추고 코담배를 뭉텅 집어 드는 사이 홈스가 말했다. 「그 재미있는 이야기를 계속 들려주세요.」

「사무실에는 나무 의자 두 개와 전나무 탁자 하나밖에 없었습니다. 탁자 뒤에 체구가 작은 남자가 앉아 있었는데, 머리가 나보다 더 빨갛더군요. 그는 지원자들이 오면 몇 마디를 나눈 다음 어김없이 실격 처리할 사유를 찾아냈습니다. 여하튼 빨강 머리 연맹에 들어가기가 그리 만만한 일은 아닌 것 같았어요. 그런데 우리 차례가 되자, 그 왜소한 남자가 유독 저한테 호의를 보이는 거예요. 우리가 들어가자 문까지 닫아 가며 은밀한 분위기를 만들더군요.

〈이분은 제이비스 윌슨 씨입니다. 기꺼이 연맹의 공석을 채워 주실 겁니다.〉 우리 점원이 먼저 말했지요.

〈아주 적임자이십니다.〉 그 남자가 대답하더군요. 〈모든 요건을 갖추셨어요. 이렇게 멋진 머리카락은 처음입니다.〉 그 남자가 한 걸음 물러서더니 고개를 한쪽으로 기울인 채 내 얼굴이 다 화끈거릴 만큼 내 머리를 빤히 쳐다보더군요. 그러더니 불쑥 달려들어서는 내 손을 으스러지게 붙잡고 합격이라며 열렬히 축하해 주었습니다.

〈더 이상 머뭇거리는 것은 안 될 일이지만, 그래도 만전을 기해야 하니 잠시 실례를 용서해 주십시오.〉 그러더니 양손으로 내 머리카락을 붙잡고 잡아끄는데, 얼마나 아픈지 소리를 질렀지 뭡니까. 〈눈물이 글썽거리는군요.〉 그가 놓아 주며 말했습니다. 〈모든 게 정상입니다. 그래도 조심해야 하니 말입니다. 이미 두 번이나 가발에, 한 번은 물감에 속은 적이 있거든요. 구두 수선공의 왁스 얘기를 들으시면 인간 본성에

넌더리가 나실 겁니다.〉그는 창가로 다가가더니 결원이 채워졌다고 목청껏 외쳤습니다. 아래쪽에서 실망해서 툴툴대는 소리가 들렸고, 군중들은 제각기 흩어져 결국 나와 관리자를 빼고 빨강 머리는 다 사라졌지요.

〈저는 덩컨 로스라고 합니다. 저 역시 우리의 고귀하신 후원자께서 남기신 기금을 받고 있지요. 결혼하셨습니까, 윌슨씨? 가족이 있으신지요?〉그가 물었습니다.

나는 가족이 없다고 대답했죠.

그가 곧바로 고개를 떨구고 진지하게 말하더군요.

〈저런! 이거 참으로 심각한 일입니다! 그런 말씀을 들으니 유감이군요. 저희 기금은 빨강 머리의 존속은 물론 번식과 확산을 목적으로 하고 있으니까요. 독신이시라니 참으로 안타깝군요.〉

나는 풀이 죽었습니다, 홈스 씨. 빈자리를 차지하긴 글렀다고 생각했기 때문이죠. 하지만 그는 한동안 생각하더니 괜찮을 거라고 하더군요.

〈다른 사람이라면 치명적인 결격 사유지만, 선생 같은 머리카락의 소유자라면 특별히 용납해야겠습니다. 언제쯤 일을 시작할 수 있으신지요?〉

〈저기, 그게 좀 곤란한데요, 하는 일이 있어서요.〉제가 대답했습니다.

〈아, 걱정일랑 내려놓으세요, 사장님! 제가 대신 가게를 보면 되잖아요.〉스폴딩이 나서더군요.

〈근무 시간은 어떻게 되나요?〉제가 물었습니다.

〈10시부터 2시까지입니다.〉

그런데 홈스 씨, 전당포에는 주로 저녁에 손님이 찾아옵니다. 특히 주급을 받기 직전인 목요일과 금요일 저녁이에요. 그러니 오전에 잠깐 하는 일이 나한텐 아주 딱 맞을 것 같았어요. 게다가 점원도 착한 친구고, 일은 알아서 척척 해낼 수 있으니까요.

〈저한테는 딱 좋은 시간입니다. 급료는요?〉 내가 물었습니다.

〈일주일에 4파운드입니다.〉

〈어떤 일인가요?〉

〈순전히 명목상의 일입니다.〉

〈순전히 명목상의 일이라면 어떤 거죠?〉

〈아, 근무 시간 내내 이 사무실에, 아니 적어도 이 건물 안에 있어야 합니다. 자리를 뜨면 모든 지위를 영원히 박탈당해요. 유언장에 아주 분명하게 적시돼 있어요. 그 시간에 사무실 밖으로 나가면 우리 규정을 준수하지 않는 셈이죠.〉

〈하루에 딱 네 시간이니 나갈 생각도 하지 않을 겁니다.〉

〈어떤 핑계도 통하지 않을 겁니다. 어디 아프거나, 가게에 일이 있거나, 무슨 볼일이 생겼다 해도 안 돼요. 반드시 자리를 지켜야 합니다. 아니면 일자리를 잃는 거죠.〉

〈무슨 일을 하면 됩니까?〉

〈『브리태니커 백과사전』을 베끼는 일입니다. 저 책장에 제1권이 있어요. 잉크와 펜, 종이는 직접 준비하셔야 합니다. 저희는 이 탁자와 의자를 제공하고요. 내일부터 출근하시겠습

니까?〉

〈그럼요.〉 내가 대답했어요.

〈그럼 안녕히 가세요, 윌슨 씨. 운 좋게 이렇게 중요한 자리를 차지하게 되신 걸 다시 한번 축하드립니다.〉 그는 사무실 밖까지 배웅해 주었고, 나는 스폴딩과 함께 돌아왔습니다. 이렇게 큰 행운이 굴러오다니 너무 기뻐서 말도 안 나오고 어쩔 줄을 모르겠더군요.

그런데 종일 그 일을 곱씹다 보니, 저녁 무렵에는 다시 마음이 무거워졌습니다. 왠지 이 모든 일이 뭔가 엄청난 장난질이나 사기일 것 같다는 생각이 들었기 때문이지요. 어떤 목적으로 그런 일을 하는지는 짐작도 할 수 없었지만요. 누군가 그런 유언을 남겼다는 거나 『브리태니커 백과사전』을 베끼는 단순한 일에 돈을 준다는 것이나 도무지 믿기지 않는 일이잖아요. 스폴딩이 내 기분을 풀어 주려고 애썼지만, 잠자리에 들 때쯤엔 다 그만두자고 결론을 내렸습니다. 하지만 아침이 되자 어찌 됐든 한번 가보자는 생각이 들었죠. 그래서 1페니짜리 잉크 한 병과 깃펜과 풀스캡판[3] 크기의 종이 일곱 장을 사서 포프스 코트로 갔습니다.

그런데 놀랍고 또 기쁘게도 모든 일이 전날 말한 대로였습니다. 내가 쓸 탁자가 준비되어 있었고, 제시간에 출근했는지 보려고 로스 씨가 와 있었죠. 그는 A 항목부터 시작하라고 하고는 나가 버리더군요. 하지만 이따금 들러서 제대로 하고 있는지 확인했어요. 2시가 되자 가보라고 하면서 많이

3 216×343밀리미터 크기의 인쇄용지.

썼다고 칭찬해 주었습니다. 그러고는 내가 나오자마자 곧바로 사무실 문을 잠그더군요.

그렇게 하루하루가 지났습니다. 홈스 씨. 토요일에 관리인이 오더니 한 주 동안 수고했다며 금화 4파운드를 주더군요. 다음 주도, 그다음 주도 그랬습니다. 나는 매일 오전 10시에 출근했다가 오후 2시면 퇴근했어요. 로스 씨가 오는 횟수도 뜸해져서 오전에 한 번만 오더니, 나중에는 아예 오지도 않았어요. 그래도 잠시도 자리를 비울 엄두가 나지 않았습니다. 로스 씨가 언제 올지 모르고, 그렇게 좋은 일자리를 차지해 놓고 괜히 허튼짓을 하고 싶지는 않았어요.

그렇게 8주가 지났습니다. 나는 대수도원장Abbots들과 궁술Archery, 갑옷Armour, 건축Architecture, 아티카Attica까지 베껴 썼고, 부지런히 하면 머잖아 B 항목을 시작할 수 있을 것 같았죠. 풀스캡판 종이를 사는 데 쓴 돈도 만만치 않았고, 그동안 내가 쓴 종이로 선반 하나가 거의 채워질 정도였죠. 그런데 갑자기 모든 일이 끝나 버렸습니다.」

「끝나다니요?」

「네. 바로 오늘 아침에요. 평소처럼 10시에 출근하고 보니 문이 잠겨 있었고, 문짝 한가운데에 작은 정사각형 마분지가 압정으로 고정되어 있었습니다. 이겁니다, 직접 읽어 보시지요.」

그는 편지지 크기의 흰색 마분지를 내밀었다. 거기엔 다음과 같이 쓰여 있었다.

빨강 머리 연맹은 해체되었습니다.

1890. 10. 9.

홈스와 나는 이 짤막한 문구와 이걸 들고 있는 윌슨 씨의 애처로운 얼굴을 살펴보다가 그만 웃음을 터뜨리고 말았다. 그 사건이 너무나 우스워서 다른 생각은 일절 들지 않았던 것이다.

「뭐가 그렇게 우습죠?」우리의 의뢰인이 타는 듯한 머리카락 뿌리까지 얼굴을 붉히며 소리쳤다. 「그렇게 비웃기만 한다면 다른 데를 알아보겠습니다.」

「아니, 아닙니다!」홈스가 벌써 반쯤 일어선 의뢰인을 의자에 도로 앉히며 소리쳤다. 「무슨 일이 있어도 선생의 사건을 놓치지 않을 겁니다. 정말 참신할 만큼 기상천외한 사건이군요. 다만 실례가 되는 말씀입니다만, 약간 우스운 점이 있긴 합니다. 문에 붙어 있는 그 마분지를 보시고 어떻게 하셨습니까?」

「다리가 휘청거리더군요. 어떻게 해야 좋을지 알 수 없었어요. 나중에 주변 사무실을 돌며 물어봤지만, 여기서 있었던 일을 아는 사람은 없는 것 같았죠. 결국 1층에 사는 건물 주인인 회계사를 찾아가서 빨강 머리 연맹이 어떻게 되었는지 아느냐고 물었지요. 그런 단체는 들어 본 적도 없다고 하더군요. 덩컨 로스 씨가 누구냐고도 물어봤습니다. 그런 이름은 처음 들었대요.

〈저기, 4호실의 신사분 말입니다.〉내가 말해 주었죠.

〈아, 그 빨강 머리 남자요?〉

〈네.〉

〈이런, 그 사람 이름은 윌리엄 모리스요. 사무 변호사[4]인
데, 새 사무실을 얻을 때까지 임시로 내 사무실을 쓰고 있었
죠. 어제 이사 갔어요.〉

〈어디로 갔나요?〉

〈그거야, 새 사무실로 갔겠죠. 주소를 남겼는데. 그래, 세
인트폴 대성당 근처 킹에드워드가 17번지요.〉

홈스 씨, 얼른 그 주소를 찾아갔지만, 도착해 보니 인공 슬
개골을 만드는 공장이었어요. 윌리엄 모리스든 덩컨 로스든
그런 이름조차 들어 본 사람이 없었어요.」

「그래서 어떻게 하셨습니까?」 홈스가 물었다.

「색스코버그 광장의 우리 집으로 돌아가서 스폴딩에게 어
떻게 해야 할지 물었습니다. 하지만 녀석도 뾰족한 수가 없
었지요. 그저 기다리다 보면 우편으로 소식이 오지 않겠느냐
는 말만 하더군요. 하지만 홈스 씨, 그런 말이 위로가 될 리
없죠. 싸워 보지도 않고 그런 자리를 잃고 싶지 않았습니다.
그래서 도움이 필요한 가련한 사람들에게 홈스 씨가 친절하
게 조언을 해준다는 말을 듣고는 이렇게 찾아온 겁니다.」

「아주 잘하셨습니다. 대단히 독특한 사건이라 저도 조사해
보고 싶네요. 지금까지 들려주신 말씀으로 미루어 보건대,
겉보기보다 훨씬 중대한 문제일 가능성이 있어요.」

4 영국에서 사무 변호사는 법률 상담을 하고 사건을 접수, 준비하는 일을
한다. 사무 변호사가 법정 변호사에게 의뢰하면 재판이 진행된다.

「중대하고말고요!」윌슨이 말했다.「아니, 일주일에 4파운드가 사라져 버렸다니까요.」

「윌슨 씨 개인적으로는 이 별난 연맹에 대해 불평할 거리가 전혀 없을 것 같습니다. 오히려 그동안 30파운드가량을 버셨고, 하물며 A에 딸린 모든 항목에 관한 세세한 지식까지 얻으셨으니까요. 그들 때문에 잃은 것은 없으십니다.」

「맞는 말입니다. 하지만 그들에 관해 알아야겠어요. 그들이 누구인지, 그게 장난이었다면 무슨 목적으로 나한테 이런 장난을 쳤는지를요. 32파운드나 들였으니 장난치고는 비싼 장난이잖아요.」

「그런 의문을 밝혀 보겠습니다. 우선 한두 가지 여쭤보죠, 윌슨 씨. 애초에 그 광고를 들고 온 점원 말입니다. 같이 일한 지는 얼마나 되었나요?」

「한 달쯤 되었죠.」

「그 친구는 어떻게 오게 되었습니까?」

「구인 광고를 냈었어요.」

「지원자가 그 친구뿐이었나요?」

「아뇨, 열두어 명은 됐어요.」

「왜 그를 뽑으셨습니까?」

「쓸 만했어요. 돈을 적게 줘도 괜찮다 했고.」

「사실상 반값이었죠.」

「네.」

「스폴딩이라는 친구, 어떻게 생겼습니까?」

「키는 작고, 몸이 단단하고, 아주 민첩해요. 서른은 넘은 것 같은데 얼굴에 수염 하나 없고요. 이마에 하얗게 산이 튄 자국이 있어요.」

홈스는 매우 흥분해서 똑바로 자세를 고쳐 앉았다.「그럴 줄 알았습니다. 혹시 귓불에 귀고리 뚫린 자국은 없던가요?」

「네. 난봉꾼 시절에 어느 집시가 뚫어 줬다고 하더군요.」

「흠!」홈스가 다시 생각에 잠기며 말했다.「그 친구 지금도 거기서 일하고 있나요?」

「아, 그럼요. 아까까지 같이 있었는걸요.」

「윌슨 씨가 안 계셔도 가게가 돌아가고요?」

「아무 문제 없습니다. 오전에는 일이 별로 없거든요.」

「좋습니다, 윌슨 씨. 하루 이틀 내로 이 사건에 관한 의견을 말씀드릴 수 있을 것 같네요. 오늘이 토요일이니 월요일까지는 결론을 낼 수 있을 겁니다.」

우리의 손님이 떠난 후 홈스가 말했다.「어때, 왓슨. 이 일에 대해 어떻게 생각하나?」

「도무지 감을 못 잡겠어. 정말 무슨 일인지 이해가 안 가.」나는 솔직히 대답했다.

「보통은 기묘한 일일수록 알고 보면 덜 기묘하지. 특징 없는 흔한 얼굴이 가장 식별하기 힘든 얼굴이듯, 진짜 혼란스러운 것은 평범하고 특징 없는 범죄들이야. 하지만 이 문제는 지체해서는 안 되겠어.」

「그럼 이제 어찌할 셈인가?」내가 물었다.

「담배를 피워야지.」그가 대답했다.「이건 파이프 담배 세 번은 태워야 할 문제야. 해서 부탁인데 50분 동안은 말 걸지 말아 주게.」그는 의자에 앉아 앙상한 무릎을 매부리코에 닿을 정도로 끌어 올려 웅크리고는, 이상한 새의 부리처럼 생긴 검정 사기 파이프를 물고서 눈을 감고 앉아 있었다. 그가 잠들었다는 결론을 내리고 나도 고개를 끄덕이며 졸고 있을 때, 갑자기 무언가를 결심한 사람처럼 그가 의자에서 벌떡 일어서더니 파이프를 벽난로 선반 위에 내려놓았다.

「오늘 오후 세인트제임스 홀에서 사라사테 연주회가 있네. 왓슨, 어떤가? 몇 시간 동안 환자들한테 안 가봐도 괜찮겠나?」

「오늘은 할 일이 없어. 환자 진료가 뭐 재미있는 것도 아니고.」

「그럼 모자 쓰고 나가지. 우선은 시내에서 뭐 좀 살펴보려고 하는데, 도중에 점심 먹으면 될 거야. 프로그램을 보니 독일 음악이 많던데, 내 취향에는 이탈리아나 프랑스 음악보다는 독일 음악이 맞아. 자기 성찰적이랄까, 나도 성찰하고 싶기도 하니 말이지, 가세!」

우리는 지하철로 올더스게이트까지 갔다. 거기서 조금 걸어가니 색스코버그 광장이었다. 오전에 들었던 특이한 이야기의 현장이 바로 거기였다. 광장은 비좁고 작고 쇠락했지만 체면을 차리려 애쓰는 듯했고, 칙칙한 2층 벽돌집들이 네 줄을 이루어 울타리가 있는 작은 공터를 내려다보고 있었다. 공터에는 잡초들과 시들시들한 월계수 덤불이 뿌옇고 해로운 공기에 맞서 힘겨운 싸움을 벌이고 있었다. 모퉁이의 어느 집에 걸린 세 개의 금박 공[5]과 갈색 바탕에 하얀 글씨로

〈제이비스 윌슨〉이라고 쓰인 간판이 우리의 빨강 머리 의뢰인의 전당포임을 말해 주고 있었다. 홈스는 그 앞에 서서 고개를 모로 기울인 채 찌푸린 눈꺼풀 아래로 눈을 빛내며 찬찬히 집을 살폈다. 이윽고 천천히 거리로 걸어가더니 다시 모퉁이를 돌아 오며 여전히 날카로운 눈으로 그곳의 집들을 살폈다. 마침내 전당포로 돌아온 그는 지팡이로 길바닥을 두어 번 두들겨 본 다음 현관으로 가서 문을 두드렸다. 곧바로 문이 열렸고, 깨끗이 면도한 얼굴에 영리해 보이는 젊은이가 들어오라고 했다.

「죄송하지만, 여기서 스트랜드역까지 가는 길을 여쭤보려고요.」 홈스가 말했다.

「세 번째 길에서 오른쪽으로, 다시 네 번째 길에서 왼쪽으로 가면 됩니다.」 점원은 거침없이 대답하고는 문을 닫았다.

「영리한 청년이군.」 홈스는 자리를 뜨면서 말했다. 「내가 보기에 런던에서 네 번째로 머리 회전이 빠를 거야. 배짱으로 치면 세 번째라고 할 수 있겠지, 아마. 저 친구에 관해선 아는 게 좀 있거든.」

「윌슨 씨의 점원이 분명 이 수수께끼 같은 빨강 머리 연맹 사건에서 중요한 역할을 맡고 있겠지? 자넨 아까 그 친구 얼굴을 보려고 길을 물은 것이고 말이네.」

「그 친구 얼굴을 보려던 건 아니네.」

「그럼?」

5 세 개의 금박 공은 전당포 표지이다. 메디치 가문의 문장에서 나왔고, 롬바르디아 은행가들이 런던에 도입했다고 한다.

「그 친구 바지 무릎을 보고 싶었어.」

「뭘 봤는데?」

「예상한 대로였네.」

「길바닥은 왜 두들겼나?」

「의사 선생, 지금은 노닥거릴 때가 아니라 관찰할 때야. 우린 적국에 들어온 첩자라고. 색스코버그 광장에 관해서는 어느 정도 알았으니, 이제 저 뒤쪽에 뭐가 있는지 살펴보세.」

후미진 색스코버그 광장에서 모퉁이를 돌자 나타난 길은 그림의 앞뒷면처럼 매우 대조적이었다. 그곳은 런던 시내의 교통을 북쪽으로, 또 서쪽으로 연결하는 주요 동맥 중 하나였다. 도로의 양방향은 물건을 싣고 오가는 마차들로 꽉 막혀 있었고, 보도는 발길을 재촉하는 수많은 보행자로 시커멓게 바글거렸다. 근사한 가게들과 위풍당당한 사무실 건물들을 바라보고 있으려니, 그곳이 정말 우리가 방금 빠져나온 쇠락하고 침체된 지역과 등을 맞대고 있다는 사실이 믿기 힘들었다.

「어디 보자.」 홈스는 모퉁이에 서서, 길을 따라 늘어선 가게들을 훑어보았다. 「이쪽 건물들 순서를 기억했으면 좋겠는데. 런던에 관해 정확한 지식을 쌓는 게 내 취미거든. 모티머스 담배 가게, 작은 신문 매점, 시티 앤드 서버번 은행 코버그 지점, 채식 전문 식당, 맥팔레인 마차 제작소. 넘어가면 다른 블록이 나오는군. 의사 선생, 이제 일은 끝났으니 휴식을 취할 시간이야. 샌드위치에 커피 한잔 곁들인 다음에 바이올린 연주의 세계로 떠나자고. 달콤하고 섬세하고 조화로운 세계

96

라네. 이상하기 짝이 없는 수수께끼로 우리를 괴롭힐 빨강 머리 의뢰인도 없고 말이네.」

내 친구는 열정적인 음악가로, 연주 솜씨도 매우 훌륭할뿐더러 범상치 않은 실력을 타고난 작곡가이기도 했다. 그는 오후 내내 무대 앞 일등석에서 박자에 맞춰 가늘고 긴 손가락을 까딱거리며 더없는 행복에 싸여 있었다. 부드럽게 미소 띤 얼굴이며 꿈꾸듯 나른한 눈은 수색견 홈스의 모습과는 너무도 달랐다. 가차 없고 예리하며 유능한 범죄 수사관은 온데간데없었다. 홈스에게는 서로 다른 두 성격이 번갈아 나타났는데, 극단적일 만큼 정확하고 기민한 모습은 어쩌면 이따금 나타나는 시적이고 명상적인 기질에 대한 반작용일지도 몰랐다. 이렇게 오락가락하는 기질 때문에, 그는 한없이 무기력하다가도 모든 것을 집어삼킬 듯한 에너지를 내뿜곤 했다. 즉흥적으로 곡을 연주하거나 고딕체로 쓰인 고서들에 파묻혀 며칠이고 계속 안락의자에서 빈둥거릴 때만큼 그가 무서워 보일 때가 없었다. 그런 다음이면 어김없이, 갑자기 범죄자를 추적하겠다는 열망에 휩싸여, 놀라운 추리력이 직관의 수준으로 상승하기 때문이다. 그런 추리 방법에 익숙지 않은 사람들은 마치 인간이 알 수 없는 지식을 가진 사람을 목격한 듯 미심쩍게 그를 바라보게 된다. 그날 오후 세인트 제임스 홀에서 음악에 푹 빠진 홈스를 보고 있자니, 그가 사냥하기로 한 사람들에게 불길한 시간이 닥치리라는 예감이 들었다.

「왓슨, 자네는 집에 가고 싶겠지.」 연주회장을 나오며 홈스가 말했다.

「그래, 그러는 게 좋겠어.」

「나는 할 일이 있는데, 몇 시간은 걸릴 거야. 이 색스코버그 광장 사건이 심각하거든.」

「뭐가 심각한데?」

「엄청난 범죄가 무르익고 있어. 임박한 범죄를 막아야 할 시간이 다가온 것 같아. 그런데 오늘이 토요일이라 일이 좀 복잡해지겠어. 오늘 밤 자네가 좀 도와줬으면 좋겠네.」

「몇 시에?」

「10시면 될 거야.」

「10시에 베이커가로 가지.」

「좋아. 참! 조금 위험할지도 모르니까, 자네의 군용 권총을 가져오면 좋을 거야.」 그는 손을 흔들고 돌아서더니 눈 깜짝할 사이에 군중 속으로 사라졌다.

나는 내가 주변 사람들보다 둔하다고 생각하지는 않지만, 홈스 앞에서는 늘 내가 바보 같다는 느낌에 주눅이 들곤 한다. 똑같은 것을 보고 들었지만, 홈스의 말로 미루어 보건대 그는 이미 일어났던 일뿐 아니라 곧 일어날 일까지도 꿰뚫어 봤음이 틀림없었다. 반면에 나는 모든 일이 아직도 혼란스럽고 기이하기만 했다. 나는 마차를 타고 켄징턴의 집으로 가면서 『브리태니커 백과사전』을 베껴 쓰는 빨강 머리 남자의 기묘한 이야기부터 색스코버그 광장에 갔던 일, 홈스가 나와 헤어지면서 남긴 불길한 말에 이르기까지 빠짐없이 곱씹어 보았다. 오늘 밤 원정의 목적은 무엇이며, 나는 왜 총을 가져가야 한단 말인가? 얼굴 매끈한 전당포 직원이 보통이 아니라는 홈스의 말이 무언가를 암시하고 있었다. 무언가 가공할 음모를 꾸미고 있는 사람이라는 얘기였다. 나는 그것을 알아내려고 머리를 싸매다 결국 낙담해서 포기했고, 그날 밤이 되어 밝혀질 때까지 문제를 접어 두었다.

집을 나선 때는 9시 반, 나는 공원을 지나 옥스퍼드가를 거쳐 베이커가로 갔다. 문 앞에는 핸섬 마차⁶ 두 대가 서 있었다. 안으로 들어서자 위층에서 사람들 말소리가 들렸다. 방에 들어가 보니 홈스는 두 남자와 한창 대화를 나누고 있는 중이었다. 한 명은 아는 얼굴인 피터 존스 경관이었고, 또 한 명은 아주 반드르르한 모자에 답답할 만큼 점잖은 프록코트 차림의 남자였는데, 큰 키에 비쩍 마르고 침통한 표정을 짓고 있었다.

「자! 우리 편이 다 모였군요.」 홈스가 반코트의 단추를 채우고 벽걸이에서 묵직한 사냥 채찍을 집어 들며 말했다. 「왓슨, 런던 경찰국의 존스 씨와는 구면이지? 이분은 메리웨더 씨야. 오늘 밤 우리의 모험에 동행할 분이라네.」

「우리 다시 힘을 합쳐 사냥하게 됐군요, 왓슨 박사.」 존스가 특유의 거들먹거리는 태도로 말했다. 「여기 있는 우리 친구 홈스 선생은 추적이라면 아주 기가 막힙니다. 선생께는 사냥감을 몰아붙이는 충실한 개 한 마리만 있으면 되죠.」

「이렇게 추적한 결과가 고작 기러기 한 마리는 아니기를 바랍니다.」 메리웨더 씨가 침울하게 말했다.

6 말 한 필이 끄는 2인승 이륜마차.

「홈스 선생만 믿으시면 됩니다.」경관이 거만하게 말했다. 「홈스 선생한테는 자기만의 독특한 방법이 있거든요. 이런 말을 해도 될지 모르겠지만, 지나치게 이론적이고 환상적인 면이 있기는 해도 자질이 뛰어난 탐정입니다. 숄토 살해 사건과 아그라 보물 사건 때처럼 한두 번은 경찰을 능가했다고 해도 과언이 아닙니다.」

「오, 존스 씨가 그렇게 말씀하시니 든든하군요!」그 낯선 사람이 경의를 표했다. 「그래도 솔직히 말씀드리면, 러버[7]를 못 해서 아쉽네요. 토요일 밤에 러버를 못 하기는 27년 만에 처음입니다.」

「오늘 밤은 어느 때보다 판돈이 크고 짜릿한 게임이 벌어질 겁니다.」홈스가 장담했다. 「메리웨더 씨의 판돈은 무려 3만 파운드나 될 테고, 여기 계신 존스 형사도 오매불망 체포하고 싶어 했던 남자를 잡게 될 테니까요.」

「존 클레이, 살인에 절도, 화폐 위조까지 했습니다. 메리웨더 씨, 그자는 나이는 젊어도 그 분야에선 최고입니다. 저는 런던의 어떤 범죄자보다 그자한테 수갑을 채우고 싶어요. 주목할 만한 남자죠, 젊은 존 클레이 말입니다. 조부가 왕족 혈통의 공작이었고, 자신도 이튼 스쿨과 옥스퍼드 대학교를 나왔어요. 행동도 잽싸지만 두뇌 회전도 빨라서, 매번 그자의 흔적을 보긴 합니다만 도저히 소재를 파악하지 못하고 있죠. 이번 주에는 스코틀랜드에서 강도질을 했다가도 다음 주에는 콘월에서 고아원 지을 돈을 모금하는 식이죠. 저도 몇 년

7 카드로 하는 러버 브리지 게임.

째 그자를 추적하고 있지만, 아직 한 번도 보지 못했어요.」

「오늘 밤 여러분께 그자를 소개하는 기쁨을 누렸으면 좋겠군요. 저도 존 클레이와 한두 번 소소하게 붙기는 했는데, 그자가 그 분야의 최고라는 말에는 동의합니다. 그런데 벌써 10시가 넘었으니 출발할 시간이군요. 두 분은 앞에 있는 마차를 타십시오. 왓슨과 제가 곧 따라가겠습니다.」

홈스는 마차를 타고 가는 동안 말이 별로 없었고, 좌석에 뒤로 기댄 채 아까 오후에 들었던 곡조를 흥얼거리고 있었다. 우리는 가스등을 밝힌 끝없는 미로 같은 거리들을 달린 끝에 패링던가로 들어섰다.

「거의 다 왔군.」 홈스가 말했다. 「메리웨더 씨는 은행장인데, 개인적으로 이 사건에 이해관계가 있지. 그리고 존스 형사도 같이 가는 게 좋을 것 같았어. 사람은 괜찮은데 형사로서는 아주 바보 같은 친구지. 그래도 한 가지 장점이 있지. 불도그처럼 용감하고, 바닷가재처럼 끈질기거든. 한번 물면 절대로 놓아 주지 않는다네. 다 왔어, 저기서 기다리고 있네.」

우리가 도착한 곳은 오전에 찾아왔을 때 붐비던 바로 그대로였다. 마차들을 돌려보낸 뒤 우리는 메리웨더 씨의 안내를 따라 좁은 골목을 내려갔고, 어느 건물의 옆문으로 들어갔다. 문안으로 들어가니 작은 복도가 나왔고, 복도 끝에 거대한 철문이 있었다. 철문을 열고 들어가자 나선형의 돌계단이 나왔는데, 계단 끝에는 다시 육중한 문이 버티고 있었다. 메리웨더 씨가 멈춰서 랜턴을 밝히더니, 캄캄하고 흙냄새 물씬 풍기는 복도로 우리를 안내했다. 이윽고 세 번째 문을 열자 거대한 둥근 천장의 지하실이 나왔는데, 나무 궤짝과 커다란 상자들이 사방에 쌓여 있었다.

「위에서 들어오긴 쉽지 않겠군요.」홈스가 랜턴을 들고 주변을 살피며 말했다.

「밑에서도 마찬가지입니다.」메리웨더 씨는 바닥에 깔린 판석들을 지팡이로 두드리며 말했다.「아니, 이럴 수가, 아래가 빈 것처럼 텅텅 울려요!」그가 깜짝 놀라서 쳐다보았다.

「조금만 조용히 해주시지요.」홈스가 엄하게 말했다.「덕분에 벌써 우리 계획이 위태로워졌어요. 제발 저기 아무 상자에라도 앉아 계시고, 방해하지 말아 주십시오.」

근엄한 메리웨더 씨는 몹시 상처받은 표정으로 나무 궤짝에 앉았고, 그사이 홈스는 바닥에 무릎을 꿇은 채 랜턴과 확대경을 들고 판석 사이 금이 간 곳들을 꼼꼼히 살피기 시작했다. 그리고 몇 초 만에 만족스러운 결과를 얻었는지 벌떡 일어서서 확대경을 주머니에 넣었다.

「적어도 한 시간은 기다려야 할 겁니다. 왜냐하면 그자들은 선량한 전당포 주인이 확실하게 잠자리에 들 때까지는 움직이지 않을 테니까요. 하지만 그다음엔 조금도 지체하지 않겠죠. 일을 빨리 끝낼수록 도주 시간을 더 많이 벌 수 있으니까요. 왓슨, 자네도 눈치를 챘겠지만, 지금 우리가 있는 곳은 런던 주요 은행의 시내 지점 지하실이라네. 런던의 배짱 좋은 범죄자들이 왜 지금 이 지하 금고를 노리는지는 은행장이신 메리웨더 씨가 설명해 주실 거야.」

「우리 은행의 프랑스 금화 때문입니다.」은행장이 낮은 소리로 말했다. 「이 금화를 훔치려는 자들이 있다는 경고를 여러 번 받았지요.」

「프랑스 금화요?」

「네. 우리는 몇 달 전 지불 준비 능력을 제고하려는 목적으로 프랑스 은행에서 3만 나폴레옹[8]을 빌렸습니다. 그런데 포장도 뜯기 전에 그게 아직 우리 지하 금고에 있다는 소문이 나버렸습니다. 내가 앉아 있는 이 궤짝에는 얇은 납박지에 켜켜이 싸인 2천 나폴레옹이 들어 있지요. 현재 여기에는 평소에 한 지점이 보관하는 양보다 훨씬 많은 금이 쟁여져 있어서, 우리 은행 임원들은 노심초사하고 있습니다.」

「그 우려가 맞았군요.」 홈스가 말했다. 「그럼 이제 우리 계획을 실행할 때입니다. 한 시간 내로 결판이 날 겁니다. 그런데 메리웨더 씨, 그 다크 랜턴[9] 가리개를 닫아 주세요.」

「깜깜한 데 앉아 있으란 말입니까?」

「그래야 할 것 같습니다. 사실 제 주머니에 카드 한 벌을 가져왔어요. 우리가 네 명이니, 어쨌거나 러버를 할 수 있겠다고 생각했지요. 하지만 적의 준비가 워낙 치밀하니 불빛을 드러내는 위험을 감수할 수는 없을 것 같군요. 우선은 각자 위치를 정하기로 하죠. 상대는 아주 대담한 자들입니다. 아무리 우리가 먼저 허를 찌른다 해도, 조심하지 않으면 어떤 해코지를 당할지 모릅니다. 저는 이 궤짝 뒤에 서 있겠습니

---

8 프랑스에서 쓰였던 금화. 1나폴레옹은 20프랑의 가치가 있었다.
9 19세기에 주로 쓰이던 랜턴으로 볼록 유리가 달려 있어 불스아이 랜턴이라고도 한다. 내부 차광막이 있어 불빛을 가릴 수 있다.

다. 여러분도 각자 궤짝 뒤에 몸을 숨기세요. 그리고 제가 놈들에게 불을 비추면 얼른 덤벼들어야 합니다. 만약 놈들이 총을 쏘면, 왓슨, 가차 없이 쏴버리게.」

나는 권총의 공이치기를 당겨 세우고 앞쪽 나무 궤짝 위에 놓았다. 홈스가 랜턴 앞쪽을 가리개로 닫자 사방이 칠흑처럼 깜깜해졌다. 한 번도 경험해 본 적 없는 절대 암흑이었다. 가시지 않은 뜨거운 금속 냄새가 아직 거기에 등불이 있고 여차하면 바로 어둠을 밝히리라는 사실을 알려 주었다. 나는 극도로 긴장했다. 지하실의 갑작스러운 어둠과 차갑고 축축한 공기 속에는 우울하고 위압적인 무언가가 있는 것처럼 느껴졌다.

「놈들의 퇴로는 하나뿐입니다.」 홈스가 소곤거렸다. 「은행 뒤에 접한 집을 거쳐, 색스코버그 광장의 전당포를 통해 나가는 길이지요. 존스, 내가 부탁한 대로 했나요?」

「경위 한 명과 경관 두 명을 앞문에 대기시켰소.」

「그렇다면 모든 구멍이 다 막혔군요. 이제 조용히 기다려야 합니다.」

어쩌면 시간이 그리 안 가는지! 나중에 메모를 보니 고작 1시간 15분을 기다렸지만, 내게는 밤이 거의 지나고 먼동이 틀 때가 된 것처럼 느껴졌다. 겁이 나서 감히 자세를 바꾸지도 못한 나머지 팔다리가 뻣뻣하니 힘이 없었다. 신경은 바짝 곤두서 있었고, 청각도 아주 예민해져서 같이 있는 사람들의 낮은 숨소리를 다 들을 수 있었을뿐더러 은행장의 가느다란 한숨과 덩치 큰 존스의 깊고 무거운 들숨까지 구분할 수 있었다. 내 위치에서는 궤짝 너머로 바닥이 내다보였다. 갑자기 거기서 불빛 하나가 반짝거렸다.

처음에 그것은 돌바닥 틈새로 새어 나오는 선명한 불꽃 한 점에 지나지 않았다. 그런데 점점 길어져 한 줄기 노란 불빛이 되었고, 다음 순간 아무런 경고나 소리도 없이 틈이 벌어지면서 하얀 손 하나가 나타났다. 흡사 여자의 손 같은 하얀 손이 빛이 새어 나오는 작은 틈새를 더듬더니, 바닥 위로 올라와 1분 남짓 손가락을 꼼지락거렸다. 그러다가 나타날 때처럼 갑자기 손이 사라지고 어둠이 내려앉아 희미한 빛줄기만 남았다. 판석 사이에 틈이 생겼음을 알리는 표시였다.

그러나 어둠이 내려앉은 것은 한순간일 뿐이었다. 쩍 하고 찢어지는 소리와 함께 넓적한 흰색 판석 하나가 옆으로 뒤집히더니 네모난 구멍이 생겼고, 거기로 랜턴 불빛이 번져 나왔다. 소년처럼 말끔한 얼굴 하나가 빼꼼히 나와 주변을 예리하게 살피더니, 구멍 양쪽의 가장자리에 손을 짚고 어깨와 허리를 끌어 올리고는 가장자리에 한쪽 무릎을 걸쳤다. 그는 다시 눈 깜짝할 사이에 구멍 옆으로 올라서고는 일당을 끌어올리고 있었다. 함께 온 자 역시 몸집이 작고 유연했고, 창백한 얼굴에 머리카락이 새빨갰다.

「이상 없어.」 그가 낮게 속삭였다. 「끌과 가방 챙겨 왔나? 아, 이거 뭐야, 제길! 튀어, 아치, 어서 튀어! 난 뒈졌어!」

홈스가 어느새 뛰쳐나가 침입자의 멱살을 잡고 있었다. 나머지 한 명은 다시 구멍 속으로 뛰어들었는데, 존스가 그의 코트 자락을 잡아당기는 바람에 옷이 찢어지는 소리가 들렸다. 권총의 총신이 번쩍였지만, 홈스가 사냥용 채찍으로 그 자의 손목을 치자 총이 달가닥 소리를 내며 돌바닥에 떨어졌다.

「소용없어, 존 클레이. 넌 이제 가망이 없어.」홈스가 담담히 말했다.

「그런 것 같군.」상대방이 매우 차분하게 대답했다.「그래도 내 친구는 무사할걸, 비록 코트 자락을 잡히긴 했지만.」

「전당포 문 앞에서 세 명이 기다리고 있다.」홈스가 말했다.

「아, 그래. 만반의 준비를 해두었구먼. 내 칭찬해 주지.」

「나도 마찬가지야. 빨강 머리 아이디어는 아주 참신하고 효과가 있었어.」홈스가 대답했다.

「네 친구는 조만간 다시 만나게 될 거야. 구멍으로 내빼는 게 나보다 빠르더군. 수갑 채우게 손 내밀어.」존스가 말했다.

「그 더러운 손 내 몸에 대지 말아 주었으면 해.」손목에 수갑을 채우는 동안 우리의 죄수가 말했다.「아는지 모르겠지만 나에겐 왕족의 피가 흐르거든. 나한테 얘기할 때는 항상 공손하게 말하라고.」

「아, 그러셔.」존스가 빤히 쳐다보며 킬킬거렸다.「그럼 죄송하지만 나리, 위층으로 올라가시죠. 경찰서까지 마차로 모시겠습니다.」

「훨씬 낫군.」존 클레이가 차분하게 말했다. 그는 우리 세 명을 향해 가볍게 목례를 하더니 형사한테 붙들려 조용히 자리를 떴다.

그들을 따라 지하실을 나오는데, 메리웨더 씨가 입을 열었다.「정말이지, 홈스 선생. 우리 은행에서 어떻게 감사나 보상을 해드려야 할지 모르겠소. 이제껏 경험하지 못한 은행털이 시도를 간파해서 가장 완벽하게 돈을 지키고 놈들을 물리쳤으니 말이오.」

「저와 존 클레이는 청산해야 할 묵은빚이 한두 가지 있었습니다. 이 사건에 약간의 비용이 들었으니 은행에서 보상해 주시리라 믿고, 그 이상은 원치 않습니다. 여러모로 독특한 경험을 했고, 빨강 머리 연맹에 관한 아주 놀라운 이야기를 들었으니 이걸로 충분합니다.」

이른 새벽에 우리가 베이커가에서 소다수를 탄 위스키를 한잔 마실 때 홈스가 설명해 주었다.「왓슨, 사실은 빨강 머리 연맹을 광고하고, 백과사전을 필사하는 종작없는 일을 벌인 목적이 딱 하나뿐이라는 것은 처음부터 아주 분명했네. 조금 어수룩한 전당포 주인을 날마다 몇 시간씩 집 밖으로 내보내려는 술책이었을 거야. 참으로 기상천외한 방법이기는 했지만, 사실 그보다 나은 방법을 생각해 내기도 힘들었겠지. 영리한 클레이는 틀림없이 공범의 머리 색깔에서 그런 방법을 떠올렸을 거야. 일주일에 4파운드는 전당포 주인을 끌어낼 만한 미끼였고, 수천 파운드를 노리고 일을 꾸미는 녀석들에게 그 정도가 뭐 대수였겠나? 그래서 광고를 냈지. 한 녀석은 임시 사무실을 구하고, 또 한 녀석은 전당포 주인에게 지원하라고 바람을 넣고, 그렇게 둘이서 매일 몇 시간씩 전당포 주인이 집을 비우도록 한 거야. 점원이 급료의 절반만 받고 일하기로 했다는 소리를 들었을 때부터, 반드시 거기서 일해야 할 강력한 동기가 있다는 걸 확신했지.」

「하지만 그 동기가 뭔지는 어떻게 알아냈나?」

「그 집에 여자들이 있었다면, 단순히 저속한 꿍꿍이로 의심했을 거야. 하지만 그럴 리는 없지. 또 영세한 전당포이고, 집 안에는 그렇게 공들여 준비하고 값비싼 지출을 감수할 만한 물건이 전혀 없었어. 그렇다면 집 밖에 있는 무언가를 노린 거겠지. 그게 뭘까? 나는 조수가 사진을 좋아하고, 자꾸 지하실로 사라지는 버릇이 있다는 말을 떠올렸지. 지하실이라! 거기에 뒤엉킨 단서의 실마리가 있었어. 나는 이상한 점원을 조사한 끝에 녀석이 런던에서 가장 뻔뻔스럽고 가장 대담한 범죄자라는 걸 알았지. 그자는 지하실에서 무언가를 하고 있었어. 날마다 몇 시간씩 내리 몇 달을 해야 하는 무언가를. 그게 뭘까? 생각해 낼 수 있는 것은 단 하나, 다른 건물로 통하는 땅굴을 파고 있다는 거야.

우리가 현장을 찾았을 때, 나는 이런 점을 모두 파악하고 있었지. 거기서 내가 지팡이로 바닥을 두드려서 자네가 놀랐잖아? 땅굴이 앞쪽으로 뻗었는지 뒤쪽으로 뻗었는지 확인한 거지. 앞쪽은 아니었어. 그 후 전당포 벨을 울렸더니 바라던 대로 점원이 나왔지. 예전에 자잘한 일로 몇 번 부딪쳤지만, 서로 대면한 적은 없었지. 나는 녀석의 얼굴을 보는 둥 마는 둥 했어. 내가 보고 싶었던 것은 녀석의 무릎이었거든. 자네도 그자의 바지 무릎 부위가 얼마나 해지고 주름졌는지, 얼마나 더러웠는지 봐야 했는데. 그건 오랜 시간 땅굴을 파왔

108

다는 사실을 말해 주는 거야. 이제 남은 의문은 그들이 무엇 때문에 땅굴을 파는가 하는 거였어. 모퉁이를 돌아갔다가 시티 앤드 서버번 은행이 전당포 주인의 집과 인접해 있는 모습을 보고 의문을 풀었지. 연주회가 끝나고 자네가 집으로 간 사이, 나는 런던 경찰국과 은행장한테 연락했다네. 그 결과는 자네가 본 대로야.」

「그럼 그들이 오늘 밤에 일을 벌일 거라는 사실은 어떻게 알았나?」 내가 물었다.

「응, 놈들이 빨강 머리 연맹 사무실 문을 닫았잖나. 이제 더는 윌슨 씨의 존재를 신경 쓰지 않는다는 신호였어. 다시 말해 땅굴을 완성했다는 얘기지. 하지만 땅굴이 발견되거나 금화가 옮겨질 가능성이 있는 만큼 땅굴을 빨리 사용하는 게 중요했어. 다른 날보다는 토요일이 적당했을 거야. 달아나는 데 이틀은 벌 수 있을 테니까. 이 모든 이유로 나는 놈들이 오늘 밤에 올 거라고 예상했던 거라네.」

「정말 멋진 추리야.」 나는 진심으로 감탄했다. 「아주 기다란 사슬인데도 연결 고리 하나하나가 딱 들어맞아.」

「덕분에 나는 권태를 벗어났다네.」 홈스가 하품하면서 말했다. 「아, 그런데 벌써 권태가 다가오는 게 느껴지는군! 내 삶은 진부한 일상을 벗어나기 위한 기나긴 몸부림이야. 이 작은 문제들이 도움이 되긴 하지만.」

「자네는 그 과정에서 사람들에게 큰 도움을 주고 있지 않나.」 내가 말했다.

그는 어깨를 으쓱해 보였다. 「글쎄, 아마도 결국은 조금 도움이 되겠지.」그가 말했다. 「귀스타브 플로베르가 조르주 상드에게 이런 편지를 썼었지. 〈인간은 아무것도 아니다. 그 업적이 전부다.〉」

보스콤 계곡의 수수께끼

어느 날 아침, 아내와 식사를 하고 있을 때 하녀가 전보를 들고 왔다. 셜록 홈스가 보냈는데, 이렇게 쓰여 있었다.

〈이틀 정도 시간을 낼 수 있겠나? 보스콤 계곡의 비극적 사건과 관련해 웨스트 오브 잉글랜드에서 방금 전보가 왔네. 함께 갈 수 있다면 기쁘겠네. 공기도 풍경도 더할 나위 없이 좋은 곳이지. 패딩턴역에서 11시 15분 출발 예정.〉

「어떻게 할 거야? 갈 거야?」 아내가 나를 보며 물었다.

「어찌해야 할지 모르겠네. 오늘 예약 환자가 상당히 많은데.」

「아, 앤스트루서가 대신 진료해 줄 거야. 요즘 당신 안색이 별로 안 좋은 것 같아. 생활에 변화를 주면 당신한테도 좋을 거야. 게다가 당신은 셜록 홈스 씨 사건에 항상 관심이 많잖아.」

「홈스가 해결한 사건으로 내가 얻은 걸 생각하면 관심이 없다는 건 배은망덕이지. 하지만 갈 거라면 지금 당장 가야 해. 30분밖에 시간이 없어.」

나는 아프가니스탄에서 군 생활을 경험한 덕택에 적어도 언제든 떠날 수 있게 준비하는 요령이 몸에 배어 있었다. 준비물은 단출하고 간단했으므로, 아까 말한 시간이 되기도 전에 이미 작은 여행 가방을 챙기고, 딸각거리며 패딩턴역으로 향하는 마차에 몸을 실었다. 셜록 홈스는 승강장에서 서성거리고 있었다. 여행용 긴 회색 망토와 꼭 맞는 모자 때문에 안 그래도 키가 크고 야윈 몸이 더 크고 말라 보였다.

「와줘서 정말 고마워, 왓슨. 전적으로 믿을 수 있는 사람이 동행하면 언제나 큰 힘이 되지. 도와준다고는 해도 현지인들은 무능하거나 편견에 사로잡혀 있게 마련이거든. 구석 자리 두 개를 맡아 줘. 표를 사 오겠네.」

우리가 탄 객실에는 홈스가 가져온 두툼한 신문 더미를 제외하고는 우리 둘뿐이었다. 기차가 레딩을 지날 때까지 홈스는 신문을 뒤적거리다가 이따금 메모를 하거나 생각에 잠기곤 했다. 그러더니 갑자기 신문 더미를 커다란 공처럼 말아서 선반 위에 던져 놓았다.

「이 사건에 관해 뭐 들은 거 있어?」 홈스가 물었다.

「전혀. 며칠 동안 신문 한 장 못 봤어.」

「런던의 신문을 봐서는 사건 전모를 알 수가 없어. 사건이 어떻게 진행되었는지 알고 싶어서 최근 신문들을 모조리 찾아봤는데, 내가 이해하기로 이건 극도로 어려우면서도 또 한편으론 단순한 사건 같아.」

「역설적인 말로 들리는데.」

「하지만 한 치도 틀림없이 옳은 말이지. 사건의 특이성은 거의 하나같이 단서가 되기 마련이야. 범죄가 특징이 없고 평범할수록 해결하기가 더 힘들지. 그런데 이 사건에서는 살해당한 남자의 아들을 용의자로 지목하고 있어.」

「그럼 살인 사건이란 얘기야?」

「글쎄, 그렇게들 추정하고 있어. 하지만 사건 현장을 직접 보기 전에는 어떤 것도 당연시하지 않을 생각이네. 우선 내가 이해한 범위 내에서 간단히 상황을 설명해 주지.

보스콤 계곡은 헤리퍼드셔주(州)의 로스에서 그리 멀지 않은 시골 지역이야. 존 터너라는 사람이 지역 최대 지주인데, 오스트레일리아에서 큰돈을 벌어 몇 년 전에 돌아왔다네. 터너는 자기 농장 가운데 해설리 농장을 찰스 매카시한테 임대해 주었어. 역시 오스트레일리아에 있다 온 사람이야. 두 사람은 식민지[1]에서 알고 지낸 사이였으니, 돌아온 후에 최대한 가까운 곳에 자리를 잡게 된 것도 이상한 일은 아니야. 터너가 더 부자라 매카시는 그의 소작인이 된 모양인데, 그래도 자주 만나는 걸로 봐서 두 사람은 전처럼 평등한 친구 관계를 유지한 것 같아. 매카시에게는 열여덟 살 된 아들이 하나 있고, 터너에게도 같은 나이의 외동딸이 있어. 둘 다 홀아비 신세고. 터너 부녀는 이웃의 영국인들과는 왕래를 피한 채 거의 은둔 생활을 하고 있는 것 같아. 다만 매카시 부자는 스포츠를 좋아해서 이웃 사람들의 경마 모임에 자주 모습을 보였다는군. 매카시에게는 하인이 두 명 있어, 남자와 젊은

---

1 오스트레일리아는 1900년 영연방에 편입되기 전까지 자치권을 가진 여섯 개의 식민지로 구성되어 있었다.

여자. 터너는 거느리는 사람이 많아서 적어도 여섯 명은 되는 것 같고. 두 가족들에 관해 알아낸 정보는 이 정도야. 그럼 이제 사건 얘기로 넘어가 볼까.

매카시는 6월 3일, 그러니까 지난 월요일 오후 3시쯤 해설리 농장의 집을 나와서 보스콤 연못으로 걸어갔어. 보스콤 계곡으로 흘러내린 개울물이 고여서 생긴 작은 연못이지. 오전에 매카시는 하인을 데리고 로스에 갔었는데, 오후 3시에 중요한 약속이 있다며 서둘러 가봐야겠다고 했다더군. 하지만 약속 장소에 갔다가 살아 돌아오지 못했어.

해설리 농장 주택에서 보스콤 연못까지는 거리가 4백 미터 정도 되는데, 매카시가 지나가는 것을 본 사람이 두 명 있어. 한 명은 이름을 알 수 없는 늙은 노파, 또 한 명은 윌리엄 크라우더라고 터너 씨가 고용한 사냥터지기야. 두 목격자 모두 매카시가 혼자 걸어가더라고 증언했지. 사냥터지기가 덧붙이기를, 매카시가 가고 몇 분 후 옆구리에 엽총을 끼고 같은 방향으로 가는 아들 제임스를 봤다더군. 그래서 사냥터지기는 아들이 아버지 모습을 보고 따라가나 보다 생각했지. 그러고는 잊고 있다가 그날 저녁 비극적인 소식을 듣고 나서야 그걸 떠올린 거야.

매카시 부자가 사냥터지기인 윌리엄 크라우더의 시야에서 벗어난 후에 그들을 본 사람이 또 있어. 보스콤 연못 주변은 숲이 우거져 있는데, 연못 가장자리에 넓지 않은 풀밭과 갈대밭이 있지. 마침 보스콤 계곡 영지에 있는 산장지기의 열네 살 된 딸인 페이션스 모런이 숲에서 꽃을 따고 있었는데, 연못 근처의 숲 가장자리에서 매카시 씨와 아들을 봤다는 거야. 둘이 심하게 말다툼을 하는 것 같았다는군. 매카시 씨가 아들에게 몹시 심한 소리를 했고, 아들이 마치 아버지를 칠 기세로 주먹을 들어 올리기도 했다더군. 분위기가 험악해서 그녀는 무서워 달아났고, 집에 가서 어머니한테 말했지. 매카시 부자가 보스콤 연못 근처에서 말다툼을 벌이고 있다고, 두 사람이 금방이라도 싸울 것 같아서 겁이 났다고 말이야. 그 말이 끝나기가 무섭게 아들 매카시가 모런네 집으로 달려와서는, 아버지가 숲에 죽어 있더라며 산장지기의 도움을 구했어. 그는 완전히 넋이 나간 것처럼 보였고, 총이나 모자는 없었는데, 오른손과 소매에 방금 묻은 것 같은 생생한 핏자국이 있었지. 아들 매카시를 따라가 보니 연못 옆 풀밭에 아버지 매카시의 시신이 놓여 있었지. 무언가 무거운 둔기로 여러 번 맞았는지 머리에 상처가 있었고 말이야. 아들 총의 개머리판에 가격당했을 가능성이 큰데, 시체에서 몇 발짝 떨어진 풀밭에서 총이 발견되었기 때문이야. 그런 상황이라 청년은 곧바로 체포되었고, 화요일 사인 심문에서 〈고의적 살인〉이라는 판정이 나왔어. 아들 매카시는 수요일 로스에 있는 치안 판사 법원에 회부되었는데, 치안 판사는 사건을 다음번 순회 재판[2]에 넘겼어. 이상이 검시와 즉결 심판을 통해 드러난 사건의 주요 내용이야.」

「정말 끔찍한 패륜 사건이군.」 내가 말했다. 「정황 증거가

---

2 잉글랜드와 웨일스에서 판사가 지방을 순회하는 기간에 맞춰 주기적으로 열리는 재판.

가리키는 대로 아들이 범인이라면 말일세.」

「정황 증거는 아주 속이기 쉬워.」 홈스가 생각에 잠기며 말했다. 「정황 증거는 확실히 특정 대상을 가리키는 것처럼 보이기도 하지만, 관점을 조금만 바꾸면, 전혀 다른 것을 단호하게 가리키고 있다는 사실을 알게 되지. 하지만 이번 사건은 솔직히 그 청년에게 대단히 불리해 보이네. 실제로 범인일 가능성도 아주 높아. 그럼에도 이웃들 가운데 지주의 딸인 터너 양을 포함해 몇몇은 청년의 결백을 믿고, 레스트레이드 경위[3]를 고용했어. 〈주홍색 연구〉 사건에 관여했던 형사 있잖나. 그런데 레스트레이드가 사건을 조사하다 보니 난감해져서 나한테 사건을 넘겼고, 그리하여 두 중년 신사가 이렇게 시속 80킬로미터의 속도로 서쪽으로 달려가고 있는 거라네. 이런 일이 아니라면 집에서 조용히 아침 식사나 소화시키고 있을 텐데 말이지.」

「밝혀진 사실들이 너무 명백해서 자네가 이 사건에서는 명성을 날릴 일이 거의 없을 것 같은데.」

「명백한 사실만큼 사람을 속이기 쉬운 것도 없지.」 홈스가 웃으며 대답했다. 「더욱이 우리는 레스트레이드 경위가 명백하게 보지 못했을 명백한 사실들을 발견할 수도 있을 거야. 그 친구가 사용할 수 없거나 심지어 이해하지 못하는 방법으로 내가 그의 이론을 확증하거나 반증할 수도 있겠지. 자네

---

3 런던 경찰국의 레스트레이드 경위. 『주홍색 연구』에서 소개되었다. 런던 경찰국의 수사관을 돈을 주고 〈고용〉할 수는 없으므로 부탁했다고 봐야 할 것이다.

는 나를 너무 잘 아니까, 이런 말을 괜한 허풍으로 여기진 않을 거야. 우선 예를 들자면, 자네 침실 창문이 오른쪽에 있다는 사실을 난 훤히 알 수 있지. 하지만 레스트레이드 경위는 그렇게 자명한 사실조차 눈치채지 못할걸.」

「그걸 어떻게⋯⋯!」

「이봐, 친구. 나는 자네를 잘 알아. 군대식 청결이 몸에 배어 있다는 것도 알고. 자네는 매일 아침 면도를 하는데, 요즘 같은 계절에는 햇빛을 받으며 면도하지. 그런데 왼쪽으로 갈수록 면도가 점점 덜 깔끔해지고, 턱의 각진 부분을 돌아가면 오히려 지저분한 편이네. 따라서 왼쪽이 오른쪽보다 빛을 덜 받는다는 건 아주 분명한 사실이야. 자네처럼 자신을 객관적으로 바라보는 습관이 있는 남자가 그런 결과에 만족한다는 것은 상상할 수가 없거든. 이건 그냥 관찰과 추리의 사소한 예에 불과해. 이게 내 장기이고, 우리 조사에도 도움이 되겠지. 그런데 심리 과정에서 드러난 한두 가지 사소한 점이 있는데, 그건 고민해 볼 만해.」

「그게 뭐지?」

「청년이 현장에서 체포된 게 아니라 해설리 농장으로 돌아간 후에 체포된 것 같아. 지역 경찰이 체포하겠다고 밝혔는데도 청년은 전혀 놀라지 않았고, 자신이 벌을 받아 마땅하다고 했다는 거야. 청년의 혐의를 확신하지 못하던 검시 배심원들도 그의 말 때문에 자연히 모든 의혹을 지워 버린 거지.」

「자신의 죄를 자백한 거군.」 내가 불쑥 머릿속 생각을 말했다.

「아니야, 나중에는 결백하다고 주장하며 저항했거든.」

「그런 일들이 있고 나서 그렇게 나오다니, 그 주장이야말로 의심스럽잖아.」

「그렇지 않아. 반대로 이거야말로 구름 속의 밝은 빛줄기라네. 청년이 아무리 순진하다 해도, 바보가 아닌 이상 현재 자신이 매우 불리한 처지에 놓였음을 모르지는 않을 거야. 그를 체포한다고 할 때 놀랐거나 화가 난 척했다면, 차라리 매우 의심스러웠겠지. 청년이 처한 상황에서는 그런 놀람이나 분노가 자연스러운 반응은 아니지만, 교활한 자에게는 최선의 술책이었을 테니까 말이야. 상황을 순순히 받아들였다는 것은 청년이 결백하거나 매우 자제력이 있고 심지가 굳은 사람이라는 사실을 말해 주지. 벌을 받아 마땅하다는 그의 말이 부자연스러운 것도 아니야. 자기가 아버지 시신 옆에서 있었는데, 바로 그날 아버지와 험한 말을 주고받았으니 자식 된 도리를 잊어버린 것이 마음에 걸렸겠지. 심지어 매우 중요한 목격자인 소녀의 말에 따르면, 아버지를 때릴 것처럼 주먹을 들어 올렸다고 하지 않나. 청년이 내보인 뼈저린 자책과 회한은 그가 범인이라기보다는 오히려 건강한 정신의 소유자라는 징표 같아.」

나는 고개를 저었다. 「그보다 더 사소한 증거만으로도 처형당한 사람이 많아.」

「그랬지. 억울하게 사형당한 사람도 많고.」

「청년은 뭐라고 진술했나?」

「그게, 청년의 결백을 믿는 사람들에게는 별로 좋은 소식은 아니지만, 그래도 한두 가지 의미심장한 내용이 있기는 했어. 여기 나와 있으니 자네가 직접 읽어 보게.」

그는 신문 뭉치에서 헤리퍼드셔 지역 신문을 빼내어 보기 좋게 접더니, 그 불행한 청년의 진술이 실린 대목을 가리켰다. 나는 객차 구석에 자리를 잡고 아주 꼼꼼히 읽어 내려갔다.

고인의 외아들 제임스 매카시 씨가 소환되어 다음과 같이 증언했다. 「저는 사흘 동안 집을 떠나 브리스틀에 있다가 지난 월요일인 3일 오전에야 막 돌아왔습니다. 제가 도착했을 때 아버지는 집에 안 계셨는데, 하녀 말로는 마부 존 코브와 함께 마차를 타고 로스에 가셨다고 했습니다. 얼마 후 마당에서 아버지의 경마차 소리가 들려 제 방 창문으로 내다보니, 아버지가 급하게 마차에서 내려 마당을 빠져나가고 계셨습니다. 하지만 어느 방향으로 가시는지는 알지 못했습니다. 그후 저는 총을 들고 보스콤 연못 쪽으로 걸어갔습니다. 연못 건너편의 토끼굴에 갈 생각이었죠. 가는 길에 사냥터지기인 윌리엄 크라우더를 보았고, 이런 사실은 그가 증언한 바와 같습니다. 하지만 제가 아버지를 쫓아가고 있었다는 건 오해입니다. 저는 아버지가 앞서가셨다는 것도 몰랐습니다. 연못을 1백 미터 정도 남긴 지점에서 〈쿠이!〉 하는 소리가 들렸습니다. 그건 아버지와 제가 주고받던 신호였습니다. 그래서 서둘러 계속 가보니, 아버지가 연못가에 서 계시더군요. 아버지는 저를 보고 매우 놀라신 것 같았고, 약간 거칠게 여기서 뭐 하냐고 물으시더군요. 얘기를 나누다 보니 언성이 높아지고 거의 주먹질을 할 지경에 이르렀습니다. 아버지는 성격이 불같으시거든요. 아버지가 폭발하면 걷잡을 수 없다는 걸 잘 알고 있던 저는 얼른 자리를 떠서 해설리 농장으로 돌아갔습니다. 하지만 채 150미터를 가기도 전에 뒤에서 소름 끼치는 소리가 들렸고, 그래서 다시 뛰어갔던 겁니다. 아버지는 머리에 심한 부상을 입은 채 바닥에 누워 끊어질 듯 힘겹게 숨을 쉬고 계셨지요. 저는 총을 팽개치고 아버지를 안아 올렸지만, 거의 곧바로 숨을 거두셨습니다. 저는 몇 분 동안 아버지 옆에 무릎 꿇고 앉아 있다가 도움을 청하려고 가장 가까운 거리에 있는 산장지기 모런 씨의 집으로 향했습니다. 아버지에게 달려갔을 때 주변에서 아무도 보지 못했는데, 어떻게 머리를 다치셨는지는 모릅니다. 아버지는 냉정하고 무서우신 편이라 사람들의 호감을 얻지는 못했지만, 제가 알기로는 누구에게 원한을 산 적도 없으셨습니다. 이것이 제가 아는 전부입니다.」

검시관: 부친이 사망하기 전에 남기신 말이 있습니까?

증인: 몇 마디를 중얼거리긴 하셨지만, 쥐 어쩌고 하는 말만 알아들을 수 있었습니다.

검시관: 무슨 뜻이라고 생각했나요?

증인: 무슨 뜻인지 모르겠습니다. 아버지가 착란 상태에 빠졌다고 생각했습니다.

검시관: 부친과 말다툼을 했다고 했는데, 무엇 때문이었

습니까?

증인: 대답하지 않겠습니다.

검시관: 대답하는 것이 좋을 겁니다.

증인: 정말 말씀드릴 수가 없습니다. 다만 그 후에 벌어진 비극과는 아무 관련이 없다고 장담할 수 있어요.

검시관: 그건 법정에서 판단할 문제입니다. 대답을 거부하시면 향후 재판 과정에서 상당한 불이익을 받게 됩니다. 말 안 해도 아시겠죠.

증인: 그래도 말씀드릴 수 없습니다.

검시관: 〈쿠이〉라는 외침이 부친과 증인이 서로를 부르는 신호라고 하셨죠?

증인: 그렇습니다.

검시관: 그렇다면 어떻게 된 거죠? 부친은 증인을 보기 전, 그러니까 브리스틀에서 돌아온 걸 알기도 전인데 해당 신호를 보냈다는 거 아닙니까?

증인: (매우 당황해하면서) 저도 모르겠습니다.

검시관: 그 소리를 듣고 돌아가서 치명상을 입은 부친을 보았을 때 뭔가 의심스러운 것을 보지 못했나요?

증인: 그것도 확실하지 않습니다.

검시관: 무슨 말이지요?

증인: 공터로 달려갈 때 굉장히 당황하고 흥분해 있었기 때문에 머릿속에 온통 아버지 생각뿐이었습니다. 하지만 앞으로 달려가면서 왼쪽 땅바닥에 뭔가 있다는 어렴풋한 느낌을 받았습니다. 회색이었는데, 무슨 외투나 망토 같았

습니다. 아버지 옆에 앉아 있다 나중에 주위를 둘러보았을 때는 사라지고 없었습니다.

검시관: 그러니까 도움을 청하러 가기 전에 그것이 사라졌다는 말인가요?

증인: 네, 그렇습니다.

검시관: 그게 뭔지는 모르고요?

증인: 네. 뭔가 있다는 느낌만 받았습니다.

검시관: 그게 시신과 얼마나 떨어져 있었죠?

증인: 대략 10미터 정도요.

검시관: 숲에서는 얼마나 떨어져 있었나요?

증인: 비슷한 거리였습니다.

검시관: 그럼 증인이 10미터 정도 떨어져 있을 때 누가 그걸 가져갔다는 말이군요.

증인: 그렇죠, 하지만 저는 그것을 등지고 있었습니다.

이것으로 증인 신문이 끝났다.

「알 만하군.」 나는 신문을 내려다보며 말했다. 「검시관이 매카시 청년을 혹독하게 몰아붙이면서 결론을 내린 거야. 아버지가 아들을 보지도 않았는데 신호를 했다는 모순, 청년이 아버지와 어떤 대화를 나누었는지 털어놓기를 거부하는 점, 그리고 아버지가 죽으면서 남겼다는 이상한 말까지, 이런 점을 검시관이 주목하는 것은 일리가 있어. 검시관 말대로 아들한테 굉장히 불리하게 작용할 수밖에 없는 단서들이야.」

홈스는 혼자 쿡쿡 웃고는 푹신한 좌석에서 기지개를 켰다.

「자네도 검시관도 청년에게 가장 유리한 점은 피해 가면서 괜한 고생을 하는군. 자네는 청년의 상상력이 지나치다고 여기다가도, 또 어떤 때는 상상력이 너무 빈약하다면서 오락가락하고 있지 않은가? 청년이 말다툼한 이유를 두고 배심원의 동정을 살 만한 이유를 지어내지 못했으니 상상력이 너무 부족하다고 보는 거지. 반대로, 청년의 아버지가 죽으면서 쥐를 언급했다는 점과 사라져 버린 옷가지 같은 아주 기이한 이야기를 지어냈으니 상상력이 지나치다는 거고. 하지만 이보게, 그건 아니야. 나는 청년의 말이 진실이라는 관점에서 사건에 접근할 거야. 그러면 뭐가 나올지는 두고 보면 알겠지. 그럼 페트라르카 시집이나 읽어 볼까. 사건 현장에 도착할 때까지는 이 사건에 관해 더는 말하지 않기로 하세. 점심은 스윈던역에서 먹자고, 20분이면 도착할 것 같으니까.」

아름다운 스트라우드 계곡을 지나 어른어른 빛이 반짝이는 넓은 세번강을 건너 마침내 시골 소도시 로스에 도착하니 4시가 거의 다 되어 있었다. 족제비를 닮아 엉큼하고 교활해 보이는 깡마른 남자가 승강장에서 우리를 기다리고 있었다. 시골 분위기에 걸맞게 밝은 갈색의 먼지막이 코트를 입고 가죽 각반을 차고 있었음에도, 그가 런던 경찰국의 레스트레이드 경위임을 한눈에 알아볼 수 있었다. 우리는 그와 함께 마차를 타고 우리 방이 예약되어 있는 헤리퍼드 암스 호텔로 갔다.

「마차를 대기시켜 놓았습니다.」 우리가 앉아서 차를 마실 때 레스트레이드가 말했다. 「홈스 선생은 워낙 정력적인 분이니, 직접 범죄 현장에 가보실 때까지는 직성이 풀리지 않을 테니까요.」

「정말 친절하시고 후한 접대로군요.」 홈스가 대답했다. 「하지만 그 문제는 전적으로 기압에 달려 있습니다.」

레스트레이드는 깜짝 놀란 표정이었다. 「무슨 말씀인지?」

「기압계를 볼까요? 29도로군요. 바람도 없고, 하늘엔 구름 한 점 없고요. 담배는 한 갑 가득 있고, 여기 소파는 여느 시골 호텔의 구질구질한 소파보다 훨씬 좋군요. 오늘 밤은 마차를 이용할 일이 아마 없지 싶습니다.」

레스트레이드는 너그럽게 웃었다. 「신문을 보고 벌써 결론을 내리신 모양입니다. 이 사건은 한눈에 봐도 빤해요. 깊이 파고들수록 더 분명해지죠. 그렇긴 해도 아가씨의 청을 뿌리칠 수 있어야지 말입니다. 게다가 얼마나 열성적인지. 아가씨가 홈스 선생의 얘기를 들은 모양인데, 견해를 직접 듣고 싶어 하더군요. 내가 이미 다 조사해서 홈스 선생이 온들 딱히 할 수 있는 일이 없다고 거듭 말했는데도 그러네요. 아이고 호랑이도 제 말 하면 온다더니! 저기 문 앞에 그 아가씨 마차가 와 있군요.」

말이 끝나기가 무섭게 젊은 여자가 서둘러 방으로 들어왔다. 지금껏 보지 못한 정말 사랑스러운 아가씨였다. 반짝이는 보랏빛 눈에 살짝 벌어진 입술, 발갛게 상기된 두 뺨, 지나치게 흥분하고 근심에 휩싸인 나머지 타고난 수줍음 따위는 다 잊어버린 것 같았다.

「오, 셜록 홈스 선생님!」 그녀는 우리를 한 명씩 둘러보며 소리치더니, 곧이어 여자의 빠른 직감으로 내 친구에게 시선을 고정했다. 「와주셔서 정말 기뻐요. 이 말씀을 드리러 이렇게 달려왔어요. 저는 제임스가 그런 짓을 하지 않았다는 걸 알아요. 확실해요. 선생님도 일을 시작하면서 그걸 알아주셨으면 해요. 절대 그 점을 의심하지 말아 주세요. 제임스와는 어릴 때부터 알고 지낸 친구 사이라, 남들이 모르는 그의 단점도 저는 잘 알아요. 하지만 제임스는 파리 한 마리 해치지 못할 만큼 심성이 여린 사람이에요. 그를 아는 사람이라면 그런 혐의는 말도 안 된다고 생각할 거예요.」

「저희가 그의 혐의를 벗기게 되기를 바랍니다, 터너 양. 최선을 다할 테니 믿으셔도 됩니다.」 셜록 홈스가 말했다.

「하지만 증언을 읽으셨잖아요. 혹시 결론을 내리셨나요? 어떤 구멍이나 허점이 있다고 생각하지 않으세요? 제임스가 결백하다고 생각하지 않으세요?」

「결백할 가능성이 아주 높다고 봅니다.」

「그거 봐요!」 터너 양이 소리 지르며 고개를 돌려 반항하듯 레스트레이드를 쏘아보았다. 「들으셨죠! 탐정님은 저한테 희망을 주시잖아요.」

레스트레이드는 어깨를 으쓱했다. 「이분은 약간 성급하게 결론을 내리는 경향이 있어서 우려가 됩니다.」

「하지만 홈스 선생님이 옳아요. 오! 저는 잘 알고 있어요. 제임스는 절대 범인이 아니라고요. 그리고 제임스가 아버지와 했던 말다툼 말이에요. 검시관한테 솔직히 털어놓지 않은 이유는 분명 저와 관련되어 있기 때문일 거예요.」

「어떤 식으로요?」 홈스가 물었다.

「사실대로 말씀드리죠. 지금 뭘 감추고 어쩌고 할 계제가 아니잖아요? 제임스와 매카시 아저씨는 저 때문에 걸핏하면 불화를 일으켰어요. 아저씨는 우리를 결혼시키려고 무척 안달하셨죠. 제임스와 저는 항상 오누이처럼 서로를 사랑했고요. 하지만 제임스는 아직 젊고 인생 경험도 별로 없죠. 그래서 당연히 아직 결혼은 할 생각이 없었어요. 그래서 말다툼이 잦았는데, 이번에도 분명 그 문제 때문에 싸웠을 거예요.」

「그럼 터너 양의 아버님은요? 아버님은 두 분의 결혼을 바라셨습니까?」

「아뇨, 아버지도 반대하셨죠. 매카시 아저씨 말고는 아무도 그걸 바라지 않았어요.」 홈스가 캐묻는 듯 예리하게 바라보자, 터너 양의 풋풋한 얼굴이 살짝 붉어졌다.

「알려 주셔서 고맙습니다. 내일 댁으로 가면 아버님을 뵐 수 있을까요?」

「의사 선생님이 허락하지 않으실 거예요.」

「의사라뇨?」

「네, 아직 못 들으셨어요? 가엾은 아버지는 몇 년째 건강이 안 좋으셨는데, 이번 일로 큰 충격을 받으셨어요. 그 후로 몸져누우셨는데, 윌로스 선생님 말씀이 몸이 쇠약해지고 신경계가 망가졌대요. 매카시 아저씨는 아버지가 빅토리아에 계실 때부터 알고 지낸 사람들 중 유일하게 살아 계신 분이었거든요.」

「아하! 빅토리아에 계셨다고요! 중요한 사실이군요.」

「네, 광산에서 일하셨어요.」

「그렇군요. 금광이었겠죠. 아버님이 거기서 큰돈을 버셨군요.」

「네, 맞아요.」

「고마워요, 터너 양. 아주 큰 도움이 되었습니다.」

「내일 뭐라도 새로 밝혀내시면 꼭 알려 주세요. 구치소에 가서 제임스를 면회하시겠죠? 오, 홈스 선생님. 제임스를 보시거든 꼭 전해 주세요. 저는 그가 결백하다는 걸 알고 있다고요.」

「그러죠, 터너 양.」

「이제 그만 가봐야 해요. 아버지가 몹시 편찮으셔서, 제가 안 보이면 찾으시거든요. 안녕히 계세요, 선생님께 신의 가호가 있기를.」 터너 양은 들어올 때처럼 느닷없이 급히 방을 나갔고, 곧이어 아래쪽 길에서 마차 바퀴가 달그락거리는 소리가 들렸다.

「몹쓸 짓을 했군요, 홈스.」 몇 분 동안 침묵이 흐른 뒤 레스트레이드가 점잖게 말했다.「실망시킬 게 뻔한데 뭐 하러 희망을 심어 줍니까. 나도 마음이 여린 사람은 아니지만, 이건 너무 잔인한 일 같습니다.」

「제임스 매카시의 누명을 벗길 방법을 찾은 것 같습니다. 구치소 면회 허가서를 가지고 계시죠?」

「네. 하지만 면회는 우리 둘만 가능해요.」

「그렇다면 외출하지 않기로 한 결정을 재고해야겠군요. 헤리퍼드까지 기차를 타고 가서 오늘 밤 그를 만나려 하는데,

시간이 될까요?」

「시간은 충분하지요.」

「그럼 그렇게 하죠. 왓슨, 자네는 조금 지루하겠지만, 두 시간만 나갔다 오겠네.」

나는 역까지 그들과 함께 걸어가 배웅한 후, 소도시의 거리를 거닐다가 호텔로 돌아왔다. 그리고 소파에 누워서 노란 표지의 소설[4]에 흥미를 느끼려 애썼지만, 우리가 조사하는 수수께끼 같은 사건에 비해 시시하기 짝이 없어 내 관심은 끊임없이 허구에서 현실로 향했다. 결국 나는 소설을 팽개치고 오늘 하루 있었던 사건들을 골똘히 생각하기 시작했다. 이 불행한 청년이 한 이야기가 모두 사실이라면, 그가 아버지를 두고 자리를 뜬 시각과 아버지의 비명을 듣고 다시 공터로 달려간 순간 사이에 대체 어떤 끔찍한 일이 있었을까? 날벼락 같은 그토록 이상한 불행의 진상은 대체 무엇일까? 끔찍하고 치명적인 무언가가 있었다. 그게 무엇일까? 망자의 몸에 난 상처를 보면, 내 의학적 직감으로 뭔가 알아낼 수 있지 않을까? 나는 벨을 눌러서 해당 검시 보고서가 실린 지역 주간지를 갖다 달라고 부탁했다. 외과 의사의 증언에는 좌측 후두골 절반과 좌측 두정골 후부의 3분의 1이 둔기에 강타당해 부서졌다고 되어 있었다. 나는 내 머리를 짚어 보았다. 그런 타격이라면 뒤에서 공격한 것이 분명했다. 이는 어느 정도는 피고인에게 유리한 사실이었는데, 말다툼이 목격될 당

---

4 광택 있는 노란 바탕에 그림이 그려진 표지의 염가판 소설. 1847년 처음 등장한 후 크게 유행했다. 코넌 도일의 작품은 이 판으로 두 번 나왔다.

시 그는 아버지와 마주 보고 있었기 때문이다. 그렇더라도 아주 유리하다고 할 수도 없는 것이, 노인이 돌아선 후 가격했을 수도 있었기 때문이다. 그래도 이 점은 홈스의 관심을 끌 만한 내용이었다. 그리고 노인은 죽어 가면서 엉뚱하게도 쥐가 어쩌고 하는 말을 내뱉었다. 그건 무엇을 의미할까? 일시적 정신 착란일 수는 없었다. 갑작스러운 공격을 당해 죽는 사람은 보통 정신 착란을 일으키지 않는다. 아니, 오히려 매카시 씨는 자신이 공격당한 일을 설명하려 했을지 모른다. 하지만 무슨 말을 하려고 했을까? 나는 그럴듯한 설명을 찾아내려 머리를 쥐어짰다. 그리고 매카시 청년이 보았던 회색 옷도 의문이었다. 그의 말이 사실이라면, 살인범은 달아나다가 옷가지의 일부, 아마 외투에 덧입는 망토를 떨어뜨렸다가, 열 발짝도 안 되는 거리에서 청년이 등을 돌리고 무릎을 꿇고 있던 순간에 대담하게도 다시 와서 가져갔다는 얘기가 된다. 이 모든 게 수수께끼이고 도무지 있을 법하지 않은 일이다! 레스트레이드의 견해도 그럴듯하지만, 나는 셜록 홈스의 통찰을 굳게 믿고 있었다. 따라서 매카시 청년이 결백하다는 홈스의 확신은 새로운 사실로 인해 더욱더 굳어지는 것 같아서 한 가닥 희망을 놓을 수 없었다.

셜록 홈스는 밤늦게 돌아왔다. 레스트레이드는 시내의 숙소로 돌아갔기 때문에 홈스 혼자였다.

「여전히 기압계 눈금이 꽤 높군.」 홈스가 자리에 앉으면서 말했다. 「우리가 현장 조사를 마칠 때까지 비가 오지 말아야 하는데. 그리고 이렇게 정밀한 작업을 수행하려면 최상의 상태로 예리함을 발휘해야 하지. 긴 여행에 시달린 피곤한 몸으로 현장을 조사하고 싶지는 않았네. 매카시 청년을 만나고 왔어.」

「뭐 좀 알아냈나?」

「아무것도.」

「아무런 실마리도 못 얻었단 말이야?」

「전혀. 청년이 진범을 알고 보호한다는 생각이 잠깐 들기도 했는데, 만나 보니 다른 이들과 마찬가지로 아무것도 모르는 듯해. 눈치가 아주 빠르진 않아도 잘생겼을 뿐 아니라 마음도 착한 친구더군.」

「그런데 사람 보는 눈은 별로더군.」 내가 말했다. 「터너 양처럼 매력적인 아가씨와 결혼하기를 꺼렸다는 게 사실이라면 말이야.」

「아, 거기에는 가슴 아픈 사연이 있어. 이 청년은 아가씨를 미치도록 사랑하고 있다네. 하지만 2년 전쯤, 청년이 아직 철이 없을 때 사고를 쳤지. 터너 양은 기숙 학교를 다니느라 5년 동안 떠나 있어서 청년이 터너 양을 제대로 알기 전의 일인데, 이 바보 같은 청년이 브리스틀의 술집 여종업원의 유혹에 넘어가서 그만 등기소에 혼인 신고를 하고 말았지 뭔가! 그 사실을 아는 사람은 아무도 없지만, 청년의 심정을 상상해 보게. 마음이야 굴뚝같지만 아무리 생각해도 불가능한 상황인데, 자꾸 결혼을 하지 않는다고 질책받으니 심정이 오죽하겠나. 아버지를 마지막으로 봤을 때도 아버지는 터너 양에게 청혼하라고 청년을 다그쳤지. 청년이 손을 치켜든 것은 그 때문에 미칠 듯 답답해서였을 거야. 한편으로 청년은 마땅히 밥벌이를 할 수단도 없는 상황인데, 무섭기 짝이 없는 아버지가 진실을 알았다면 완전히 혈육의 연을 끊어 버렸겠지. 마지막 사흘 동안 청년이 브리스틀에 가 있던 것도 아까 말한 술집 여자 때문이었지만, 아버지는 그가 어디에 갔는지 몰랐다네. 중요한 대목이니 이 점을 꼭 기억해 두게. 하지만 불행 중 다행으로 예의 술집 여자가 신문을 보고 청년이 큰 곤경에 처해서 교수형을 당할지도 모른다는 사실을 알고는, 헌신짝처럼 그를 버렸지 뭔가. 그리고 자기는 이미 버뮤다 해군 조선소에서 일하는 남편을 얻었다고 편지를 보낸 거야. 그래서 둘은 사실상 아무 관계도 아니게 된 거지. 매카시 청년에게는 고통스러운 상황에 그나마 위안이 되는 소식일 거야.」

「하지만 그가 결백하다면, 범인은 누구일까?」

「아, 누구냐고? 두 가지 점을 특별히 주목해 줬으면 해. 하나는 피살자가 연못에서 누군가를 만나기로 약속했고, 상대가 아들일 리는 없다는 거야. 아들은 다른 도시에 나가 있었고, 그는 아들이 언제 돌아올지 몰랐지. 두 번째는 피살자가 아들이 돌아온 줄 몰랐는데도 〈쿠이!〉 하고 외쳤다는 거야. 두 가지가 이 사건의 핵심이야. 그리고 자네만 괜찮다면 지금은 조지 메러디스[5] 얘기나 하자고. 나머지 사소한 문제들

---

5 George Meredith(1828~1909). 영국의 소설가이자 시인. 코넌 도일은 1888년 11월 20일 포츠머스 문학 과학 학회에서 〈조지 메러디스의 천재성〉을 칭송한 적 있다. 한편 메러디스는 『데일리 텔레그래프』지에 쓴 조지 에이덜지 사건 관련 기사에서 코넌 도일을 칭찬하면서 셜록 홈스를 언급했다.

은 내일로 미뤄 두고.」

홈스의 예상대로 비는 오지 않았고, 아침 하늘이 밝아 왔는데 구름 한 점 없었다. 9시에 레스트레이드가 태우러 왔고, 우리는 해설리 농장과 보스콤 연못을 향해 출발했다.

「오늘 아침 심각한 소식을 들었습니다.」 레스트레이드가 말했다. 「터너 씨의 병세가 위중해서 살아날 가망이 없다는군요.」

「그분 나이가 많죠?」 홈스가 물었다.

「예순 살 정도 됐어요. 하지만 외국에서 오래 살다 보니 몸이 망가졌고, 한동안 건강이 안 좋아 고생하고 있었지요. 이 사건 때문에 더욱 충격을 받았고요. 매카시와는 오랜 친구였거든요. 덧붙이자면 매카시에게는 큰 은인인 셈입니다. 해설리 농장을 거저 임대해 주었다고 하니.」

「그래요? 아주 흥미롭군요!」 홈스가 말했다.

「아, 그렇다마다요! 그 밖에도 수많은 방법으로 매카시를 도왔답니다. 이 근방 사람들은 다들 터너가 매카시한테 크게 호의를 베풀었다고들 해요.」

「그렇군요! 그러고 보니 좀 이상하지 않습니까? 매카시는 빈털터리나 다름없었고 터너에게 큰 신세를 지고 있던 것 같은데, 터너의 영지를 상속받을 딸에게 자기 아들을 결혼시키겠다고 떠들어 대고, 심지어 청혼만 하면 될 것처럼 자신만만했다니 말입니다. 우리가 알기로 터너는 두 사람의 결혼을 몹시 반대했다는데 그랬으니 더 이상한 일이죠. 터너가 반대했다는 얘기는 딸한테 들었습니다. 여기서 뭔가 추리가 나오지 않나요?」

「결국 추리 얘기가 나오는군요.」 레스트레이드가 나에게 눈을 찡긋하며 말했다. 「저는 사실을 다루는 것만도 무척 힘들다고 봐요. 걸핏하면 이론과 상상을 좇아 비약하게 되거든요.」

「맞습니다.」 홈스가 새치름하게 말했다. 「사실을 붙들기란 아주 힘들다는 점을 깨달으셨군요.」

「어쨌든 내가 간파한 사실이 하나 있어요. 선생은 알아차리기 힘들어하는 것 같소만.」 레스트레이드가 느긋하게 대답했다.

「그게 뭡니까?」

「아버지 매카시가 아들 매카시의 손에 죽었다는 것, 그에 반하는 모든 이론은 단지 달밤의 허깨비라는 거요.」

「글쎄요, 그래도 달빛이 안개보다는 밝죠.」 홈스가 웃었다. 「그런데 저 왼쪽에 보이는 게 해설리 농장인가 봅니다.」

「네, 저깁니다.」 그곳은 널찍하고 편안해 보이는 슬레이트 지붕의 2층 건물로, 회색 벽은 커다랗고 노란 이끼들에 군데군데 덮여 있었다. 창문마다 드리워진 커튼과 연기가 피어오르지 않는 굴뚝들은 공포스러운 사건이 여전히 이곳을 무겁게 짓누르고 있는 듯한 느낌을 주었다. 우리는 문을 두드렸고, 하녀는 홈스의 요청에 따라 주인이 죽던 날 신고 있었던 구두와 아들의 구두를 보여 주었다. 아들의 것은 그날 신었던 구두는 아니었다. 홈스는 이 구두들을 가지고 일고여덟 군데의 치수를 꼼꼼히 잰 뒤 안마당을 보고 싶다고 했다. 우리는 안마당에서 보스콤 연못으로 이어지는 구불구불한 길을 함께 따라갔다.

셜록 홈스는 이처럼 냄새를 맡는 데 열중할 때에는 다른 사람이 되었다. 홈스를 베이커가의 조용하고 논리적인 사색가로만 아는 사람이라면 그를 알아보지 못할 정도였다. 홈스의 안색은 붉어지고 심각해졌다. 찌푸린 눈썹은 굵고 검은 두 선을 이루었고, 그 아래에서 두 눈은 강철처럼 빛났다. 고개는 아래로 숙이고 어깨는 둥글게 웅크린 채 입술을 꾹 다물면, 길고 튼튼한 목에서는 채찍 끈처럼 핏줄이 도드라졌다. 콧구멍은 순전히 사냥감을 쫓는 동물적인 추적의 욕구로 커지는 듯했고, 정신은 자기 앞의 문제에 완전히 몰두해서 뭐라고 묻거나 말을 걸어도 아예 듣지 못하는 것 같았으며, 기껏해야 짜증스레 으르렁거리듯 몇 마디 던질 뿐이었다. 그는 풀밭 사이로 난 길을 말없이 날렵하게 걸어갔고, 숲을 지나 보스콤 연못을 향해 갔다. 이 근방이 다 그렇듯 사건 현장은 축축한 습지였고, 길바닥은 물론 키 작은 풀들이 자라는 길 양쪽에도 발자국이 많이 찍혀 있었다. 홈스는 서두르다가도 이따금 가만히 멈춰 서는가 하면, 한번은 풀밭으로 들어가 한 바퀴 걸어 보기도 했다. 레스트레이드와 나는 홈스의 뒤를 따라 걸었는데, 레스트레이드 경위는 의미 없다는 투로 코웃음을 쳤지만, 나는 홈스의 행동 하나하나가 확실한 결론으로 향하고 있다 믿으며 친구를 흥미롭게 지켜보았다.

물가에 갈대밭이 있는 약 50미터 너비의 보스콤 연못은 해설리 농장과 부유한 터너 씨 사유지의 경계를 이루고 있었다.

연못 저쪽, 숲 너머 멀리에 부유한 지주의 저택이 있음을 알려 주듯 비죽비죽 솟은 붉은 첨탑들이 보였다. 연못에서 해설리 농장 쪽에 있는 숲은 아주 울창했고, 숲 가장자리와 연못가 갈대밭 사이에는 약 스무 걸음 너비의 흠뻑 젖은 풀밭이 펼쳐져 있었다. 레스트레이드는 시체가 발견된 정확한 지점을 보여 주었다. 땅이 매우 질척했기 때문에, 사람이 타격을 받고 쓰러지면서 남긴 흔적이 그대로 보일 정도였다. 홈스의 열띤 얼굴과 강렬한 눈빛으로 보건대, 짓밟힌 풀밭에서 찾은 여러 단서를 해석해 내고 있음을 알 수 있었다. 홈스는 냄새를 맡는 강아지처럼 풀밭을 이리저리 달려갔다가 다시 레스트레이드에게 돌아왔다.

「연못에는 뭐 하러 들어간 겁니까?」 홈스가 물었다.

「갈퀴로 여기저기 좀 긁어 봤어요. 어떤 무기나 또 다른 흔적이 있을까 해서. 한데 그건 어떻게……?」

「이런, 쯧쯧! 지금 바빠 죽겠는데. 안쪽으로 휜 당신의 왼발 자국이 사방 천지에 나 있어요. 눈먼 두더지도 알아볼 수 있을 정도지요. 당신 발자국이 갈대밭에서 끊겨 있으니 빤하죠. 나 참, 사람들이 여기 와서 물소 떼처럼 사방에서 뒹굴기 전에 내가 먼저 왔더라면 일이 정말 간단했을 텐데. 여기는 산장지기 일행이 왔던 곳인데, 시체 주변 2미터 안팎에 있던 흔적은 모두 그 사람들 발자국으로 덮여 버렸어요. 하지만 여기 똑같은 발자국의 임자가 세 번 다녀갔군요.」 홈스는 확대경을 꺼내 더 자세히 보기 위해 방수복을 깔고 엎드리면서 계속 중얼거렸다. 우리에게 하는 말이 아닌 혼잣말이었다.

「매카시 청년의 발자국이야. 두 번은 걷고 있었고, 한 번은 빠르게 달렸어. 그러니 밑창 자국이 깊게 파여 있고, 뒤꿈치 자국이 잘 보이지 않지. 이게 그 친구의 말이 사실임을 뒷받침해 주는군. 청년은 아버지가 쓰러진 것을 보고 달려온 거야. 그리고 이것들은 아버지가 서성거렸던 발자국이군. 그렇다면 이건 뭐지? 아들이 아버지의 말을 들으며 서 있을 때 찍힌 총의 개머리판 자국이군. 그럼 이건? 아하! 이것 좀 보게. 발끝, 발끝으로 걸은 자국이네! 구두코가 네모진 아주 독특한 구두로군! 이 발자국이 왔다가 가고, 다시 오는군. 물론 이건 그 망토 때문이지. 그렇다면 이 발자국은 어디서 온 거지?」 그 발자국을 놓쳤다가 다시 찾으면서 여기저기를 달리는 홈스를 따라가다 보니, 어느덧 우리는 숲 가장자리에 도착해 근방에서 가장 큰 너도밤나무 그늘에 와 있었다. 홈스는 너도밤나무 뒤로 발자국을 좇았고, 또 한 번 바짝 엎드렸다가 만족스러운 듯 작게 탄성을 질렀다. 홈스는 한동안 그 자리에 머물면서 낙엽과 마른 가지들을 뒤집고, 내 눈엔 먼지로 보이는 것들을 모아 봉투에 넣었다. 그리고 땅바닥은 물론 손이 닿는 범위 안에 있는 나무껍질까지 확대경으로 살폈다. 이끼 사이에 울퉁불퉁한 돌멩이 하나가 놓여 있었는데, 이것도 신중하게 살펴보고는 집어 들었다. 그리고 숲속 오솔길을 따라 큰길까지 갔다. 거기서부터는 모든 흔적이 지워지고 없었다.

「지금까지 파악한 바로 상당히 흥미로운 사건이야.」 홈스가 평소의 자연스러운 태도로 돌아오며 말했다. 「오른쪽에 있는 이 회색 집이 바로 문제의 산장일 거야. 들어가서 산장지기 모런과 이야기를 나눠 봐야겠어. 아니면 간단한 메모를 남기든가. 그런 다음에 돌아가서 점심을 먹자고. 먼저 마차로 가 있으면 곧 뒤따라가겠네.」

약 10분 후 우리는 다시 마차에 올라 로스로 돌아갔다. 홈스는 숲에서 주운 돌멩이를 아직도 들고 있었다.

「이게 흥미로울 겁니다, 레스트레이드.」 홈스가 돌멩이를 내밀며 말했다. 「범인은 이걸로 살인을 저질렀어요.」

「아무 흔적도 없잖소.」

「아무 흔적이 없죠.」

「그런데 어떻게 알았습니까?」

「돌 밑에 풀이 자라고 있었어요. 그 돌멩이가 거기 놓인 지 불과 며칠밖에 안 되었던 거죠. 돌이 원래 있었을 만한 장소는 못 찾았지만요. 하지만 돌의 형상이 상처 모양과 일치합니다. 다른 무기를 쓴 흔적은 전혀 없죠.」

「그럼 살인자는?」

「키가 크고 왼손잡이에 오른쪽 다리를 저는 남자입니다. 밑창이 두꺼운 사냥화를 신었고 회색 망토를 걸쳤으며, 파이프를 사용해 인도산 시가를 피우죠. 주머니에는 날이 무딘 주머니칼을 가지고 다니고요. 몇 가지 특징이 더 있기는 하지만, 이 정도면 범인을 찾아내는 데는 충분할 겁니다.」

레스트레이드가 웃었다. 「난 여전히 믿음이 안 갑니다. 이론이야 아주 훌륭하지만, 그래도 우리는 고지식한 영국의 배심원을 상대해야 한다는 사실을 명심하기 바랍니다.」

「두고 보면 알겠죠.」 홈스가 차분히 말했다. 「경위님은 경위님 방식대로 하세요, 난 내 방식대로 할 테니. 오늘 오후에 저는 좀 바쁘겠는데요. 어쩌면 저녁 기차로 런던에 돌아갈지도 모르겠습니다.」

「사건을 해결하지도 않고 떠난다고요?」

「아니, 사건은 해결됐습니다.」

「그 수수께끼는?」

「다 풀었죠.」

「그럼 범인은 누굽니까?」

「아까 설명한 신사죠.」

「누구 말이오?」

「어렵지 않게 찾아낼 수 있을 겁니다. 이 동네는 인구가 그리 많지도 않으니까.」

레스트레이드는 어깨를 으쓱했다. 「나는 현실적인 사람입니다. 다리를 저는 왼손잡이 신사를 찾느라 이 시골을 헤매고 다닐 수는 없어요. 그랬다간 런던 경찰국의 웃음거리가 될 겁니다.」

「좋습니다.」 홈스가 조용히 말했다. 「어쨌든 나는 기회를 드렸습니다. 경위님 숙소에 다 왔군요. 떠나기 전에 연락드리죠.」

레스트레이드를 숙소에 내려 주고 우리는 호텔로 향했다. 호텔 방 탁자에 점심이 차려져 있었다. 홈스는 말없이 생각에 잠겨 있었지만, 난처한 지경에 빠졌음을 깨달은 사람처럼 괴로운 표정이었다.

「이봐, 왓슨.」식탁보가 치워지자 홈스가 말했다.「이 의자에 앉아서 잠시 내 말 좀 들어 보게. 정말 어떻게 해야 할지 모르겠으니 자네의 소중한 조언을 들려줘. 시가에 불을 붙이고 내 설명을 들어 보게나.」

「그러지.」

「좋아, 이 사건을 생각해 보면, 매카시 청년의 증언에는 우리 둘 다 곧바로 주목했던 요점이 두 가지 있어. 그런데 나는 그걸 청년이 결백하다는 뜻으로 받아들였고, 자네는 반대로 생각했지. 하나는 아버지가, 청년의 말대로라면 아들을 보기 전에 〈쿠이!〉하고 외쳤다는 거야. 다른 하나는 아버지가 죽으면서 엉뚱하게도 쥐에 대해 말했다는 거지. 매카시는 몇 마디를 중얼거렸지만, 아들이 들을 수 있었던 것은 쥐 얘기가 전부야. 그럼 우리의 조사는 이 두 가지 요점에서 시작해야 하네. 일단은 청년의 말이 완전히 진실이라고 가정하고 시작할 거야.」

「그럼 〈쿠이!〉라고 외친 이유는 뭘까?」

「글쎄, 그게 아들한테 한 소리일 리 없다는 건 분명해. 아버지는 아들이 브리스틀에 있다고 생각했으니까. 아들이 그 소리를 들은 것은 순전히 우연이었지. 〈쿠이!〉는 매카시가 만나기로 했던 사람을 부르는 소리였어. 하지만 〈쿠이!〉는 분명 오스트레일리아에서 사용하는 신호고, 오스트레일리아 사람들 사이에 쓰이는 말이야. 그렇다면 매카시가 보스콤 연못에서 만나기로 했던 상대가 오스트레일리아에 살았던 사람이라고 추정할 수 있지.」

「그럼 쥐는 뭐지?」

셜록 홈스는 주머니에서 접힌 종이를 꺼내 탁자에 펼쳤다. 「이건 빅토리아 식민지 지도야. 어젯밤에 내가 브리스틀로 전보를 보내 구했지.」 홈스는 지도의 한 부분을 손으로 가리고 물었다. 「뭐라고 쓰여 있나?」

「어랫ARAT.」

「그럼 이건?」 그가 손을 치웠다.

「밸러랫BALLARAT.」[6]

「맞아. 바로 이게 그 남자가 중얼거렸던 단어야. 아들은 마지막 두 음절밖에 듣지 못했던 거고.[7] 아버지는 살인자의 이름을 말하려고 했던 거야. 밸러랫의 아무개라고.」

「대단한데!」 내가 감탄했다.

「틀림없어. 이제 범위는 크게 좁혀졌어. 청년의 진술을 받아들인다면 범인은 회색 외투를 입었음이 틀림없어. 이게 세 번째 요점이야. 우리는 막연했던 단서에서 명확한 개념을 끌어냈어. 범인은 밸러랫에서 온 회색 외투 차림의 오스트레일리아 사람이라는 거지.」

「그렇군.」

「그리고 이 지역을 잘 아는 사람일 거야. 왜냐하면 사건이 벌어진 연못은 그 농장이나 사유지를 거쳐야만 갈 수 있고, 외지인은 쉽게 들어가지 못하는 곳이니까.」

6 빅토리아주에서 두 번째로 큰 도시. 멜버른에서 120킬로미터 떨어진 이곳에서 1851년 8월 25일 금광이 발견되었고, 이후 사람들이 몰려들면서 마구 파헤쳐졌다.

7 〈a rat〉은 〈쥐〉라는 뜻이다.

「그렇지.」

「그렇다면 오늘 갔던 답사 얘기를 해볼까. 아까 나는 연못 근처를 살펴보고 사소한 세부 단서들을 얻었고, 범인의 특징을 얼간이 레스트레이드한테 알려 주었지.」

「그런데 어떻게 그런 단서를 얻었나?」

「내 방법 알잖아. 사소한 것들을 관찰하면 다 보인다네.」

「키는 보폭을 보고 어림짐작했을 테고, 구두 역시 발자국으로 알았을 테지.」

「그래, 독특한 구두였어.」

「하지만 다리를 저는 건?」

「오른쪽 발자국이 항상 왼쪽 발자국보다 희미했거든. 오른쪽에 무게를 덜 실었다는 뜻이지. 왜냐고? 다리를 절었으니까, 결국 절름발이란 얘기야.」

「왼손잡이라는 것은?」

「자네도 검시 보고서에 의사가 기록했던 상처의 특징을 주목했잖나. 범인은 바로 뒤에서 매카시 씨를 가격했어. 그런데 가격한 부위가 왼쪽이었어. 왼손잡이가 아니라면 어떻게 가능하겠나? 그는 아버지와 아들이 말다툼을 하는 동안 나무 뒤에 서 있었지. 심지어 거기서 시가까지 피웠어. 내가 시가에서 떨어진 재를 발견했는데, 담뱃재에 대한 내 전문 지식으로 보건대 인도산 시가라고 자신 있게 말할 수 있어. 자네도 알다시피 나는 담뱃재에 상당한 관심이 있어서, 파이프 담배, 시가, 궐련형 담배 등 140가지 담배의 서로 다른 재에 관해 소논문[8]을 썼잖나. 담뱃재를 발견하고 주변을 돌아보다가 범인이 던진 꽁초를 이끼 사이에서 발견했지. 인도산 시가인데, 로테르담에서 말아 포장한 제품 중 하나야.」

「그럼 시가 파이프는?」

「꽁초 끝을 입에 물었던 흔적이 없었거든. 따라서 시가 파이프를 사용한 거야. 꽁초 끝은 물어서 뜯은 게 아니라 잘려 있었는데, 잘린 자리가 깨끗하지 않으니 날이 무딘 펜나이프를 썼다고 추리했지.」

「홈스, 자네는 범인이 빠져나갈 구멍이 없게 단단히 그물을 쳤군. 덕분에 무고한 생명 하나를 구했어. 정말이지 청년을 매달고 있는 올가미 줄을 잘라 준 거나 다름없네. 이 모든 요점이 가리키는 방향을 보면, 범인은…….」

「존 터너 씨입니다!」 호텔 웨이터가 우리 거실의 문을 열어 손님을 안내하면서 소리쳤다.

방에 들어온 남자는 기이하고 강렬한 인상을 주었다. 절뚝거리는 느린 걸음에 굽은 어깨는 노쇠한 느낌이었지만, 주름이 깊게 파인 우락부락한 얼굴과 장대한 골격은 남다른 체력과 성격의 소유자임을 보여 주고 있었다. 헝클어진 수염과 반백의 머리, 튀어나오고 처진 눈썹 때문에 위엄과 힘이 느껴졌지만, 얼굴은 창백한 잿빛을 띠었고 입술과 콧날개 모서리에는 푸른 그림자가 드리워져 푸르죽죽한 빛을 띠고 있었다. 한눈에도 치명적인 만성 질병을 앓고 있음이 분명해 보였다.

8 홈스가 『네 사람의 서명』에서 밝힌 논문의 제목은 「다양한 담뱃재의 구별에 관하여」였다.

「소파에 앉으시지요.」홈스가 상냥하게 말했다.「제 쪽지를 받으셨군요?」

「그렇소, 산장지기가 가져왔습디다. 시끄러운 소문을 피하고 싶으니 여기서 보자고 하셨더군요.」

「제가 댁에 찾아가면 사람들의 입방아에 오를 거라 생각했습니다.」

「나를 보자고 한 이유가 뭡니까?」그가 절망 어린 힘없는 눈으로 내 친구를 보며 물었다. 마치 답을 이미 알고 있는 듯했다.

「네.」홈스는 질문이 아니라 표정에 답하며 말했다.「그렇게 됐습니다. 저는 매카시 사망 사건에 관해 모든 걸 알고 있습니다.」

노인은 두 손으로 얼굴을 감싸며 소리쳤다.「맙소사!」곧이어 그가 말을 이었다.「맹세컨대 그 청년에게 해를 끼칠 생각은 없었소. 순회 재판에서 청년에게 불리한 결과가 나오면 모든 걸 밝히려고 했다오.」

「그렇게 말씀해 주시니 기쁩니다.」홈스가 엄숙하게 말했다.

「내 사랑하는 딸만 아니라면 진작 자백했을 거요. 하지만 그랬다면 그 애가 상심했을 테지요. 아비가 체포되었다는 소식을 들으면 억장이 무너질 겁니다.」

「그렇게 되지 않을 수도 있습니다.」홈스가 말했다.

「뭐라고요!」

「전 경찰이 아닙니다. 저를 여기 부른 사람은 댁의 따님이고, 전 따님에게 해가 되는 행동은 하지 않겠습니다. 하지만 매카시 청년은 풀려나야 합니다.」

「난 죽어 가는 몸이오. 몇 년째 당뇨를 앓고 있소. 주치의는 내가 한 달이나 살지 모르겠다고 합디다. 하지만 감옥보다는 내 집에서 죽고 싶소.」

홈스가 일어서더니 펜과 종이 꾸러미를 들고 노인 앞에 있는 탁자에 앉았다. 「그냥 진실만 말씀해 주십시오. 제가 말씀을 받아 적을 테니, 터너 씨가 나중에 서명하시고 여기 왓슨이 증인을 서면 됩니다. 그런 후에 어쩔 수 없는 순간이 오면 제가 선생님의 자백서를 제출해 매카시 청년을 구하겠습니다. 꼭 필요한 경우가 아니면 절대 사용하지 않겠다고 약속 드리죠.」

「좋습니다. 순회 재판이 열릴 때까지 내 목숨이 붙어 있을지도 의문이라 재판은 나한테 별 의미가 없소. 하지만 앨리스가 충격을 받는 일만은 없었으면 합니다. 이제 모든 걸 분명히 밝히리다. 긴 세월에 걸친 구구절절한 사연이지만, 말로 하면 얼마 걸리지 않을 거요.

선생은 죽은 남자, 매카시가 어떤 사람인지 모를 거요. 그는 악마의 화신이었소. 정말입니다. 그런 자의 마수에 걸려들지 않게 신께서 선생을 지켜 주시기를. 매카시의 마수는 지난 20년 동안 날 쥐고 흔들었고, 내 인생을 망쳐 버렸소. 우선은 내가 어떻게 그의 손아귀에 걸려들었는지 말하리다.

사건은 금광 붐이 일던 1860년대 초로 거슬러 올라가오. 피 끓는 무모한 젊은이였던 나는 무엇이든 거칠 게 없었소.

나쁜 친구들과 어울리며 술을 마시다가, 불하받은 내 광산에서 아무것도 얻지 못하자 결국 산적이 되었소. 여기서 말하는 노상강도가 된 겁니다. 우리는 여섯 명이었는데, 이따금 목장을 습격하거나 광산으로 향하던 마차를 세워 털기도 하면서 거칠게 제멋대로 살았소. 밸러랫의 블랙 잭은 내가 쓰던 이름이었고, 식민지에서 우리 일당은 지금도 밸러랫 갱단으로 기억되고 있다오.

하루는 잠복해 있다가, 밸러랫에서 멜버른까지 금을 옮기는 수송대를 습격했소. 그쪽 호송병이 여섯 명이고 우리도 여섯이었으니 막상막하였소. 우리의 첫 사격으로 네 명이 안장에서 떨어졌다오. 하지만 우리도 셋이 죽임을 당하고서야 물건을 손에 넣을 수 있었소. 나는 마부의 머리에 권총을 겨누었는데, 그가 바로 매카시였다오. 그때 놈을 쏴버렸어야 하는 건데. 매카시가 마치 내 모든 특징을 놓치지 않고 기억하겠다는 듯이 사악한 작은 눈으로 나를 뚫어지게 보는 걸 알면서도 나는 놈을 살려 주었소. 우리는 금을 갖고 튀었고, 부자가 되어서 아무런 의심도 받지 않고 영국으로 돌아왔지요. 그때 나는 옛 친구들과 헤어지고, 조용하고 떳떳하게 살기로 결심했소. 그렇게 해서 마침 매물로 나와 있던 이 부동산을 사들였고, 나쁜 방식으로 돈을 벌었던 과거를 보상하는 뜻으로 소소하게 선행을 시작했지요. 결혼도 했지만, 아내는 사랑스러운 앨리스를 남긴 채 젊어서 세상을 떴소. 앨리스는 아기였을 때도 조그만 손으로 나를 옳은 길로 이끄는 것 같았소. 다른 무엇도 그렇게 하지는 못했는데 말이오. 한마디로 나는 완전히 새사람으로 거듭났고, 과거에 지은 죄를 씻기 위해 최선을 다했소. 모든 일이 잘 풀리고 있던 차에 매카시가 나에게 손을 뻗친 거요.

투자 관련 일로 런던에 갔다가 리젠트가에서 외투도 신발도 변변히 걸치지 못한 그를 만났던 겁니다.

〈드디어 만났군, 잭.〉그가 내 팔을 치며 말하더이다. 〈우린 한 가족이나 마찬가지 아닌가. 나와 내 아들, 이렇게 둘인데, 자네가 우리를 거둬 줄 수 있겠지. 그게 내키지 않는다면…… 뭐 괜찮아. 여기는 법치 국가 영국이니까. 내가 소리만 지르면 경찰이 달려오겠지.〉

그렇게 매카시 부자는 이곳 서부의 시골에 오게 되었는데, 도무지 그들을 떨쳐 낼 방법이 없었소. 여기서 그들은 내가 가진 가장 좋은 땅을 거저 차지하고 살아왔소. 그때부터 나에겐 휴식도 평화도 없었고, 과거를 잊을 수도 없었소. 어디를 가든 교활하게 웃는 그의 얼굴이 있었으니까. 앨리스가 자라면서 사정은 더욱 나빠졌다오. 내가 경찰보다 딸아이한테 과거를 들킬까 봐 노심초사한다는 사실을 매카시가 곧 알아차렸으니까 말이오. 그는 무엇이든 손에 넣어야 직성이 풀렸고, 나는 그게 뭐든 묻지도 않고 주었소. 땅이며 돈, 여러 채의 집까지, 그러더니 마침내 내가 줄 수 없는 것을 요구하더이다. 앨리스를 달라고 한 거요.

아시겠지만, 그의 아들은 장성해 어른이 되었고 내 딸도 다 컸소. 게다가 내가 건강이 좋지 않다고 알려져 있었기 때문에, 매카시는 자기 아들이 앨리스와 결혼하면 내 재산을 통째로 차지할 수 있다고 생각했던 것 같소. 하지만 그것만은 양보할 수 없었소. 그 저주받은 핏줄이 내 핏줄과 섞이는 꼴은 두고 보지 않을 거요. 청년이 싫어서가 아니라 그 애 몸속에 흐르는 아비의 피를 생각하면 절대 안 될 일이었소. 나는 완강하게 버텼소. 매카시는 위협하더이다. 나는 마음대로 해보라고 맞섰소. 결국 우리는 서로의 집에서 중간 지점인 연못가에서 만나 담판을 짓기로 했소.

내가 갔을 때 매카시는 아들과 이야기하고 있었소. 그래서 시가를 한 대 피우면서 아들이 갈 때까지 나무 뒤에서 기다렸소. 하지만 그자가 하는 말을 전부 듣다 보니, 내 안의 어둡고 격한 감정이 한계치에 이르는 느낌이었소. 매카시는 마치 내 딸이 거리의 난잡한 여자나 되는 것처럼 내 딸의 의중이야 어떻든 상관하지 말고 결혼하라고 아들을 다그치고 있었소. 나와 내가 가장 사랑하는 딸이 그처럼 저열한 자에게 휘둘린다고 생각하니 미칠 것 같더이다. 이 악연을 끊을 수 없을까? 난 이미 죽어 가는 몸이고 희망이 없는 사람이오. 비록 정신은 맑고 사지도 튼튼하지만, 내 운명이 다했다는 사실을 알고 있소. 하지만 나의 추억과 내 딸은! 그 더러운 혀를 침묵시킬 수만 있다면, 나와 딸 둘 다 구원받을 수 있었소. 내가 그랬소, 홈스 선생. 얼마든지 또 그럴 거요. 나는 과거에 너무나 큰 죄를 지었기 때문에 속죄를 위해 순교자처럼 살아왔소. 하지만 감당할 수 없을 만큼 나를 옥죄었던 그물망에 내 딸까지 얽혀 드는 건 두고 볼 수 없었다오. 나는 맹독을 가진 더러운 짐승을 치듯 아무 죄책감 없이 그를 내리쳤소. 그가 비명을 지르자 아들이 돌아왔지만, 나는 이미 숲속에 몸을 숨긴 후였소. 달아나면서 떨어뜨린 망토를 가지러 돌아가야 했지만 말이오. 두 신사 양반, 이것이 이 사건의 숨김없는 전말이라오.」

「하지만 어르신을 심판하는 것은 제 일이 아닙니다.」 홈스는 자신이 내민 진술서에 노인이 서명하는 동안 말했다. 「우리가 그런 시험에 들지 않기를 바랄 뿐이죠.」

「나도 그렇게 기도하겠소. 그럼 이제 어떻게 할 생각이오?」

「어르신의 건강을 고려해서 아무것도 안 할 생각입니다. 조만간 순회 재판소보다 높은 상급 법정에서 어르신의 행동에 책임을 져야 한다는 사실은 잘 아실 테지요. 이 진술서는 보관해 두겠습니다. 만약 매카시 청년이 유죄를 선고받으면 이걸 사용해야겠죠. 만약 그렇게 되지 않으면 누구도 이걸 볼 일은 없을 겁니다. 그리고 어르신의 생사와 관계없이 비밀도 안전하게 지킬 겁니다.」

「그럼 안녕히!」 노인이 엄숙하게 말했다. 「훗날 두 분이 눈을 감는 순간이 왔을 때, 나한테 준 평화를 생각하면 조금은 더 편안해질 겁니다.」 노인은 커다란 몸을 떨며 비틀거리면서 천천히 방을 나갔다.

「신이여!」 오랜 침묵이 흐른 뒤 홈스가 입을 열었다. 「어찌하여 운명의 여신은 가련한 미물들에게 이런 장난을 치는 걸까? 이처럼 기막힌 사건은 난생처음이라 백스터의 말이 절로 떠오르는군. 〈신의 은총이 없었다면 셜록 홈스도 저렇게 되었으리라.〉[9]」

제임스 매카시는 순회 재판 결과 풀려났다. 홈스가 작성해서 변호사에게 제출한 수많은 반론 덕분이었다. 터너 노인은 우리와 만난 후 7개월을 더 살다가 세상을 떴다. 그리고 매카시의 아들과 터너의 딸은 자신들의 과거에 드리워졌던 먹구름에 대해서는 아무것도 모르는 채로 함께 행복하게 살아갈 수 있을 것이다.

9 본문에서는 백스터의 말이라고 되어 있지만, 이는 프로테스탄트 순교자 존 브래드퍼드John Bradford(1510?~1555)가 했던 말이다. 〈처형대로 가는 범죄자들을 볼 때마다 그는 이렇게 외치곤 했다. 「신의 은총이 없었다면 존 브래드퍼드가 저렇게 되었으리라.」〉(『영국 인명사전』, 1886)

다섯 개의 오렌지 씨앗

지난 1882년부터 1890년 사이 셜록 홈스의 사건 메모와 기록을 훑어보면, 이상하고 흥미로운 사건들이 너무도 많아서 무엇을 고르고 버려야 할지 판단하는 것도 쉬운 일이 아니다. 그러나 일부 사건은 신문 지면을 통해 이미 널리 알려져 있었고, 나머지 사건은 내 친구가 가진 고도의 능력이 발휘될 만한 여지가 없었다. 이런 지면에서 설명하려고 하는 것이 바로 그 능력인데 말이다. 그리고 홈스의 분석 능력으로도 풀리지 않아서, 이야기로 치자면 시작만 있고 끝은 없는 사건들도 있다. 또 나머지 사건들은 부분적으로만 해결되었으므로 그가 애지중지하는 철저하고 논리적인 증거보다는 추정과 어림짐작을 토대로 설명해야 할 것이다. 그렇지만 최근의 한 사건은 세부 내용이며 결과가 너무 기이하고 놀라워서 여기서 어느 정도는 설명하고 싶다. 의문이 완전히 해소되지 않았고, 어쩌면 영원히 풀리지 않을지도 모르지만 말이다.

내 기록에 따르면 1887년은 아주 흥미롭든 그렇지 않든 수많은 사건으로 바빴던 해였다. 그해 한 해 동안 매월 빠짐없이 적어 놓은 사건 제목들을 보면, 패러돌 체임버 사건, 가구 도매점 지하에서 호화로운 클럽을 운영한 아마추어 걸인 협회 사건, 영국의 바크형 범선인 소피 앤더슨호의 손해와 관련된 사건, 그라이스 패터슨 가문이 우파섬에서 겪은 독특한 사건, 그리고 캠버웰 독살 사건 등이 눈에 띈다. 기억을 떠올려 보면, 마지막 사건에서 홈스는 죽은 남자의 시계태엽을 감아 봄으로써 그것이 두 시간 전에 감겼다는 것과 따라서 사망자가 잠자리에 든 지 두 시간이 채 되지 않았음을 증명해 냈는데, 이는 사건을 해결하는 데 가장 중요한 추리였다. 언젠가 이 모든 사건을 이야기할 날이 올지는 모르겠지만, 이 중에 무엇도 지금 내가 펜을 들고 설명하려는 이 이상한 사건에 필적할 수는 없다.

때는 9월 말이었고, 추분의 강풍이 몹시도 거세던 날이었다. 바람은 온종일 아우성을 쳤고 빗줄기가 창문을 때리고 있었다. 사람이 만든 대도시 런던 한복판에 있으면서도 우리는 판에 박힌 일상에서 잠시 눈을 돌려, 철창 안의 길들여지지 않는 맹수처럼 문명의 창살 사이로 인류를 향해 날카롭게 으르렁거리는 거대한 원초적 힘의 존재를 인정할 수밖에 없었다. 저녁이 다가오면서 폭풍은 점점 더 요란해졌고, 바람은 굴뚝에 갇힌 어린아이처럼 소리치며 울어 댔다. 홈스는 시무룩하니 벽난로 옆쪽에 앉아 그간의 범죄 기록을 들춰 보며 비교하고 있었고, 나는 맞은편에 앉아 클라크 러셀의 근사한 해양 소설에 푹 빠져 있었다. 그러나 바깥에서 울부짖는 폭풍의 아우성이 책 내용과 뒤섞이고, 창문을 때리는 빗줄기 소리가 점점 길어지며 파도치는 물살 소리로 들리기 시작했다. 내 아내는 이모 댁을 방문하러 갔으므로, 나는 며칠 동안 베이커가의 옛 하숙집에서 또 한 번 신세를 지고 있었다.

「아니.」 나는 내 친구를 힐긋 보며 말했다. 「초인종이 울리지 않았나? 이런 밤에 누가 찾아오지? 자네 친구인가?」

「자네 말고 친구는 없어. 내가 손님을 부르는 일도 없고.」

「그럼 의뢰인인가?」

「의뢰인이 맞다면 심각한 사건이야. 그렇지 않고서야 이런 날, 이런 시각에 찾아오지는 않겠지. 하지만 주인아주머니의 친구일 가능성이 더 높다고 봐.」

그러나 홈스의 추측이 틀렸다. 복도에서 발걸음 소리가 들리더니 누군가 문을 두드렸다. 홈스는 긴 팔을 뻗어 자신의 의자를 비추던 램프를 손님이 앉을 빈 의자 쪽으로 돌리고 소리쳤다. 「들어오시오!」

방에 들어온 남자는 스물두 살쯤 되어 보이는 젊은이였는데, 단정하고 깔끔한 옷차림에 어딘가 세련되고 섬세한 분위기를 풍겼다. 빗물이 줄줄 떨어지는 우산과 번쩍이는 기다란 우의는 그가 험한 날씨를 뚫고 왔음을 알려 주었다. 그는 램프 불빛 속에서 불안하게 주변을 둘러보았다. 얼굴은 창백했고, 엄청난 근심에 짓눌린 사람처럼 눈은 무거워 보였다.

「죄송합니다.」 그가 금테 코안경을 밀어 올리면서 말했다. 「실례한 게 아닌지 모르겠습니다. 제가 이 아늑한 방 안으로 폭풍과 폭우를 끌고 들어온 것 같아서요.」

「코트랑 우산은 이리 주세요. 옷걸이에 걸어 놓으면 곧 마를 겁니다. 남서부에서 오셨군요.」

「네, 호섬에서 왔습니다.」

「구두코에 묻은 진흙과 백악 혼합물은 매우 독특해서 금방 알 수 있죠.」

「조언을 구하려고 합니다.」

「그거야 어렵지 않습니다.」

「그리고 도움도요.」

「그건 늘 그렇게 쉽지는 않지요.」

「홈스 선생님에 대한 얘기는 들었습니다. 프랜더개스트 소령님한테 듣기로는 탱커빌 클럽 스캔들 때 소령님을 구해 주셨다고요.」

「아, 그래요. 카드를 칠 때 소령님이 속임수를 썼다는 누명을 썼었죠.」

「선생님은 무엇이든 해결하신다고 소령님이 말씀하시더군요.」

「과찬입니다.」

「그리고 절대 실패한 적도 없으시다고요.」

「지금까지 네 번 실패했소. 세 번은 남자한테 한 번은 여자한테.」

「하지만 성공하신 횟수에 비하면 아무것도 아니잖습니까?」

「사건 해결에 대체로 성공했다는 것은 사실이오.」

「그럼 제 문제도 해결하실 수 있을 겁니다.」

「저 의자를 불가로 당겨서 앉고 무슨 사건인지 자세히 설명해 주시죠.」

「평범한 사건은 아닙니다.」

「나한테 가져오는 사건 중 평범한 사건은 없습니다. 내가 최종 항소 법원과 같으니까.」

「하지만 선생님이라 해도 우리 집안에 일어난 일보다 수수께끼 같고 도무지 이해할 수 없는 사건들은 들어 본 적이 없으실 겁니다.」

「흥미롭군요. 어서 앉아서 중요한 사실들을 처음부터 말씀해 보시지요. 가장 중요해 보이는 내용은 나중에 질문하겠습니다.」

청년은 의자를 당겨 앉았고, 난롯불을 향해 젖은 발을 뻗었다.

「저는 존 오펀쇼라고 합니다. 하지만 저 자신은 이 엄청난 사건과는 별 관련이 없습니다. 사건은 상속과 관련된 문제인데, 처음부터 하나하나 말씀드려야 관련 사실을 이해하실 수 있을 것 같습니다.

저희 조부님께 아들이 둘 있다는 것은 선생님도 아실 겁니다. 백부님인 일라이어스와 제 아버님인 조지프죠. 아버님은 코번트리에 조그만 공장을 가지고 계셨는데, 자전거가 발명될 즈음에 공장을 확장하셨습니다. 아버님은 터지지 않는 오펀쇼 타이어 특허를 가지고 계셨고, 사업은 크게 성공해서 공장을 팔아서 상당한 소득을 누리며 은퇴 생활을 하실 수 있었죠.

일라이어스 백부님은 젊을 때 미국으로 이민을 가셨는데, 플로리다에서 농장주가 되어서 아주 잘나갔다고 들었습니다. 남북 전쟁 때는 잭슨 장군의 부대에서 싸우셨고, 후드 장군 밑에서는 대령까지 진급하셨습니다. 리 장군이 항복한 후 백부님은 농장으로 돌아가셨고, 거기서 3~4년을 더 살았습니다. 그러다가 1869년인가 1870년에 유럽으로 돌아오셔서 서식스주 호섬 근처에 작은 영지를 구입하셨지요. 미국에서 굉장한 부를 일구셨지만, 흑인을 싫어했고, 흑인에게도 선거권을 주는 공화당 정책이 마음에 들지 않아 미국을 떠나오신 겁니다. 백부님은 독특한 분이셨어요. 성격이 불같은 데다 화가 나면 상스러운 욕설을 내뱉곤 하셨는데, 또 매우 내성적이셨습니다. 백부님이 호섬에 사는 동안 시내에 가보신 적이 있는지나 모르겠네요. 백부님은 정원 하나와 집 주변에 두어 군데 밭을 가꾸시면서, 운동 삼아 밭에 나가시곤 했습니다. 물론 몇 주 동안이나 방을 나오시지 않는 적이 많았어요. 브랜디를 엄청 마셔 대셨고 골초였지만, 어떤 모임에도 나가지 않으셨고 친구를 사귀려고도 하지 않으셨습니다. 심지어 형제도 보지 않으려고 하셨죠.

하지만 저를 꺼리지는 않으셨는데, 사실 저를 아껴 주셨죠. 백부님이 저를 처음 보셨을 때 저는 열두어 살 되는 어린 아이였으니까요. 아마 1878년쯤, 백부님이 영국에 오시고 8~9년 되던 때였을 겁니다. 백부님이 제 아버님께 부탁해서 저랑 같이 살게 되었는데, 당신 딴에는 아주 다정하셨습니다. 술에 취하지 않으셨을 때는 저와 백개먼 게임이나 체커 게임하는 걸 좋아하셨고, 하인들이나 상인들에게 저를 대리인으로 세우셨기 때문에 저는 열여섯 살쯤에는 사실상 집주인이나 다름없었죠. 모든 열쇠가 저한테 있었고, 백부님을 성가시게 하지 않는 한, 가고 싶은 곳은 어디든 가고 하고 싶은 일은 뭐든 할 수 있었습니다. 하지만 딱 하나 예외가 있었습니다. 다락에 창고로 쓰는 방이 하나 있었는데, 늘 잠겨 있었고 누구든 들어가서는 안 되는 곳이었습니다. 저는 어린 소년의 호기심에서 열쇠 구멍으로 엿보기도 했지만, 그런 방에 있을 법한 낡은 트렁크 가방들과 짐 꾸러미 말고는 보이는 게 없었습니다.

그러던 1883년 3월 어느 날이었습니다. 외국 소인이 찍힌 편지 한 통이 탁자 위 백부님의 접시 앞에 놓여 있었습니다. 백부님이 편지를 받는 게 흔한 일은 아니었어요. 비용은 모두 현금으로 지불하셨고, 친구라곤 전혀 없으셨으니까요. 백부님이 편지를 집으면서 말씀하셨습니다. 〈인도라! 퐁디세리 우체국 소인이군! 도대체 뭐지?〉 서둘러 봉투를 여셨는데, 마른 오렌지 씨앗 다섯 개가 백부님의 접시 위로 타다닥 떨어지더군요. 저는 웃음이 나왔지만, 백부님의 표정을 보고 웃음이 쑥 들어가 버렸어요. 백부님은 안색이 납빛이 돼서 입을 쩍 벌리고 눈은 튀어나올 것처럼 크게 뜨시고는 떨리는 손으로 들고 계신 봉투를 노려보고 있었습니다. 〈K. K. K.〉 백부님이 소리치시고는 이렇게 외치셨습니다. 〈맙소사, 큰일이군. 내가 저지른 죄가 내 발목을 잡았어.〉

〈백부님, 무슨 말씀이세요?〉 저도 소리쳤죠.

〈이건 죽음이야.〉백부님은 그 말씀을 남기고 탁자에서 일어나시더니 두려움에 떠는 저를 두고 방으로 들어가셨습니다. 봉투를 집어 보니 안쪽 면 풀을 바른 자리 바로 위에 붉은 잉크로 휘갈겨 쓴 글자가 있더군요. K가 세 번 반복되어 있었어요. 봉투 안에는 다섯 개의 마른 씨앗 외에는 아무것도 없었죠. 백부님이 그렇게 심한 공포에 사로잡히신 이유가 뭘까? 자리에서 일어나 계단을 올라가는데, 내려오시던 백부님과 마주쳤습니다. 한 손에는 다락방 열쇠가 틀림없는 낡고 녹슨 열쇠를, 다른 손에는 금고처럼 생긴 작은 황동 궤 하나를 들고 계셨죠.

〈어디 놈들 마음대로 하라고 해. 나도 가만히 있지는 않을 거야.〉백부님은 노발대발하며 말씀하셨죠.〈메리에게 오늘 내 방에 불을 지피라고 하고, 사람을 보내 호섐의 변호사 포덤을 모셔 오도록 해라.〉

저는 백부님이 시키신 대로 했고, 변호사가 도착하자 백부님은 저를 같이 방으로 부르시더군요. 벽난로에 불이 활활 타오르고 있었고, 종이를 태웠는지 재받이에는 솜털 같은 검은 재가 한 무더기 쌓여 있었습니다. 옆에는 속이 빈 황동 궤가 놓여 있었죠. 흘깃 궤 안을 들여다보다가 흠칫 놀랐습니다. 아침에 봉투에서 보았던 세 개의 K 자가 새겨져 있었거든요.

백부님이 말씀을 시작하셨습니다.〈존, 내가 유언을 할 테니 증인이 되어 다오. 내 땅의 모든 권리와 채무를 내 동생인 네 아버지에게 넘기고 떠난다. 그러면 네가 모두 물려받을 거다. 네가 모든 걸 평화로이 누릴 수 있다면 좋으련만! 만약 그럴 수 없게 되는 날에는 애야, 내 충고를 받아들여서 가장 깊은 원한을 품은 사람한테 그걸 넘겨라. 너한테 양날의 검을 물려주게 되어 미안하지만, 장차 일이 어떻게 될지 알 수 없구나. 포덤 씨가 가리키는 곳에 서명하렴.〉

저는 시키는 대로 문서에 서명했고, 변호사는 서류를 가지고 떠났습니다. 짐작하시는 대로 그 특이한 사건은 저에게 아주 깊은 인상을 남겼고, 저는 곰곰 생각하며 이리저리 따져 보았지만, 전혀 이해가 가지 않았습니다. 하지만 막연한 두려움을 떨쳐 버릴 수가 없었죠. 몇 주가 지나면서 두려움은 차츰 엷어지고, 우리의 평범한 일상을 뒤흔드는 어떤 일도 일어나지 않았습니다. 하지만 백부님에게는 어떤 변화가 있었죠. 전보다 술을 더 많이 드셨고, 전보다 더 사람을 피하셨습니다. 대부분은 방에 틀어박혀서 문을 잠근 채 시간을 보내시다가도, 이따금 술에 취해 정신을 놓으시면 밖으로 뛰쳐나가서는 손에 권총을 들고 정원을 뛰어다니며 아무도 두렵지 않다고, 인간이든 악마든 우리 속의 양처럼 당신을 가둬 놓을 수는 없다고 고래고래 소리를 지르셨어요. 한바탕 이런 발작의 시간이 지나면, 미친 듯이 문으로 달려가서는 영혼 깊이 도사리고 있는 공포에 더 이상 맞서지 못하는 사람처럼 방문을 잠그고 빗장을 채우셨습니다. 그럴 때면 백부님의 얼굴은 아무리 추운 날에도 막 세숫대야에서 고개를 든 사람처럼 땀으로 번들거렸습니다.

홈스 선생님, 이제 이야기를 끝내 선생님의 인내심을 시험하는 일이 없도록 해야겠군요. 그렇게 술에 취해 발작을 일으키시던 어느 날 밤, 백부님은 영영 돌아오지 않으셨습니다. 우리는 백부님을 찾아 나섰는데, 정원 아래쪽 녹색 찌꺼기 가득한 작은 웅덩이에 얼굴을 처박고 계셨습니다. 폭행의 흔적은 전혀 없었고 물은 겨우 60센티미터 깊이밖에 되지 않았으므로, 검시 배심원은 백부님의 유명한 기행을 고려해서 자살이라는 평결을 내렸습니다. 하지만 백부님이 죽음을 얼마나 두려워하셨는지 알고 있던 저로서는 백부님이 스스로 죽음을 맞이하셨다고 믿기가 정말 힘들었습니다. 어쨌거나 사건은 종결되었고, 아버님이 영지와 약 1만 4천 파운드를 물려받았습니다. 지금 돈은 아버님 명의로 은행에 맡겨져 있고요.」

「잠깐만.」 홈스가 끼어들었다. 「아, 이건 들었던 어떤 이야기보다 놀라운 것 같군요. 백부님이 편지를 받은 날짜와 자살로 추정되는 죽음을 맞은 날짜가 언제라고 했지요?」

「편지는 1883년 3월 10일에 도착했습니다. 돌아가신 것은 7주 후인 5월 2일 밤이었고요.」

「고맙소. 말씀을 계속하시오.」

「아버님이 호섭 영지를 물려받게 되자, 저는 늘 잠겨 있던 다락을 자세히 살펴보자고 말씀드렸습니다. 우리는 거기서 문제의 황동 궤를 찾았습니다. 물론 내용물은 이미 폐기되어 버렸지만요. 뚜껑 안쪽에 종이 라벨이 붙어 있었는데, 거기도 K. K. K.라는 머리글자가 적혀 있었고, 아래에는 〈편지, 메모, 영수증, 등록증〉이라고 쓰여 있더군요. 우리는 그것들이 오펀쇼 대령, 즉 백부님이 폐기해 버린 서류들이라고 추측했지요. 다락에는 백부님의 미국 생활과 관련된 많은 문서와 공책이 여기저기 흩어져 있었고, 딱히 중요한 것은 없었습니다. 전쟁 때 백부님이 임무를 훌륭히 수행하셨고 용감한 군인으로 명성을 떨치셨다는 사실을 보여 주는 문서도 더러 있었어요. 나머지는 남부 여러 주의 전후 재건기의 서류들인데, 주로 정책과 관련된 것들이었죠. 백부님은 출세를 위해 넘어온 북부 출신의 뜨내기 정치인들에게 반대하는 일에 열심히 참여하셨던 것 같습니다.

어쨌거나 아버님이 호섭으로 이사 오신 때는 1884년 초였고, 이듬해 1월까지는 모든 일이 더할 나위 없을 만큼 잘 풀렸습니다. 새해가 되고 4일에 아침 식사 자리에 아버님과 함께 앉아 있는데, 아버님이 돌연 날카로운 비명을 지르시더군요. 아버님의 한 손에는 방금 개봉한 봉투 하나가 들려 있었고, 펼쳐진 다른 손바닥에는 마른 오렌지 씨앗 다섯 개가 있었습니다. 아버님은 백부님에 관한 내 이야기가 터무니없다며 늘 웃어넘기셨는데, 막상 똑같은 일이 닥치니 매우 혼란스럽고 두려우신 것 같았습니다.

〈아니, 이, 이게 대체 뭐냐, 존?〉 아버님은 말을 더듬으셨습니다.

저는 심장이 얼어붙는 것 같았습니다. 〈K. K. K.네요.〉

아버님은 봉투 안을 들여다보셨죠. 〈정말 그렇구나. 여기 그렇게 쓰여 있어. 그런데 그 위에 쓰인 이건 뭐지?〉

〈문서를 해시계 위에 놓아라.〉 저는 아버님 어깨 너머로 봉투에 쓰인 글씨를 읽었습니다.

〈무슨 문서? 해시계는 또 뭐지?〉

〈정원에 있는 해시계요. 다른 해시계는 없어요. 하지만 문서는 틀림없이 소각된 것을 말하는 걸 거예요.〉

〈허!〉 아버님은 애써 용기를 내며 말씀하셨죠. 〈여기는 문명국이다. 이런 허튼 짓거리는 용납할 수 없어. 이게 어디서 온 거지?〉

〈던디에서요.〉 소인을 보고 제가 대답했습니다.

〈터무니없는 장난이로구나. 내가 해시계와 서류랑 무슨 상관이 있다고? 이런 말도 안 되는 짓거리에는 신경 쓰지 않으련다.〉

〈경찰한테 알려야 할 것 같아요.〉

〈괜히 그랬다가 비웃음이나 사려고. 그럴 일은 아니다.〉

〈그럼 제가 알릴게요.〉

〈아니, 그러지 마라. 이런 허튼짓 때문에 소란 피울 생각 없다.〉

아버님과 언쟁을 해봐야 소용이 없었습니다. 매우 고집이 센 분이셨으니까요. 하지만 저는 불길한 예감이 들기 시작했습니다.

편지가 오고 사흘째 되던 날, 아버님은 오랜 친구인 프리바디 소령님을 방문하신다고 외출하셨습니다. 포츠다운 힐의 요새 중 한 곳을 지휘하고 계신 분이죠. 저는 아버님이 외출하시는 게 기뻤습니다. 집을 떠나 계시면 그만큼 위험에서 더 멀어질 거라는 느낌이 들었거든요. 하지만 그건 저의 오산이었습니다. 아버님이 떠나시고 이틀째 되는 날, 당장 와 달라는 소령님의 전보를 받았습니다. 그 일대에는 백악을 캐 느라 생긴 깊은 구덩이가 많은데, 아버님이 한 구덩이에 추 락해서 두개골이 부서진 채 의식을 잃고 누워 계시다는 거였 죠. 저는 황급히 달려갔지만, 아버님은 끝내 의식을 회복하 지 못한 채 돌아가시고 말았습니다. 아마도 아버님은 땅거미 가 질 때 페어럼에서 돌아오던 중이셨던 것 같아요. 아버님 이 시골 지리를 잘 모르고, 백악 구덩이에 울타리가 없었기 때문에 검시 배심원은 주저 없이 〈사고사〉라는 평결을 내렸 죠. 저도 아버님의 죽음과 관련된 모든 사실을 면밀히 검토 해 보았지만, 계획된 살해를 암시할 만한 어떤 단서도 찾지 못했습니다. 폭행의 흔적도 없었고, 발자국도 없었고, 강도 당한 물건도 없었고, 길에서 낯선 사람을 보았다는 기록도 전혀 없었어요. 하지만 말할 필요도 없이 저는 도무지 마음 이 편치 않았고, 아버님 주변에서 뭔가 비열한 음모가 벌어 졌다고 거의 확신했습니다.

그렇게 불길하게 저는 유산을 물려받았습니다. 왜 유산을 처분하지 않았느냐고 묻고 싶으시겠죠. 우리 가족의 비극이 어떤 식으로든 백부님 살아생전 일어난 사건과 관계가 있을 거고, 어디로 이사 가서 살든 위험이 따라다닐 거라고 확신 했기 때문이죠.

아버님이 불운하게 1885년 1월 돌아가신 후로 2년하고도 8개월이 흘렀습니다. 그동안 저는 호섭에서 행복하게 살았 고, 이제 마침내 우리 가문을 옭아맨 저주가 윗세대와 함께 사라졌다는 희망이 고개를 들더군요. 그러나 너무 일찍 마음을 놓았나 봅니다. 어제 아침 불행은 제 아버님을 찾아왔던 바로 그 모습으로 닥쳐왔습니다.」

청년은 양복 조끼에서 구겨진 봉투를 꺼내 마른 오렌지 씨앗 다섯 개를 탁자에 털어 냈다.

「이게 그 봉투입니다. 런던, 동부 지구 소인이 찍혀 있습니다. 안에는 아버님이 받았던 것과 똑같은 메시지가 있어요. 〈K. K. K.〉 그리고 〈문서를 해시계 위에 놓아라.〉」

「그래서 어떻게 했소?」 홈스가 물었다.

「아무것도 하지 않았습니다.」

「아무것도요?」

「솔직히……」 청년은 하얗고 야윈 손으로 얼굴을 감쌌다. 「무력감을 느꼈습니다. 꿈틀거리며 다가오는 뱀 앞의 가련한 토끼가 된 기분이에요. 저항할 수도 도망갈 수도 없는 악마, 아무리 조심하고 예방하려 해도 막을 수 없는 악마의 손아귀에 붙들린 것처럼요.」

「쯧, 쯧!」 홈스가 혀를 찼다. 「행동해야 합니다, 아니면 지게 되어 있어요. 오직 힘을 내야만 살 수 있어요. 절망할 때가 아닙니다.」

「저는 경찰을 찾아갔었습니다.」

「그래요?」

「하지만 제 이야기를 듣고는 웃어넘기더군요. 형사는 우리 집에 온 편지들이 모두 장난이고, 제 혈육의 죽음은 배심원의 말처럼 사고사이고, 그 경고들과는 아무 관련이 없다고 보는 게 틀림없었습니다.」

홈스는 두 주먹을 불끈 쥐고 허공에 대고 흔들었다. 「정말 형편없는 바보 천치들!」

「하지만 경찰 한 명을 붙여서 저의 집에서 함께 지내도록 해주었습니다.」

「그 경찰이 오늘 밤 같이 왔습니까?」

「아뇨. 그는 집을 지키고 있으라는 명령을 받았으니까요.」

또다시 홈스는 허공에 대고 주먹질을 했다.

「왜 나를 찾아왔소? 아니, 무엇보다 왜 당장 오지 않았소?」

「몰랐거든요. 오늘에야 프렌더개스트 소령님한테 제 문제를 말씀드렸다가 선생님을 찾아가라는 조언을 받았습니다.」

「당신이 편지를 받은 지 이틀이 다 됐소. 더 일찍 행동했어야지. 우리한테 내놓은 것 외에 더 이상의 증거는 없소? 그밖에 도움이 될 만한 어떤 단서라도?」

「하나 있습니다.」존이 말했다. 그는 외투 주머니를 뒤지더니 색이 바랜 푸른 종이 한 장을 꺼내 탁자에 놓았다. 「백부님이 문서를 태우시던 날 타다 남은 조각을 본 기억이 있는데, 바로 이런 특이한 색이었습니다. 이 종이는 백부님 방의 바닥에서 찾았고요. 아마도 이 종이가 다른 문서들 틈에서 떨어지는 바람에 태우지 못하셨던 것 같습니다. 오렌지 씨앗을 언급한 대목을 빼면 도움이 될 만한 게 있을지 모르겠습니다. 제 생각에 백부님이 쓴 일지의 한 페이지 같아요. 백부님의 필체가 틀림없거든요.」

홈스는 램프를 끌어당겼고, 우리 둘은 문제의 종이 위로 허리를 굽혔다. 한쪽 모서리가 너덜너덜한 것으로 보아 어느 책에서 뜯어낸 것임을 알 수 있었다. 〈1869년 3월〉로 시작되는 글 아래 수수께끼 같은 메모가 적혀 있었다.

4일. 허드슨이 왔다. 예의 똑같은 플랫폼.

7일. 세인트오거스틴의 매콜리, 패러모어, 존 스웨인에게 씨앗을 뿌림.

9일. 매콜리 제거.

10일. 존 스웨인 제거.

12일. 패러모어 방문. 잘 해결됨.

「고맙소!」 홈스가 종이를 접어 손님에게 돌려주며 말했다. 「이제 무슨 일이 있어도 한순간도 지체하면 안 됩니다. 댁이 아까 한 이야기를 논의할 시간도 없어요. 당장 집으로 돌아가서 행동하시오.」

「무얼 하면 됩니까?」

「지금 할 일은 하나뿐이오. 당장 해야 합니다. 우리에게 보여 준 종이를 아까 말한 황동 궤에 넣으시오. 그리고 나머지 서류는 백부님이 죄다 태워 버리셨고, 남은 것은 이뿐이라고 써 넣으시오. 그들이 믿을 수 있도록 확실히 주장해야 합니다. 그런 다음 놈들의 지시대로 당장 황동 궤를 해시계 위에 놓으세요. 아시겠어요?」

「네.」

「지금은 복수 따위는 아예 생각도 하지 마시오. 법으로 복

166

수할 길이 있을 거요. 하지만 그들이 이미 그물을 쳐놓았으니 우리도 그물을 짜야 합니다. 우선 생각할 문제는 지금 당신에게 다가오고 있는 위험을 제거하는 거요. 수수께끼를 해결하고 범행을 저지른 자들을 벌하는 일은 다음 문제고.」

「감사합니다.」 청년이 자리에서 일어서며 외투를 집어 들었다. 「덕분에 삶의 활력과 희망이 생겼습니다. 반드시 충고대로 하겠습니다.」

「한시도 지체하면 안 됩니다. 무엇보다도 당분간 몸조심하시오. 아주 현실적이고 긴박한 위험에 처해 있다는 건 의심의 여지가 없으니까. 집까지는 어떻게 가겠소?」

「워털루역에서 기차를 탈 겁니다.」

「아직 9시가 안 됐군. 거리가 붐빌 테니 안전할 거요. 하지만 아무리 조심해도 지나치지는 않으니까.」

「무기도 있습니다.」

「잘됐군. 내일 당장 사건 조사를 시작하지요.」

「그럼 내일 호섬에서 뵙는 겁니까?」

「아니, 이 사건의 비밀은 런던에 있소. 런던에서 비밀을 찾을 거요.」

「그럼 하루나 이틀 후에 황동 궤와 문서에 관한 소식을 들고 찾아뵙겠습니다. 선생님의 충고를 빠짐없이 따르겠습니다.」 그는 우리와 악수를 나눈 뒤 방을 나갔다. 밖에선 여전히 바람이 아우성치고 있었고, 비가 요란하게 창문을 때리고 있었다. 이 이상하고 기묘한 이야기는 강풍에 떠밀려 와 우리를 덮친 해초 가닥처럼, 미친 폭풍우를 타고 우리를 찾아왔다가 도로 그 폭풍우 속으로 빨려 들어간 것 같은 느낌이었다.

홈스는 한동안 고개를 빼고 벽난로의 붉은 불꽃을 바라보면서 말없이 앉아 있었다. 이윽고 파이프에 불을 붙이고 의자에 뒤로 기대더니, 담배 연기가 푸른 고리 모양으로 서로 뒤쫓듯 허공으로 올라가는 모습을 지켜보았다.

마침내 그가 입을 열었다. 「왓슨, 여태껏 이보다 기묘한 사건은 없었던 것 같아.」

「네 사람의 서명은 제외해야겠지.」

「아, 그렇지. 그 사건은 제외하고. 아무리 그래도 존 오펀쇼는 숄토 형제의 경우보다 더 큰 위험에 맞닥뜨린 것처럼 보여.」

「어떤 위험인지는 이미 알아냈겠지?」

「그 위험의 성격은 의심할 여지가 없지.」

「그럼 그게 뭐지? 이 K. K. K.는 누구고, 왜 이 불행한 가족을 쫓고 있는 거야?」

홈스는 눈을 감은 채 양 팔꿈치를 의자 팔걸이에 올려놓고 손가락 끝을 서로 맞댔다. 「이상적으로 추리하는 사람은 한 가지 사실을 모든 측면에서 보고 나면, 거기에 다다른 모든 사건의 연쇄는 물론이고, 이로부터 펼쳐질 모든 결과까지 남김 없이 추론해 내겠지. 퀴비에[1]가 뼈 하나만 가지고도 동물의 전체 모습을 정확히 묘사할 수 있었던 것처럼, 일련의 사건 속에서 어느 하나의 연결 고리를 철저히 이해한 관찰자라

1 Georges Cuvier(1769~1832). 프랑스의 박물학자, 해부학자.

면 이전과 이후의 나머지 모든 고리까지 정확하게 짚어 낼 수 있어야 하네. 아직 우리는 순수한 추리만으로는 결론을 얻어 낼 수 없어. 감으로 해답을 찾고자 했던 사람들은 번번이 좌절했지만, 이성적으로 연구하면 문제를 풀 수 있을 거야. 하지만 추리하는 사람이 그런 기술을 최고 수준으로 끌어올리기 위해서는 자신이 아는 모든 사실을 활용할 수 있어야 하는데, 자네도 알겠지만 그건 모든 지식을 보유한다는 뜻이야. 하지만 자유로이 교육받고 백과사전을 볼 수 있는 요즘 시대에도 그런 경우는 정말 보기 드물어. 그렇더라도 사람이 자기 일에 유용하게 쓰일 법한 모든 지식을 갖추는 것이 그리 불가능한 일은 아니야. 나는 그렇게 하려고 나름대로 노력해 왔어. 내 기억이 맞다면, 우리가 막 친해졌을 때 자네는 내 한계를 아주 명쾌하게 규정했었지.」

「그래.」 나는 웃으며 대답했다. 「참 특이한 기록이었어. 철학, 천문학, 정치학은 0점이었지, 아마. 식물학 점수는 들쑥날쑥했고, 지질학이라면 주변 80킬로미터 이내 어떤 지역에서 묻은 진흙 얼룩이라도 다 알아맞혔고, 화학 실력은 기발했고, 해부학은 체계가 잡혀 있지 않았고, 세상을 떠들썩하게 한 문헌이나 범죄 기록에 관한 지식이라면 유례없이 해박했고, 바이올린 연주자에 권투 선수, 검객, 변호사, 그리고 코카인과 담배 중독자였지. 이상이 내 분석의 요점이었네.」

홈스는 마지막 항목에서 씨익 웃었다. 「그래, 그때도 말했지만 사람은 작은 두뇌라는 다락방에 자주 사용하게 될 온갖 가구를 보관하고, 나머지는 서재라는 잡동사니 방에 치워 두었다가 원하는 때에 꺼내 쓰면 돼. 그런데 오늘 밤 우리가 맡게 된 사건을 해결하려면 우리가 가진 모든 자원을 동원해야 한다네. 자네 옆 서가에 꽂힌 미국 백과사전에서 K 항목을 찾아서 건네주게. 고마워. 이제 상황을 생각하고 이로부터 무엇을 유추할 수 있는지 알아보자고. 우선은 오펀쇼 대령이 미국을 떠나야 할 아주 강력한 이유가 있었다고 추정할 수 있을 거야. 그만한 연배의 사람들은 생활 습관을 깡그리 바꾸지도 않고, 플로리다의 멋진 날씨와 잉글랜드 지방 소도시의 외로운 생활을 맞바꿀 이유도 없지. 그가 잉글랜드의 고독한 생활을 매우 좋아했다는데, 이건 무언가 또는 누군가를 두려워했고, 바로 그런 이유로 미국을 떠났다는 얘기야. 대령이 무엇을 두려워했는지는 그와 상속자가 받은 섬뜩한 편지를 가지고 추정해 볼 수 있을 뿐이지. 그런데 편지들에 어디 소인이 찍혀 있었는지 기억나나?」

「첫째 편지의 발신지는 퐁디셰리, 둘째 편지는 던디, 셋째 편지는 런던이었어.」

「이스트런던이었지. 거기서 뭘 더 추론할 수 있을까?」

「세 곳 모두 항구 도시야. 편지를 쓴 사람은 배에 타고 있었어.」

「훌륭해. 단서 하나는 잡았어. 편지를 보낸 사람이 배를 타고 있었을 개연성, 의심할 여지가 없는 막강한 개연성이지. 그럼 이제 다른 점을 살펴보자고. 퐁디셰리에서 부친 협박 편지의 경우 그 후 7주 만에 사건이 터졌고, 던디 편지의 경우 고작 사나흘밖에 안 걸렸지. 그게 무얼 말해 주고 있을까?」

「여행 거리의 차이겠지.」

「하지만 편지가 배송된 거리 역시 차이가 있지.」

「요점이 뭔지 모르겠군.」

「적어도 그 사람 또는 그 일당들이 탄 배가 범선이라는 추정을 할 수 있지. 그들은 일을 시작하면서 항상 미리 특이한 경고나 징표를 보낸 것 같단 말이지. 던디에서 발송한 편지가 날아온 이후에 얼마나 빨리 사건이 일어났는지 봤지. 그들이 퐁디셰리에서 증기선을 타고 왔다면 편지와 거의 비슷하게 도착했을 거야. 하지만 사실은 7주의 간격이 있었지. 내 생각에 7주는 편지를 싣고 온 우편선과 편지 쓴 사람을 싣고 온 범선의 속도 차이로 비롯된 것 같아.」

「그럴 수도 있겠네.」

「그 이상이야. 거의 확실해. 이제 자네는 이 사건이 얼마나 다급한지 알 거야. 바로 그래서 오픈쇼 청년한테 조심하라고 신신당부한 것이지. 지금까지 사건은 항상 편지를 보낸 사람들이 그만큼의 거리를 이동해서 호섭에 도착할 때쯤 벌어졌어. 그런데 이번 편지는 런던에서 발송됐으니, 시간이 없을 거라고 생각할 수밖에.」

「세상에!」 내 입에서 외침이 터져 나왔다. 「대체 무엇 때문에 이렇게 무자비하게 괴롭히는 거야?」

「오픈쇼 대령이 가져온 문서들은 범선에 탄 사람 또는 일당들에게는 분명 아주 중요한 것일 거야. 그들이 한 명 이상이라는 것은 틀림없어. 한 명이라면 검시 배심원도 속아 넘어갈 방식으로 감쪽같이 두 번씩이나 사람을 죽이지는 못했을 거야. 틀림없이 여러 명이고, 지략가에 결단력도 있는 자들이야. 놈들은 문서가 누구한테 있든 그걸 손에 넣으려는 거야. 이렇게 보면 K. K. K.가 사람 이름의 머리글자가 아니라 어떤 집단의 명찰이라는 얘기가 되지.」

「어떤 집단일까?」

「자네 혹시…….」 홈스는 앞으로 몸을 숙이며 목소리를 낮추었다. 「큐 클럭스 클랜이라고 들어 본 적 있어?」

「처음 듣는데.」

홈스는 무릎에 놓인 백과사전의 책장을 넘겼다. 「여기 있군.」 곧이어 그가 말을 이었다. 「큐 클럭스 클랜. 소총의 공이치기를 젖힐 때 나는 소리를 기발하게 본떠 만든 이름. 이 무시무시한 비밀 결사는 남북 전쟁이 끝난 후, 동맹군으로 활약했던 남부 주의 일부 군인들에 의해 결성되었고, 테네시, 루이지애나, 캐롤라이나, 조지아, 플로리다 등 미국 여러 지역에서 급속도로 지부가 만들어졌다. 이들은 정치적 목적을 위해 주로 흑인 유권자를 위협하고, 완력을 동원해 자신들의 관점에 반대하는 지역 주민들을 살해하거나 쫓아냈다. 보통은 폭력 행위에 나서기에 앞서 표적이 된 사람에게 괴상하지만 쉽게 알 수 있는 형태로 경고를 보내는데, 일부 지역에서는 참나무 잎이 붙은 가지를, 나머지 지역에서는 멜론 씨나 오렌지 씨를 보내곤 했다. 이것을 받은 피해자는 이전의 입장을 공개적으로 철회하거나 해당 지역에서 도주해야 했다. 용감하게 맞섰던 사람들은 대체로 매우 이상하고 예상치 못한 방식으로 여지없이 살해되었다. 이 단체는 조직이 매우 치밀하고 매우 체계적으로 행동하므로, 이들에게 처벌당하지 않고 무사한 사람이 있다거나, 그들의 폭력 행위를 추적해 범인을 찾아냈다는 기록은 거의 없다. 미국 정부와 남부의 선량한 공동체들의 노력에도 불구하고 이 단체는 몇 년 동안 기세를 올렸다. 그러던 1869년에 이 운동은 약간 갑작스레 붕괴되었지만, 이후에도 비슷한 폭력 사건이 산발적으로 일어나고 있다.」

홈스는 읽던 책을 내려놓았다. 「보면 알겠지만, 이 단체가 갑자기 붕괴된 시기와 오펜쇼 대령이 문서를 가지고 미국을 떠난 시기가 일치해. 인과 관계가 있을 거야. 대령과 가족이 집요하게 추적을 당한 것도 이상한 일은 아니야. 그 명부와 일지에 남부의 거물들이 포함돼 있을 거야. 그것을 손에 넣을 때까지 편하게 발 뻗고 자지 못할 사람들 말이야.」

「그럼 우리가 보았던 종이가…….」

「그렇게 볼 수 있을 거야. 내 기억이 맞다면, 〈A, B, C에게 씨앗을 뿌림〉이라고 쓰여 있었어. 다시 말해 그들에게 경고를 보낸 거지. 그다음에는 A와 B가 제거되었다. 또는 나라를 떠났다는 말이 나오고, 마지막으로 C를 방문했다고 쓰여 있었어. 아마 C는 불행한 결말을 맞았겠지. 그래, 왓슨. 우리가 이 어두운 곳에 한 줄기 빛을 비출 수 있을 거야. 그때까지 오펜쇼 청년이 목숨을 지킬 방법은 내가 시킨 대로 하는 것뿐이야. 이제 오늘 밤엔 할 말이나 할 일이 더는 없으니 내 바이올린 좀 건네줘. 30분 정도는 이 지독한 날씨와, 더 지독한 우리 인간사를 잊어버리게.」

　아침 날씨는 맑게 개었고, 태양은 잿빛 도시 위에 드리운 희뿌연 장막을 뚫고 부드럽게 밝은 빛을 비추고 있었다. 내가 내려갔을 때 홈스는 벌써 아침 식사를 하고 있었다.

　「기다리지 않고 먼저 먹어서 미안하네. 오펀쇼 청년 사건을 조사하자면 하루 종일 아주 바쁠 것 같거든.」

　「어떻게 할 건가?」 내가 물었다.

　「나의 첫 번째 조사 결과에 따라 크게 달라지겠지. 어쨌거나 호섬에 내려가 봐야 할 것 같아.」

　「먼저 호섬부터 가지 않고?」

　「응, 런던 시내에서 시작하려고. 초인종을 누르게. 하녀가 커피를 가져올 거야.」

　기다리는 동안 나는 아직 펼치지 않은 채 식탁에 놓아둔 조간신문을 들고 훑어보았다. 그러다가 신문 1면에 실린 기사를 보고는 가슴이 철렁해지고 말았다.

　「홈스, 너무 늦었어!」 내가 소리쳤다.

　「아!」 그가 찻잔을 내려놓으며 말했다. 「두려워했던 일이 벌어지고 말았군. 어떻게 된 일이지?」 말투는 차분했지만, 심하게 동요하고 있음을 알 수 있었다.

　「오펀쇼라는 이름이 눈에 띄었네. 기사 제목은 〈워털루 다리 근처의 비극〉이군. 이렇게 쓰여 있네. 「어젯밤 9시에서 10시 사이 H 지구의 쿡 경찰관은 워털루 다리 근처에서 근무하던 중 도움을 청하는 소리와 첨벙거리는 소리를 들었다.

그러나 어젯밤은 매우 깜깜하고 폭풍이 심한 관계로 몇몇 행인들까지 나서서 도왔음에도 구조는 불가능했다. 그래도 경관은 경보를 울리고 수상 경찰의 지원을 받아 결국 시신을 건져 냈다. 주검으로 발견된 젊은 남자는 주머니에서 발견된 봉투로 보아 존 오펀쇼이고, 호섭 근처에 살고 있다. 그는 워털루역에서 떠나는 막차를 타기 위해 서두르고 있었으며, 길을 잘못 들었다가 증기선을 타는 작은 승선장 너머로 발을 헛디딘 것으로 추정된다. 시신에는 폭력의 흔적이 없었으며, 불행한 사고로 사망했다는 데는 의심의 여지가 없다. 이 사고로 미루어 보건대 당국은 강가 부잔교의 상태를 점검할 필요가 있어 보인다.」

우리는 한동안 말없이 앉아 있었다. 홈스는 어느 때보다 침울해 보여서 충격을 받은 것 같았다.

「내 자부심이 상처를 입었네, 왓슨.」 마침내 그가 입을 열었다. 「물론 하찮은 감정이지만, 진정 내 자부심이 상처를 입었네. 이 사건은 이제 홈스 개인의 문제가 되었다네. 신께서 건강만 허락하신다면, 그놈들 패거리를 꼭 잡고 말겠어. 내게 도움을 청하러 온 청년을 죽음으로 내몰았다니!」 그는 의자에서 벌떡 일어났다. 핼쑥한 얼굴이 벌겋게 달아올랐다. 홈스는 흥분을 이기지 못해 길고 야윈 손가락을 신경질적으로 쥐었다 폈다 하면서 방 안을 오락가락했다.

「교활한 악마들 같으니라고!」 마침내 그가 소리쳤다. 「어떻게 오펀쇼를 거기까지 유인했지? 템스강 변 쪽은 역으로 곧장 가는 길이 아닌데. 그리고 아무리 그런 밤이라고 해도 위털루 다리엔 오가는 사람들이 많았을 텐데. 그래, 왓슨. 결국 누가 이길지 두고 보자고. 당장 나가 봐야겠어!」

「경찰서로?」

「아니, 내가 경찰이 되어야지. 내가 미리 거미줄을 쳐놓으면 경찰이 파리를 잡을 수도 있겠지. 하지만 그러기 전에는 아무것도 안 될 거야.」

나는 온종일 병원 일에 시달리다가 저녁 늦은 시간에야 베이커가로 돌아갔다. 홈스는 아직 돌아와 있지 않았다. 그는 10시가 다 되어서야 창백하고 지친 모습으로 돌아왔다. 그는 찬장으로 가더니 빵 한 조각을 뜯어서 허겁지겁 입에 넣고는 한참 동안 물을 들이켰다.

「배가 고팠나 보군.」 내가 말했다.

「배고파 죽겠어. 배고프다는 생각도 못 했었는데, 아침 이후로 먹은 게 없어.」

「아무것도?」

「한 입도. 뭘 먹을 생각을 할 수가 없었거든.」

「그래서 나갔던 일은 잘됐나?」

「응.」

「단서를 찾은 건가?」

「단서는 내 손안에 있어. 머잖아 오픈쇼 청년의 복수를 내 손으로 해줄 거야. 그래, 왓슨. 저들의 사악한 표지를 놈들에게 붙여 주자. 괜찮은 생각이지!」

「무슨 말이야?」

그는 찬장에서 오렌지 하나를 꺼내 갈라서 씨를 빼고는 탁자 위에 놓았다. 그러고는 씨앗 다섯 개를 봉투 하나에 넣었다. 봉투 안쪽에 〈J. O.를 위해 S. H.〉라고 쓰고는 겉봉에는 조지아주 서배나항, 론스타호, 제임스 캘훈 대위 앞이라고 적었다.

「그가 서배나항으로 들어가면 이 편지가 기다리고 있을 거야.」홈스가 껄껄 웃으며 말했다. 「편지를 받고 잠을 못 이루겠지. 오편쇼가 그랬던 것처럼 자기 운명의 확실한 전조라고 생각할 테니까.」

「캘훈 대위가 누군데?」

「패거리 우두머리야. 다른 녀석들도 알아내야겠지만 우선 이자가 목표야.」

「어떻게 알아냈나?」

그는 주머니에서 날짜와 이름이 가득 적힌 커다란 종이 한 장을 꺼냈다.

「종일 로이드 선박 등록부와 낡은 서류철을 뒤지면서 1883년 1월과 2월에 퐁디셰리항에 들렀던 모든 선박의 이후 행적을 알아보았지. 그때 퐁디셰리에 들렀던 제법 큰 배는 서른여섯 척이 있었어. 그중에서 론스타호가 당장에 눈길을 끌더군. 그 배가 이미 런던항을 떠났다고 보고되기는 했지만, 론스타라는 이름은 미국의 한 주를 가리키잖아.」

「텍사스지, 아마.」

「난 몰랐고, 지금도 확실히 알지는 못해. 하지만 론스타호가 미국 선적이라는 건 알았지.」

「그래서?」

「던디항의 기록을 찾아보았다네. 바크 범선 론스타호가 1885년 1월에 기항했다는 기록을 확인하니, 의혹은 확신으로 바뀌었지. 그런 다음 지금 런던항에 정박 중인 선박들에 관해 알아보았어.」

「그래?」

「론스타호는 지난주에 런던항에 도착했더라고. 앨버트 부두에 가봤더니 오늘 아침 조류를 타고 모항인 미국의 서배나항으로 돌아간다는 거야. 그래서 그레이브젠드에 전보를 보내서 얼마 전에 거길 통과했다는 사실을 알아냈어. 동풍이 불고 있으니 분명 지금쯤 굿윈스 모래톱을 지나서 와이트섬 부근을 가고 있을 거야.」

「그래서 어떻게 하려고?」

「아, 이미 손을 써놓았다네. 알아보니 배에 탄 인원 중 그자와 다른 두 명만 미국 토박이야. 나머지는 핀란드인들과 독일인들이지. 어젯밤 세 명 모두 배를 떠나 있었다는군. 배에 화물을 실어 주던 부두 일꾼한테서 알아낸 사실이야. 놈들이 탄 배가 서배나항에 도착할 때쯤이면 우편선이 벌써 이 편지를 실어 갔을 테고, 서배나 경찰은 이 세 남자가 살인 혐의로 긴급 수배되었다는 전문을 수령할 거야.」

그러나 인간의 계획이란 아무리 완벽히 짰다고 해도 빈틈이 있는 법, 존 오펀쇼를 살해한 자들은 그들만큼 교활하고 단호한 제3자가 그들을 쫓고 있음을 알려 줄 오렌지 씨앗을 영영 받지 못했다. 그해 추분 폭풍은 몹시도 길고 혹독했다. 우리는 서배나항에 론스타호가 도착했다는 소식을 목을 빼고 기다렸지만, 아무런 소식도 듣지 못했다. 그러다가 마침내 소식을 듣게 되었으니, 대서양 먼바다에 떠다니던 선미(船尾) 파편에 〈L. S.〉라는 글자가 새겨져 있더라는 것이었다. 우리가 론스타호의 운명에 관해서 알게 된 것은 이것이 전부다.

입술이 뒤틀린 남자

아이자 휘트니는 심각한 아편 중독이었다. 신학 박사이자 세인트조지 신학교 교장이던 고(故) 일라이어스 휘트니의 동생인 아이자가 아편에 빠진 것은 내가 알기로 대학교 때의 참으로 어리석은 장난 때문이었다. 드 퀸시가 아편을 경험하고 묘사한 몽환과 환각에 관한 글[1]을 읽은 후, 똑같은 효과를 체험해 보고 싶어 담배에 아편 팅크제[2]를 듬뿍 묻혀 피웠던 것이다. 숱한 이들이 이미 깨달았던 것처럼, 아이자는 그런 습관을 들이기는 쉬워도 버리기는 힘들다는 것을 깨달았고, 오랜 세월 약물의 노예로 지내면서 친구와 친척 들에게 혐오와 연민의 대상이 되었다. 지금도 나는 누렇고 창백한 얼굴에, 눈꺼풀이 늘어지고 눈동자는 좁아든 채 의자에 웅크려 앉은 모습, 처참히 파멸한 귀족의 모습이 떠오른다.

1889년 6월의 어느 날 밤, 우리 집 초인종이 울렸다. 밤이

---

1 토머스 드 퀸시Thomas De Quincey(1785~1859)의 『어느 영국인 아편쟁이의 고백』을 가리킨다.

2 알코올에 희석한 아편 형태로, 드 퀸시를 비롯한 동시대인들이 복용했다.

되어 하품을 하면서 시계에 눈길을 주게 되는 시각이었다. 나는 자세를 바로잡았고, 아내는 바느질을 멈추고 옷감을 무릎에 내려놓은 후 낙담한 표정을 지었다.

「환자인가 봐! 나가 봐야 할 것 같은데.」 그녀가 말했다.

나는 지친 하루를 보내고 막 들어와 있었기 때문에 절로 신음이 새어 나왔다.

문이 열리고 몇 마디 다급한 말소리가 들리더니, 이윽고 리놀륨 바닥에서 종종걸음을 하는 소리가 들렸다. 곧바로 우리 방문이 벌컥 열리더니, 어두운 색 옷을 입고 검은 베일을 쓴 숙녀가 방으로 들어왔다.

「이렇게 늦은 시간에 찾아와서 죄송합니다.」 그녀가 인사를 하더니 갑자기 정신을 놓고 아내에게 달려가, 목을 끌어안고 어깨에 기대 흐느끼기 시작했다. 「오! 큰일 났어! 부디 좀 도와줘.」

「아니.」 아내가 베일을 걷으면서 말했다. 「케이트 휘트니잖아. 깜짝 놀랐잖아, 케이트! 아까 들어올 때는 누군지 전혀 몰랐어.」

「어떻게 해야 할지 몰라서 곧장 너한테 왔어.」 항상 그런 식이었다. 비탄에 잠긴 사람들은 등대를 찾아 날아오는 새처럼 아내를 찾아오곤 했다.

「정말 잘 왔어. 우선은 포도주랑 물 좀 마시고, 여기 편하게 앉아서 자세히 얘기해 봐. 아니면 제임스[3]는 가서 자라고

---

3 왓슨의 이름은 『주홍색 연구』에 〈최근까지 군의관을 지냈던 존 H. 왓슨의 회고록에서 재인쇄〉라고 나왔다시피 존이다. 코넌 도일은 1908년 3월 4일

할까?」

「오, 아냐, 아냐. 의사 선생님의 충고와 도움도 필요해. 아이자 문제야. 이틀째 집에 들어오지 않고 있어. 무슨 일이 생겼을까 봐 너무 두려워!」

케이트 휘트니가 우리에게 남편의 문제를 이야기한 적은 처음이 아니었다. 나는 의사였고, 아내는 그녀의 오랜 친구이자 동창이었던 것이다. 우리는 생각해 낼 수 있는 이런저런 말로 케이트를 달래고 위로했다. 그녀는 남편이 어디 있는지 알고 있을까? 우리는 그를 아내에게 데려올 수 있을까?

그럴 수 있을 것 같았다. 케이트가 가진 아주 확실한 정보로는, 요즘 그녀의 남편은 아편병이 도질 때마다 런던의 동쪽 끝에 있는 아편굴을 이용하고 있었다. 지금까지 아이자의 아편 행각은 늘 하루를 넘기지 않았고, 저녁이면 만신창이가 되어 씰룩거리며 돌아왔다. 그러나 이제 아편의 마력은 48시간 동안 아이자를 사로잡았고, 틀림없이 그는 부두의 쓰레기 더미 사이에 누워서 아편의 독기를 들이마시고 있거나, 아니면 쓰러져 자면서 약 기운을 빼고 있을 것이었다. 거기 가면 남편을 찾을 것이라고 케이트는 확신하고 있었다. 어퍼스완덤 레인에 있는 〈바 오브 골드〉라는 곳이었다. 하지만 그녀가 무얼 할 수 있겠는가? 젊고 소심한 여자가, 그런 곳에 들어가서 불한당들 사이에서 어떻게 남편을 빼내 올 수 있겠는가?

사정이 그렇다면, 해결책은 물론 하나뿐이었다. 내가 케이

『스트랜드 매거진』 편집자에게 편지를 쓰면서 똑같은 실수를 했다. 그러나 왓슨의 아내가 다른 이름을 쓴 이유에 관해서는 여러 가지 독창적 설명이 있다.

트와 함께 거기 가면 되지 않겠는가? 그러나 다시 생각해 보니 케이트가 군이 같이 갈 이유가 없었다. 나는 아이자 휘트니의 주치의였고, 따라서 그에게 영향력이 있었다. 혼자 가는 편이 일을 처리하기도 더 수월할 터였다. 나는 케이트가 말한 장소에 실제로 아이자가 있다면 두 시간 안으로 마차에 태워 집으로 돌려보내겠다고 약속했다. 그리고 10분 후 내 안락의자와 포근한 거실을 뒤로한 채 이상한 심부름을 하기 위해 이륜마차를 타고 동쪽으로 달리고 있었다. 그때도 좀 야릇한 심부름이라 생각되었지만, 앞으로 벌어질 일에 비하면 그 정도는 아무것도 아니었다.

하지만 내 모험의 첫 단계는 별로 어렵지 않았다. 어퍼스완덤 레인은 런던 다리 동쪽, 템스강 북쪽의 부산한 선창 뒤에 똬리를 튼 기분 나쁜 골목이다. 싸구려 기성복 가게와 술집 사이로 난 가파른 계단이 동굴 입구 같은 시커먼 구멍으로 이어지는데, 내가 찾던 아편 소굴은 거기에 있었다. 마부에게 기다려 달라고 부탁한 뒤, 뻔질나게 드나드는 약쟁이들의 발걸음에 가운데가 우묵하게 닳은 계단을 내려간 나는 문 위에서 파들거리는 기름 램프 불빛에 의지해서 문고리를 찾아내 안으로 들어갔다. 천장이 낮고 기다란 방에는 갈색 아편 연기가 자욱했고, 이민선 상갑판 아래 선원실처럼 나무 침상들이 계단식으로 만들어져 있었다.

침침한 어둠 속에서 이상하고 야릇한 자세로 누워 있는 몸뚱이들만 겨우 보였다. 구부정한 어깨들, 접은 무릎들, 뒤로 젖힌 머리들과 위로 치켜든 턱들. 여기저기서 흐릿하고 초점 없는 눈들이 새로 들어온 방문객을 향했다. 금속 파이프 대통을 채운 독이 타들어 가다 멈출 때마다 검은 그림자들에서 작고 빨간 동그라미들이 밝아졌다 흐릿해졌다를 반복했다. 대부분은 말없이 누워 있었지만, 혼자 중얼거리는 사람도 있었고, 기묘하고 단조로운 낮은 소리로 함께 이야기하는 이들도 있었다. 그들의 대화는 걷잡을 수 없이 터져 나오다가도 다음 순간 갑자기 침묵으로 잦아들어, 서로가 자기 생각을 우물거릴 뿐 옆 사람의 말은 거의 신경 쓰지 않는 듯했다. 멀리 한쪽 끝에는 석탄을 태우는 작은 화로가 있었고, 등받이 없는 삼발이 의자에는 키 크고 야윈 노인이 앉아 있었다. 노인은 팔꿈치를 무릎에 대고 두 손으로 턱을 괸 채 화롯불을 응시하고 있었다.

내가 들어가자 혈색이 누런 말레이인 종업원이 파이프 하나와 아편을 들고 황급히 다가와 빈 침상 하나를 가리켰다.

「고맙지만 여기 머물러 온 게 아니네. 여기 내 친구가 있지, 아이자 휘트니라고. 그 친구와 얘기를 좀 나누고 싶네.」

오른쪽에서 부스럭거리는 소리와 인기척이 들렸다. 어둠 속을 살펴보니 창백하고 초췌한 형편없는 몰골로 휘트니가 나를 바라보고 있었다.

「이럴 수가! 왓슨이로군.」 그는 약물 반응으로 온몸의 신경이 죄다 경련을 일으키고 있는 측은한 상태였다. 「저기, 왓슨. 지금 몇 시인가?」

「11시가 다 됐어.」

「오늘이 무슨 요일이지?」

「6월 19일, 금요일이야.」

「말도 안 돼! 수요일인 줄 알았는데. 오늘은 수요일이 맞아. 도대체 무엇 때문에 친구를 놀라게 하는 건가?」 휘트니는 양팔에 얼굴을 묻고는 높고 떨리는 소리로 흐느끼기 시작했다.

「오늘은 정말로 금요일이네, 친구. 아내가 이틀 내내 자네를 기다리고 있었어. 부끄러운 줄 알게!」

「그래, 부끄러워. 하지만 자네가 착각한 거야, 왓슨. 난 여기 온 지 몇 시간밖에 안 됐어. 파이프 서너 대나 피웠나. 몇 대를 피웠는지 잊어버렸군. 하지만 자네와 함께 가겠네. 아내가 걱정되길 바라진 않아. 불쌍한 케이트. 손 좀 잡아 주게! 마차가 있나?」

「그래, 마차가 기다리고 있네.」

「그럼 타고 가야지. 하지만 돈을 내야 할 텐데. 얼마인지 알아봐 주게. 몸 상태가 말이 아니어서 말이야. 혼자서는 아무것도 할 수 없어.」

나는 감각을 마비시키는 독한 아편 연기를 들이마시지 않으려고 숨을 참고서, 양쪽에 줄지어 자는 사람들 사이의 좁은 통로를 내려가며 관리인을 찾았다. 화로 옆에 앉은 키 큰 남자를 지나는 순간, 갑자기 누군가 내 옷자락을 잡아당기는 것 같더니 낮게 속삭이는 목소리가 들렸다. 「일단 지나간 다음 뒤돌아서 나를 보게.」 또렷한 말소리가 귀에 들렸다. 나는 눈을 내리깔고 흘깃 둘러보았다. 그 말을 했을 법한 사람은 내 옆의 노인뿐이었지만, 그는 여전히 약에 취한 듯한 자세로 앉아 있었다. 노쇠해서 굽은 몸은 몹시 야위고 주름투성이였고, 손가락에 힘이 다 빠졌는지 아편 파이프가 무릎 사이에 늘어져 있었다. 두 걸음 걸어간 다음 뒤를 돌아보았다. 얼마나 놀랐는지 터져 나오는 비명을 참으려고 안간힘을 써야 했다. 그는 나 말고는 다른 사람은 볼 수 없도록 어느새 몸을 돌린 후였다. 굽은 몸은 펴져 있었고 주름은 온데간데없었으며, 흐릿했던 눈은 다시 빛나고 있었다. 난로 옆에 앉아서, 놀란 내 표정에 씨익 웃고 있는 그는 다름 아닌 셜록 홈스였다. 홈스는 손을 까딱하며 다가오라는 신호를 했고, 반쯤 고개를 돌려 다시 한번 주변을 살피는 동안 곧바로 힘없고 입술이 축 늘어진 노인으로 돌아갔다.

「홈스! 대체 이 소굴에서 뭐 하는 거야?」 내가 소곤거리는 소리로 물었다.

「목소리 낮춰.」 홈스가 말했다. 「내 청력은 아주 좋으니까. 저 아편쟁이 친구를 여기서 보내고 나서 잠깐 얘기할 짬을 내준다면 말할 수 없이 기쁘겠네.」

「밖에 마차를 대기시켜 놨어.」

「그럼 저 친구를 태워서 집으로 보내. 걱정하지 않아도 될 거야. 몸이 축 늘어져서 말썽을 부리고 싶어도 그럴 수 없을 테니까. 그리고 마부 편에 쪽지를 보내서 나와 운명을 같이 하게 되었다고 아내에게 전하는 게 좋겠어. 밖에서 기다리게, 5분 후에 나가지.」

셜록 홈스의 요청은 무엇이든 거절하기 힘들었다. 언제나 지나치리만치 분명한 데다, 사람을 고분고분하게 만드는 힘이 있었기 때문이다. 그러나 일단 휘트니를 마차에 태우면 내 임무는 끝나는 셈이므로, 남은 시간에 내 친구한테는 일 상이지만 내게는 독특한 모험을 함께할 수 있다면 이보다 더 좋은 일도 없겠다는 생각이 들었다. 몇 분 만에 나는 쪽지를 쓰고, 휘트니의 요금을 치르고, 그를 태운 마차가 어둠 속으로 사라지는 것까지 보았다. 잠시 후 아편 소굴에서 한 노인이 나왔고, 나는 셜록 홈스와 함께 거리를 걸어갔다. 두 개의 거리를 지나는 동안 그는 허리를 구부정하게 굽히고 비틀거리는 걸음으로 걸었다. 그다음엔 재빨리 주변을 둘러보고 허리를 펴더니 유쾌하게 웃음을 터뜨렸다.

「자네는 내가 아편 흡입까지 한다고 상상하는 모양이군. 그동안 자네가 의학적 견해를 동원해 가며 말렸던 코카인 주사를 비롯해 온갖 악습에 더해서 말이야.」

「자네를 거기서 보고 놀란 것은 사실이야.」

「하지만 거기서 자네를 본 나보다 놀랐을까.」

「난 친구를 찾으러 간 거야.」

「난 적을 찾으러 갔었지!」

「적이라니?」

「응, 나의 천적. 아니 천적이라기보다 먹잇감이라고 해야지. 간단히 말해서 아주 중요한 조사를 하던 중이었어. 전에도 그랬지만, 이런 아편쟁이들이 횡설수설 지껄이는 말에서 단서를 찾기를 바랐거든. 아편굴에서 정체를 들켰다면 난 한 시간도 목숨을 부지할 수 없었을 거야. 조사를 목적으로 종종 이용했기 때문에, 아편굴을 운영하는 야비한 인도 선원이 나한테 복수하겠다고 벼르고 있거든. 어쨌거나 폴 부두의 으 슥한 구석과 가까운 그 건물 뒤쪽에 난 뚜껑 문으로 달 없는 밤이면 뭔가 내보낸다는 이상한 이야기를 들을 수 있었지.」

「뭐라고! 설마 시체를 버린다는 거야?」

「그래, 시체들 말이야. 거기 소굴에서 죽어 나간 가련한 사 람들 한 명당 1천 파운드씩 쳐준다면 우리는 부자가 되었을 거야. 그곳은 템스강 변 전체에서 가장 추잡한 살인의 덫이 지. 유감스럽지만 네빌 세인트클레어도 거기 발을 들였다가 영영 나오지 못한 것 같아. 그런데 우리 마차가 여기 있을 텐 데!」 그는 양쪽 집게손가락을 입에 넣고 날카롭게 휘파람을 불었다. 멀리서 비슷한 휘파람 소리가 화답하더니, 곧이어 바퀴가 구르는 소리와 말발굽이 따가닥거리는 소리가 들 렸다.

「왓슨, 같이 가줄 거지?」 높은 이륜마차가 어둠 속에서 노 란 측등 불빛을 길게 드리우며 달려오자 홈스가 말했다.

「내가 도움이 된다면.」

「아, 믿을 만한 동지는 언제나 도움이 되지. 게다가 자네는 충실한 사건 기록자가 아닌가. 마침 삼나무 저택의 내 방에는 침대가 둘이야.」

「삼나무 저택?」

「응. 거기가 세인트클레어 씨의 집이야. 조사하는 동안 거 기서 지내고 있어.」

「거기가 어딘데?」

「켄트주의 리 근처. 여기서 11킬로미터 거리야.」

「난 지금 무슨 일인지 전혀 모르고 있네.」

「물론 그렇겠지. 조만간 다 알게 될 거야. 자, 올라타! 수고했어요, 존. 이제 가봐도 될 것 같아요. 여기 반 크라운 받고. 내일 11시경에 찾아와요. 말고삐는 놓고! 그럼 잘 가요!」

홈스는 채찍으로 말을 쳤고, 우리는 끝없이 이어진 칙칙하고 인적 없는 거리를 급히 달려갔다. 도로가 서서히 넓어지더니 어느새 우리가 탄 마차는 난간이 있는 넓은 다리 위를 달리고 있었다. 다리 밑으로는 탁한 강물이 느릿느릿 흘러갔다. 다리를 넘자 돌과 모르타르가 깔린 또 하나의 넓은 도로가 나왔고, 적막한 가운데 둔탁하고 규칙적인 경찰의 발소리와 밤늦게 흥청거리는 사람들의 노랫소리와 고함만 간간이 들릴 뿐이었다. 하늘에는 흐릿한 구름이 난파선처럼 천천히 흘러가고 구름 사이로 희미한 별이 한두 개 반짝였다. 홈스는 말없이 마차를 몰면서도 고개를 떨구고 있는 것이 깊이 생각에 잠긴 듯했고, 옆에 있던 나는 이 친구가 이렇게 부담스러워하다니 대체 어떤 사건일까 궁금했지만 그의 생각의 흐름을 방해하고 싶지는 않았다. 그렇게 몇 킬로미터를 달린 후 교외 대저택 단지의 변두리에 도착할 때쯤 홈스는 몸을 흔들고 어깨를 으쓱하더니, 자신은 최선의 결과를 얻기 위해 행동하고 있다고 여겨 만족하는 사람처럼 흡족하게 파이프에 불을 붙였다.

「자네는 침묵할 줄 아는 대단한 재능이 있어, 왓슨.」 홈스가 말했다. 「그래서 둘도 없이 소중한 동료라네. 정말이지 이야기할 사람이 있다는 것은 좋은 일이야. 내가 하는 생각이 그다지 유쾌하진 않으니까 말이야. 오늘 밤에 나를 맞아 줄 가엾은 부인에게 무슨 말을 해야 할지 고민하고 있었네.」

「자네는 내가 지금 아무것도 모른다는 사실을 잊어버린 모양이군.」

「시간은 있으니 리에 도착하기 전에 사건의 개요를 설명할 수 있을 거야. 터무니없을 만큼 단순해 보이는데, 그런데도 뭘 어떻게 해야 좋을지 막막해. 분명 단서는 많은데 도무지 손에 잡히지 않는 거야. 그래, 왓슨. 간단명료하게 사건 얘기를 해주지, 내게는 온통 깜깜하기만 한 곳에서 자네라면 어떤 빛을 볼 수도 있으니까.」

「어서 말해 보게.」

「몇 년 전에, 정확히는 1884년 5월에 네빌 세인트클레어라는 이름의 돈 많아 보이는 신사가 리에 나타났지. 그는 커다란 저택을 구입하고, 정원도 아주 근사하게 꾸미고 대체로 호화롭게 살았네. 서서히 이웃 친구들도 사귀었고, 1887년에는 지역 양조업자의 딸과 결혼해서 두 아이를 낳았어. 직업은 없었지만 여러 회사에 관여하고 있어서, 보통 오전에 시내로 나갔다가 매일 밤 캐넌가에서 5시 14분에 출발하는 열차로 돌아왔어. 세인트클레어 씨의 나이는 서른일곱이고, 성품이 온화한 데다 좋은 남편이자 아주 다정한 아버지라서 그를 아는 사람들은 모두 그를 좋아한다네. 덧붙이자면 현재 확인할 수 있는 부채는 88파운드 10실링이고, 캐피털 앤드 카운티스 은행에 220파운드의 예금이 있어. 그러니 돈 문제로 고민했다고 생각할 이유는 전혀 없지.

지난 월요일에 네빌 세인트클레어 씨는 평소보다 조금 일찍 시내로 나갔는데, 집을 나서기 전에 그날 두 가지 중요한 일을 처리해야 한다고 말했고, 어린 아들에게 장난감 블록 한 상자를 사다 주겠다고 했어. 그런데 참으로 공교롭게도 바로 그날 월요일, 그가 집을 나선 직후에 아내가 전보 한 통을 받았어. 그녀가 기다리던 매우 소중하고 작은 소포 하나가 애버딘 선박 회사 사무실에 있으니 찾아가라는 내용이었지. 그래, 런던을 꿰고 있다면, 그 회사 사무실이 프레스노가에 있다는 건 자네도 알 거야. 자네가 아까 나와 마주쳤던 어퍼스완덤 레인에서 갈라진 길이잖아. 세인트클레어 부인은 점심을 먹고 런던으로 출발했고, 쇼핑을 조금 한 후 애버딘 사무실에 가서 소포를 찾고 역으로 가면서 정확히 4시 35분에 스완덤 레인을 걷고 있었어. 지금까지는 잘 알겠지?」

　「아주 분명히.」

　「기억할지 모르겠지만, 월요일은 몹시 더웠어. 세인트클레어 부인은 천천히 걸으면서 마차를 잡으려고 이리저리 두리번거리고 있었지. 그 동네가 영 찜찜했거든. 스완덤 레인을 따라 걷던 부인은 갑자기 탄성인지 외침인지 모를 소리를 들었고, 어느 2층 창문에서 자신을 내려다보는 남편을 발견하고는 온몸이 오싹했지. 남편이 그녀에게 손짓하는 것 같았다더군. 창문이 열려 있어서 남편의 얼굴이 똑똑히 보였는데, 아주 겁에 질린 표정이었다고 하더군. 남편은 미친 듯이 그녀에게 두 손을 흔들다가 갑자기 창에서 사라져 버렸어. 세인트클레어 부인이 보기엔 무언가 엄청난 힘에 불가항력으로 딸려 간 것처럼 말이야. 여자 특유의 예리한 눈썰미로 부인이 발견한 특이한 점이 있는데, 남편은 집을 나설 때 입고 있었던 짙은 색 코트 차림이었지만, 목깃도 넥타이도 보이지 않았다는 거야.

무언가 잘못되었다고 확신한 부인은 계단을 달려 내려갔어. 남편을 목격한 집이 오늘 밤 자네가 나를 발견한 아편 소굴이었거든. 부인은 응접실을 지나 2층으로 통하는 계단을 올라가려고 했지. 그런데 계단 발치에서 아까 내가 말했던 악당인 인도 선원을 만난 거야. 인도 선원은 부인을 밀쳤고 조수로 일하는 덴마크인까지 합세해 부인을 거리로 쫓아냈어. 부인은 미칠 듯한 의혹과 두려움에 사로잡혀 길을 달렸고, 정말 운이 좋게도 프레스노가에서 순찰 구역으로 가던 경위와 몇몇 순경들을 만났지. 경위와 두 명의 순경은 부인을 동반하고 아편 소굴에 가서 계속 저항하는 주인을 뿌리치고 세인트클레어 씨가 마지막으로 모습을 보였다는 방에 올라가 보았어. 하지만 세인트클레어 씨의 흔적은 보이지 않았지. 거기서 사는 듯한 흉측한 생김새의 절름발이 한 명을 제외하면 2층에는 아무도 없었어. 절름발이와 인도 선원은 오후 내내 그 방에 다른 사람은 없었다고 맹세했어. 그들이 워낙 단호히 부인하는 바람에 경위는 마음이 흔들렸고, 세인트클레어 부인이 잘못 본 거라는 생각을 거의 굳히려는 찰나, 부인이 외마디 소리를 지르면서 탁자에 놓인 작은 나무 상자를 향해 달려가 뚜껑을 열어젖혔어. 거기서 장난감 블록이 와르르 쏟아졌지. 남편이 사 오겠다고 약속했던 바로 그 장난감이었어.

이 장난감 블록 상자, 그리고 눈에 띄게 당황하는 절름발이의 태도 때문에 경위는 사태가 심각하다는 걸 깨달았지. 그래서 방들을 샅샅이 뒤진 결과 끔찍한 범죄가 저질러졌음이 드러났어. 간소한 가구가 놓인 2층 거실은 작은 침실로 통했는데, 거기에서는 부두의 뒤쪽이 내다보였지. 부두와 침실 창문 사이에는 좁은 공터가 있었는데, 썰물 때는 바닥이 말라 있지만, 밀물 때는 적어도 1.4미터 높이까지 물이 차오르는 곳이었어. 커다란 침실 창문은 아래에서 위로 열게 되어 있었어. 자세히 보니 창틀에 핏자국이 있었고, 침실의 마룻바닥에도 여러 군데 핏방울이 보였어. 거실의 커튼을 젖히자 네빌 세인트클레어 씨의 옷가지가 나왔지. 외투만 빼고 목이 긴 구두와 양말, 모자, 시계까지 전부 거기 있었어. 옷가지에는 폭행의 흔적이 없었으나, 네빌 세인트클레어 씨의 흔적 또한 찾아볼 수 없었어. 다른 출구가 없었으니 창밖으로 사라진 것이 분명했지. 그리고 창턱의 불길한 핏자국을 보면, 그가 헤엄쳐서 살아남았을 가망도 별로 없었어. 비극이 일어났을 순간은 한참 만조 때였거든.

이제 사건에 직접 연루된 것으로 보이는 악당들 얘기를 해 보지. 인도 선원은 정말 악랄한 전력이 있는 자로 알려져 있었지만, 세인트클레어 부인의 말에 따르면 남편이 창문에 모습을 보이고 몇 초 후에 계단 발치에 있었다고 하니, 종범 이상의 역할을 했다고 보기는 힘들어. 그는 아무것도 모른다며 잡아떼는 전략을 쓰고 있어. 거기 사는 세입자 휴 분이 하는 일도 전혀 모르고, 실종된 신사의 옷가지가 왜 거기 있는지도 도통 모를 일이라고 주장하고 있지.

관리인 인도 선원 이야기는 이 정도로 하고, 이제 아편 소굴 2층에 사는 사악한 절름발이 얘기로 넘어가지. 틀림없이 그가 네빌 세인트클레어를 마지막으로 본 사람일 거야. 이름은 휴 분인데, 놈의 소름 끼치는 얼굴은 런던 시내에 자주 가는 사람이라면 누구나 잘 알고 있지. 경찰의 단속을 피하려고 밀랍 성냥을 파는 척하지만, 실상은 본업이 구걸이야. 스레드니들가에서 조금 내려가면 왼쪽에, 자네도 봤을지 모르지만, 담장에 우묵하게 들어간 작은 공간이 있네. 거기에서 날마다 자리를 깔고 책상다리를 하고 앉아, 작은 성냥들을 무릎에 펼쳐 놓고 있다네. 꼴이 워낙 가련해서, 그가 길바닥에 둔 기름때에 전 가죽 모자에는 적선이 몇 푼씩 비처럼 쏟아지지. 직업적인 거지라는 사실을 알기 전부터 그자를 몇 번 본 적이 있는데, 아주 짧은 시간에 짭짤한 수익을 거두는 것을 보고 놀라곤 했지. 행색이 굉장히 두드러져서 그를 눈여겨보지 않고 지나치기란 불가능해. 헝클어진 오렌지색 머리카락에, 끔찍한 흉터로 일그러진 창백한 얼굴, 상처 때문에 피부가 수축되면서 말려 올라간 윗입술, 불도그 같은 턱에, 날카롭게 꿰뚫어 보는 검은 눈은 머리카락 색깔과 독특하게 대조되는데, 이런 특성 때문에 평범한 거지들 사이에서도 단연 두드러지지. 그리고 남다른 재치까지 갖춰서 행인들이 어떤 야유를 던지든 항상 맞받아치지. 우리가 알기로 그는 아편 소굴의 세입자이고, 우리가 찾고 있는 신사를 마지막으로 보았던 자라네.」

「하지만 장애가 있다며!」 내가 말했다. 「그 거지가 한창 젊은 사내를 한 손으로 어떻게 할 수 있겠나?」

「그자는 손을 못 쓰는 게 아니라 걸을 때 절뚝거릴 뿐이지. 하지만 달리 보면 힘이 세고 건강한 남자야. 왓슨, 자네의 의학적 경험으로도 알겠지만, 한쪽 다리가 약하면 보상으로 나머지 부위가 특이하게 강한 경우가 종종 있잖아.」

「일단 얘기를 계속 해보게.」

「세인트클레어 부인은 창틀 핏자국을 보고 실신했어. 경찰은 부인이 있어 봐야 조사에 전혀 도움이 되지 않을 테니 부인을 마차에 태우고 집까지 데려다주었지. 사건을 맡은 바턴 경위는 해당 건물을 꼼꼼히 조사했지만, 도움이 될 단서 하나 발견하지 못했지. 한 가지 실수가 있다면 당장 분을 체포하지 않았다는 것인데, 그자가 몇 분 동안 인도 선원과 입을 맞출 수 있었기 때문이야. 바턴 경위는 곧 실수를 깨닫고 분을 체포하고 조사했지만, 무슨 혐의를 입증할 증거는 전혀 발견되지 않았어. 그의 셔츠 오른쪽 소매에 약간의 핏자국이 있기는 했지만 분은 약지 손톱 주변의 베인 자리를 가리키면서 거기서 묻었다고 설명했고, 아까 자기가 창가에 있었으니 창틀의 핏자국 역시 자기 손가락에서 묻은 게 틀림없다고 했다더군. 분은 네빌 세인트클레어를 보았다는 사실을 완강히 부인했고, 자기 방에 옷가지가 있는 이유는 자신도 모를 일이라고 잡아뗐어. 창문에 있는 남편을 보았다는 세인트클레어 부인의 주장에 관해서는 부인이 정신 이상이거나 헛것을 봤을 거라고 잘라 말했지. 분은 떠들썩하게 저항하면서 경찰서로 끌려갔고, 그사이 경위는 물이 빠지면 무언가 새로운 단서를 찾지 않을까 기대하며 그 집에 남아 있었지.

아니나 다를까, 그들이 두려워하던 것은 아니었지만 진흙이 쌓인 강둑에서 무언가 발견되었어. 네빌 세인트클레어의 시신이 아니라 외투였다네. 물이 빠지면서 드러난 거지. 그런데 외투 주머니에서 무엇이 나왔을까?」

「상상이 안 가는데.」

「그래, 짐작도 못 할 거야. 주머니마다 1페니 동전과 반 페니 동전이 가득했다네. 1페니 동전이 421개, 반 페니 동전이 270개. 외투가 물에 쓸려가지 않은 게 당연했지. 하지만 사람의 시신이라면 문제가 달라. 부두와 그 집 사이에는 거센 소용돌이가 인다네. 무거운 외투만 남고, 시신은 옷이 벗겨진 채로 강물에 쓸려 갔을 가능성도 충분히 있을 거야.」

「하지만 나머지 옷가지는 모두 방 안에서 발견됐잖아. 시신이 외투 하나만 걸치고 있었단 말이야?」

「아니, 하지만 사실을 그럴듯하게 꿰어 맞출 수 있을 거야. 휴 분이라는 자가 네빌 세인트클레어를 창문 밖으로 밀었다고 가정해 보자고. 본 사람은 아무도 없어. 그다음 어떻게 했을까? 물론 단서가 될 옷가지를 없애야겠다는 생각이 곧바로 들었을 거야. 그런 다음 외투를 집어서 창밖으로 던지려는 순간 외투가 가라앉지 않고 떠다닐 거라는 생각이 들었겠지. 시간이 별로 없어, 아래층에서 세인트클레어 부인이 올라가 봐야겠다며 기를 쓰면서 실랑이를 벌이는 소리가 들려왔거든. 어쩌면 공범인 인도 선원한테 경찰이 오고 있다는 소식을 이미 들었을 거야. 한시도 지체할 수가 없었지. 분은 구걸하며 모은 돈을 쌓아 둔 비밀 장소로 달려가서 외투가 가라앉도록 손에 잡히는 대로 동전을 외투 주머니에 마구 채워 넣었지. 그렇게 해서 외투를 창밖으로 던졌고, 나머지 옷가지들도 그렇게 던지려고 했지만, 경찰들이 계단을 달려 올라오는 소리를 들었던 거지. 그래서 경찰이 나타났을 때는 겨우 창문을 닫을 시간밖에 없었던 거야.」

「충분히 그럴듯한 얘기야.」

「사실, 이걸 유효한 가설로 받아들인 이유는 달리 설명할 길이 없기 때문이야. 아까도 말했듯이 분은 체포되어 경찰서로 끌려갔는데 전과는 없었어. 다 알다시피 오랫동안 직업적인 거지로 지내 왔지만, 죄를 짓지 않으면서 매우 조용히 살았던 것 같아. 현재는 그런 상황이야. 풀어야 할 문제는 네빌 세인트클레어가 아편 소굴에서 무얼 하고 있었는지, 거기 있을 때 무슨 일을 당했는지, 지금 어디 있고 휴 분은 그의 실종과 어떤 관계가 있는지 등인데, 지금까지는 죄다 오리무중이야. 얼핏 간단해 보이지만 솔직히 이렇게 까다로운 사건은 여태 없었던 것 같아.」

셜록 홈스가 이 특이한 사건을 설명하는 사이 우리가 탄 마차는 도시의 외곽을 달려 드문드문 늘어선 집들을 지나 양쪽으로 산울타리가 늘어선 시골길로 접어들었다. 홈스가 설명을 다 마쳤을 때 마차는 집들이 흩어져 있는 두 마을 사이를 지나고 있었다. 몇몇 창문에서 아직 불빛이 깜박이고 있었다.

「리 변두리에 도착했군. 잠깐 사이에 잉글랜드의 세 개 주를 지났네. 미들섹스주에서 출발해 서리주의 구석을 지나 켄트주에 들어선 거야. 저기 나무들 사이로 불빛이 보이지? 저게 삼나무 저택이야. 저 램프 옆에 부인이 마음을 졸이며 앉아 있는데, 아마 우리 마차의 말발굽 소리를 벌써 들었을 걸세.」

「왜 베이커가의 집에서 사건을 조사하지 않나?」 내가 물었다.

「여기서 알아봐야 할 게 많기 때문이야. 세인트클레어 부인이 정말 친절하게도 내가 쓸 방을 두 개나 내주었네. 그리고 내 친구이자 동료를 분명 따뜻이 환영해 줄 거야. 하지만 남편에 관한 새로운 소식도 없이 부인을 만나려니 정말 괴롭군. 왓슨. 다 왔어. 워워, 멈춰!」

우리의 마차는 커다란 정원이 딸린 대저택 앞에 멈추었다. 마구간지기 소년이 달려 나와 말의 고삐를 잡았고, 나는 마차에서 뛰어내려 홈스를 따라 저택으로 이어진 좁은 자갈길을 걸어갔다. 우리가 다가가자 문이 활짝 열리더니, 작은 체구의 금발 여인이 문간에 서 있었다. 하늘거리는 실크 모슬린 드레스를 입고 있었고, 목과 손목에는 풍성한 핑크색 시폰이 덧대어져 있었다. 환한 빛을 등지고 서 있어서 부인의 모습이 또렷이 드러났다. 한 손으로 문을 짚고, 한 손은 반쯤 올리고 몸을 살짝 굽혀서 머리와 얼굴을 앞으로 내민 자세와 간절한 눈빛, 벌린 입술로 보아 뭔가 묻고 싶은 것 같았다.

「혹시?」 그녀가 소리쳤다. 「혹시?」 그러더니 우리 두 사람을 보고 희망의 외침을 토해 내는가 싶더니, 내 친구가 고개를 저으며 어깨를 으쓱하자 낮게 신음했다.

「좋은 소식 없어요?」

「없습니다.」

「나쁜 소식은요?」

「없어요.」

「그나마 다행이군요. 어서 들어오세요. 하루 종일 고생하셨을 텐데 얼마나 피곤하실까요.」

「여기는 제 친구 왓슨 박사입니다. 여러 사건에서 큰 도움을 주었는데, 운 좋게도 이번 사건에서 이 친구를 데려와 함께할 수 있게 됐습니다.」

「만나서 반갑습니다.」 부인이 따뜻하게 내 손을 잡으며 말했다. 「대접이 소홀해도 용서해 주시리라 믿어요. 너무나 갑작스레 큰일이 닥쳐서요.」

「부인, 전 산전수전 다 겪은 사람입니다. 설사 그렇지 않더라도 양해를 구하는 말씀을 하실 필요가 없다는 건 충분히 알 수 있습니다. 부인이나 여기 있는 제 친구에게 조금이라도 도움이 된다면 그것으로 족합니다.」

「그런데 셜록 홈스 선생님.」 식어 가는 음식이 식탁에 차려져 있는 불빛 환한 식당 안으로 들어서며 부인이 말했다. 「솔직하게 한두 가지를 꼭 여쭤보고 싶은데, 사실 그대로 대답해 주셨으면 해요.」

「그러죠, 부인.」

「제 감정에 관해서는 신경 쓰지 마세요. 전 히스테리를 일으키지도 않고 기절하지도 않으니까요. 그저 홈스 선생님의 솔직한 진짜 의견을 듣고 싶어서 그래요.」

「무엇에 대해서요?」

「진심으로 우리 그이가 살아 있다고 생각하세요?」

셜록 홈스는 당황해하는 것처럼 보였다. 「솔직히 말씀해 주세요!」 부인은 바닥 깔개에 서서, 버들가지 의자에 기대어 앉은 홈스를 날카롭게 바라보면서 재촉했다.

「그렇다면 솔직히 말씀드리죠. 그렇게 생각하지 않습니다.」

「그이가 죽었다고 보시는 건가요?」

「그렇습니다.」

「살해된 건가요?」

「확실하진 않습니다만, 아마도요.」

「그럼 그게 언제였을까요?」

「월요일에요.」

「그렇다면 홈스 씨, 오늘 그이에게서 이 편지가 왔는데 어찌 된 일인지 설명해 주실 수 있겠지요?」

셜록 홈스는 전기 자극을 받은 것처럼 자리에서 벌떡 일어났다.

「뭐라고요?」 홈스가 소리쳤다.

「네, 오늘 받았어요.」 부인은 미소 지으면서 종이 한 장을 허공에 들고 있었다.

「좀 봐도 될까요?」

「그럼요.」

홈스는 흥분해서 편지를 낚아채 식탁에 펼치고는 램프를 당겨서 찬찬히 살피기 시작했다. 나는 의자에서 일어나 어깨너머로 편지를 살펴보았다. 봉투는 매우 조잡했고, 그레이브젠드 우체국 소인이 찍혀 있었는데, 바로 오늘 날짜였다. 아니 자정이 한참 지났으니 어제 날짜라고 해야겠다.

「필체가 엉망이군!」 홈스가 중얼거렸다. 「이건 남편분 필체가 아닌 게 분명합니다.」

「그래요. 하지만 안에 든 편지는 남편 필체가 맞아요.」

「봉투에 주소를 쓴 사람이 누군지 몰라도 쓰다가 도중에 주소를 남한테 물어봐야 했군요.」

「그걸 어떻게 아세요?」

「보다시피 이름은 완전히 검은 잉크색이에요. 잉크가 저절로 말랐다는 얘기죠. 나머지는 회색인 걸로 보아 압지로 잉크를 빨아들였군요. 만약 다 한꺼번에 쓰고 압지로 눌렀다면 이렇게 진한 검정색 글자는 나오지 않았을 겁니다. 이 남자는 이름을 써두고, 나중에 다시 주소를 썼어요. 다시 말해 이 주소를 잘 아는 사람이 아니란 뜻이죠. 물론 이는 사소한 사항입니다만, 사소한 것만큼 중요한 건 없습니다. 이제 편지를 보죠! 허! 여기 동봉된 게 있군요!」

「네, 반지가 있었어요. 그이의 인장 반지요.」

「이게 남편 필체가 확실합니까?」

「그이의 필체 중 하나예요.」

「필체 중 하나라뇨?」

「급하게 쓸 때는 그렇게 써요. 평소의 필체와 아주 다르지만, 제가 잘 알아요.」

「〈여보, 놀라지 말아요. 다 잘될 거요. 중대한 착오가 있었지만, 시간이 지나면 바로잡을 수 있을 거요. 인내심을 갖고 기다려 주시오. 네빌.〉 어느 책의 면지에 연필로 썼군. 8절판 크기에 비침 무늬가 없는 종이야. 흠! 엄지손가락이 더러운 남자가 오늘 그레이브젠드에서 부쳤어. 하! 봉투 덮개에 풀칠이 되어 있는데, 내가 틀린 게 아니라면 씹는 담배를 즐기는 사람이 붙인 거야. 어쨌든 남편분의 글씨가 틀림없다 이거죠, 부인?」

「확실해요. 그이가 쓴 거예요.」

「그리고 누군가 오늘 그레이브젠드에서 부쳤고요. 저기, 세인트클레어 부인. 이제 사건의 윤곽이 드러나고 있는 것 같습니다. 물론 마음을 놓아도 된다고 감히 말씀드릴 수는 없지만요.」

「하지만 그이는 틀림없이 살아 있어요, 홈스 씨.」

「이 영리한 위조꾼이 우리를 혼란에 빠뜨리려고 교묘한 수작을 부린 게 아니라면요. 어쨌거나 그 인장 반지는 아무것도 증명해 주지 않아요. 남편분한테서 뺏은 것일지도 모릅니다.」

「아니, 아니에요. 틀림없어요, 틀림없어. 제 남편이 쓴 편지예요!」

「그럴 겁니다. 하지만 월요일에 쓴 편지를 오늘 부쳤을 수도 있습니다.」

「그럴 수도 있겠네요.」

「만약 그렇다면, 그 사이에 많은 일이 일어났겠죠.」

「오, 제 희망을 꺾지 말아 주세요, 홈스 씨. 그이는 분명 무사해요. 우리 부부는 서로 섬세하게 통하는 데가 있어서, 만에 하나 그이가 잘못됐다면 제가 모를 리가 없어요. 마지막으로 그이를 봤던 그날도 그랬어요. 그이가 침실에서 살짝 베였는데, 저는 식당에 있었지만 무슨 일이 생겼다는 걸 확신하고 곧바로 위층으로 달려갔었죠. 그런 사소한 일에도 반응하는 제가 그이의 죽음을 모를 거라 보세요?」

「여자의 직감이 분석적인 사람의 결론보다 더 정확할 수 있다는 걸 많이 봐 온 터라 잘 알고 있습니다. 그리고 이 편지에 부인의 견해를 뒷받침할 아주 강력한 증거가 있고요. 그렇지만 남편분이 살아 있고 편지까지 쓸 수 있다면, 어째서 부인 앞에 나타나지 않는 걸까요?」

「그건 모르겠어요. 짐작할 수도 없어요.」

「월요일에 남편분이 집을 나가기 전에 남긴 말씀이 없었나요?」

「네.」

「그리고 부인은 스완덤 레인에서 남편분을 보고 놀라셨고요?」

「굉장히 놀랐죠.」

「그 창문이 열려 있었습니까?」

「네.」

「그렇다면 부인을 불렀던 걸까요?」

「그랬을 거예요.」

「그런데 알 수 없는 외마디 소리만 외치셨다고요?」

「네.」

「도움을 청하는 소리라고 생각하신 거고요?」

「네. 그이가 양손을 흔들었거든요.」

「하지만 놀라서 외쳤을 수도 있어요. 전혀 예상치 못한 상황에서 부인을 보고 깜짝 놀라서 양손을 들어 올렸을 수도 있고요.」

「그럴 수도 있겠네요.」

「그러다 남편분이 뒤로 끌려간 것 같다고요?」

「너무 갑작스럽게 사라졌거든요.」

「놀라서 급히 뒷걸음질을 했을 수도 있죠. 남편이 있던 방에서 다른 사람은 못 보셨습니까?」

「네, 하지만 행색이 끔찍한 남자가 거기에 있었다고 자백했고, 인도 선원은 계단 아래 있었어요.」

「그렇죠, 부인이 보셨을 때 남편분은 평소와 같은 옷차림이었나요?」

「목깃이랑 넥타이가 없었어요. 목이 드러난 걸 확실히 보았거든요.」

「남편분이 스완덤 레인에 관해 말씀하신 적 있습니까?」

「전혀요.」

「아편을 피우는 낌새가 있었나요?」

「아니요.」

「감사합니다, 세인트클레어 부인. 명쾌하게 짚어 두고 싶었던 중요한 점들을 확인했습니다. 그럼 저희는 간단히 식사를 하고 물러나 쉬겠습니다. 내일은 아주 바쁠 테니까요.」

부인이 내준 방은 침대 두 개가 있는 널찍하고 편안한 방이었다. 나는 파란만장한 밤을 보낸 뒤라 피곤했기 때문에 곧장 침대로 들어갔다. 그러나 셜록 홈스는 풀리지 않는 문제가 있을 때면 며칠씩, 심지어 꼬박 일주일을 쉬지도 않는 사람이었다. 문제를 뒤집어 보고 사실들을 재배열하고 모든 관점에서 바라보면서 끝내는 문제를 풀어내거나, 아니면 자신이 모은 자료가 불충분하다는 결론을 내렸다. 홈스가 밤을 꼬박 새울 준비를 하고 있다는 점은 분명했다. 그는 외투와 조끼를 벗고 헐렁한 파란색 실내복 가운으로 갈아입고는 방을 오락가락하면서 침대에서 베개를, 소파와 안락의자에서 쿠션을 가져왔다. 이것들로 동양식 긴 보료를 만들고, 앞에 살담배 1온스와 성냥 한 갑을 가져다 놓고 책상다리를 하고 앉았다. 침침한 램프 불빛 속에서 낡은 브라이어 파이프를 입에 물고 천장 한구석을 멍하니 바라보는 홈스의 모습이 보였다. 고요히 미동도 없는 그에게서 파란 연기가 몽실몽실 피어올랐고, 윤곽이 또렷한 매부리코가 불빛에 빛났다. 내가 잠에 빠져들 때도 홈스는 그렇게 앉아 있었고, 갑작스러운 탄성에 내가 잠을 깼을 때도 마찬가지였다. 여름 아침 햇살이 방 안을 비추고 있었다. 여전히 파이프는 그의 입술에 물려 있었고, 여전히 연기가 피어오르고 있었다. 방 안은 짙은 담배 연기로 가득했지만, 간밤에 내가 보았던 한 무더기의 살담배는 남아 있지 않았다.

「일어났나, 왓슨?」

「응.」

「아침 드라이브나 갈까?」

「좋지.」

「그럼 옷 입어. 아직 아무도 일어나지 않았지만, 마구간지기 아이의 방을 아니까 마차를 곧 출발시킬 수 있을 거야.」 홈스는 눈을 반짝반짝 빛내고 혼자 벙싯거리며 말했다. 어젯밤의 우울한 사색가와는 전혀 다른 사람 같았다.

옷을 갈아입으면서 손목시계를 보았다. 아직 아무도 일어나지 않은 게 당연했다. 새벽 4시 25분이었다. 옷을 다 입자마자 홈스가 돌아와 소년이 말을 준비시키고 있다는 소식을 들려주었다.

「내가 세운 이론을 시험해 보려고.」 홈스가 구두를 신으며 말했다. 「왓슨, 자네는 지금 유럽에서 가장 멍청한 바보 앞에 서 있는 거야. 나는 여기서 채링크로스까지 날아가도록 발길질당해도 싸. 하지만 사건의 열쇠는 찾은 것 같아.」

「그게 어디 있는데?」 내가 웃으며 물었다.

「욕실에. 아, 농담이 아니야.」 홈스는 못 믿겠다는 내 표정을 보며 말을 이어 갔다. 「방금 욕실에 갔다 왔는데, 사건의 열쇠를 가져와서 이 글래드스턴 가방[4]에 넣었어. 어서 가자고, 열쇠가 자물쇠에 들어맞는지 알아봐야지.」

우리는 되도록 조용히 아래층으로 내려가 눈부신 아침 햇살 속으로 나갔다. 말과 이륜마차가 준비되어 있었고, 옷도 제대로 못 걸치고 나온 마구간지기 소년이 그 앞에서 기다리

4 양쪽으로 열어젖히게 되어 있는 여행용 가죽 가방.

고 있었다. 우리 둘은 마차로 뛰어올라 런던로를 달렸다. 대도시로 채소를 싣고 가는 시골 마차 몇 대가 움직이고 있었지만, 양쪽에 늘어선 저택들은 고요하고 적막해서 런던이 마치 꿈속의 도시 같았다.

「어떤 면에서는 독특한 사건이야.」 홈스가 고삐를 쥐어 전속력으로 말을 달리며 말했다. 「그동안 내가 눈뜬장님이었다는 사실을 인정하지. 하지만 아예 안 배우는 것보다 늦게라도 지혜를 배우는 쪽이 나은 법이지.」

우리가 런던 시내에 들어서서 서리 방면의 거리를 지날 때쯤엔 일찍 잠을 깬 사람들이 졸린 표정으로 막 창밖을 내다보고 있었다. 우리는 워털루 브리지로를 지나 강을 건넜고, 웰링턴가를 전속력으로 달리다 급히 우회전해서 보가(街)로 들어갔다.[5] 셜록 홈스는 경찰 사이에선 유명했으므로 문 앞에서 두 순경이 인사를 했다. 그중 한 명이 말고삐를 잡았고, 다른 한 명이 우리를 안내했다.

「오늘 당직이 누굽니까?」 홈스가 물었다.

「브래드스트리트 경위입니다.」

「아, 브래드스트리트, 안녕하십니까?」 챙 있는 모자에 늑골 모양 가슴 장식이 있는 정복을 입은 키 크고 통통한 경관이 판석이 깔린 통로에 나와 있었다. 「얘기 좀 할 수 있을까요, 브래드스트리트?」

「물론이오, 홈스 씨. 내 방으로 들어갑시다.」

---

5 홈스와 왓슨이 들어간 곳은 보가에 있는 경찰서의 안마당, 또는 경찰서와 나란히 있는 즉결 재판소다.

사무실처럼 생긴 작은 방이었다. 탁자에는 큼직한 장부가 있었고, 벽에는 전화기가 걸려 있었다. 경위가 책상 앞에 앉았다.

「무슨 일이신지요, 홈스 씨?」

「휴 분이라는 걸인을 만나러 왔습니다. 리의 네빌 세인트 클레어 씨 실종 사건 혐의자 말입니다.」

「네. 더 조사할 게 있어서 붙잡아 두었죠.」

「그렇게 들었습니다. 그자가 여기 있나요?」

「유치장에 있어요.」

「얌전한가요?」

「아무 말썽도 피우지 않는걸요. 하지만 정말 더러운 녀석입니다.」

「더럽다고요?」

「네, 아무리 말을 해도 겨우 손만 씻고 말더군요. 얼굴은 땜장이처럼 시커먼데 말이죠. 일단 사건이 해결되면 죄수 목욕탕으로 보낼 겁니다. 아마 홈스 씨도 그자를 보면 목욕이 필요하다는 내 말에 동의하실걸요.」

「그자를 꼭 보았으면 합니다.」

「그래요? 그거야 어렵지 않죠. 이쪽으로 오십시오. 가방은 두고 가셔도 됩니다.」

「아니, 가져가지요.」

「좋을 대로 하세요. 그럼 이쪽으로 오세요.」 브래드스트리트는 복도를 걸어가 창살문을 열고 나선형 계단을 내려가더니, 양쪽으로 문들이 늘어서 있고 흰 회반죽이 칠해진 복도로 우리를 데려갔다.

「오른쪽 세 번째 방입니다.」 경위가 말했다. 「여기입니다!」 그가 문 윗부분에 달린 판자를 조용히 젖히고는 안을 들여다보았다.

「자고 있군요. 보시지요.」

우리는 쇠창살 너머로 안을 들여다보았다. 수감자는 얼굴을 우리 쪽으로 향한 채 깊이 잠들어 깊고 느리게 숨을 쉬고 있었다. 중간 정도의 체구에, 직업에 걸맞게 추레한 옷차림이었다. 너덜너덜한 외투의 찢어진 틈새로 색깔 있는 셔츠가 비어져 나와 있었다. 경위가 말한 대로 무척 더러웠지만, 얼굴을 덮은 땟자국도 역겹고 추한 생김새를 가리지 못했다. 오래된 넓은 흉터가 눈에서 턱까지 이어져 있었고, 흉터의 피부가 수축되면서 윗입술 한쪽이 말려 올라간 탓에 치아 세 개가 드러나 쉬지 않고 으르렁거리는 모양새였다. 놀랄 만큼 밝은 주황색 머리카락은 길게 자라 눈과 이마를 덮고 있었다.

「정말 가관이죠?」 경위가 말했다.

「확실히 씻겨야겠군요.」 홈스가 대답했다. 「혹시나 해서 실례를 무릅쓰고 도구를 좀 챙겨왔습니다.」 홈스는 그렇게 말하며 글래드스턴 가방을 열더니, 놀랍게도 아주 큼직한 목욕 스펀지를 꺼냈다.

「하하! 재미있는 양반이네.」 경위가 껄껄 웃었다.

「자, 아주 조용히 저 문을 열어 주시겠습니까? 곧 우리가 저자를 훨씬 괜찮은 인물로 만들어 드릴 테니.」

「뭐, 안 될 거 없지요. 녀석 상판대기가 이 보가의 유치장에 무슨 자랑거리가 되지는 않으니까요, 그렇지 않습니까?」
경위는 열쇠로 자물쇠를 열었고, 우리 셋은 아주 조용히 감방 안으로 들어갔다. 잠자던 죄수가 뒤척이는가 싶더니 이내 다시 깊은 잠에 빠졌다. 홈스는 물 항아리 위로 몸을 숙여 스펀지를 적신 뒤, 수감자의 얼굴을 가로세로로 두 차례 힘껏 문질렀다.

「여러분께 소개합니다. 켄트주의 리에서 온 네빌 세인트클레어 씨입니다.」 홈스가 소리쳤다.

내 평생 그런 광경은 처음이었다. 스펀지가 지나가자 그 사람의 얼굴이 나무껍질처럼 벗겨졌다. 지저분한 갈색 때는 온데간데없었다! 얼굴을 꿰맨 솔기 같던 끔찍한 흉터도, 징그럽게 비웃던 표정을 짓던 뒤틀린 입술 역시 사라지고 없었다! 헝클어진 빨강 머리를 휙 잡아채자, 거기 일어나 앉은 사람은 검은 머리, 매끈한 피부에 창백하고 슬픈 표정을 짓고 있는 잘생긴 남자였다. 그는 잠이 덜 깬 듯 당황해서 눈을 비비며 주변을 둘러보았다. 그러더니 갑자기 정체가 탄로 났음을 깨닫고는 외마디 비명을 지르고 베개에 얼굴을 묻었다.

「이럴 수가!」 경위가 소리쳤다. 「아니, 이건, 실종된 그 남자잖아요. 사진에서 봤어요.」

수감자는 자포자기했는지 뻔뻔스럽게 나왔다. 「될 대로 되라지. 그래, 무슨 죄로 날 기소할 겁니까?」

「네빌 세인트클레어 씨를 죽인— 아, 이런, 그걸로는 죄를 물을 수 없겠군. 당신이 자살을 시도하고 우리가 입증한다면 몰라도.」 경위가 웃음을 지으며 말했다. 「아니, 경찰 생활을 27년째 하고 있지만 이렇게 기막힌 일은 처음입니다.」

「제가 네빌 세인트클레어라면 결국 아무 죄도 저지르지 않았고, 따라서 불법적으로 갇혀 있었다는 게 분명하죠.」

「죄는 아니지만 아주 큰 실수를 저질렀죠.」 홈스가 말했다. 「댁의 아내를 믿었다면 이런 일은 없었을 겁니다.」

「문제는 아내가 아니라 아이들이었습니다.」 수감자가 신음했다. 「정말이지 아이들에게 부끄러운 아버지가 되고 싶진 않았어요. 아! 이렇게 들통 나다니! 이제 어떻게 하지?」

셜록 홈스는 긴 의자에 나란히 앉아 상냥하게 그의 어깨를 두드렸다.

「만약 사건을 법정으로 보내 해결한다면 세간의 눈을 피하기는 힘들 겁니다. 반대로 당신에게 어떤 죄도 물을 수 없다고 경찰을 설득할 수 있다면 저간의 경위가 신문에까지 실릴 이유는 없을 거예요. 우리한테 속 시원히 털어놓으면 브래드스트리트 경위가 기록해서 당국에 제출하겠죠. 사건이 법정으로 갈 일은 결코 없을 테고요.」

「정말 감사합니다!」 수감자가 감정이 북받쳐서 외쳤다. 「아비의 구질구질한 비밀이 우리 아이들에게 알려져 가문의 오점으로 남게 될 바에는 차라리 감옥살이가, 아니 처형당하는 편이 나아요.

난생처음 댁들에게 제 사연을 털어놓게 되는군요. 제 부친은 체스터필드의 학교 교장이셨습니다. 거기서 저는 훌륭한 교육을 받았죠. 젊을 때는 여행도 많이 했고, 배우 생활도 하다가 결국 런던의 한 석간신문 기자가 되었어요. 어느 날 편집장이 런던의 걸인들에 관한 연재 기사를 냈으면 하더군요. 그래서 제가 쓰겠다고 자원했습니다. 거기서부터 모든 모험이 시작되었죠. 기사의 자료가 될 사실들을 취재할 방법은 직접 거지가 되어 구걸하는 길뿐이었습니다. 배우 생활을 하면서 온갖 분장의 비법을 배웠던 저는 분장실에서도 솜씨 좋기로 유명했습니다. 마음껏 실력을 발휘했죠. 얼굴을 칠하고, 최대한 불쌍하게 보이려고 크게 흉터를 만들고, 입술 한쪽을 뒤집어 작은 살색 회반죽을 붙여 고정했어요. 그런 다음 빨강 머리 가발을 쓰고 적당한 옷차림을 하고는 런던 금융가에서 가장 붐비는 거리에 자리 잡았습니다. 성냥을 파는 척했지만 사실상 구걸을 했어요. 일곱 시간 열심히 일하고 저녁이 되어 집으로 돌아가서 보니, 놀랍게도 26실링 4펜스나 벌었더군요.

저는 기사를 썼고, 구걸한 일은 거의 잊고 지냈습니다. 그러다가 얼마 후 한 친구를 위해 보증을 섰는데 25파운드를 내라는 법원 명령서가 날아왔습니다. 어디서 돈을 구해야 할지 막막하던 차에 갑자기 그때 생각이 떠오르더군요. 저는 채권자에게 2주일의 말미를 달라고 간청했고, 회사에는 휴가를 낸 뒤 거지 변장을 하고 시내에서 구걸하면서 지냈습니다. 열흘 만에 돈을 마련해 빚을 갚았죠.

솔직히, 약간의 물감칠로 얼굴을 더럽히고 땅바닥에 모자를 놓고 가만히 앉아 있으면 하루에 2파운드를 벌 수 있는데, 일주일 동안 고되게 일해야 그만큼을 버는 생활에 안주하기가 얼마나 힘들었는지는 짐작이 가실 겁니다. 내 자존심과 돈이 기나긴 싸움을 벌인 끝에, 결국엔 돈이 이겼습니다. 저는 기자직을 팽개치고, 처음 찜해 두었던 구석 자리에 날마다 앉아서, 흉측한 얼굴로 사람들의 동정을 사면서 동전으로 주머니를 채웠습니다. 비밀을 아는 사람은 한 명뿐이었죠. 스완덤 레인의 제 하숙집이자 천박한 아편 소굴의 관리인 말입니다. 거기서 저는 매일 아침 지저분한 거지꼴로 나왔다가 저녁이면 잘 차려입은 도시 사람으로 변신했죠. 인도 선원 친구에게 방값을 후하게 쳐주었으니, 비밀이 새어 나갈 염려도 없었어요.

그렇게 얼마 안 가 상당한 돈을 모았습니다. 런던 거리의 거지라면 누구나 1년에 7백 파운드를 벌 수 있다는 말이 아닙니다. 그들의 수입은 저의 평균 수입보다 적어요. 저는 분장술 덕을 톡톡히 보았고, 말을 받아치는 솜씨가 좋기도 했죠. 말솜씨는 연습할수록 늘어서 시내에서 제법 유명해졌습니다. 이따금 은화까지 포함해 동전이 온종일 쏟아져 들어왔으니, 운수가 아주 사나운 때가 아니면 최소한 하루 2파운드는 벌었습니다.

돈이 모일수록 욕심도 더 커져서, 저는 시골에 집 한 채를 샀고 결혼까지 하게 되었습니다. 제 진짜 직업을 의심하는 사람은 아무도 없었죠. 사랑하는 아내는 제가 시내에서 사업을 하는 줄 알고 있었지요. 어떤 사업인지는 거의 모르고요.

지난 월요일에 하루 일을 마치고, 아편 소굴 위층 하숙방에서 옷을 갈아입을 때였어요. 창밖을 보는데 제 아내가 거리에서 눈을 동그랗게 뜨고 저를 쳐다보고 있더군요. 얼마나 놀랍고 당황스러웠는지 모릅니다. 저는 놀라서 소리를 질렀고, 두 손으로 얼굴을 가리고는 믿을 만한 친구인 인도 선원에게 달려가 아무도 위층에 올라오지 못하게 막아 달라고 간청했습니다. 아래층에서 아내의 목소리가 들렸지만, 올라오지는 못할 터였습니다. 재빨리 옷을 벗어 던지고 거지 의상을 입고 얼굴에 색칠을 하고 가발을 썼습니다. 분장이 워낙 완벽하니 아내도 알아보지 못하더군요. 하지만 다음 순간 사람들이 방을 뒤지면 옷가지 때문에 들통 날지 모른다는 생각이 들었습니다. 저는 창문을 열었습니다. 그날 아침 침실에서 살짝 베였던 상처가 거칠게 창문을 여는 바람에 다시 벌어졌죠. 그런 다음 외투를 집어 들고 구걸한 돈을 넣어 두었던 가죽 주머니 속의 동전들을 외투에 옮겨 무게를 더했습니다. 그렇게 창밖으로 던진 외투는 템스강 속으로 사라졌습니다. 나머지 옷가지도 그렇게 처리하려고 했지만, 순간 순경들이 계단을 올라왔고, 몇 분 후 저는 네빌 세인트클레어로 밝혀지는 대신 그를 살해한 용의자로 체포된 거죠. 솔직히 다행스러웠습니다.

달리 설명할 방법이 있는지 모르겠군요. 저는 가능하면 오래 분장을 유지하기로 작정했기에 더러운 얼굴을 씻지 않았습니다. 아내가 몹시 걱정할 걸 알고 있었기에, 반지를 빼서 걱정하지 말라고 급하게 쓴 편지와 함께, 순경들이 보지 않는 틈을 타서 인도 선원에게 맡겼습니다.」

「그 편지는 어제야 아내분께 도착했습니다.」 홈스가 말했다.

「맙소사! 일주일 동안 얼마나 가슴을 졸였을까.」

「경찰이 인도 선원을 주시하고 있었어요.」 브래드스트리트 경위가 말했다. 「감시의 눈을 피해 편지를 부치기가 무척 어려웠을 겁니다. 아마 손님으로 온 어느 선원한테 건넸는데, 그 사람이 며칠 동안 편지 부치는 일을 까맣게 잊고 있었겠지요.」

「맞아요.」 홈스가 고개를 끄덕이며 말했다. 「분명 그랬을 겁니다. 하지만 구걸 행위로 기소된 적은 없었나요?」

「여러 번 있었죠. 하지만 벌금이 대수겠습니까?」

「그래도 여기서 멈춰야 합니다. 경찰이 이 사건을 덮어 주길 원한다면 더 이상 휴 분은 존재해서는 안 됩니다.」

「사람이 할 수 있는 한 가장 엄숙하게 맹세합니다.」

「그렇다면 더 이상 당신을 잡아 둘 필요는 없을 것 같군요. 만에 하나 다시 구걸하다 적발되면, 사실을 다 공개할 수밖에 없소. 홈스 씨, 이번 사건을 해결하는 데 큰 신세를 졌습니다. 어떻게 그런 결론을 내렸는지 알고 싶군요.」

「방법은 이겁니다.」 내 친구가 대답했다. 「베개 다섯 개를 깔고 앉아 살담배 1온스를 피워 대는 거죠. 왓슨, 베이커가로 마차를 몰고 달리면 아침 식사 시간에 늦지 않게 도착할 것 같군.」

푸른 석류석

크리스마스가 이틀 지난 날 오전, 나는 연말 인사나 전할 생각으로 내 친구 셜록 홈스에게 들렀다. 홈스는 자주색 실내복을 입고 소파에서 빈둥거리고 있었다. 오른쪽으로 팔을 뻗으면 손이 닿을 거리에 파이프 걸이가 있었고, 주변에는 방금 꼼꼼히 살펴본 듯한 구겨진 조간신문들이 쌓여 있었다. 소파 옆에는 나무 의자가 있었는데, 등받이 모서리에 무척 허름하고 볼품없는 딱딱한 펠트 모자가 걸려 있었다. 몇 군데가 갈라져서 쓰고 다닐 수도 없을 만큼 꼴사나운 모자였다. 확대경과 핀셋이 의자에 놓여 있는 것으로 보아 살펴볼 목적으로 모자를 걸어 둔 모양이었다.

「바쁘군. 방해했다면 미안하네.」 내가 말했다.

「천만에. 관찰 결과를 두고 이야기할 친구가 와서 기쁘지. 지극히 사소한 문제긴 하지만.」 홈스는 엄지손가락으로 낡은 모자가 놓인 방향을 가리켰다. 「하지만 제법 흥미로운 점이 몇 가지 있어. 심지어 배울 것도 있고.」

나는 그의 안락의자에 앉아 딱딱 소리를 내며 타오르는 불

앞에서 손을 녹였다. 지독한 추위가 찾아와 창문에 성에가 두껍게 끼어 있었다. 「저 모자가 겉보기엔 평범해도 뭔가 무시무시한 사연이 있나 보구먼. 모종의 수수께끼를 풀고 어떤 범죄를 처벌하는 데 단서가 되어 주려나?」

「아니, 아니. 범죄가 아니야.」 셜록 홈스가 웃으며 말했다. 「겨우 몇 제곱킬로미터 공간에 4백만 명의 인간이 왁다글닥다글 살다 보면 일어나게 되는 별난 사건 중 하나일 뿐이네. 그렇게 복닥거리며 사는 인간 무리의 작용과 반작용이 일어나는 와중에 온갖 사건이 서로 얽힐 테고, 딱히 범죄는 아니지만 놀랍고 해괴망측한 일들이 숱하게 일어나는 거지. 우리도 이미 그런 경험을 했잖나.」

「정말 그래. 내가 최근에 기록한 사건 여섯 건 중 세 건이 법적으로는 전혀 범죄가 아니었어.」

「그렇지. 자네는 아이린 애들러의 문서를 되찾으려던 일과 메리 서덜랜드 양이 의뢰했던 독특한 사건, 그리고 입술이 일그러진 남자의 모험을 말하고 있군. 그래, 이 사소한 문제 역시 죄가 되지 않는 범주에 속한다는 것은 분명해. 자네 커미셔네어[1] 피터슨 알지?」

「응.」

「이 전리품을 가져온 사람이 바로 피터슨이야.」

「그 사람 모자로군.」

[1] 1859년 에드워드 월터 대령이 크림 전쟁에서 다친 상이군인들에게 일자리를 주기 위해 만든 커미셔네어 조합의 회원. 회원들은 주로 런던에서 활동했는데, 제복을 입고 짐꾼, 문지기, 심부름꾼, 훈련 교관, 관리인, 병원 안내원, 전시회 수위 등으로 일했다.

「아니, 그게 아니라 그 친구가 모자를 주워 왔어. 모자 주인은 누구인지 몰라. 자네가 한번 봐주었으면 하는데, 닳아 빠진 중산모로 보지 말고 지적인 차원에서 접근해 주게. 우선은 모자가 어떻게 여기 오게 되었는지 말해 주지. 크리스마스 날 아침에, 크고 살진 거위 한 마리와 함께 왔다네. 거위는 지금 피터슨네 화덕에서 구워지고 있을 거야. 사연은 이렇다네. 크리스마스 날 새벽 4시경, 자네도 알다시피 아주 정직한 친구 피터슨은 기분 좋게 한잔 걸치고 토트넘 코트로를 따라 집에 가고 있었어. 저 앞쪽 가스등 불빛 아래서는 키 큰 남자가 하얀 오리 한 마리를 어깨에 걸치고 비틀거리며 걷고 있었지. 피터슨이 구지가 모퉁이에 도착했을 때, 키 큰 남자와 불량배 몇 명의 실랑이가 벌어졌어. 불량배 한 명이 모자를 치자 남자는 방어한답시고 지팡이를 들어 머리 위로 휘두르다가 뒤쪽의 가게 유리창을 박살 내고 말았지. 피터슨은 그 사람을 지켜 주려고 급히 달려갔지만, 유리창을 깨뜨리고 놀란 남자는 제복 차림의 경찰 같은 사람이 달려오자 거위를 팽개친 채 줄행랑을 쳤고 토트넘 코트로 뒤편에 있는 미로 같은 작은 골목으로 사라져 버렸지. 불량배들 역시 피터슨을 보고 달아나 버렸고, 그래서 피터슨만 싸움의 현장에 남겨졌네. 이 구겨진 모자와 아무 죄 없는 크리스마스 만찬용 거위라는 전리품과 함께 말이야.」

「피터슨이 주인을 찾아 주었겠지?」

「바로 거기에 문제가 있다네. 거위의 왼쪽 다리에 〈헨리 베이커 부인께〉라고 인쇄된 작은 카드가 묶여 있었고, 모자 안감에 〈H. B.〉라는 머리글자가 새겨져 있기는 하지. 하지만 이 도시에만 해도 베이커라는 성을 가진 사람이 수천 명이고, 헨리 베이커는 수백 명은 될 텐데, 대체 무슨 수로 잃어버린 물건의 주인을 찾아 줄 수 있겠나.」

「그러면 피터슨은 어떻게 했는데?」

「크리스마스 아침에 모자와 거위를 가지고 나를 찾아왔지. 내가 아주 사소한 문제에도 흥미를 보인다는 점을 알고 있으니까. 거위는 오늘 아침까지도 우리가 보관했는데, 날이 좀 춥긴 해도 상태를 보니 미루지 말고 먹어 치우는 편이 나을 것 같았지. 그래서 거위는 제 소임을 다하도록 피터슨이 가져갔고, 크리스마스 만찬을 잃어버린 누군지 모를 신사의 모자는 내가 보관하게 된 거야.」

「분실 광고가 난 건 없었고?」

「응.」

「그렇다면 주인이 누군지 알아낼 단서가 있어?」

「우리가 추리해 내는 방법밖에 없어.」

「저 모자에서 알아내야 한다고?」

「맞아.」

「농담이겠지. 이 낡아 빠진 펠트 모자로 무얼 알 수 있다고?」

「여기 확대경을 쓰게. 자네는 내 방식을 알잖아. 이 물건을 썼던 사람의 특징과 관련해 무얼 추리할 수 있겠나?」

나는 후줄근한 모자를 받아 들고 약간 애처로운 마음으로 뒤집어 보았다. 아주 평범하고 흔한 검은색 둥근 모자로, 딱

딱하고 몹시 낡아 있었다. 붉은 실크 안감을 댔지만 색이 많이 바래 있었다. 제작자의 이름은 없었고, 홈스가 말한 대로 〈H. B.〉라는 머리글자가 한쪽에 쓰여 있었다. 챙에는 모자가 벗겨지지 않게 끈을 끼우는 구멍이 있었지만, 끈은 없었다. 여기저기 갈라지고 먼지가 잔뜩 묻어 있었고, 잉크를 칠해 색 바랜 부분을 감추려 했는지 여러 군데 얼룩이 있었다.

「아무것도 모르겠어.」 나는 친구에게 모자를 돌려주며 말했다.

「절대 그렇지 않네, 왓슨. 자네는 모든 걸 볼 수 있어. 다만 너무 조심스러워서 본 것으로부터 추리를 끌어내지 못하는 거야.」

「그렇다면 자네는 이 모자에서 무얼 추리할 수 있는지 말해 보게.」

홈스는 모자를 들고 특유의 성찰하는 태도로 가만히 바라보았다. 「어쩌면 생각보다는 많은 걸 알아내지 못할 수도 있겠어. 하지만 몇 가지 특징이 뚜렷이 보이고, 나머지 추리들도 상당한 가능성이 있겠어. 우선 겉보기에 이 남자는 매우 지적이야. 그리고 3년 전에는 제법 잘살았지만, 지금은 형편이 아주 안 좋아졌어. 준비성이 많았지만, 요즘은 예전만 못한 것 같군. 아마 정신적으로 약해진 것 같아. 악화된 재정 형편이 이 신사에게 나쁜 영향을 미쳤을 거야. 술독에 빠져 지내겠지. 그래서 아내의 애정이 차갑게 식었을 테고.」

「너무 나갔어, 홈스!」

「하지만 이 남자는 자존심까지 다 버리지는 않았어.」 홈스는 나의 항의를 못 들은 척하고 말을 이었다. 「이 남자는 주로 앉아서 생활하고, 외출은 별로 하지 않고, 몸 상태도 안 좋아. 나이는 중년이고, 희끗한 반백 머리를 지난 며칠 사이에 이발했고, 머리에 라임 크림을 바르지. 이 정도가 이 모자에서 추리해 낸 명백한 사실들이야. 아, 참. 이 남자네 집에 가스등이 설치되었을 가능성은 거의 없어.」

「농담이 지나치군, 홈스.」

「농담이 아니야. 이렇게 추리 결과를 말해 주는데도 어떻게 알아냈는지 모른다니, 말이 되나?」

「내가 바보인 건 확실한 것 같군. 하지만 솔직히 자네 추리를 따라가지 못하겠어. 예를 들어 이 남자가 지적이라는 것은 어떻게 알아낸 거야?」

홈스는 대답 대신 모자를 머리에 가볍게 썼다. 모자는 곧장 이마를 지나 콧날에 걸쳐졌다. 「이건 부피의 문제야. 이렇게 머리가 큰 사람은 안에 든 것도 많은 법이지.」

「그렇다면 형편이 나빠졌다는 건?」

「이 모자는 3년 됐어. 챙이 납작하고 끝에서 말린 모자들이 그때 나왔지. 아주 고급품이야. 골이 진 실크 띠와 훌륭한 안감을 보라고. 3년 전에 이렇게 비싼 모자를 살 수 있었는데 이후 새 모자를 장만하지 못했다면, 틀림없이 살림이 기울었다는 뜻이지.」

「그래, 충분히 그럴 수 있어. 하지만 준비성이 나빠졌고 정신적으로 약해졌다는 추리는?」

셜록 홈스가 웃었다. 「이게 준비성이야.」 그는 모자 끈을 끼우는 작은 구멍에 손가락을 얹으며 말했다. 「이런 구멍을 뚫어 파는 모자는 없어. 이렇게 해달라고 주문했다면, 준비성이 상당하다는 징표지. 바람에 날아가지 않게 이런 예방책을 쓴 거잖아. 하지만 보다시피 고무 끈은 뜯어졌고, 다시 달아 놓지 않았으니 지금은 전보다 준비성이 떨어졌음이 분명하고, 이는 정신이 약해지고 있다는 뚜렷한 증거야. 반면에 이런 얼룩을 감추려고 잉크를 덧발랐으니 아직 완전히 자존심을 잃지는 않았다는 징표지.」

「자네 추리가 아주 그럴듯하군.」

「나머지 요점들, 즉 이 남자가 중년이고, 머리가 반백이고, 최근에 이발했고, 라임 크림을 사용한다는 점 등은 안감 아래쪽을 자세히 살펴보면 알 수 있어. 확대경으로 보면 이발사가 가위로 깨끗이 잘라 낸 짧은 머리카락이 아주 많아. 모두 끈끈하게 붙어 있는 것처럼 보이는데, 라임 크림 냄새가 물씬 나. 그리고 자네한테도 보이겠지만, 입자가 큰 거리의 회색 먼지가 아니라 집 안의 폭신한 갈색 먼지가 앉았는데, 모자가 대체로 실내에 걸려 있었다는 얘기지. 한편 안쪽에 있는 젖은 자국은 이 모자 주인이 땀을 매우 많이 흘린다는 분명한 증거고, 따라서 건강 상태가 좋지 않을 거야.」

「하지만 그 사람 아내 얘기는…… 자네 말이 아내의 애정이 차갑게 식었다며.」

「이 모자는 몇 주 동안 솔질을 하지 않았어. 이보게 왓슨, 만약 자네가 일주일 치의 먼지가 쌓인 모자를 쓰고 있고 그런 모자를 쓰고 외출하도록 아내가 내버려 두었다면, 나는 불행히도 자네의 아내 역시 사랑이 식었다고 생각할 거야.」

「하지만 이 남자가 독신일 수도 있지.」

「아니, 그는 아내의 마음을 풀어 주려고 거위를 가져가고 있었지. 거위의 다리에 카드가 묶여 있었잖나.」

「자네는 모르는 게 없군. 그런데 집 안에 가스등을 설치하지 않았다는 것은 도대체 어떻게 추리했나?」

「우지 양초 얼룩 한두 개는 우연히 묻을 수 있어. 하지만 다섯 군데 이상 얼룩이 묻었다면, 틀림없이 이 남자가 불을 켠 양초를 자주 들고 다녔다는 얘기야. 아마 밤중에 한 손에는 모자를, 또 한 손에는 촛농이 흐르는 양초를 들고 위층으로 올라갔겠지. 어쨌거나 가스등에서 우지 얼룩을 묻힐 일은 없잖아. 이제 만족하나?」

「그래, 정말 대단해.」 내가 웃으며 말했다. 「하지만 자네가 말했다시피 무슨 범죄도 없었고, 거위 한 마리 잃어버린 것 말고는 아무런 피해도 없으니, 이 모든 게 쓸데없는 에너지 낭비인 것 같네.」

셜록 홈스가 대답하려고 입을 벌린 순간, 문이 벌컥 열리더니 커미셔네어 피터슨이 뺨이 벌겋게 달아올라 뛰어 들어왔다. 그야말로 대경실색한 표정이었다.

「그 거위 말입니다, 홈스씨! 거위 말이에요!」 피터슨이 숨을 헐떡였다.

「네, 거위가 어때서요? 거위가 다시 살아나서 부엌 창문으로 퍼덕이며 날아가기라도 했나요?」 홈스는 남자의 흥분한 얼굴을 똑바로 보려고 소파에서 몸을 틀었다.

「이것 좀 보십시오! 제 마누라가 거위의 모이주머니에서 이걸 발견했어요!」 피터슨이 손을 내밀어 손바닥 한가운데서 찬란하게 반짝이는 파란 보석을 보여 주었다. 콩보다 약간 작았지만 순도와 광채 때문에 손바닥의 우묵한 어둠 속에서 전깃불처럼 반짝였다.

셜록 홈스가 휘파람을 불며 일어나 앉았다. 「어이쿠, 피터슨. 그야말로 보물을 찾았군요! 지금 그게 무엇인지 아나요?」

「다이아몬드요! 귀중한 보석이죠! 유리를 퍼티[2]처럼 잘라 버리는 거 아닙니까.」

「그냥 단순한 보석이 아니라 세상에 하나뿐인 보석입니다.」

「모카 백작 부인의 푸른 석류석[3] 아닌가?」 내가 소리쳤다.

「맞아. 요즘 날마다 『타임스』에서 이 보석을 찾는 광고를 읽었는데, 크기와 모양을 모를 수 없지. 이건 정말 희귀하고 가치는 도무지 추정할 수도 없다네. 현상금으로 내건 1천 파운드는 시가의 20분의 1도 안 될 거야.」

「1천 파운드라고요! 신이여, 감사합니다!」 수위는 의자에 털썩 주저앉으며 우리 둘을 번갈아 쳐다보았다.

「그건 현상금 액수예요. 하지만 보석을 되찾을 수 있다면

---

2 석고를 건성유로 반죽해 점토처럼 만든 접합제. 창틀에 유리를 끼우거나 못질을 마무리하는 작업에 쓰인다.

3 〈석류석carbuncle〉은 카보숑 컷(보석의 색깔이 잘 보이도록 뒷면을 파내는 가공법)을 한 가닛을 뜻한다. 가닛은 빨강, 하양, 노랑, 녹색, 갈색, 자주, 검정 등 여러 색을 띨 수 있지만 파랑은 없기 때문에, 푸른 석류석이 있다면 굉장히 독특할 것이다.

백작 부인은 재산의 절반을 내어 놓겠다고 했어요. 아마 이 보석에는 애틋한 사연이 얽혀 있을 겁니다.」

「내 기억이 맞다면 이 보석은 코즈모폴리턴 호텔에서 잃어 버렸지.」내가 말했다.

「정확해. 12월 22일, 바로 닷새 전이었지. 존 호너라는 배관공이 부인의 보석 상자에서 그걸 훔쳐 간 혐의를 받았지. 증거가 너무나 확실해서 사건은 순회 재판으로 넘겨졌어. 여기 사건에 관한 설명이 있었던 것 같은데.」홈스는 신문 더미를 뒤지며 날짜를 훑어보더니, 마침내 하나를 꺼내 반듯하게 펴서 반으로 접고는 기사를 읽어 나갔다.

「코즈모폴리턴 호텔 보석 도난. 26세의 배관공 존 호너가 이달 22일 모카 백작 부인의 보석함에서 푸른 석류석으로 알려진 귀중한 보석을 훔친 혐의로 기소되었다. 호텔의 당직 지배인 제임스 라이더는 강도 사건이 있던 날, 벽난로에서 헐거워진 두 번째 쇠살대를 땜질하도록 호너를 모카 백작 부인의 옷 방으로 데려갔다고 증언했다. 라이더는 호너와 함께 잠시 있다가 호출을 받고 방을 나갔다. 그가 돌아왔을 때 호너는 보이지 않았고, 화장대 뚜껑이 강제로 열려 있었으며, 모로코가죽을 씌운 작은 상자가 텅 빈 채 화장대 위에 놓여 있었다. 나중에 밝혀졌지만, 백작 부인은 그 상자에 보석을 보관하고 있었다. 라이더는 곧바로 경찰에 신고했고, 그날 저녁 호너가 체포되었다. 그러나 호너의 몸이나 그의 집 어디에서도 보석은 발견되지 않았다. 백작 부인의 하녀 캐서린 큐잭은 보석이 도난당했음을 깨닫고 놀란 라이더의 외침을 들었으며, 급히 방으로 달려가서 위 증인이 설명했던 현장을 보았다고 증언했다. B 지구 담당 브래드스트리트 경위의 증언으로는 체포 당시 호녀는 심하게 저항했으며 강력하게 결백을 주장했다. 조사 결과 호녀에게 강도 전과가 있음이 확인되어, 치안 판사는 즉심에 회부하지 않고 순회 재판소로 사건을 넘겼다. 심리 과정에서 심한 감정의 동요를 보인 호녀는 판결이 나자 실신해 법정 밖으로 실려 나갔다.」

「흠! 즉결 심판 이야기는 이만하고.」 홈스는 신문지를 치우며 생각에 잠겼다. 「우리가 풀어야 할 문제는 도둑맞은 보석 상자부터 시작해 토트넘 코트로의 거위 모이주머니에 이르기까지 무슨 일이 벌어졌는가 하는 거로군. 이봐, 왓슨, 우리가 재미 삼아 해본 사소한 추리가 갑자기 훨씬 더 중요한, 실제 범죄 사건 수사로 이어지게 되었네. 여기 보석이 있어. 보석은 거위한테서 나왔고, 이 거위는 헨리 베이커 씨가 들고 있었지. 저 낡아 빠진 모자 주인이자 자네가 따분해할 만큼 내가 온갖 특징을 설명했던 신사 말이야. 그렇다면 이제 우리는 진지하게 이 신사를 찾아 나서야 하고, 이 작은 수수께끼에서 그가 수행한 역할을 알아내야 해. 그러기 위해선 우선 가장 간단한 방법부터 써봐야지. 물론 모든 석간신문에 광고를 내는 거야. 그게 통하지 않으면 다른 수단을 찾아야겠지만.」

「뭐라고 광고하려고?」

「거기 연필이랑 종이 좀 줘 봐. 이렇게 쓰지. 〈구지가 모퉁이에서 거위 한 마리와 검정 펠트 모자를 습득했습니다. 헨리 베이커 씨는 오늘 저녁 6시 30분 베이커가 221B번지로 와서 물건을 찾아가시기 바랍니다.〉이 정도면 간단명료하지.」

「그래. 하지만 그 남자가 광고를 볼까?」

「응, 틀림없이 유심히 볼 거야. 가난한 사람에게는 큰 손실일 테니까. 실수로 유리창을 깨뜨렸으니 피터슨이 다가오자 덜컥 겁이 나서 달아날 생각밖에 못 했겠지. 하지만 놀라서 거위를 떨어뜨린 일을 쓰라리게 후회했을 거야. 그런데 자기 이름이 신문에 나왔으니 안 볼 수가 없지. 아는 사람들마다 광고를 보라고 한마디씩 할 테니까. 피터슨, 얼른 광고 대행사로 가서 석간신문에 이 광고를 실으세요.」

「어느 신문에 말입니까?」

「아, 『글로브』, 『스타』, 『팰맬』, 『세인트제임스 가제트』, 『이브닝 뉴스』, 『스탠더드』, 『에코』, 또 생각나는 모든 신문에.」

「잘 알겠습니다. 그럼 이 보석은요?」

「아, 그렇지. 내가 보관하고 있을게요. 고마워요. 아, 참. 피터슨, 돌아오는 길에 거위 한 마리 사다 주세요. 피터슨네 가족이 지금 맛있게 들고 있는 거위 대신에 그 신사분께 드릴 게 있어야 하니까요.」

커미셔네어가 나가자, 홈스는 보석을 집어 들어 불빛에 비춰 보았다. 「아름답군. 이 반짝이는 광채 좀 봐. 물론 이 보석 때문에 숱한 범죄가 저질러졌지. 모든 보석이 그렇다네. 보석은 악마가 즐겨 쓰는 미끼야. 크고 오래된 보석일수록 한 면 한 면이 다 피로 얼룩져 있다고 할 수 있지. 이 돌은 아직 20년이 채 안 됐군. 중국 남부의 아모이강(江) 유역에서 발견되었고, 석류석의 모든 특징을 띠고 있으면서도 붉은색이 아니라 푸른색이라 주목할 만하지. 세상에 나온 지 아주 오래되진 않았는데도 이미 불길한 역사를 지니고 있어. 무게 40그레인의 이 탄소 결정체 때문에 두 건의 살인과 한 건의 황산 투척, 한 건의 자살, 그리고 여러 건의 도난 사건이 벌어졌다네. 이렇게 예쁜 장난감이 교수대와 감옥의 안내원일 거라고 누가 생각하겠어? 이제 이걸 금고에 넣어 두고, 백작 부인에게 우리가 보석을 보관하고 있다고 쪽지를 보내야겠군.」

「자네는 호너라는 자가 결백하다고 보나?」

「모르겠어.」

「그럼 나머지 한 명, 헨리 베이커가 어떻게든 이 사건과 관련이 있을까?」

「내 생각에 헨리 베이커는 완전히 결백할 가능성이 높아. 자기가 들고 가던 거위가 순금 거위보다 훨씬 더 값지다는 사실을 전혀 몰랐을 거야. 하지만 광고를 보고 찾아오면 아주 간단한 실험으로 알아볼 생각이야.」

「그때까지는 할 일이 없겠네?」

「그렇지.」

「그럼 난 왕진을 갔다가 자네가 말한 저녁 시간에 맞춰 돌아오겠네. 이렇게 복잡하게 뒤얽힌 사건이 어떻게 해결되는지 궁금하니까 말이야.」

「자네가 오면 정말 좋지. 저녁 식사 시간은 7시야. 아마 멧도요 요리가 나올 거야. 이런 일들이 일어났으니, 허드슨 부인에게 멧도요 모이주머니를 살펴보라고 해야겠는걸.」

나는 한 환자 때문에 지체하는 바람에 6시 30분이 조금 넘어서야 베이커가에 도착했다. 홈스의 집으로 다가가는데, 챙없는 둥근 베레모를 쓰고 외투 단추를 턱까지 잠근 키 큰 남자가 현관 채광창을 통해 반원형으로 밝게 쏟아지는 조명을 받으며 바깥에서 기다리고 있었다. 내가 도착한 순간 마침 문이 열려서 우리는 홈스의 방으로 같이 들어갔다.

「헨리 베이커 씨군요.」 홈스가 안락의자에서 일어나며 친절하고 편안한 태도로 손님에게 인사했다. 그는 마음만 먹으면 언제든 이런 태도를 보일 수 있다. 「여기 난로 앞의 의자에 앉으시죠, 베이커 씨. 밤공기가 쌀쌀하군요. 선생은 겨울보다는 여름 체질인가 보군요. 아, 왓슨. 때맞춰 잘 왔네. 베이커 씨, 이게 선생 모자입니까?」

「네, 제 모자가 틀림없습니다.」

그는 체구가 컸고, 둥근 어깨 위의 머리도 컸다. 넓적하고 지적인 얼굴에는 희끗한 갈색 수염을 뾰족하게 기르고 있었다. 코와 두 뺨이 불그레하고 기다란 손이 살짝 떨리는 것을 보자, 홈스가 말했던 이 남자의 건강 상태가 떠올랐다. 빛바랜 검정 프록코트의 단추를 맨 위까지 다 채우고 목깃까지 세우고 있었는데, 셔츠를 안 입은 듯 소맷부리가 보이지 않고 야윈 손목이 외투 밖으로 나와 있었다. 그는 낮고 또박또박한 말투로 신중히 단어를 선택해 말하는 것이, 대체로 학식은 많지만 얄궂은 운명의 장난에 희생된 사람 같았다.

「우리는 이것들을 며칠간 보관하고 있었습니다.」 홈스가 말했다. 「베이커 씨가 분실 광고를 내서 현재 주소를 알려 주실 거라 생각했거든요. 왜 광고를 내지 않으셨는지 정말 궁금하군요.」

우리의 손님은 약간 부끄러워하며 웃었다. 「옛날처럼 형편이 그다지 넉넉지 않아서요. 저를 공격했던 불량배들이 분명제 모자와 거위를 모두 가져갔다고 생각했습니다. 되찾을 가망도 없는데 이런 일에 또 돈을 쓸 생각은 없었습니다.」

「그럴 만하군요. 그런데 거위 말입니다. 우리가 먹을 수밖에 없었습니다.」

「드셨다고요!」손님은 흥분해서 의자에서 반쯤 일어났다.

「네. 그러지 않으면 어차피 버려야 했을 테니까요. 하지만저 작은 탁자에 무게도 비슷하고 아주 신선한 거위가 있으니,저 정도면 선생이 여기 오신 목적에 부합하지 않겠습니까?」

「아, 그럼요, 물론이죠!」베이커 씨가 안도의 한숨을 내쉬며 말했다.

「물론 원래 거위의 깃털과 다리, 모이주머니 등등은 아직있으니 원하신다면……」

남자는 호탕하게 웃음을 터뜨렸다. 「그거라면 제 모험에대한 기념품이 될 수도 있겠네요. 하지만 죽은 제 거위의 〈디스젝타 멤브라disjecta membra〉[4]가 무슨 쓸모가 있을지 모르겠군요. 괜찮습니다. 허락하신다면 저 탁자에 있는 멋진거위로 만족하겠습니다.」

---

4 〈흩어진 사지〉라는 뜻. 관용구로 쓰이는데, 호라티우스의 풍자시에서 처음 등장했다. 〈시인의 흩어진 사지를 아직 찾을 수 있을 것이다.〉짧은 인용구나 질 나쁜 번역문을 통해서도 훌륭한 시인의 위대함을 느낄 수 있다는 뜻이다.

셜록 홈스는 재빨리 나를 쳐다보면서 살짝 어깨를 으쓱해 보였다.

「그럼 모자도 찾고 거위도 찾으신 셈입니다. 그런데 원래의 거위를 어디서 구하셨는지 여쭤봐도 되겠습니까? 제가 거위를 무척 좋아하는데, 그렇게 살진 거위는 보기가 힘들거든요.」

「얼마든지요.」 베이커 씨는 어느새 일어나서 새로 얻은 재산을 옆구리에 끼고 있었다. 「박물관 근처 〈알파〉라는 선술집에 자주 모이는 친구들이 있습니다. 낮에 박물관에 오시면 우리를 볼 수 있죠. 그런데 사람 좋은 선술집 주인 윈디게이트가 올해 거위 계를 만들었습니다. 매주 몇 페니씩 돈을 내서 크리스마스에 각자 거위 한 마리씩을 받기로 한 거죠. 저는 꼬박꼬박 돈을 냈고, 나머지는 선생도 아시는 바와 같습니다. 정말 큰 신세를 졌습니다. 제 나이로나 체면으로나 챙 없는 베레모는 어울리지 않거든요.」 베이커 씨는 익살스럽고 과장된 몸짓으로 우리에게 엄숙하게 인사를 하고는 성큼성큼 걸어 나갔다.

「헨리 베이커 씨 문제는 이제 됐고.」 홈스가 문을 닫으면서 말했다. 「저 사람은 확실히 이번 일은 전혀 모르는군. 왓슨, 자네 배고픈가?」

「딱히 그렇지는 않아.」

「그렇다면 저녁 식사를 좀 미루고, 여세를 몰아 단서를 따라가 보기로 하지.」

「좋지.」

밤공기가 지독히도 차가웠으므로, 우리는 더블 코트를 걸치고 목에 스카프를 둘렀다. 구름 한 점 없는 하늘에서는 별이 차갑게 반짝거렸고, 여기저기서 권총을 쏘아 대기라도 한 것처럼 행인들의 입김이 뿌연 연기가 되어 퍼졌다. 우리는 활기차게 발소리를 울리며 닥터스 지구와 윔폴가, 할리가, 위그모어가를 지나 옥스퍼드가로 접어들었다. 우리는 15분 만에 블룸즈버리 지구의 〈알파〉 선술집에 도착했다. 홀번구로 이어지는 거리들 중 하나의 모퉁이에 자리 잡은 작은 선술집이었다. 홈스는 선술집 문을 밀고 들어가, 불그레한 얼굴에 흰색 앞치마를 두른 주인에게 맥주 두 잔을 주문했다.

「여기 맥주가 당신네 거위만큼 훌륭하다면 맛이 아주 뛰어나겠죠.」 홈스가 말했다.

「우리 거위라뇨!」 남자는 놀란 표정이었다.

「네. 한 30분 전에 당신과 거위 계를 같이 했던 헨리 베이커 씨와 이야기를 나누고 있었죠.」

「아! 무슨 말씀인지 알겠군요. 하지만 손님, 그건 〈우리〉 거위가 아닙니다.」

「그렇군요! 그럼 누구 겁니까?」

「사실, 코번트 가든의 한 상인한테서 스물네 마리를 샀어요.」

「이런! 거기 상인들이라면 나도 몇 명 아는데. 어느 가게였나요?」

「상인 이름이 브레킨리지예요.」

「이런! 모르는 사람이군요. 그럼, 건강하시고 사업도 번창

하기를 빕니다. 안녕히 계세요!」

「이번엔 브레킨리지 씨를 찾아야겠군.」차가운 밤공기 속으로 나가자 홈스는 외투 단추를 채우면서 말을 이었다. 「명심해, 왓슨. 이 사건의 한쪽에는 평범한 거위 한 마리가 있지만, 다른 쪽 끝에는 우리가 결백을 입증하지 못하면 7년 형을 받게 될 한 남자가 있어. 우리 조사로 그의 유죄가 확인될 수도 있겠지. 하지만 어쨌거나 우리는 경찰이 놓친 실마리를 따라가고 있고, 마침내 중요한 기회를 잡았어. 그러니 끝까지 가보자고. 남쪽을 향해서 얼른 가세!」

우리는 홀번구를 가로질러 엔델가를 내려갔고, 코번트 가든 시장의 구불구불한 빈민가를 헤쳐 갔다. 이 시장에서 가장 큰 가게 중 하나에 브레킨리지라는 이름이 쓰여 있었고, 말상에 인상이 날카롭고 구레나룻을 단정하게 손질한 주인이 한 소년과 함께 덧문을 닫고 있었다.

「안녕하세요, 날씨가 춥습니다.」홈스가 인사했다.

상인이 고개를 끄덕이고는 무슨 일인지 묻는 눈길로 내 친구를 바라보았다.

「거위는 다 팔린 모양이군요.」홈스가 비어 있는 대리석 진열대를 가리키며 말했다.

「내일 아침에 5백 마리 들어와요.」

「그럼 곤란한데.」

「그러시다면 불 켜진 가게로 가면 몇 마리 있을 거요.」

「그렇군요, 하지만 여기 가보라고 추천을 받아서요.」

「누가 추천했는데요?」

「〈알파〉주인장이요.」

「아, 그렇군요. 그이한테 스물네 마리를 보냈거든요.」

「거위들이 다 좋던데요. 그런데 어디서 가져오는 겁니까?」

놀랍게도 홈스의 질문에 상인이 버럭 화를 냈다.

「이봐요, 손님.」상인은 고개를 들고 두 손을 허리춤에 올리며 말했다.「대체 뭐 하자는 수작이오? 솔직히 말해 보시오.」

「솔직히 말하는 겁니다. 댁이 〈알파〉선술집에 보낸 거위를 누구한테 샀는지 알고 싶어서요.」

「그거라면 말할 생각이 없소이다. 그만 가봐요!」

「아, 별로 중요한 일도 아닌데, 사소한 질문에 왜 그렇게 흥분하는지 모르겠군요.」

「흥분이라니! 댁도 누가 자꾸 귀찮게 한다면 흥분하지 않겠소. 좋은 물건을 적당한 가격을 주고 샀으면 그걸로 거래는 끝난 거지, 〈거위들이 어디 갔느냐?〉, 〈누구한테 팔았느냐?〉, 게다가 〈되사려면 얼마면 되겠느냐?〉, 이러고 야단법석을 떠니 원! 누가 들으면 세상에 거위라고는 그것들뿐이라고 생각하겠소.」

「아니, 난 그렇게 꼬치꼬치 캐묻고 다니는 사람들과는 아무 관계가 없어요.」홈스가 태연하게 말했다.「사장님이 말해 주지 않으시면 내기는 물 건너가는 거죠, 그뿐입니다. 하지만 난 거위 문제라면 일가견이 있는 사람이라, 내가 먹은 게 시골에서 키운 거위라는 데 5파운드를 걸죠.」

「흠, 그럼 댁은 5파운드를 잃었소. 그건 도시에서 키운 거니까.」상인이 퉁명스레 말했다.

「전혀 그렇게 안 보이던데.」

「그렇다니까.」

「그럴 리가 없어요.」

「머리털 나고부터 거위를 다루며 살아온 나보다 거위에 대해 잘 안다는 거요? 분명히 말하지만, 〈알파〉 선술집에 가는 모든 조류는 도시에서 키운 거요.」

「뭐라고 하셔도 못 믿겠습니다.」

「그럼 내기할 테요?」

「사장님 돈만 잃을 텐데요. 내가 옳다는 걸 알기 때문에 하는 말이에요. 하지만 그렇게 고집을 피우면 안 된다고 가르쳐 드리기 위해 제가 1소버린을 걸죠.」

상인은 음산하게 웃으며 말했다. 「빌, 장부 가져와라.」

어린 소년이 작고 얇은 공책 하나와 책등에 기름때가 묻은 큰 공책 하나를 가져와, 위에 걸린 램프 아래에 함께 놓았다.

「자, 보시오. 자신만만 선생.」 상인이 말했다. 「거위를 다 팔았다고 생각했는데, 문 닫기 전에 댁한테 한 마리 값은 더 받게 됐소이다. 이 작은 공책이 보이시오?」

「그렇습니다만.」

「이건 내가 거래하는 사람들 명부요. 보이시오? 자, 여기 이쪽에 있는 게 시골 사육자 명단이고, 이름 뒤에 있는 숫자는 거래 내역이 기록된 장부의 쪽수를 표시한 거요. 그럼, 봅시다! 여기 붉은 잉크로 적어 놓은 이름이 있죠? 그건 시내 사육업자 명단이오. 자, 그럼 세 번째 이름을 봐요. 소리 내어 읽어 보시오.」

「오크숏 부인, 브릭스턴로 117번지. 249쪽.」 홈스가 읽었다.

「그렇죠. 이제 장부에서 해당 쪽을 펼쳐 보시오.」

홈스는 아까 가리킨 쪽을 펼쳤다. 「여기 있네요. 오크숏 부인, 브릭스턴로 117번지. 달걀 및 가금류 사육업자.」

「그럼 마지막 항목은 뭐라고 되어 있소?」

「12월 22일. 거위 스물네 마리, 7실링 6펜스.」

「바로 그거요. 그 아래에는 뭐라고 되어 있소?」

「〈알파〉의 윈디게이트 씨에게 판매. 12실링.」

「아까 뭐라고 하셨더라?」

셜록 홈스는 굉장히 원통한 표정을 지었다. 주머니에서 1소버린 금화를 꺼내 대리석 판매대 위에 던지고는, 질려서 할 말을 잃은 사람처럼 돌아섰다. 그러고는 잠시 후 가로등 아래 멈춰 서서는, 특유의 소리 없는 환한 웃음을 지었다.

「구레나룻을 짧게 손질하고 주머니에 『핑컨』 주간지를 찌르고 있는 사람은 내기에 안 넘어오는 법이 없어. 장담하지만 만약 내가 1백 파운드를 가져다 바쳤어도 방금 내기에서 얻어 낸 것만큼 완벽한 정보를 입수할 수는 없었을 거야. 왓슨, 이제 우리 조사도 종착점에 가까워지고 있는 것 같네. 딱 하나 결정할 문제가 있다면 오크숏 부인이란 여자를 오늘 밤에 찾아갈 것인가, 아니면 내일로 미룰 것인가 하는 거야. 저 퉁명스러운 친구 말로 보건대, 틀림없이 이 일로 마음 졸이는 사람이 우리 말고 또 있어, 그리고…….」

홈스의 말이 갑자기 끊겼다. 방금 우리가 떠나온 가게에서 떠들썩한 소동이 벌어졌기 때문이다. 돌아보니 흔들리는 램프가 던지는 노란빛의 원 한가운데 교활하게 생긴 남자가 서 있었고, 상인 브레킨리지는 가게 문 안에 버티고 서서 움츠린 상대를 향해 거칠게 주먹을 흔들어 대고 있었다.

「당신이든 당신 거위든 아주 지긋지긋해.」 브레킨리지가 소리쳤다. 「다들 지옥으로나 꺼지라고. 한 번만 더 찾아와서 그런 바보 같은 말로 귀찮게 하면 개를 풀어놓을 테다. 오크숏 부인을 데려와, 그럼 대답해 주지. 대체 당신과 그 거위가 무슨 관계야? 내가 당신한테서 거위를 샀어?」

「아뇨. 그래도 그중 한 마리는 제 거라고요.」 체구가 작은 남자가 우는소리를 했다.

「그렇담 오크숏 부인한테 가서 물어봐.」

「부인은 사장님한테 물어보라고 하던데요.」

「그렇담 프로이센 왕[5]한테 물으면 되겠네. 내 알 바 아니니까. 아주 지겨워 죽겠어. 어서 꺼져!」 상인이 무섭게 을러대며 쫓아 나오자, 남자는 어둠 속으로 사라져 버렸다.

「하, 덕분에 브릭스턴로까지 안 가도 되겠군.」 홈스가 소곤거렸다. 「같이 가보자고, 저 친구가 뭐 하는 녀석인지 알게 되겠지.」 내 친구는 불 켜진 가게 주변에서 어슬렁거리는 사람들 사이로 성큼성큼 길을 내며 체구가 작은 남자를 따라잡고는 그의 어깨를 쳤다. 남자가 화들짝 놀라며 돌아섰다. 하얗게 질린 얼굴이 가스등 불빛 아래 똑똑히 보였다. 「누구세요? 왜 그러세요?」 그가 떨리는 목소리로 물었다.

5 먼 나라의 막강한 사람을 가리키는 말로 쓰였다.

「실례하겠습니다.」홈스가 무뚝뚝하게 말했다. 「방금 저 상인한테 하던 말을 우연히 듣게 되었습니다. 내가 도울 수 있을 것 같아서요.」

「댁이요? 댁은 누구시죠? 어떻게 그 일을 아셨죠?」

「저는 셜록 홈스라고 합니다. 사람들이 모르는 것을 알아내는 일을 하죠.」

「하지만 이 일에 관해 아무것도 모르실 텐데요?」

「미안하지만, 다 알고 있어요. 댁은 어떤 거위들을 열심히 찾고 있죠. 브릭스턴로의 오크숏 부인이 브렌킨리지라는 상인한테 팔고, 이 상인이 〈알파〉 선술집의 윈디게이트 사장한테 팔고, 그 사장이 헨리 베이커 씨가 든 거위 계의 계원들한테 판 거위들 말입니다.」

「오, 세상에. 제가 그토록 만나고 싶어 했던 분을 이제야 만났군요.」몸집이 작은 남자가 떨리는 두 손을 활짝 펴서 내밀며 소리쳤다. 「제가 이 일에 얼마나 관심이 많은지는 말로 설명하기가 힘들 정도입니다.」

셜록 홈스는 지나가던 사륜마차를 불렀다. 「그렇다면 바람이 찬 이 시장 바닥보다는 아늑한 방에서 이야기를 나누는 편이 낫겠죠. 하지만 그 전에, 제가 도와드리게 된 분이 누구인지 알고 싶습니다.」

남자는 잠시 머뭇거렸다. 「저는 존 로빈슨이라고 합니다.」그가 흘깃 곁눈질을 하면서 대답했다.

「아니, 아니, 본명을 말씀하셔야지.」홈스가 다정히 말했다. 「가명을 쓰는 사람과 거래하는 것은 질색이라서.」

낯선 남자의 창백한 뺨이 붉게 달아올랐다. 「아, 그러시다면, 제 본명은 제임스 라이더입니다.」

「그렇군요. 코즈모폴리턴 호텔의 수석 지배인이군요. 마차에 타시죠. 곧 댁이 알고 싶은 걸 모두 말해 드릴 테니까요.」

자그마한 남자는 이게 뜻밖의 행운인지 아니면 재앙인지 모르겠다 싶은 사람처럼, 반은 겁에 질리고 반은 희망 어린 눈으로 우리 두 사람을 차례로 바라보며 서 있었다. 이윽고 그는 마차에 올랐고, 30분 후 우리는 다시 베이커가의 거실에 있었다. 이동하는 도중에 아무도 입을 열지 않았다. 그러나 새 동행의 가늘고 높은 숨소리와 쥐었다 폈다 하는 손은 그가 무척 긴장하고 불안해하고 있음을 말해 주었다.

「다 왔습니다!」 방으로 들어가면서 홈스가 유쾌하게 말했다. 「이런 겨울에는 난롯불이 아주 제격이죠. 추우신가 봅니다, 라이더 씨. 저기 고리버들 의자에 앉으세요. 먼저 슬리퍼로 갈아 신고 앉아서 댁의 문제를 해결해 봅시다. 자, 됐습니다! 그 거위들이 어떻게 됐는지 알고 싶으시죠?」

「네.」

「아니, 그 거위라고 해야겠죠. 댁이 관심 있는 거위는 아마 한 마리일 테니까요. 꼬리에 검은 줄이 있는 하얀 놈 말입니다.」

라이더는 감격해서 몸을 떨었다. 「오, 선생님. 그 거위가 어디로 갔는지 말씀해 주세요.」

「여기 왔었습니다.」

「여기요?」

「네, 알고 보니 정말 희한한 거위더군요. 댁이 그 거위에 관심을 기울이는 것도 이해가 갑니다. 죽은 뒤에 알을 낳았거든요. 어디서도 본 적 없는 어여쁘고 밝은 파란색의 작은 알을. 알은 제 박물관에 보관하고 있어요.」

우리 손님은 비틀거리며 일어나더니 오른손으로 벽난로 선반을 붙잡았다. 홈스는 작은 금고를 열어 푸른 석류석을 꺼내 들었다. 마치 별처럼 차갑고 영롱한 빛줄기들을 반짝반짝 뿜어내고 있었다. 라이더는 보석이 자기 물건이라고 해야 할지 아니라고 해야 할지 모르겠다는 듯, 찌푸린 얼굴로 그것을 바라보며 서 있었다.

「게임은 끝났어, 라이더.」 홈스가 조용히 말했다. 「정신 차려, 그러다 저 벽난로 불구덩이 속으로 넘어지겠어. 왓슨, 저 친구를 부축해서 의자에 앉혀 줘. 태연히 큰일을 저지를 배짱도 없는 녀석이야. 브랜디 한 모금 내줘. 그래! 이제야 조금 사람처럼 보이는군. 정말 약해 빠진 친구로구먼!」

라이더는 한동안 휘청거리다가 쓰러질 뻔했지만, 브랜디를 마신 덕에 볼에 약간의 생기가 돌더니 자신을 비난하는 홈스를 겁에 질린 눈으로 바라보며 앉아 있었다.

「거의 모든 연결 고리를 파악했고 필요한 증거도 내 손안에 있으니, 당신한테 들을 말도 별로 없어. 하지만 별거 아니어도 사건을 완결 짓기 위해서는 확실히 밝히는 게 좋겠지. 라이더, 모카 백작 부인의 이 파란 보석에 관해서는 이미 들어서 알고 있었지?」

「캐서린 큐잭한테 들었어요.」 갈라진 목소리로 라이더가 말했다.

「그랬군. 그 귀부인의 하녀가 말했군. 자네는 아주 쉽게 돈방석에 앉을 수 있겠다 싶어서 유혹을 이기지 못했어. 하긴 자네보다 나은 사람들도 마찬가지였지. 하지만 자네가 쓴 방법은 아주 비열했어. 라이더, 내가 보기에 자네는 아주 못된 악당 기질이 있는 것 같아. 자네는 이 호너라는 배관공이 동종 전과가 있어서 쉽게 의심받을 거라는 점을 알고 있었어. 그래서 어떻게 했나? 공범인 큐잭과 함께 백작 부인의 방에 작은 일거리를 만들었지. 배관공이 수리하러 오도록 손을 쓴 거야. 그런 다음 호너가 떠나자 보석을 훔치고 소란을 떨며 경찰을 불러서, 이 불행한 남자를 체포하게 만들었지. 그러고는……」

라이더가 갑자기 바닥 깔개에 몸을 던지더니 내 친구의 무릎을 붙잡았다. 「부디 자비를 베풀어 주세요!」 그가 소리쳤다. 「제 아버지를 생각해 주세요. 어머니를 생각해 주세요! 두 분이 아시면 상심하실 겁니다. 나쁜 일은 이번이 처음입니다! 다시는 안 그러겠습니다. 맹세해요. 성서에 대고 맹세할게요. 오, 제발 재판정에 서게 하지 말아 주세요! 제발 부탁입니다!」

「의자로 가서 앉아!」 홈스가 엄하게 말했다. 「지금이라도 엎드려 빌어서 다행이지만, 자네는 영문도 모르고 범죄자로 몰린 불쌍한 호너 생각은 하지도 않는군.」

「멀리 떠날게요, 홈스 선생님. 이 나라를 떠나겠습니다. 그러면 호너에 대한 혐의도 벗겨질 겁니다.」

「흠! 그건 나중에 얘기할 거야. 우선은 그다음에 어떻게 했는지 진실을 들어 보자고. 그 보석이 어떻게 거위 배 속에 들어갔고, 거위는 또 어떻게 시장에 나오게 되었지? 사실대로 말해. 그것만이 유일한 살길이니까.」

라이더는 바싹 말라 갈라진 입술을 혀로 축였다. 「사실 그대로 말씀드리겠습니다.」 그가 말을 시작했다. 「호너가 체포되자 저는 당장 보석을 들고 달아나는 게 최선이라고 생각했습니다. 경찰이 언제 저와 제 방을 수색할지 알 수 없었으니까요. 호텔 안에는 그걸 안전하게 숨길 장소가 없었습니다. 저는 손님의 심부름을 가는 척 호텔을 나와 누이의 집으로 갔습니다. 누이는 오크숏이라는 남자와 결혼해서 브릭스턴로에 살고 있는데, 시장에 팔 가금류를 키우고 있어요. 도중에 만나는 사람들마다 다 경찰 아니면 탐정으로 보였습니다. 추운 밤이었는데도 불구하고 누이한테 가는 동안 얼굴에선 땀이 줄줄 흐르더군요. 누이는 저를 보고 무슨 일이 있냐, 왜 그렇게 창백하냐 물었지만, 저는 호텔에서 생긴 보석 강도 사건 때문에 속상해서 그렇다고 둘러댔습니다. 그런 다음 뒤뜰로 나가 파이프 담배를 피우며 어떻게 할지를 고민했죠.

모즐리라는 친구가 있는데, 나쁜 길로 빠져서 펜턴빌 교도소에서 복역하고 막 나온 친구입니다. 언젠가 그 친구를 만났는데, 도둑들이 쓰는 수법이며 훔친 물건을 처리하는 방법을 말해 주더군요. 저는 녀석을 좀 알기 때문에 믿을 만하다고 생각했고, 그래서 곧장 그가 사는 킬번으로 가서 사정을 털어놓기로 마음먹었습니다. 그 친구라면 보석을 돈으로 바꾸는 방법을 알려 줄 테니까요. 하지만 안전하게 보석을 가져가는 것이 문제였죠. 호텔에서 오는 길에 고생했던 일이 떠올랐습니다. 언제 붙잡혀서 조사받을지 모르고, 조끼 주머니에는 보석이 있으니까요. 그렇게 한동안 벽에 기대어 발치에서 뒤뚱거리며 돌아다니는 거위들을 보고 있는데, 갑자기 최고의 탐정도 속여 넘길 방법이 머릿속에 떠올랐습니다.

몇 주 전 누이가 크리스마스 선물로 준다며 거위 한 마리를 골라 보라고 했습니다. 누이는 한번 뱉은 말은 반드시 지키는 사람이죠. 그래서 거위 한 마리를 골라 그 안에 보석을 넣고 킬번까지 가져가기로 한 겁니다. 뒷마당에 작은 헛간이 있는데, 헛간 뒤로 거위 한 마리를 몰았습니다. 크고 튼실하며 꼬리에 줄무늬가 있는 흰 거위였죠. 거위를 잡아 부리를 벌리고, 목구멍 깊이 손가락을 찔러 보석을 집어넣었습니다. 거위는 보석을 꿀꺽 삼켰고, 보석이 식도를 타고 모래 주머니로 내려가는 것이 느껴지더군요. 하지만 거위가 퍼덕거리며 몸부림치는 바람에 무슨 일이 생겼나 하고 누이가 나왔습니다. 제가 누이를 돌아보는 사이 그 못된 녀석은 제 손을 빠져나가 퍼덕거리며 다른 거위들 사이로 가버렸습니다.

〈그 거위한테 대체 무슨 짓을 하고 있었어?〉 누이가 물었습니다.

〈그게, 누나가 크리스마스 선물로 나한테 한 마리 준다고 했잖아. 어느 녀석이 제일 통통한지 만져 보고 있었어.〉

〈아, 네 건 따로 빼두었지. 우린 녀석을 젬의 거위라고 부르는걸. 저기 있는 크고 하얀 녀석이야. 스물여섯 마리가 있

는데, 그중 하나는 네 거, 하나는 우리 거, 나머지 스물네 마리는 시장에 팔 거야.〉

〈고마워, 매기 누나. 그래도 누나만 괜찮다면 방금 내가 만지고 있던 녀석을 가져갔으면 하는데.〉

〈우리가 고른 게 3파운드는 너끈히 더 나갈 텐데. 너 주려고 특별히 더 살찌웠단 말이야.〉

〈괜찮아. 난 다른 녀석으로, 지금 가져갈게.〉

〈뭐, 맘대로 해.〉 누이가 약간 씩씩거리며 말했습니다. 〈가져가고 싶은 놈을 찍어 봐.〉

〈저기 꼬리에 줄무늬가 있는 하얀 놈, 무리 중간에서 오른쪽에 있는 거.〉

〈응, 알았어. 네가 잡아서 가져가.〉

홈스 씨, 그렇게 저는 누이 말대로 하고 거위를 킬번까지 가져갔습니다. 저는 친구에게 내가 한 짓을 털어놓았습니다. 그런 얘기를 스스럼없이 할 수 있는 친구였거든요. 친구는 숨이 넘어가도록 껄껄 웃었고, 우리는 칼을 가져와 거위 배를 갈랐습니다. 심장이 떨어지는 줄 알았습니다. 보석은 흔적도 없었고, 저는 뭔가 크게 잘못됐다는 걸 알았죠. 거위를 팽개쳐 두고 누이의 집으로 달려가 허겁지겁 뒷마당으로 갔습니다. 조류 비슷한 건 한 마리도 보이지 않았어요.

〈거위들 다 어디 갔어, 누나?〉 내가 소리쳤습니다.

〈도매상한테.〉

〈어느 도매상?〉

〈코번트 가든의 브레킨리지.〉

〈꼬리에 줄무늬가 있는 거위가 또 있었던 거야? 내가 고른 거랑 똑같은 거위가?〉

〈응. 꼬리에 줄무늬가 있는 게 두 마리였는데, 워낙 똑같아서 나도 구분이 안 돼.〉

물론 그때 모든 걸 파악했죠. 나는 부리나케 브레킨리지라는 사람에게 달려갔습니다. 하지만 상인은 그 많은 거위를 곧장 다 팔아 버린 뒤였고, 거위가 어디로 갔는지는 한마디도 하지 않으려 했습니다. 아까 홈스 씨도 직접 들으셨죠. 어쨌든 그 사람은 계속 그렇게 대답했습니다. 누이는 제가 미쳐 간다고 생각해요. 때로는 저도 제가 미친 것 같아요. 그리고 지금은 도둑으로 낙인찍혔고요. 돈 때문에 영혼을 팔았지만, 그 돈을 만져 보지도 못한 채 말이죠. 신이시여, 도와주세요, 제발 도와주세요!」라이더는 두 손으로 얼굴을 감싸고 발작하듯 흐느꼈다.

오랜 침묵이 흘렀다. 라이더의 무거운 숨소리와 셜록 홈스가 손가락 끝으로 탁자 끄트머리를 두드리는 소리만 들릴 뿐이었다. 마침내 내 친구가 일어서서 문을 활짝 열었다.

「나가!」 홈스가 말했다.

「뭐라고요? 오, 선생님께 신의 축복이 있기를!」

「잔말 말고 썩 나가!」

더 이상의 말은 필요 없었다. 후다닥 뛰쳐나가는 움직임과, 쿵쾅거리며 계단을 내려가는 소리, 문이 쾅 닫히는 소리, 그리고 거리를 탁탁탁 재빠르게 뛰어가는 소리뿐이었다.

「어쨌거나, 왓슨.」 홈스는 도기 파이프에 손을 뻗으며 말했다. 「내가 경찰의 빈틈이나 메워 주려고 경찰에 고용된 몸은 아니잖아. 만약 호너가 위험에 처했다면 얘기는 달라졌을 거야. 하지만 이 친구가 나타나 호너에게 불리한 증언을 늘어놓는 짓은 하지 않을 테고, 그러면 사건은 기각되겠지. 어쩌면 지금 내가 중죄를 저지른 자를 풀어 준 셈이 됐지만, 거꾸로 한 영혼을 구제하고 있는지도 몰라. 저 친구는 다시는 잘못을 저지르지 않겠지. 아주 제대로 혼쭐이 났으니 말이야. 지금 저자를 벌하면 평생 감옥을 드나들며 살게 될 거야. 하지만 지금은 용서의 계절이잖나. 운명은 우리 앞에 아주 독특하고 엉뚱한 문제를 던져 주지만, 문제 해결 자체가 운명이 주는 보상이라네. 의사 선생, 초인종을 좀 눌러 주게. 이제 우린 또 다른 조사를 시작하게 될 거야. 거기서도 역시 조류가 주요 탐구 대상이 되겠지.」

얼룩무늬 띠

　지난 8년 동안 내 친구 셜록 홈스의 추리 방법을 연구하며 작성해 온 70여 건의 사건 기록을 훑어보니, 비극적인 사건도 많고, 희극적인 사건도 있었고, 또 그저 기묘하기만 한 사건들도 많았지만, 어느 한 건도 평범하지는 않았다. 홈스는 부를 얻기 위해서보다 자신의 추리 기법을 발휘하고 싶어서 일했기 때문에, 특이하다거나 나아가 기상천외한 면이 없다면 아예 사건에 손을 대지 않았다. 그러나 온갖 다채로운 사건 중에서도 서리주 스토크 모런의 유명한 로일롯 가문에 연관되었던 사건보다 특이했던 경우는 떠올릴 수 없다. 문제의 사건은 내가 홈스와 지내던 초기, 독신 시절 베이커가의 하숙집에 같이 살 때 일어났다. 진작에 이 사건을 글로 써서 세상에 알릴 수도 있었지만, 당시 비밀을 지키겠다는 약속을 했었고, 그런 맹세를 받아 낸 숙녀가 지난달 세상을 뜨면서 비로소 부담을 털어 버릴 수 있었다. 어쩌면 지금 사실을 밝히게 되어 차라리 잘됐는지도 모른다. 그림즈비 로일롯 박사의 죽음과 관련해 실제보다 사건을 더 끔찍하게 부풀리는 소문들이 널리 떠돌고 있기 때문이다.

때는 1883년 4월 초였다. 아침에 일어나 보니 셜록 홈스는 옷을 갖춰 입고 내 침대 옆에 서 있었다. 평소에 홈스는 늦게 일어나는데, 벽난로 선반 위의 시계가 겨우 7시 15분을 가리키고 있었으므로, 나는 약간 놀라서 눈을 깜박이며 그를 바라보았다. 나는 규칙적으로 생활하기 때문에 약간 부아가 치밀었던 것 같다.

「왓슨, 깨워서 정말 미안하네. 하지만 이게 오늘 아침 우리의 운명이야. 허드슨 부인이 노크 소리에 깼고, 그래서 나에게 한 소리 했고, 나는 자네를 깨웠네.」

「무슨 일인데? 불이라도 났나?」

「아니, 의뢰인이 왔어. 젊은 숙녀가 굉장히 흥분한 상태로 찾아와서, 나를 만나야겠다고 우기는 모양이야. 지금 거실에서 기다리고 있어. 젊은 아가씨가 이런 아침 시간에 대도시를 헤매고 찾아와 자는 사람을 깨울 정도라면, 뭔가 아주 다급한 사정이 있다고 볼 수밖에 없겠지. 대단히 흥미로운 사건인 듯한데, 만약 그렇다면 자네가 처음부터 지켜보고 싶어할 것 같아서 말이야. 어쨌든 자네를 깨워서 기회를 줘야 한다고 생각했지.」

「잘했어, 그런 기회라면 절대 놓칠 수 없지.」

홈스의 전문적인 조사 활동을 지켜보는 것만큼 짜릿한 일은 없었다. 진실을 직관하듯 순식간에, 그러면서도 언제나 논리적 근거에 바탕을 두고 신속히 사건을 추리해 나가는 모습은 늘 감탄스럽기만 했다. 나는 재빨리 옷을 갈아입고 몇 분 후 친구와 함께 거실로 내려갔다. 검은 옷을 입고 짙은 베일을 쓴 숙녀가 창가 자리에 앉아 있다가, 우리가 들어가자 일어섰다.

「안녕하세요.」 홈스가 유쾌하게 인사했다. 「셜록 홈스라고 합니다. 여기는 제 친한 친구이자 동료인 왓슨 박사이고요. 이 친구 앞에선 저한테 하듯이 편안하게 말씀하셔도 됩니다. 하, 허드슨 부인이 고맙게도 벽난로를 지펴 놓아서 다행입니다. 불 가까이 앉으세요, 뜨거운 커피 한잔 달라고 해야겠네요. 몸을 떨고 계시는군요.」

「추워서 떠는 게 아니에요.」 숙녀가 홈스의 말대로 자리를 옮겨 앉으며 낮은 목소리로 말했다.

「그럼 왜죠?」

「무서워서요, 홈스 씨. 공포 때문이에요.」 그녀가 이 말과 함께 베일을 올리자, 아닌 게 아니라 가여울 만큼 불안에 떨고 있음을 알 수 있었다. 얼굴은 핼쑥하고 창백했고, 사냥꾼에게 쫓기는 동물처럼 겁먹은 눈이 쉴 새 없이 움직이고 있었다. 겉모습이나 특징은 30대 여성 같았지만, 머리카락은 벌써 희끗희끗했으며 표정은 지치고 초췌해 보였다. 셜록 홈스는 모든 것을 꿰뚫는 특유의 눈길로 재빨리 그녀를 살폈다.

「두려워하지 마세요.」 홈스가 앞으로 몸을 굽혀 그녀의 팔을 다독이며 위로했다. 「우리가 곧 해결해 드리죠. 꼭 그럴 겁니다. 오늘 새벽 기차로 오셨군요.」

「혹시 저를 알고 계시는 건가요?」

「아뇨. 하지만 장갑을 낀 왼손에 쥔 왕복 기차표의 반쪽이 보입니다. 일찍 집을 나서서 역까지 질퍽한 길을 이륜마차로 한참 달리셨던 게로군요.」

숙녀는 화들짝 놀라더니, 어쩔 줄 몰라 하는 눈으로 내 친구를 쳐다보았다.

「뭐 대단한 비결이 있는 것은 아닙니다.」 홈스가 웃으며 말했다. 「아가씨 재킷의 왼쪽 팔에 최소 일곱 군데에 진흙이 튀어 있어요. 방금 생긴 자국이죠. 그런 식으로 진흙을 튀기는 것은 이륜마차 말고는 없거든요. 그리고 마부의 왼쪽에 앉아 있었으니 왼쪽에 얼룩이 생겼죠.」

「어떻게 추리하셨는지 몰라도, 모두 정확해요.」 그녀가 말했다. 「6시가 되기 전에 집에서 출발해서 20분 걸려 레더헤드에 도착했고, 워털루행 첫차를 타고 왔어요. 선생님, 전 더이상 이런 긴장 상태를 견딜 수 없어요. 계속 이렇게 살다간 미쳐 버릴 거예요. 믿고 의지할 사람 하나 없어요, 아무도요. 딱 한 사람, 저를 걱정해 주는 사람이 있지만, 그이 처지도 딱해서 거의 도움이 안 돼요. 그러다 홈스 선생님 얘기를 들었죠. 파린토시 부인한테 들었는데, 부인이 정말 곤란할 때 선생님이 도와주셨다면서요. 여기 주소도 부인한테 받은 거예요. 오, 선생님. 저한테도 도움을 주실 수 있으신지요? 적어도 저를 둘러싼 이 짙은 어둠에 한 줄기 빛을 비춰 주세요. 당장은 선생님의 노고에 보답할 능력이 없지만, 한두 달 후에 결혼해서 제 수입을 관리하게 되니, 적어도 그때쯤이면 절 은혜도 모르는 여자라고 생각하지는 않게 되실 거예요.」

홈스는 자기 책상으로 가더니 자물쇠를 열고 작은 사건 수

첩을 꺼냈다.

「파린토시라.」그가 말했다. 「아, 예. 그 사건 생각납니다. 오팔 머리 장식과 관련된 사건이었죠. 왓슨, 자네가 오기 전이었을 거야. 아가씨 사건도 파린토시 부인의 사건 때와 똑같이 기쁜 마음으로 성의를 다하겠습니다. 보수와 관련해서는, 제가 일하는 게 곧 보수입니다. 다만 제가 지출하게 될 비용을 지불하고 싶다면, 형편이 나아졌을 때 주고 싶은 만큼 주시면 됩니다. 그럼 어떤 사건인지 윤곽이라도 잡을 수 있게 도움이 될 만한 단서를 모두 말씀해 주셨으면 합니다.」

「아, 어쩌나! 제가 처한 상황에서 가장 두려운 건 제가 느끼는 두려움이 너무 막연하다는 사실이에요. 그리고 제가 품은 의혹의 근거도 남들에게는 정말 사소해 보일 수 있는 것들이죠. 주변에 있는 누구보다 의지할 수 있는 그 사람조차 제가 하는 모든 말을 예민한 여자의 공상으로 여긴답니다. 물론 대놓고 그렇게 말하진 않지만, 어린애 달래듯이 대답하며 눈길을 피하는 것만 봐도 알아요. 하지만 홈스 선생님, 선생님은 인간 내면에 겹겹이 감춰진 사악함을 깊이 꿰뚫어 보신다면서요. 선생님이라면 저를 둘러싼 이 위험을 헤쳐 갈 길을 조언해 주시겠지요.」

「주의 깊게 듣고 있으니 계속 말씀하시지요.」

「제 이름은 헬렌 스토너예요. 의붓아버지와 함께 살고 있는데, 그분은 서리주 서쪽 경계에 있는 스토크 모런의 로일롯 가문의 마지막 후손이에요. 잉글랜드에서 가장 오래된 색슨 가문에 속하죠.」

홈스가 고개를 끄덕였다. 「그 가문은 저도 잘 압니다.」

「로일롯 가문은 한때 잉글랜드에서 최고 부자였죠. 영지가 북쪽으로는 버크셔 경계까지, 서쪽으로는 햄프셔까지 뻗어 있었대요. 하지만 지난 세기에 연달아 네 명의 상속자들이 제멋대로 재산을 탕진하는 바람에, 쇠락을 거듭하다가 결국 섭정 시대에 한 후손이 도박에 빠져 가문이 완전히 쓰러졌지요. 남은 재산이라고는 몇 에이커의 땅과 2백 년 된 낡은 저택 한 채지만, 그마저도 저당이 많이 잡혀 있어요. 마지막 상속자는 끝까지 거기 남아서 가난뱅이 귀족으로 끔찍하게 살았죠. 그의 외아들인 제 의붓아버지는 바뀐 상황에 적응해야 한다는 사실을 깨닫고 한 친척에게서 돈을 빌려 의대를 졸업해 캘커타[1]로 갔고, 거기서 뛰어난 의술과 사람들을 휘어잡는 성격 덕에 큰 병원을 세울 수 있었죠. 하지만 집에서 몇 차례 도난 사건이 일어나자 불같이 화가 나서 원주민 집사를 때려죽이고 말았죠. 가까스로 사형을 면했지만 대신에 오랜 감옥 생활을 하셨고, 나중에는 실의에 빠져 침울한 사람이 되어 영국으로 돌아오셨어요.

로일롯 박사는 인도에 있을 때 벵골 포병대 스토너 소장의 젊은 과부였던 제 어머니와 결혼하셨어요. 제 언니인 줄리아와 저는 쌍둥이 자매이고, 어머니가 재혼하실 때 저희는 겨우 두 살이었답니다. 상당한 돈이 있던 어머니는 1년에 1천 파운드 넘게 이자를 받고 계셨는데, 우리가 로일롯 박사와 함께 사는 동안 그 돈을 박사한테 양도한다고 미리 유언을

1 영국 식민지 시절 인도의 수도. 현재 지명은 콜카타이다.

하셨죠. 단 우리 두 딸이 결혼하면 각자에게 매년 일정액을 줘야 한다는 조건을 달아 두었어요. 어머니는 우리가 영국으로 돌아온 지 얼마 안 돼서 돌아가셨어요. 지금으로부터 8년 전에 크루 근처에서 일어난 열차 사고로요. 그러자 로일롯 박사는 런던에 병원을 개업하려던 계획을 접고 스토크 모런에 있는 가문의 옛집에서 살려고 우리를 데려갔어요. 어머니의 돈은 우리 세 사람이 부족함 없이 살기에 충분했고, 우리는 아무런 문제 없이 행복하게 살 수 있을 것 같았어요.

하지만 이 무렵부터 의붓아버지에게 끔찍한 변화가 생겼어요. 처음에 이웃들은 스토크 모런의 로일롯 후손이 가문의 옛 터전에 돌아왔다며 굉장히 기뻐했는데, 아버지는 친구를 사귀지도 않고 이웃들과 왕래하지도 않는 거예요. 집 안에 틀어박혀서 좀처럼 나가지도 않고, 외출할 때도 누구든 길에서 만나면 무섭게 싸움을 걸었답니다. 광기에 가까운 폭력적 기질은 집안 남자들의 내력이었지만, 아마도 의붓아버지의 경우는 열대 지방에서 오래 지내다 보니 더 악화된 것 같아요. 망신스러운 싸움이 잇달아 일어났고, 그중 두 번은 즉결 재판까지 갔어요. 결국 의붓아버지는 마을에서 공포의 대상이 되었고, 의붓아버지가 다가가면 사람들은 슬슬 피하곤 했습니다. 힘이 장사인 데다 한번 화가 나면 도저히 어쩌질 못하니까요.

지난주에는 마을 대장장이를 다리 난간 너머로 개울에 내던지는 바람에, 제가 수중에 있는 돈이란 돈은 다 긁어다 그 사람한테 주고 겨우 소문이 퍼지지 않게 입막음을 했어요.

의붓아버지에게 친구라곤 떠돌이 집시들뿐이었죠. 나무딸기가 우거진 크지 않은 가족 영지에 그 방랑자들이 캠프를 치도록 허락했고, 답례로 그들의 텐트를 찾아 환대를 받으면서, 때로는 몇 주씩이나 그들과 유랑하다 돌아오시곤 했어요. 의붓아버지는 또 거래처에서 보내 주는 인도 동물을 무척 좋아하시는데, 지금도 치타 한 마리와 개코원숭이 한 마리를 키우세요. 그 동물들이 영지를 자유롭게 돌아다니기 때문에, 마을 사람들은 의붓아버지만큼이나 그 동물들을 두려워하죠.

지금까지 드린 말씀으로 가여운 줄리아 언니와 제가 아무런 낙도 없이 살아왔음을 짐작하실 거예요. 우리 집에서 지내려는 하인도 없어서, 모든 집안일을 우리가 직접 한 지도 오래됐어요. 언니가 죽을 당시 겨우 서른 살이었지만 머리는 벌써 하얗게 세어 있었어요. 저도 그렇고요.」

「그럼 언니가 죽었단 말입니까?」

「2년 전에요. 제가 말씀드리고 싶은 것도 언니의 죽음에 관한 거예요. 짐작하시겠지만, 방금 말씀드린 생활을 하면서 우리는 또래나 비슷한 신분의 사람을 볼 기회가 거의 없었어요. 하지만 이모가 한 분 계셔요. 어머니의 동생인 아너리아 웨스트페일인데, 해로 근방에 사시죠. 미혼인 이모 댁을 이따금 찾아가는 것은 허락되었어요. 줄리아 언니는 2년 전 크리스마스에 이모 댁에 갔다가 거기서 휴직급 해군 소령[2]을 만났고, 그분과 약혼했죠. 줄리아가 돌아오자 의붓아버지는 언니의 약혼 사실을 알게 되었지만, 딱히 결혼에 반대하지는

---

2 군함에서 현역 복무를 하지 않을 때는 급료를 절반만 받는 해군 장교.

않으셨어요. 하지만 결혼식을 2주 남겨 놓고, 제 유일한 벗을 앗아가 버린 끔찍한 사건이 일어났어요.」

눈을 감고 머리를 등받이에 기대고 있던 셜록 홈스는 이 말에 반쯤 눈을 뜨고 방문객을 쳐다보았다.

「세세한 것까지 정확히 말씀해 주세요.」홈스가 말했다.

「모두 말씀드리지요. 그 끔찍한 날에 벌어진 모든 일을 생생히 기억하고 있거든요. 아까도 말씀드렸지만, 장원의 저택이 굉장히 낡아서 지금은 한쪽 날개 부분만 사용하고 있어요. 가족의 침실은 모두 1층에 있고, 거실은 건물의 중앙 부분에 있죠. 이 침실 중에서 첫 번째 방은 로일롯 박사의 방이고, 두 번째가 줄리아 방, 세 번째가 제 방이에요. 방끼리 통하는 문은 없지만, 모두 같은 복도로 문이 나 있죠. 무슨 말인지 아시겠죠?」

「완벽하게 알겠습니다.」

「세 방의 창문은 잔디 정원으로 나 있죠. 그날 운명의 밤에 의붓아버지는 일찍 방에 들어가셨지만, 우리는 의붓아버지가 잠자리에 들지 않았다는 걸 알았죠. 의붓아버지는 인도 시가를 피우는 습관이 있는데, 지독한 냄새 때문에 언니가 힘들어했어요. 그래서 줄리아는 제 방으로 왔고, 며칠 안 남은 결혼식에 관해 한동안 수다를 떨었죠. 11시가 되자 줄리아가 일어서서 나갔는데, 문간에서 멈추고 돌아보더군요.

〈있잖아, 헬렌. 한밤중에 누가 휘파람 부는 소리 들은 적 없어?〉

〈아니, 없는데.〉

〈네가 잠결에 휘파람을 부는 건 아니겠지?〉

〈말도 안 되는 소리. 그런데 왜?〉

〈며칠 전부터 밤마다, 새벽 3시쯤에 낮고 또렷한 휘파람 소리가 들렸거든. 난 잠귀가 밝아서 그 소리에 깨곤 했어. 어디서 나는지는 모르겠어. 옆방 같기도 하고, 잔디밭 같기도 하고. 그래서 너도 그 소리를 들었는지 물어보고 싶었어.〉

〈아니, 난 들은 적 없어. 농장에 있는 가련한 집시들 소리였겠지.〉

〈그럴 수도 있겠다. 하지만 잔디밭에서 난 소리라면 네가 못 들은 게 이상하잖아.〉

〈아, 난 언니보다 깊이 잠들잖아.〉

〈그래, 어쨌거나 중요한 일은 아니니까.〉 언니는 나를 보며 미소 지은 뒤 문을 닫았고, 잠시 후 언니가 열쇠로 자물쇠를 돌리는 소리가 들렸죠.」

「그런데 두 분이 항상 밤에 방문을 잠그나요?」 홈스가 물었다.

「항상요.」

「이유가 있습니까?」

「의붓아버지가 치타와 개코원숭이를 키운다고 말씀드렸잖아요. 방문을 잠그지 않으면 도무지 마음이 놓이지 않았어요.」

「그렇군요. 말씀 계속하시죠.」

「그날 밤 저는 잠을 이룰 수 없었어요. 뭔가 불행한 일이 닥칠 것 같은 예감이 엄습해 왔거든요. 말씀드렸다시피 언니와 저는 쌍둥이예요. 그렇게 가까운 관계인 두 영혼이 얼마나 신비스럽게 연결되어 있는지는 아시겠지요. 심란한 밤이었어요. 바람은 밖에서 윙윙거리고 있었고, 비는 창문을 때리고 있었죠. 그런데 갑자기, 아우성치는 비바람 속에서 겁에 질린 여자의 찢어지는 듯한 비명이 들렸어요. 언니의 목소리였죠. 저는 침대에서 뛰어내려 숄을 두르고 복도로 달려나갔어요. 문을 여는 순간, 언니가 말했던 낮은 휘파람 소리가 들리는 것 같더니, 잠시 후 어떤 금속 덩어리가 떨어졌는지 쟁강 하는 소리가 들렸어요. 복도를 달려가는 사이 언니의 방문 잠금쇠가 풀리고 문이 천천히 열리더군요. 거기서 뭐가 나올지 몰라 저는 겁에 질린 채 가만히 쳐다보았어요. 복도 램프가 켜져 있어서 문간에 나타난 언니의 모습이 보였죠. 얼굴은 공포로 하얗게 질리고, 도움을 청하듯 손을 허우적거리면서 술 취한 사람처럼 앞뒤로 비틀거렸어요. 저는 얼른 달려가서 언니를 껴안았지만, 그 순간 언니는 무릎이 풀렸는지 바닥에 쓰러지더군요. 언니는 끔찍한 고통이 덮친 사람처럼 온몸을 뒤틀었고, 팔다리는 심하게 경련을 일으켰죠. 처음에는 언니가 날 알아보지 못한 줄 알았는데, 가까이 몸을 숙이자 평생 잊지 못할 소리로 갑자기 날카롭게 소리 질렀어요. 〈세상에, 헬렌! 그건 띠였어! 얼룩무늬 띠!〉 무언가 다른 할 말이 있었는지 손가락으로 의붓아버지의 방을 가리켰어요. 하지만 다시 경련이 일어나 언니의 말을 삼켜 버렸죠. 저는 큰 소리로 의붓아버지를 부르며 달려갔고, 의붓아버지는 실내복을 입고 급하게 방을 나왔죠. 하지만 의붓아버지가 도착했을 때 언니는 의식이 없었고, 의붓아버지가 언니의 목구멍에 브랜디를 흘려 넣고 마을에 사람을 보내 의사도 불렀지만, 모든 게 허사였어요. 언니는 천천히 가라앉듯 의식을 되찾지 못한 채 숨을 거두었거든요. 사랑하는 언니 줄리아는 그렇게 끔찍하게 죽었어요.」

「잠시만요.」 홈스가 끼어들었다. 「그 휘파람과 금속성 소리를 분명히 들었나요? 확실합니까?」

「사인 심문에서 검시관이 바로 그 질문을 하더군요. 분명 들은 것 같기는 한데, 강풍이 몰아치고 집이 낡아 삐걱거리곤 했기 때문에 제가 착각했을 수도 있어요.」

「언니는 옷을 차려입고 있었나요?」

「아뇨, 잠옷 차림이었어요. 오른손에 타다 남은 성냥개비 밑동을, 왼손에는 성냥갑을 쥐고 있더군요.」

「뭔가에 놀라 불을 붙여서 주변을 살폈다는 얘기군요. 중요한 대목입니다. 그렇다면 검시관은 뭐라고 결론을 내렸지요?」

「검시관은 아주 꼼꼼하게 조사했어요. 동네에서 로일롯 박사의 행실은 오래전부터 악명이 높았거든요. 하지만 만족할 만한 사인을 찾아내지는 못했어요. 방문은 안쪽에서 잠겨 있었고, 창문은 넓은 쇠 빗장이 달린 옛날식 덧문으로 막혀 있었는데, 매일 밤 빗장을 걸어 놓거든요. 꼼꼼하게 벽을 두드려 보기도 했지만 사방이 견고한 상태였고, 바닥도 철저히 확인했는데 결과는 마찬가지였죠. 굴뚝이 넓긴 해도 큼직한 창살 네 개로 막혀 있어요. 그러니까 언니는 사건이 일어났을 때 혼자 있었던 게 틀림없어요. 게다가 몸에 폭행을 당한 흔적도 전혀 없었고요.」

「독극물 검사는 했나요?」

「의사들이 검사했지만, 나온 게 없었죠.」

「그렇다면 줄리아의 사망 원인은 무엇일까요?」

「형언할 수 없는 공포로 인한 신경 발작으로 죽은 것 같아요. 무엇이 그렇게 무서웠는지는 짐작이 가지 않지만요.」

「사건 당시 농장에 집시들이 있었나요?」

「네, 거의 항상 몇 명은 있어요.」

「그렇군요. 언니가 띠를 언급했는데, 얼룩무늬 띠가 뭔지 짐작 가는 게 있나요?」

「그저 의식이 혼미해서 나온 헛소리다 싶다가도 어떤 때는 띠가 아니라 떼[3]였을 거다, 어쩌면 농장의 집시들을 가리키는 말이 아니었을까 하는 생각이 들어요. 혹시 집시들이 머리에 두르고 다니는 얼룩무늬 손수건을 가리켰는지도 모르겠어요.」

홈스는 전혀 만족스럽지 않다는 듯 고개를 저었다.

「그것 참 어려운 문제군요.」 그가 말했다. 「계속 말씀하시죠.」

「그 후로 2년이 지났고, 얼마 전까지만 해도 저는 어느 때보다 외롭게 살았어요. 그런데 두 달 전, 오랫동안 알고 지낸 한 친구가 영광스럽게도 저에게 청혼했지 뭐예요. 그 사람 이름은 아미티지, 퍼시 아미티지예요. 레딩 근처 크레인 워

---

3 〈띠〉를 뜻하는 〈band〉에는 〈무리〉, 〈떼〉라는 뜻도 있다.

터에 사는 아미티지 씨의 둘째 아들이죠. 의붓아버지도 결혼을 반대하지 않으셔서 봄이 오면 결혼할 예정이에요. 그런데 이틀 전부터 우리 집의 서쪽 날개 건물에 보수 공사를 시작하면서 내 침실 벽을 뚫어 버리는 바람에, 저는 언니가 죽음을 맞은 방으로 옮겨서 언니가 쓰던 침대에서 자야 했어요. 어젯밤에 잠이 오지 않아 언니의 끔찍한 운명을 생각하고 있었는데, 밤의 적막 속에서 갑자기 낮은 휘파람 소리가 들리지 않겠어요. 언니의 죽음의 전주곡이었던 그 소리를 듣고 제가 얼마나 무서웠을지 상상해 보세요. 저는 벌떡 일어나 램프를 밝혔지만, 방 안에는 아무것도 없었어요. 너무 떨린 나머지 다시 잠을 청할 수가 없어서 옷을 갈아입고는 동이 트자마자 집을 빠져나왔죠. 맞은편에 있는 크라운 여관 앞에서 이륜마차를 잡아타고 레더헤드로 향했고, 선생님을 만나 조언을 구하려는 일념 하나로 이 아침에 달려온 거예요.」

「잘하셨습니다. 그런데 더 하실 말씀은 없나요?」

「네, 다 했는데요.」

「스토너 양, 그렇지 않아요. 아가씨는 의붓아버지를 감싸고 있어요.」

「아니, 무슨 말씀이세요?」

홈스는 대답 대신 우리 방문객이 무릎에 얹고 있는 손을 덮은 검은 레이스 자락을 걷어 올렸다. 작지만 선명한 다섯 개의 멍 자국, 엄지손가락과 네 손가락 자국이 하얀 손목에 찍혀 있었다.

「학대를 당하고 있군요.」 홈스가 말했다.

스토너 양이 얼굴을 붉히며 멍든 손목을 가렸다. 「우악스러운 분이에요. 아마 자기 힘이 얼마나 센지 잘 모르고 계실 거예요.」

긴 침묵이 흘렀다. 홈스는 양손에 턱을 괸 채 타닥거리는 난롯불을 바라보았다.

「아주 난감한 사건이네요.」 마침내 홈스가 입을 열었다. 「행동 방침을 결정하기 전에 알아야 할 것들이 아주 많아요. 하지만 지체할 시간이 없습니다. 오늘 우리가 스토크 모런에 가면, 의붓아버지 모르게 그 방들을 살펴볼 수 있을까요?」

「마침 오늘 중요한 일이 있어서 런던에 오신다고 했어요. 아마 종일 집을 비우실 테고, 선생님을 방해할 것은 없을 거예요. 가정부가 한 명 있지만, 나이가 많고 어수룩하니 걸리적거리지 않게 다른 데 보내 버리면 될 거예요.」

「잘됐군요. 왓슨, 자네도 같이 가겠나?」

「당연하지.」

「좋아. 아가씨는 어떻게 하실 건가요?」

「런던에 온 김에 하고 싶은 일이 한두 가지 있어요. 12시 기차로 돌아가는데, 두 분이 오시는 시간에 맞춰서 집에 있을게요.」

「저희는 오후 일찍 도착할 겁니다. 저도 몇 가지 사소한 일을 처리해야 해서요. 기다렸다가 아침 식사 하고 가실래요?」

「아뇨, 가봐야 해요. 선생님께 제 문제를 털어놓고 나니 벌써 마음이 가벼워졌어요. 그럼 오후에 다시 뵐게요.」 스토너 양은 얼굴 위로 두꺼운 검정 베일을 늘어뜨리고 미끄러지듯

방을 나갔다.

「이 모든 일을 어떻게 생각하나, 왓슨?」 셜록 홈스가 의자에 뒤로 기대며 물었다.

「정말 음침하고 사악한 일 같은데.」

「충분히 음침하고 충분히 사악하지.」

「하지만 저 아가씨 말대로 방바닥과 벽이 견고하고, 문이며 창문, 굴뚝으로 뭐든 침입할 수 없다면, 언니는 분명 혼자 있다가 알 수 없는 이유로 죽음을 맞은 게 분명하지 않은가.」

「그렇다면 한밤의 휘파람이며 언니가 죽어 가면서 남긴 이상한 말은 다 뭐란 말인가?」

「전혀 모르겠어.」

「한밤의 휘파람, 이 나이 많은 의사와 친하게 지내는 집시들의 존재, 의사가 의붓딸의 결혼을 원치 않을 이유가 충분하다는 사실, 죽으면서 남긴 띠 이야기, 그리고 마지막으로 헬렌 스토너 양이 들은 금속성 소리, 아마 덧문을 걸어 놓는 금속 빗장이 떨어지면서 났을 법한 소리까지 모두 종합했을 때, 일련의 단서를 따라가다 보면 수수께끼를 풀 수 있을 것 같군.」

「그렇다면 집시들이 무슨 짓을 한 걸까?」

「그야 모르지.」

「그 이론에는 허점이 많아 보여.」

「내 생각도 그래. 바로 그래서 오늘 우리가 스토크 모런으로 가는 거야. 지금 보이는 허점이 치명적인지 아니면 설명할 수 있는 것인지 확인해야지. 아니, 이런 빌어먹을!」

그 외침은 내 친구의 입에서 튀어나온 소리였다. 방문이 갑자기 벌컥 열리고, 문간에 거구의 남자가 나타났기 때문이다. 전문직 종사자의 느낌과 농부의 느낌이 기묘하게 뒤섞인 옷차림을 한 남자였다. 검은 실크해트에 긴 프록코트, 무릎까지 올라오는 각반을 착용했는데, 손에 사냥용 채찍을 들고 흔들고 있었다. 키가 굉장히 커서 모자는 문틀에 닿았고, 몸통은 문틀을 꽉 채운 것처럼 보였다. 넓적한 얼굴은 주름이 자글자글하고 햇빛에 누렇게 그을렸으며 온갖 욕심이 덕지덕지 묻어 있는 듯했다. 그가 우리 두 사람을 번갈아 노려보았다. 움푹 파여 증오로 이글거리는 눈과 살점 없이 가늘고 높은 코는 어딘가 사나운 맹금류를 닮은 데가 있었다.

　「누가 홈스요?」 난데없이 나타난 남자가 물었다.

　「접니다. 그런데 저는 선생님을 처음 뵙습니다만.」 내 친구가 조용히 말했다.

　「스토크 모런의 그림즈비 로일롯 박사요.」

　「아, 그러시군요.」 홈스가 차분하게 말했다. 「앉으시지요.」

　「앉을 생각은 없소이다. 내 의붓딸이 여기 왔었지. 내가 그 아이를 미행했소. 댁한테 뭐라고 합디까?」

　「이맘때치고는 날이 좀 춥습니다.」 홈스가 말했다.

　「그 아이가 뭐라고 했냐니까!」 노인이 버럭 소리를 질렀다.

　「하지만 크로커스는 만발할 거라지요.」 내 친구는 태연하게 말을 이었다.

　「하! 아주 날 무시하는 거야?」 우리의 새 방문객이 한 발짝 앞으로 나서며 사냥 채찍을 흔들었다. 「난 네가 누군지 알아,

이 건달 같은 놈! 네 얘기를 들은 적 있지. 참견쟁이 홈스 잖아.」

내 친구가 미소를 지었다.

「간섭꾼 홈스!」

친구의 미소가 커졌다.

「런던 경찰국의 건방진 똘마니 홈스.」

홈스가 껄껄 웃었다. 「말씀 정말 재미나게 하십니다. 나가 실 때는 문을 닫아 주시죠, 바깥바람이 차서요.」

「할 말이 끝나면 어련히 알아서 가지. 내 일에 참견할 생각 마. 스토너 계집애가 여기 왔다 간 거 다 알아. 내가 뒤를 쫓 았어! 날 건드리면 뼈도 못 추릴 거야! 이것 보라고.」로일롯 이 재빨리 앞으로 나서서 부지깽이를 잡더니 갈색으로 그을 린 커다란 손으로 구부렸다.

「내 손에 걸리지 않는 편이 좋을 거야.」로일롯은 으르렁거 리고는 구부러진 부지깽이를 벽난로에 던진 후 성큼성큼 방 을 나갔다.

「아주 귀여운 분이야.」홈스가 웃으며 말했다. 「내 비록 덩 치는 크지 않아도 손아귀 힘이 저 양반 못지않다는 걸 보여 주려고 했는데 가버렸군.」홈스는 이렇게 말하며 쇠 부지깽 이를 집어 들더니 순식간에 도로 펴놓았다.

「참, 나를 경찰 나부랭이와 헷갈리다니 무례해도 유분수 지! 하지만 덕분에 조사할 의욕이 불끈 솟는군. 조심성 없이 저 짐승 같은 노인한테 미행당한 우리 숙녀분이 무사해야 할 텐데. 그럼, 왓슨. 아침이나 먹자고. 난 식사 후에 민법 박사

회관[4]에 가서, 이 사건에 도움이 될 만한 자료를 좀 찾아볼 생각이야.」

셜록 홈스는 1시가 다 되어서야 돌아왔다. 손에는 메모와 휘갈겨 쓴 숫자가 적힌 푸른색 종이 한 장을 들고 있었다.

「사망한 로일롯 아내의 유언장을 살펴봤네. 유산의 정확한 가치를 파악하기 위해서 관련된 투자금의 현재 가격을 계산해야 했지. 총 수익금은 아내가 사망할 당시 1천1백 파운드에 조금 못 미쳤는데, 지금은 농산물 가격이 폭락해서 750파운드밖에 안 돼. 두 딸이 결혼할 경우 각각 250파운드씩 받을 수 있지. 그러므로 두 딸 모두 결혼한다면, 이 양반은 푼돈만 만지게 되고, 두 딸 중 한 명만 결혼해도 분명 심각한 타격을 받을 거야. 오전 외출이 헛되지는 않았어. 어떤 식으로든 결혼을 방해하려는 막강한 동기가 있음이 증명되었으니까 말이야. 그런데 왓슨, 일이 심각해서 꾸물거리면 안 되겠어. 특히나 우리가 관심이 있다는 사실을 노인이 알고 있는 만큼, 준비되었다면 마차를 타고 워털루역으로 달려가자고. 그리고 자네 권총을 가져가면 고맙겠어. 엘리 넘버 투[5] 정

4 런던에서 교회법과 로마법을 전공한 변호사들이 자율적으로 운영하던 교육 기관. 찰스 디킨스에 따르면 민법 박사 회관은 〈누구나 아는 곳〉으로, 〈사랑의 열병을 앓는 연인들에게 결혼 허가증을 내주고, 배신한 부부를 이혼시키고, 남길 재산이 있는 사람들의 유언장을 등록하고, 숙녀에게 무례하게 대한 성급한 신사들을 벌주는 곳이기 때문이다.〉(「민법 박사 회관」, 『보즈 스케치』, 1836년)
5 원래 〈웨블리 넘버 투〉를 말하려 했을 것이다. 코넌 도일은 그 권총과 탄약통을 혼동했는데, 탄약통에는 큰 글씨로 〈엘리〉, 작은 글씨로 〈웨블리 넘버

도면 쇠 부지깽이를 마음대로 주무르는 신사와 붙기에는 아주 제격이지. 칫솔 하나만 더 가져가면 될 거야.」

워털루역에서 우리는 운 좋게 레더헤드행 열차를 탈 수 있었고, 도착해서는 역전 여관에서 이륜마차를 빌려 서리주의 아름다운 시골길을 따라 7~8킬로미터를 달렸다. 하늘에 눈부신 태양과 솜털 구름이 떠 있는 완벽한 날씨였다. 나무들과 길가의 산울타리는 막 초록의 새순을 틔우고 있었고, 촉촉한 흙냄새가 기분 좋게 퍼져 있었다. 다가올 봄의 달콤한 약속과 우리가 맡은 이 불길한 사건의 대조가 기묘하게 느껴졌다. 홈스는 팔짱을 끼고, 눈을 가릴 정도로 모자를 눌러쓰고, 턱을 가슴에 붙인 채 이륜마차 앞자리에 앉아 깊은 생각에 잠겨 있었다. 그러다 갑자기 내 어깨를 두드리더니 목초지 너머를 가리켰다.

「저기 봐!」 그가 말했다.

완만한 비탈 위로 나무가 빽빽이 들어선 공원이 펼쳐져 있었고, 꼭대기 부근에는 숲이 우거져 있었다. 나뭇가지들 사이로 아주 낡은 저택의 회색 박공과 튀어나온 높은 마룻대가 보였다.

「스토크 모런인가요?」 홈스가 물었다.

「네. 저기가 그림즈비 로일롯 박사님 댁입니다.」 마부가 대답했다.

「저기서 보수 공사를 한다는데, 거기로 가주세요.」 홈스가 말했다.

투 권총용〉이라고 쓰여 있었다.

「마을은 저기예요.」마부는 왼쪽으로 멀찍이 옹기종기 모여 있는 지붕들을 가리켰다. 「하지만 그 저택에 가실 거라면 이쪽 울타리 디딤대를 넘어 들판을 가로지르는 편이 더 빨라요. 저기 말입니다. 저 숙녀가 걷고 있는 곳이오.」

「아, 저 숙녀가 스토너 양 같은데.」홈스가 손으로 눈 위에 차양을 만들며 쳐다보았다. 「그래요, 그러는 게 낫겠군요.」

우리는 마차에서 내려 삯을 치렀고, 마차는 덜컹거리며 레더헤드를 향해 돌아갔다.

「내 생각엔 말이야.」홈스가 디딤대를 올라가며 말했다. 「저 마부가 우리를 건축가로 여기거나, 무슨 사업상 볼일이 있어서 온 사람들이라 생각하는 편이 나을 것 같았어. 그러면 쓸데없는 소문은 나지 않겠지. 안녕하세요, 스토너 양. 약속대로 우리가 왔습니다.」

아침에 황급히 우리를 찾아왔던 의뢰인이 반갑게 우리를 맞았다. 「정말 애타게 기다리고 있었어요.」스토너 양이 따뜻하게 우리 손을 잡으며 소리쳤다. 「모두 잘됐어요. 로일롯 박사는 런던에 가셨으니 저녁이 되어야 돌아올 거예요.」

「우리는 이미 로일롯 박사와 안면을 텄습니다.」홈스는 무슨 일이 있었는지 간단히 설명했다. 귀를 기울이던 스토너 양은 입술까지 창백해졌다.

「맙소사! 나를 미행했던 거군요.」

「그런 것 같습니다.」

「정말 교활한 사람이라 한시도 마음을 놓을 수가 없네요. 돌아와서 뭐라고 하실까요?」

「로일롯 박사는 자기 앞가림이나 해야 할 겁니다. 자기보다 더 교활한 존재가 자기를 쫓고 있음을 깨달을 테니까요. 오늘 밤 로일롯 박사가 들어오지 못하게 방문을 꼭 잠그세요. 혹시라도 그가 폭력을 쓴다면, 저희가 스토너 양을 해로의 이모 댁으로 데려갈 겁니다. 지금은 시간이 별로 없으니, 당장은 우리가 조사해야 할 방들로 안내해 주시죠.」

스토크 모런은 곳곳에 이끼가 긴 회색 석조 저택이었고, 높은 중앙 현관 양쪽으로 게의 집게발처럼 곡선을 그리며 두 날개에 해당하는 부분이 뻗어 있었다. 한쪽 날개 건물은 창문마다 유리가 깨져 나무판자로 막아 놓았고, 지붕은 일부가 꺼져 있어서 폐가 같았다. 중앙 현관도 상태가 별로 나을 것 없었지만, 오른쪽 날개 건물은 비교적 신식이었다. 창문마다 블라인드가 달려 있고 굴뚝에서는 푸른 연기가 피어올라 가족이 생활하는 공간임을 말해 주었다. 건물 끝 쪽 벽에 비계들이 세워져 있었고, 석축 작업을 시작한 모양이었지만 우리가 갔을 때는 일꾼들이 보이지 않았다. 홈스는 제대로 손질하지 않은 잔디밭을 천천히 오락가락하면서 창문 바깥쪽을 주의 깊게 살펴보았다.

「이쪽이 스토너 양이 쓰던 방 창문이고, 가운데가 언니가 쓰던 방 창문, 중앙 건물 옆이 로일롯 박사의 방 창문이군요?」

「맞아요. 하지만 저는 지금 가운데 방에서 자고 있어요.」

「수리를 마칠 때까지 임시로 쓰는 거군요. 그런데 저 끝 쪽 벽을 급히 수리해야 할 이유는 없어 보이는데요.」

「전혀 그럴 이유가 없어요. 아마 저더러 방을 옮기게 하려는 구실 같아요.」

「아! 그거 의미심장한 말입니다. 그런데 이 좁은 날개 건물 뒤쪽에 세 방으로 통하는 복도가 있군요. 복도에도 물론 창문이 있겠죠?」

「네, 하지만 창문이 아주 작아요. 너무 좁아서 사람이 드나들지는 못해요.」

「스토너 양과 언니 두 분 모두 밤에 방문을 잠갔으니, 그쪽에서는 방에 들어갈 수가 없겠군요. 그럼 방에 들어가 덧문에 빗장을 걸어 주시겠습니까?」

스토너 양은 시킨 대로 했고, 홈스는 열린 창문을 통해 꼼꼼히 살펴본 다음 온갖 방법으로 열어 보려고 했지만, 덧문은 꿈쩍도 하지 않았다. 빗장을 들어 올릴 칼끝 하나 들어갈 틈이 없었다. 그런 뒤엔 확대경으로 경첩을 살폈지만, 경첩은 튼튼한 쇠로 되어 있었고 거대한 돌벽에 단단히 박혀 있었다. 「흠!」 홈스는 약간 당혹스럽게 턱을 긁적거렸다. 「내 이론이 난관에 부딪혔군. 빗장이 걸려 있다면 이 덧문으로는 누구도 들어갈 수 없겠어. 그럼 집 안으로 들어가서 단서를 찾아봐야겠어.」

작은 옆문으로 들어가자 세 개의 방문이 나란히 나 있는 하얗게 칠한 복도가 나왔다. 홈스가 세 번째 방은 볼 필요가 없다고 해서, 우리는 곧바로 두 번째 방, 즉 지금 스토너 양이 자는 방이자 언니가 죽음을 맞았던 방으로 들어갔다. 낮은 천장과 커다란 벽난로가 있는, 옛날 시골 저택풍으로 지어진 아늑한 작은 방이었다. 한구석에는 갈색 서랍장이 있었고,

다른 쪽 구석에는 하얀 침대보를 씌운 좁은 침대가 있었으며, 창문 왼쪽에 화장대가 있었다. 가구라고는 이 세 가지와 작은 고리버들 의자 두 개가 전부였고, 가운데에는 정사각형의 윌턴 카펫이 깔려 있었다. 사방의 벽은 벌레 먹은 갈색 오크 판자로 둘러져 있었는데, 굉장히 낡고 색이 바랜 상태로 보아 처음 집을 지은 이후 한 번도 갈지 않은 것 같았다. 홈스는 의자 하나를 구석으로 끌고 가 앉아서는, 이쪽저쪽 위아래로 눈을 굴리면서 방 안의 모든 것을 샅샅이 살폈다.

「저 설렁줄은 어디와 연결되어 있습니까?」 홈스가 마침내 침대 옆에 늘어진 굵은 설렁줄을 가리키며 물었다. 줄 끝에 달린 술이 베개 위까지 늘어져 있었다.

「가정부의 방과 연결되어 있어요.」

「다른 것들보다는 새것으로 보이는데요?」

「네, 불과 2년 전에 설치한 거예요.」

「언니분이 부탁한 거군요?」

「아뇨, 언니가 저걸 사용했다는 얘기는 들어 본 적이 없어요. 저희는 필요한 일은 항상 직접 했거든요.」

「그렇다면 저렇게 근사한 설렁줄은 필요가 없었겠네요. 괜찮으시다면 잠깐 바닥 좀 살펴보겠습니다.」 홈스는 확대경을 들고 바닥에 엎드려 재빨리 앞뒤로 기어다니면서 마루 판자 사이의 틈을 꼼꼼히 살폈다. 벽을 두른 나무판자도 똑같이 살펴보았다. 마침내 홈스는 침대 쪽으로 걸어가서 한동안 침대를 바라보더니, 벽을 위아래로 훑었다. 마지막으로 설렁줄을 잡고 세게 잡아당겼다.

「뭐야, 이거 엉터리잖아.」그가 말했다.

「종이 안 울려요?」

「네, 심지어 줄에 연결되어 있지도 않았네요. 정말 흥미로운데요. 잘 보시면 작은 환기구 바로 위의 고리에 묶여 있잖아요.」

「기가 막혀! 한 번도 눈여겨보지 않았어요.」

「정말 이상하군!」홈스가 줄을 당기면서 중얼거렸다. 「이 방에는 아주 묘한 점이 한두 가지 있어요. 이를테면 어떤 바보 같은 건축업자가 환기구를 옆방으로 낼까요. 같은 수고를 하는 거라면 바깥으로 내야 했을 텐데 말입니다!」

「환기구도 얼마 전에야 만든 거예요.」스토너 양이 말했다.

「저 설렁줄과 같은 시기에 만든 거죠?」홈스가 물었다.

「네, 그 무렵에 몇 가지를 소소하게 고쳤거든요.」

「그게 가장 흥미로운 특징인 것 같군요. 먹통 설렁줄, 환기가 안 되는 환기구라. 스토너 양, 괜찮으시다면 안쪽 방을 살펴볼까 합니다.」

그림즈비 로일롯 박사의 방은 의붓딸의 방보다 컸지만, 가구는 소박했다. 야전 침대, 기술서가 빼곡히 꽂힌 작은 나무 선반, 침대 옆 안락의자, 벽 쪽에 놓인 평범한 나무 의자, 둥근 탁자, 그리고 커다란 철제 금고 등이 우선 눈에 들어오는 굵직한 물건들이었다. 홈스는 천천히 걸으며 하나하나를 매우 흥미롭게 살폈다.

「이 안에 뭐가 있나요?」홈스가 금고를 두드리며 물었다.

「의붓아버지의 서류요.」

「아! 금고 안을 본 적이 있군요?」

「몇 년 전에 딱 한 번요. 서류가 가득했던 걸로 기억해요.」

「이를테면 고양이 같은 건 없나요?」

「네. 무슨 그런 이상한 생각을!」

「그런가요, 여기 보시죠!」 홈스는 금고 위에 놓인 작은 우유 접시를 집어 들었다.

「아니에요. 고양이는 안 키워요. 치타와 개코원숭이는 있지만요.」

「아, 물론이죠! 뭐, 치타도 큰 고양이니까. 하지만 우유 한 접시로는 치타의 먹성을 감당하지 못할 텐데요. 확실히 해 두고 싶은 게 하나 있습니다.」 홈스는 나무 의자 앞에 쪼그려 앉더니 의자의 앉는 부분을 주의 깊게 살폈다.

「고맙습니다. 이제 알겠습니다.」 홈스는 확대경을 주머니에 넣으며 일어섰다. 「이런! 여기 흥미로운 게 있네요!」

그의 눈길을 끈 것은 침대 모서리에 걸린 작은 채찍이었다. 둥그렇게 고리가 지어져 있었다.

「왓슨, 저게 뭐 같나?」

「그냥 평범한 채찍인데. 왜 저걸 고리 지어 놓았는지는 모르겠군.」

「그렇게 평범하지는 않은데? 아, 이런! 참으로 무서운 세상이로군. 영리한 사람이 범죄에 머리를 쓰면 그야말로 최악의 결과가 빚어지지. 스토너 양, 이제 충분히 본 것 같습니다. 괜찮다면 잔디밭을 좀 걷겠습니다.」

조사를 마치고 돌아서는 친구의 얼굴은 어느 때보다 어둡고 잔뜩 찌푸려져 있었다. 우리는 잔디밭을 여러 번 오락가락했지만, 스토너 양도 나도 홈스를 방해할 엄두를 내지 못했다. 마침내 홈스가 깊은 생각에서 깨어났다.

「이건 매우 중대한 문제입니다, 스토너 양. 부디 모든 면에서 내가 충고한 대로 철저히 따르셔야 합니다.」

「꼭 그렇게 할게요.」

「일이 너무 심각해서 조금도 머뭇거리면 안 됩니다. 말씀드린 대로 해야 목숨을 구할 수 있어요.」

「틀림없이 말씀하신 대로 할게요.」

「우선 이 친구와 저는 아가씨 방에서 밤을 보내겠습니다.」

스토너 양과 나는 깜짝 놀라 홈스를 쳐다보았다.

「네, 그렇게 해야 합니다. 자세히 말씀드리죠. 저기 보이는 게 마을 여관 맞죠?」

「네, 〈크라운〉이라는 여관이에요.」

「좋습니다. 거기서 아가씨 방 창문이 보일까요?」

「보일 거예요.」

「의붓아버지가 돌아오면 머리 아프다는 핑계를 대고 방에서 나오지 마세요. 그러다가 그가 침실로 들어가는 소리가 들리면, 창문의 덧문을 열고 걸쇠를 푼 뒤 창틀에 램프를 놓아 우리에게 신호하세요. 그런 다음 필요한 물건을 챙겨서 전에 쓰던 방으로 가세요. 수리 중이긴 하지만, 하룻밤 지내는 데 무리는 없을 겁니다.」

「아, 네. 그럼요.」

「나머지는 우리에게 맡겨 주세요.」

「어떻게 하시려고요?」

「우리는 아가씨 방에서 밤을 보내겠습니다. 한밤중에 나는 이상한 소리가 어디서 나는지 조사해야죠.」

「홈스 선생님, 벌써 뭔가를 알아내셨군요.」 스토너 양이 내 친구의 옷소매를 잡으며 말했다.

「그런 것 같습니다.」

「그렇다면 언니가 죽은 이유를 말씀해 주세요.」

「증거가 더 확실해지면 말씀드리는 편이 나을 것 같군요.」

「적어도 제 생각이 맞는지 말씀해 주세요. 언니가 갑작스러운 공포 때문에 결국 죽음에 이르렀는지를 말이에요.」

「아니, 그건 아닐 겁니다. 아마 더 직접적인 사인이 있을 거예요. 스토너 양, 우리는 지금 가봐야겠어요. 로일롯 박사 눈에 띄기라도 하면 죄다 헛수고가 될 테니까요. 몸조심하시고 용기를 잃지 마세요. 말씀드린 대로만 한다면, 위험에서 벗어나 편히 쉴 수 있을 테니까요.」

셜록 홈스와 나는 어렵지 않게 크라운 여관에서 거실 딸린 방을 잡았다. 방은 2층에 있었으므로, 창문을 통해 스토크 모런 저택의 커다란 대문과, 침실이 있는 날개 부분이 한눈에 보였다. 땅거미가 질 무렵 그림즈비 로일롯 박사가 마차를 타고 지나가는 모습이 보였다. 마차를 모는 자그마한 소년에 비해 박사의 거대한 몸집은 무시무시해 보였다. 소년이 무거운 철문을 약간 낑낑대며 열자 로일롯 박사의 거친 호통 소리가 들렸고, 화가 나서 소년을 향해 주먹을 휘두르는 모습이 보였다. 이륜마차가 들어가고 몇 분 후, 거실 램프가 밝혀졌는지 나무 사이로 갑자기 불빛 하나가 보였다.

「이보게, 왓슨.」짙어 가는 어둠 속에서 같이 앉아 있을 때 홈스가 말했다. 「오늘 밤 자네를 데려가야 해서 정말 양심의 가책을 느끼네. 분명 위험할 테니까 말이야.」

「내가 도움이 될까?」

「자네가 있으면 정말 좋지.」

「그렇다면 꼭 가야지.」

「정말 고마워.」

「위험하다고 하는 걸 보니 아까 저 집에서 내가 못 본 무언 가를 본 모양이군.」

「아니야, 다만 자네보다 조금 더 추리했을 수는 있겠지. 내 가 본 것은 자네도 다 보았을 거야.」

「설렁줄 말고는 딱히 눈에 띄는 건 없던데. 솔직히 왜 그걸 달아 놨는지 도무지 모르겠지만.」

「환기구도 봤지?」

「응, 하지만 두 방 사이에 작은 구멍이 있는 게 그렇게 이 상한 일인지는 모르겠어. 너무 작아서 쥐 한 마리가 겨우 드 나들 정도였잖아.」

「난 여기 오기 전부터 환기구가 있을 거라고 예상했어.」

「설마, 홈스!」

「아, 그래. 정말이야. 스토너 양의 언니 줄리아가 로일롯 박사의 지독한 시가 냄새 때문에 힘들어했던 거 기억하지? 그렇다면 두 방 사이에 연결 통로가 있다는 얘기야. 아주 작 은 구멍일 거야. 그렇지 않다면 검시관 심문에서 언급되었겠지. 그렇게 해서 환기구가 있다는 것을 추리해 낸 거야.」

「환기구가 있다고 딱히 뭐가 해롭겠나?」

「글쎄, 시기가 일치하니 이상하긴 하잖아. 환기구가 만들어지고, 설렁줄이 걸리고, 침대에서 자던 아가씨가 죽는다. 뭐 떠오르는 게 없어?」

「아직 어떤 관계가 있는지 모르겠어.」

「그 침대에 아주 특이한 점이 있는데, 못 봤어?」

「못 봤어.」

「침대가 바닥에 고정되어 있었어. 그렇게 고정된 침대를 본 적 있나?」

「아니, 못 본 것 같아.」

「줄리아는 침대 위치를 바꿀 수 없었어. 침대는 항상 환기구와 설렁줄과 이어진 위치에 있어야 했어. 아니, 밧줄이라고 해야겠지. 원래 설렁줄로 쓰기 위한 건 아니니까.」

「홈스.」 내가 소리쳤다. 「자네가 무슨 생각을 하는지 어렴풋이 알 것 같네. 우리가 아주 적당한 때에 와서 교활하고 끔찍한 범죄를 아슬아슬하게 막게 된 거로군.」

「아주 교활하고 아주 끔찍한 범죄야. 의사가 나쁜 마음을 먹으면 최악의 범죄자가 되는 법이지. 대담하고 지식도 있으니까. 파머와 프리처드[6]가 이 방면에서 최고였지만 이 남자는 그들보다 한 수 위야. 하지만 왓슨, 우리가 허를 찌를 수

---

6 악명 높은 독살자 윌리엄 파머William Palmer(1824~1856)와 에드워드 윌리엄 프리처드Edward William Pritchard(1825~1865). 둘 다 왕립 외과 대학을 나왔고, 지인들을 독살한 죄로 처형되었다.

있을 거야. 아마 이 밤이 지나기 전에 끔찍한 일이 벌어질 거야. 그러니 조용히 파이프나 한 대 피우며 몇 시간 동안은 기분 전환이나 해보자고.」

9시쯤 나무 사이로 보이던 불빛이 꺼지더니 스토크 모런 저택 부근은 완전한 암흑이 되었다. 두 시간이 느릿느릿 지나갔다. 그러던 중 시계가 11시를 치자, 갑자기 우리 바로 앞에 밝은 불빛 하나가 밝혀졌다.

「기다리던 신호야.」 홈스가 벌떡 일어서며 말했다. 「가운데 창문에 불이 켜졌어.」

홈스는 나가면서 여관 주인과 몇 마디를 나누면서, 늦은 시간에 지인의 집을 방문할 거라 어쩌면 거기서 자고 올 수도 있다고 설명했다. 잠시 후 우리는 캄캄한 길로 나왔다. 쌀쌀한 바람이 얼굴을 때렸고, 우리는 반짝이는 노란 불빛 하나를 길잡이 삼아 막중한 임무를 수행하기 위해 어둠을 뚫고 나아갔다.

저택이 있는 영지 안으로 들어가는 데는 별 어려움이 없었다. 낡은 담장에 보수되지 않은 틈새가 여기저기 나 있었다. 나무 사이를 빠져나온 우리는 잔디밭에 도착해 저택으로 다가갔다. 창문을 넘어 방으로 들어가려는 찰나, 월계수 덤불에서 섬뜩하게 몸이 뒤틀린 어린아이 같은 물체가 튀어나왔다. 그것은 팔다리를 휘저으면서 뛰어내리더니, 날쌔게 잔디밭을 가로질러 어둠 속으로 사라졌다.

「세상에!」 내가 소곤거렸다. 「아까 그거 봤어?」

홈스는 한순간 나만큼이나 놀란 것 같았다. 흥분해서 내 손목을 꽉 쥐었다가 다음 순간 낮게 웃음을 터뜨리며 내 귀에 대고 속삭였다.

「괜찮은 식구인걸.」홈스가 소곤거렸다.「개코원숭이야.」

로일롯 박사가 키운다는 이상한 반려동물들이 그제야 생각났다. 치타 한 마리도 있었으니, 녀석이 어느 순간 우리를 덮칠지도 모를 일이었다. 나는 홈스를 따라 구두를 벗고 침실 안으로 들어간 후에야 비로소 조금 마음이 놓였다. 내 친구는 조용히 덧문을 닫고는 램프를 탁자 위로 옮겨 놓고 방을 한 바퀴 둘러보았다. 모든 것이 낮에 본 그대로였다. 다음 순간 홈스가 살금살금 다가와 내 귀에 두 손을 대고 속삭였는데, 소리가 너무 작아 겨우 이 말만 알아들을 수 있었다.

「아주 작은 소리만 내도 일을 그르치고 말 거야.」

나는 고개를 끄덕여 알아들었다는 표시를 했다.

「불을 끄고 있어야 해. 저쪽 방에서 환기구로 불빛이 보일 테니까.」

나는 다시 고개를 끄덕였다.

「잠들지 마. 자네 목숨이 걸린 일이야. 만일을 위해 권총을 꺼내 둬. 난 침대에 앉아 있을 테니 자네는 저 의자에 앉아.」

나는 권총을 꺼내 탁자 모서리 위에 놓았다.

홈스는 가지고 온 가늘고 긴 회초리를 자기 옆에 놓았다. 옆에는 성냥갑과 양초 토막을 놓았다. 이윽고 홈스가 램프를 끄자 사방에 암흑이 내렸다.

그렇게 무시무시한 불침번을 어떻게 잊을 수 있을까? 내

귀엔 아무 소리도 들리지 않았다. 숨소리도 들리지 않았지만, 바로 몇 걸음 떨어진 곳에 내 친구가 눈을 부릅뜨고 초긴장 상태로 신경을 곤두세우고 앉아 있음을 나는 알고 있었다. 덧문이 모든 빛을 차단해 버린 가운데, 우리는 칠흑 같은 어둠 속에서 기다렸다. 바깥에서 이따금 밤새의 울음소리가 들려왔고, 한번은 우리가 있는 바로 그 방 창문에서 길게 끄는 고양이 울음 같은 소리가 들려, 실제로 치타가 자유로이 돌아다니고 있음을 알 수 있었다. 15분마다 멀리서 무겁게 울리는 교구 시계 소리가 들려왔다. 15분들이 얼마나 길게 느껴지던지! 시계가 12시를 알렸고, 1시, 2시, 그리고 3시가 되었지만, 우리는 조용히 앉아 앞으로 닥칠 일을 기다렸다.

갑자기 환기구가 있는 쪽에서 순간적으로 불빛이 보였다가 곧바로 사라졌다. 이윽고 기름이 타고 금속이 달궈지는 냄새가 코를 찔렀다. 옆방에 있는 사람이 다크 랜턴을 밝힌 것이었다. 살그머니 움직이는 소리가 들리다가 곧 다시 조용해졌지만, 냄새는 더 강해졌다. 30분 동안 나는 귀를 쫑긋 세우고 앉아 있었다. 갑자기 또 다른 소리가 들려왔다. 무언가를 달래는 아주 낮은 소리, 주전자에서 가느다란 수증기가 뿜어 나오는 듯한 소리였다. 순간 홈스가 침대에서 벌떡 일어나 성냥을 켜고는 회초리로 사정없이 설렁줄을 내리쳤다.

「저거 봤나, 왓슨? 봤어?」 홈스가 소리쳤다.

나는 아무것도 보지·못했다. 홈스가 불을 켠 순간 낮지만 또렷한 휘파람 소리를 듣긴 했지만, 어둠에 익숙했던 내 눈은 갑작스러운 불빛 때문에 홈스가 마구 후려치는 것이 무엇인지 전혀 알아보지 못했다. 하지만 그의 얼굴이 무섭도록 하얗게 질려 있었고, 공포와 혐오로 가득한 표정을 지었음은 알 수 있었다.

홈스가 타격을 멈추고 환기구를 올려다보고 있을 때, 갑자기 밤의 침묵을 뚫고서, 어디서도 들은 적 없는 끔찍한 외침이 들렸다. 외침 소리가 점점 더 커지더니, 고통과 두려움과 분노가 모두 섞인 무시무시한 비명으로 터져 나왔다. 이 소리에 멀리 마을에서도, 심지어 멀리 떨어진 교구 목사관에서도 사람들이 잠을 깨어 일어났다고들 한다. 심장이 얼어붙는 것 같아서, 나는 홈스를, 홈스는 나를 가만히 보면서 서 있었고, 그러는 사이 비명의 마지막 메아리는 점점 잦아들어 다시 적막이 내려앉았다.

「저게 무슨 소리일까?」내가 겨우 숨을 내뱉으며 물었다.

「모든 게 끝났다는 뜻이야.」홈스가 대답했다. 「어쨌거나 이렇게 된 게 최선일 거야. 권총 챙겨, 로일롯 박사의 방에 가 봐야겠어.」

홈스는 심각한 얼굴로 램프에 불을 켰고, 앞장서서 복도를 걸어갔다. 그가 방문을 두 번 두드렸지만 아무 대답이 없었다. 그러자 홈스는 문손잡이를 돌려 방으로 들어갔고, 나는 여차하면 발사할 태세로 권총을 들고 바짝 뒤를 따랐다.

우리 눈앞에는 기이한 장면이 펼쳐져 있었다. 탁자에 놓인 가리개가 반쯤 열린 각등이 철제 금고에 환한 빛을 던지고 있었다. 금고 문은 조금 열려 있었다. 탁자 옆 나무 의자에는 그림즈비 로일롯 박사가 긴 회색 실내복을 입고 발목을 드러낸 채 뒤축이 없는 빨간색 터키식 슬리퍼를 신은 차림으로 앉아 있었다. 낮에 보았던 기다란 채찍의 짧은 손잡이가 무릎에 놓여 있었다. 그는 턱을 치켜들고, 공포에 질린 눈으로 천장 한구석을 멍하니 바라보고 있었다. 이마에는 갈색 얼룩이 있는 특이한 노란색 띠가 둘려 있었는데, 그의 머리에 꽉 매여 있는 것처럼 보였다. 우리가 들어갔음에도 로일롯 박사는 소리를 내지도 움직이지도 않았다.

「저 띠! 얼룩무늬 띠!」 홈스가 소곤거렸다.

나는 앞으로 한 발짝 다가갔다. 순간 그 기묘한 머리띠가 움직인다 싶더니, 박사의 머리카락 사이에서 징그러운 뱀이 목을 부풀리며 납작한 다이아몬드 꼴 머리를 일으켰다.

「늪살모사야!」 홈스가 소리쳤다. 「인도에서 가장 치명적인 독사지. 이 뱀한테 물려서 10초도 안 돼 죽었군. 칼을 든 자는 칼로 망하고 함정을 파는 자는 그 함정에 빠진다[7]는 말이 맞네. 이 뱀을 제 굴에 집어넣고 스토너 양을 안전한 곳으로 옮기세. 그리고 카운티 경찰에게 자초지종을 알리자고.」

홈스는 죽은 남자의 무릎에서 재빨리 채찍을 낚아채더니, 고리를 파충류의 목에 던져 걸어 끔찍한 자리에서 그것을 떼어 냈다. 그리고 팔을 뻗은 채 뱀을 옮겨서 철제 금고 안에 던져 넣고는 얼른 문을 닫았다.

이상이 스토크 모런에서 있었던 그림즈비 로일롯 박사의

7 구약 성서의 「전도서」 10장 8절을 떠올리게 한다. 〈함정을 파는 자는 거기에 빠질 것이요, 담을 허는 자는 뱀에게 물리리라.〉

죽음에 관한 내막이다. 이후 우리가 겁에 질린 스토크 양에게 비보를 전했고, 해로의 이모가 보살피도록 아침 열차에 그녀를 태워 보냈으며, 로일롯 박사가 위험한 반려동물을 부주의하게 다루다가 죽음을 맞았다는 결론을 내기까지 경찰 조사가 느릿하게 진행되었다는 소식을 전하면서 그러지 않아도 긴 이야기를 더 길게 늘어놓을 필요는 없을 것이다. 이 사건에 관해 내가 아직 몰랐던 내용은 다음 날 돌아오는 길에 셜록 홈스가 들려주었다.

「처음에 난 전혀 잘못된 결론을 내렸었네, 왓슨. 불충분한 자료를 가지고 추리하는 것이 얼마나 위험한지를 보여 주는 사례지. 집시들의 존재, 그리고 가여운 줄리아가 겁에 질려서 성냥 불빛에 얼핏 보았던 것의 생김새를 설명한 〈띠〉라는 말 때문에 엉뚱한 방향으로 추리해 나갔던 거야. 하지만 그 방에서 사람을 위협하는 것이 무엇이든, 창문이나 문으로 들어왔을 리는 없다는 사실이 분명해지자 곧바로 판단을 수정했는데, 이런 것이 내 장점이지. 자네한테 이미 말했지만, 곧바로 환기구와 침대 위로 늘어져 있던 설렁줄에 관심이 가더군. 줄이 가짜고 침대가 바닥에 고정되어 있다는 것을 발견하자, 밧줄이 환기구를 통과하는 무언가를 위한 다리 역할을 하지 않을까 하는 의혹이 들었어. 곧바로 뱀이 떠올랐고, 로일롯 박사가 인도산 동물을 들여왔다는 이야기와 맞춰 보니, 어쩌면 내가 제대로 짚었을지 모른다는 생각이 들더군. 어떤 화학 실험으로도 검출되지 않을 독을 사용한다는 발상은 동양에서 경험을 쌓은 영리하면서 무자비한 사람이나 떠올릴 만한 거지. 그런 독은 신속하게 효과를 낸다는 점 역시 로일롯 박사에겐 이점이었을 거야. 실제로 뱀이 물었을 때 남긴 작고 검은 두 개의 독니 자국을 알아볼 수 있다면, 정말 예리한 검시관이겠지. 그런 다음 휘파람을 생각해 봤어. 당연히 로일롯 박사는 뱀이 한 짓을 들키지 않도록 날이 밝기 전에 뱀을 불러들여야 했지. 아마 박사는 우리가 봤던 우유를 이용해 뱀을 부르면 그에게 오도록 훈련시켰겠지. 그러고는 뱀이 밧줄을 타고 침대 위로 내려갈 거라고 믿고, 가장 적당할 때 환기구에 뱀을 넣었을 거야. 뱀이 침대에 있는 사람을 물수도, 아닐 수도 있을 테고, 어쩌면 일주일이 지나도록 물리지 않을 수도 있겠지만, 조만간 뱀에 물릴 수밖에 없겠지.

나는 이미 그런 결론을 내린 뒤 로일롯 박사의 방에 들어갔어. 박사의 의자를 살펴보니 의자에 자주 올라서곤 했더군. 환기구에 손을 뻗으려면 그럴 수밖에 없지. 금고와 우유 접시, 그리고 채찍 고리를 확인하고 나니 남아 있던 의혹이 모두 풀리더군. 스토너 양이 들은 쟁강 하는 금속성 소리는 분명 의붓아버지가 무시무시한 뱀을 금고에 넣고 황급히 문을 닫을 때 난 소리일 거야. 그렇게 결론을 내린 후 증거를 찾기 위해 한 일은 자네도 알겠지. 자네도 들었겠지만, 쉬익거리는 뱀의 소리에 당장 불을 켜고 그것을 공격한 거야.」

「그렇게 해서 뱀이 환기구로 도망쳤군.」

「그렇게 해서 뱀은 반대편에 있는 주인에게 돌아갔지. 내 회초리로 세게 얻어맞고 화가 머리끝까지 난 뱀은 눈에 보이는 첫 번째 사람한테 덤벼들었어. 그렇게 보면 나는 그림즈비 로일롯 박사의 죽음에 간접 책임이 있지만, 그렇다고 커다란 양심의 가책을 느낄 것 같지는 않네.」

기술자의 엄지손가락

셜록 홈스와 내가 가까이 지내는 동안 그가 맡은 사건들 중에서, 내가 그에게 소개해 준 사건은 딱 두 건 있었다. 해덜리 씨의 엄지손가락 사건과 미친 워버턴 대령의 사건이다. 예리하고 창의적인 독자라면 워버턴 대령 사건이 더 재미있겠지만, 기이한 발단과 극적인 전개라는 면에서 엄지손가락 사건이 기록할 가치가 더 클 것이다. 비록 놀라운 성과를 거두었던 내 친구의 연역적 추리력이 펼쳐질 기회가 이 사건에서는 많지 않았지만 말이다. 이 사건은 신문에서도 몇 차례 다루어졌지만, 그런 기사가 으레 그렇듯 반 칼럼 분량으로 뭉뚱그려져 있을 때는 별로 흥미롭게 다가오지 않는다. 그에 비해 독자들에게 서서히 사실을 드러내고, 새로운 발견마다 하나의 디딤돌이 되어 완전한 진상을 향해 나아가며 서서히 수수께끼를 밝히게 되는 나의 서술 방식이 훨씬 효과가 있다고 본다. 당시의 상황은 나에게 깊은 인상을 남겼고, 2년이 지난 지금도 그때의 충격이 생생하다.

내가 지금 이야기하려는 사건은 결혼하고 얼마 되지 않은

1889년 여름에 일어났다. 나는 다시 병원을 개업하고 마침 내 홈스와 함께 살던 베이커가의 하숙집을 나오게 되었다. 하지만 계속해서 홈스를 방문했고, 가끔은 그를 설득해 보헤미안의 습관을 버리고 우리 집을 방문하게 만들기도 했다. 병원을 찾는 환자는 꾸준히 늘었는데, 마침 우리 집이 패딩 턴역과 그리 멀지 않았기 때문에 역무원 환자들도 몇몇 있었다. 그중 나의 치료를 받고 오랜 고질병에서 벗어난 역무원은 지칠 줄 모르고 내 실력을 광고해 주었고, 아픈 사람을 볼 때마다 나에게 보내기 위해 두 발 벗고 나서 주었다.

어느 날 아침 7시가 채 되지 않았을 때, 하녀가 문을 두드리는 소리에 잠에서 깼다. 패딩턴역에서 온 두 남자가 진료실에서 나를 기다리고 있다는 것이었다. 경험상 철도 사고는 경상이 거의 없으므로 나는 서둘러 옷을 갈아입고 아래층으로 향했다. 내가 내려가자, 나의 오랜 동맹군인 역무원이 진료실을 나와 등 뒤로 문을 꼭 닫았다.

「여기 데려왔어요.」 그가 엄지손가락으로 어깨 너머를 가리키며 소곤거렸다. 「상태는 괜찮아요.」

「무슨 일입니까?」 내가 물었다. 마치 그가 진료실에 괴물이라도 가둬 놓았다는 듯한 태도였기 때문이다.

역무원이 소곤거렸다. 「환자를 데려왔어요. 다른 데로 새지 않도록 내가 직접 데려와야 할 것 같아서요. 저 방에 멀쩡하게 있습니다. 그럼 이만 가보겠습니다. 선생님처럼 저도 할 일이 많거든요.」 이 믿음직한 호객꾼은 고맙다고 인사할 틈도 주지 않고 나가 버렸다.

진료실에 들어가니 탁자 앞에 한 신사가 앉아 있었다. 혼색 트위드 정장의 수수한 차림이었고, 부드러운 천 모자를 내 책 위에 놓아 두고 있었다. 한 손에는 손수건을 칭칭 감고 있었는데, 온통 핏자국으로 얼룩져 있었다. 나이는 젊어서 스물다섯이 넘지는 않을 듯했고, 강인하고 남성적인 얼굴이었지만 굉장히 창백했다. 심한 불안에 시달리는지 자제력을 잃고 안절부절못하고 있었다.

「이렇게 이른 시간에 찾아와서 죄송합니다. 선생님. 간밤에 아주 심각한 사고를 당해서요. 오늘 아침 기차로 도착했어요. 패딩턴역에서 내려 병원을 찾았더니, 어느 친절하신 분이 여기로 데려다주셨어요. 하녀한테 제 명함을 건넸는데, 그걸 저 간이 탁자에 놓고 나갔네요.」

나는 명함을 들고 훑어보았다. 〈빅터 해설리 씨, 유압 기술자, 빅토리아가 16A번지(3층).〉 그것이 오늘 아침 나를 찾은 환자의 이름과 직업, 거주지였다. 「기다리게 해서 죄송합니다.」 나는 내 사무용 의자에 앉으며 말했다. 「야간열차를 타고 막 오셨군요. 야간 여행은 지루하죠.」

「아, 지난밤에는 전혀 지루하지 않았습니다.」 환자가 말하고는 웃었다. 의자에 뒤로 기댄 채 몸통을 흔들면서 정신없이 웃어 댔는데, 웃음소리가 점점 커졌다. 나는 의학적 본능으로 그 웃음이 병적이라는 사실을 알아챘다.

「그만!」 내가 소리쳤다. 「정신 차리세요!」 나는 유리병에서 물을 따라 주었다.

그러나 소용없었다. 그는 강인한 사람이 엄청난 위기에 맞닥뜨린 후 흔히 보이는 발작성 폭소에서 헤어나지 못했다. 곧이어 정신을 차리는가 싶더니 매우 지친 기색으로 얼굴을 붉혔다.

「바보 같은 짓을 하고 있었네요.」그가 숨을 몰아쉬며 말했다.

「아닙니다. 이것 좀 드세요!」물에 브랜디를 섞어 건네자, 핏기 없던 그의 볼에 혈색이 돌기 시작했다.

「훨씬 낫군요! 그런데 선생님, 제 엄지손가락 좀, 아니 엄지손가락이 있던 곳을 좀 봐주세요.」

해설리 씨는 손수건을 풀고 손을 내밀었다. 나는 어지간히 신경이 단련돼 있었고 담력도 강했지만, 그걸 보자 몸서리가 쳐졌다. 손가락이 네 개뿐이었고, 엄지손가락이 있어야 할 자리에는 소름 끼치도록 붉은 해면층이 드러나 있었다. 엄지 밑동에서 바로 절단되었거나 뜯긴 것이었다.

「세상에! 끔찍한 부상이군요. 출혈이 굉장히 심했겠는데요.」

「네, 그랬죠. 손가락이 잘렸을 때는 기절했어요. 그러고는 한동안 의식이 없었던 것 같아요. 정신이 들고 보니 여전히 피가 흐르고 있어서, 손수건 한쪽 끝을 손목에 단단히 묶고 나뭇가지를 부목 삼아 대놓았어요.」

「아주 잘하셨습니다! 외과 의사라고 해도 되겠어요.」

「그건 수력학의 문제잖아요. 제 전공 분야죠.」

「아주 무겁고 날카로운 도구였군요.」내가 상처를 살피며 말했다.

「커다란 식칼 같은 거였죠.」

「사고를 당하셨군요?」

「아닙니다.」

「아니, 그럼 누가 죽이려고 했습니까?」

「정말 죽을 뻔했습니다.」

「끔찍한 얘기군요.」

나는 상처를 닦아 내고 약을 바른 다음, 석탄산으로 소독한 붕대를 감았다. 그는 뒤로 기댄 채 이따금 입술을 깨물 뿐 움찔하지도 않았다.

「어떻습니까?」 내가 치료를 마치고 물었다.

「훌륭합니다! 브랜디를 마시고 붕대를 감으니 새로 태어난 것 같네요. 아까는 손끝 하나 움직일 수 없었는데, 이제 뭐라도 할 수 있을 것 같습니다.」

「사고에 관한 말씀은 하지 않는 게 좋겠습니다. 신경이 더 날카로워질 테니까요.」

「아, 아닙니다. 지금은 괜찮아요. 경찰한테는 이야기를 해야겠죠. 하지만 선생님께나 하는 말인데, 이렇게 확실한 증거인 상처가 없다면, 경찰이 제 말을 믿는 게 오히려 놀라울 겁니다. 참으로 기이한 사건이었거든요. 뒷받침할 증거도 별로 없고요. 설사 경찰이 믿어 준다고 해도 단서가 너무 막연해서 범인을 체포할 수 있을지 의문입니다.」

「저런! 그렇게 까다로운 사건을 해결하고 싶다면, 경찰을 찾기 전에 먼저 제 친구 셜록 홈스를 만나 보라고 강력히 추천하고 싶군요.」

「아, 그분 이름은 들은 적 있습니다.」 내 환자가 대답했다. 「그분이 맡아 주신다면 저야 정말 기쁘죠. 물론 경찰한테도 알려야겠지만요. 그분께 소개장을 써주시겠습니까?」

「더 좋은 방법이 있어요. 제가 직접 모셔다 드리겠습니다.」

「정말 큰 신세를 지게 됐군요.」

「마차를 부를 테니 같이 가시죠. 지금 가면 그 친구와 함께 아침 식사를 할 수 있을 겁니다. 괜찮으시죠?」

「네. 제 이야기를 털어놓으면 속이 편해질 것 같습니다.」

「그럼 하인을 시켜 마차를 부르겠습니다. 잠시만요.」 나는 위층으로 달려가 아내에게 간단히 사정을 설명했고, 5분 후 새로 알게 된 사람과 이륜마차를 타고 베이커가로 향했다.

예상했던 대로 셜록 홈스는 실내복을 입고 거실에서 『타임스』의 개인 광고란을 읽으며 식전 파이프 담배를 피우면서 빈둥거리고 있었다. 전날 피우다 남은 자투리와 찌꺼기를 모두 모아 벽난로 선반 위에서 공들여 말린 담배였다. 홈스는 편안하고 다정하게 우리를 맞았고, 얇게 저민 베이컨과 달걀을 부탁하고는 우리와 함께 배불리 먹었다. 식사를 마치자 홈스는 새 의뢰인을 소파에 눕히고 머리 밑에 베개를 괴어 주고는 브랜디 섞은 물 한 잔을 옆에 놓았다.

「해설리 씨, 한눈에 봐도 흔치 않은 경험을 하신 것 같군요.」 홈스가 말했다. 「내 집이다 생각하고 편히 누워 계세요. 할 수 있는 만큼 말씀하시되 피곤하면 멈추셔도 됩니다. 브랜디를 조금 마시고 기력을 보충하시고요.」

「감사합니다.」 내 환자가 말했다. 「의사 선생님이 치료해 주셔서 새로 태어난 것 같았는데, 식사까지 대접해 주시니 다 나은 기분입니다. 소중한 시간을 낭비하지 않도록 제가 겪은 이상한 일을 바로 말씀드리죠.」

홈스는 눈꺼풀을 반쯤 내린 피곤한 표정으로 커다란 안락의자에 앉았다. 그 표정 뒤에는 예리하고 열정적인 본성을 가리고 있었다. 나는 그의 맞은편에 앉아서 우리의 방문객이 자세히 들려주는 이상한 이야기에 잠자코 귀를 기울였다.

「저로 말하자면, 부모님이 안 계시고 런던의 하숙집에서 혼자 살고 있습니다. 직업은 유압 기술자인데, 그리니치의 유명한 베너 앤드 매서슨 회사에서 7년 동안 수습생으로 일하면서 많은 경험을 쌓았습니다. 2년 전에 수습생 생활을 마쳤는데, 그때 아버지가 돌아가시면서 상당한 유산을 받게 되었지요. 그래서 혼자 사업을 시작하기로 결심하고 빅토리아 가에 가게를 차렸죠.

처음 독립해 사업을 시작한 사람은 누구나 고생하기 마련이겠죠. 하지만 저의 경우 유독 힘들었습니다. 2년 동안 일감이라고는 세 건의 상담과 작은 일 한 건이 전부였으니까요. 총 매출이 27파운드 10실링이었어요. 매일같이 오전 9시부터 오후 4시까지 코딱지만 한 사무실에서 손님을 기다리다 보니 의기소침해지기 시작했고, 결국 사업을 시작하지 말았어야 했다고 생각하게 되었죠.

그러다가 어제, 퇴근할까 하던 참에 사환이 들어와서 한 신사분이 사업차 저를 찾아왔다고 하더군요. 사환이 건네준 명함에는 〈라이샌더 스타크 대령〉이라고 새겨져 있었습니다. 사환을 따라 곧바로 대령이 들어왔는데, 평균보다 약간 큰 키에 굉장히 마른 남자였습니다. 그렇게 마른 사람은 처음 본 듯합니다. 얼굴에 살이 없어 코와 턱만 돋보이고, 도드라진 광대뼈 위로 뺨의 살가죽이 팽팽히 당겨져 있었습니다. 하지만 야윈 몸은 병 때문이 아니라 원래 타고난 체질인지, 두 눈이 반짝이고, 걸음은 경쾌했고, 태도 역시 당당했습니다. 수수하고 깔끔한 옷차림에, 나이는 30대보다는 40대에 가까워 보였어요.

〈해설리 씨?〉 그의 말투에는 독일식 억양이 살짝 들어가 있었습니다. 〈누가 추천해서 왔소. 일솜씨도 좋지만 신중하고 입이 무거운 사람이라고 하더군요.〉

저는 그런 칭찬을 들은 젊은이가 흔히 그렇듯 우쭐해서 인사를 했습니다. 〈저를 이렇게 칭찬해 주시는 분이 누구신지 여쭤봐도 되겠습니까?〉

〈아니, 지금은 말하지 않는 편이 더 나을 것 같소. 그 사람한테서 댁이 부모 없이 독신으로 런던에 혼자 살고 있다고 들었소만.〉

〈맞습니다. 하지만 그게 제 일솜씨와 무슨 관계가 있는지 모르겠습니다. 저를 찾아오신 이유는 직업적인 용무 때문이 아니십니까?〉

〈물론 그렇소. 하지만 내가 하는 말이 일과 절대 무관하지 않다는 점을 알게 될 거요. 맡길 일이 있는데, 반드시 비밀을 지키는 게 중요하오.《반드시》비밀을 엄수해야 해요. 아무래도 가족과 함께 사는 사람보다 혼자 사는 사람이 비밀을 잘

지키지 않겠소?〉

〈저는 비밀을 지키겠다고 약속하면 틀림없이 지키는 사람이니, 마음 놓으셔도 됩니다.〉

그렇게 말하는 동안에도 상대는 나를 뚫어지게 보고 있었는데, 그렇게 의심 많고 속을 파헤치는 듯한 시선은 본 적이 없었습니다.

〈그럼 약속하시는 거요?〉 마침내 그가 물었죠.

〈네, 약속합니다.〉

〈일을 시작하기 전이든, 도중이든, 나중이든 철저히 함구하기로 약속할 수 있겠소? 말로든 글로든 절대 발설하지 않기로?〉

〈이미 약속드렸잖습니까.〉

〈좋소.〉 그가 벌떡 일어나더니 번개처럼 방을 가로질러 문을 홱 열어젖히더군요. 바깥 통로엔 아무도 없었어요.

〈그럼 좋소.〉 그가 돌아오며 말했습니다. 〈직원들이란 때로 주인의 일에 호기심을 느끼는 법이라. 이제 안심하고 말하겠소.〉 그는 내 앞으로 의자를 바짝 끌어당기더니, 다시 아까처럼 의심이 가득하고 생각 많은 표정으로 나를 노려보기 시작했어요.

이 깡마른 남자의 괴상한 행동에 거부감과 두려움 비슷한 감정이 올라오기 시작하더군요. 자칫 고객을 잃을 수도 있었지만 나는 짜증을 감추지 못했습니다.

〈어서 업무 얘기를 해주셨으면 합니다. 저도 시간이 남아도는 사람이 아니라서요.〉 하느님, 그 마지막 말을 용서해 주시기를. 하지만 이미 말은 제 입에서 튀어나와 버렸죠.

〈하룻밤 작업에 50기니면 괜찮겠소?〉 그가 묻더군요.

〈아주 좋습니다.〉

〈하룻밤이라고 했지만 한 시간이면 될 거요. 말을 듣지 않는 유압 프레스를 살펴보고 전문가의 의견을 말해 주기만 하면 되오. 어디가 이상이 있는지 알려 주면 수리는 우리가 할 테니까. 그런 일이면 어떨 것 같소?〉

〈간단한 일 같은데 보수가 후하군요.〉

〈그렇소. 오늘 밤 막차를 타고 와주면 좋겠소만.〉

〈어디로 가면 됩니까?〉

〈버크셔주 아이퍼드요. 옥스퍼드셔 경계와 가깝고, 레딩에서는 10킬로미터 떨어진 작은 동네요. 패딩턴역에서 기차를 타면 11시 15분에 도착할 거요.〉

〈알겠습니다.〉

〈마차를 가지고 마중 나가겠소.〉

〈그럼 마차를 타고 더 가야 합니까?〉

〈그렇소, 우리 집이 좀 외진 곳이라. 아이퍼드역에서 족히 10킬로미터는 가야 하오.〉

〈그럼 자정 전에 도착하기는 힘들겠군요. 돌아오는 기차도 없을 텐데요. 댁에서 하룻밤 신세 져야 할 겁니다.〉

〈그러시오. 잠자리를 내주는 거야 일도 아니지.〉

〈이래저래 거추장스럽군요. 더 편한 시간에 찾아뵈면 안 될까요?〉

〈댁이 늦은 시간에 오는 게 최선이라 그렇소. 댁처럼 젊고 이름 없는 사람한테 최고의 기술자들이나 받는 자문료를 주는 이유는, 그런 불편함을 보상하기 위해서요. 물론 일에서 손을 떼고 싶다면 얼마든지 그렇게 하시오.〉

저는 50기니를 떠올렸고, 이 돈이 저에게 얼마나 요긴할지 생각했습니다. 〈아닙니다. 기꺼이 원하시는 대로 하지요. 다만 제가 할 일이 뭔지 좀 더 확실히 알고 싶습니다.〉

〈그럴 거요. 대체 무슨 일이기에 이렇게 비밀을 엄수하라고 요구하는지 궁금하기도 하겠지. 댁이 해야 할 일을 알려주지도 않고 맡길 생각은 없소. 어쨌든 우리 말을 엿듣는 사람이 없는 건 확실하지요?〉

〈그럼요.〉

〈그렇다면 일은 이렇소. 풀러토[1]가 값이 비싸고, 잉글랜드의 한두 곳에서만 발견된다는 점은 알고 있겠지요?〉

〈그렇다고 들었습니다.〉

〈얼마 전 나는 레딩에서 16킬로미터쯤 떨어진 곳에 아주 작은 자투리땅을 매입했다오. 그런데 운이 좋게도 그 땅 일부에 풀러토가 매장되어 있다는 걸 알게 되었지 뭐요. 막상 조사해 보니 매장량이 얼마 안 되었는데, 좌우로는 훨씬 더 큰 매장지가 있고 양쪽을 연결하는 지맥이 내 땅을 지나간다는 사실을 알게 되었소. 양쪽 매장지는 내 이웃 소유요. 이 선량한 사람들은 자기 땅에 금만큼 귀중한 것이 묻혀 있다는 사실을 까맣게 모르고 있었소. 당연히 나는 그들이 자기 땅

---

1 영국 서리주의 넛필드와 북웨일스의 발라 등지에서 발견되는 점토. 모직물을 가공할 때 천을 표백하거나 두껍게 수축시키는 데 이 흙을 사용했다.

의 가치를 알기 전에 사들이고 싶었지만, 불행히도 그럴 돈이 없었소. 몇몇 친구한테 그런 사실을 털어놓자, 내 땅에서 비밀리에 조용히 흙을 채굴해서 돈을 마련한 뒤 이웃의 땅을 사들이라는 제안을 하더이다. 우리는 그렇게 한동안 채굴 작업을 하고 있었고, 작업을 위해 유압 프레스를 한 대 들였소. 하지만 말했다시피 이 프레스 기계가 고장이 나버렸고, 그래서 댁 같은 전문가의 조언을 받고 싶은 거요. 우리는 아주 철저히 비밀을 지켜 왔는데, 만에 하나 그 작은 집에 유압 기술자를 불렀다는 사실이 알려지면 곧 사람들이 의문을 품을 테고, 그러다가 사실이 밝혀지는 날에는 이웃의 땅을 사들여 계획을 실행할 기회는 영영 날아가게 될 거요. 그래서 오늘 밤 아이퍼드에 간다는 사실을 아무에게도 말하지 않겠다는 약속을 받아 내야 했던 거요. 이만하면 설명이 됐소?〉

〈잘 알겠습니다. 다만 한 가지 이해가 가지 않는 점이 있습니다. 풀러토를 채굴하는 데 유압 프레스가 무슨 쓸모가 있나요? 풀러토는 채석장에서 자갈을 캐듯 캐내면 되는 걸로 아는데요.〉

〈아!〉 그가 태연히 말을 이었습니다. 〈우리만의 방식이 따로 있습니다. 그 흙을 눌러 벽돌처럼 만들어서 사람들에게 들키지 않고 옮기려는 거요. 하지만 그건 중요하지 않아요. 해설리 씨, 난 댁한테 모두 다 털어놓았고, 댁을 신뢰한다는 걸 충분히 보여 주었소.〉 그가 일어서면서 말했습니다. 〈그럼 11시 15분에 아이퍼드에서 봅시다.〉

〈꼭 찾아뵙겠습니다.〉

〈그리고 철저히 비밀을 지키시오.〉 그는 마지막으로 의심의 눈초리로 한참 더 나를 쳐다보다가, 차갑고 축축한 손으로 세게 악수를 하더니 서둘러 떠났습니다.

나중에 찬찬히 생각해 보니, 갑자기 그런 일을 맡게 되었다는 사실이 정말 놀라웠습니다. 물론 한편으로는 기뻤지요. 제가 가격을 매기고 요구했을 액수보다 적어도 열 배나 되는 돈을 받게 되었고, 이번 일이 잘되면 또 다른 주문이 들어올 수도 있었으니까요. 그런 반면 손님의 표정과 태도가 어딘가 불쾌했고, 풀러토 이야기를 들었음에도 굳이 내가 한밤중에 가야 하는 이유가 충분히 납득되지 않았습니다. 내가 누구한테 발설할까 봐 매우 불안해하던 모습도 이해가 가지 않았고요. 하지만 걱정 따위는 모두 잊어버리고 배불리 저녁을 먹은 후, 저는 마차로 패딩턴역으로 가서 기차를 타고 출발했습니다. 함구하라는 고객의 지시를 따라서 아무에게도 말하지 않았습니다.

레딩에 도착해서 열차를 갈아타려면 다른 역사로 가야 했습니다. 하지만 제시간에 아이퍼드행 막차를 탔고, 11시가 지나서야 희미하게 불을 밝힌 역에 도착했지요. 거기서 내린 승객은 저뿐이었고, 플랫폼에는 랜턴을 들고 졸고 있는 짐꾼 한 명밖에 없더군요. 개찰구를 지나자 오전에 왔던 손님이 맞은편 어둠 속에서 저를 기다리고 있었습니다. 대령은 말없이 제 팔을 잡더니, 문이 열린 채 대기 중이던 마차에 서둘러 저를 태웠습니다. 그가 양쪽 창문을 닫고 나무 벽을 두드리자, 마차는 전속력으로 달리기 시작했습니다.」

「말이 한 마리였나요?」 홈스가 끼어들었다.

「네, 한 마리였어요.」

「무슨 색이었는지 보셨습니까?」

「네, 마차에 오를 때 측등으로 봤습니다. 밤색이었어요.」

「말이 피곤해 보이던가요, 쌩쌩하던가요?」

「아, 털에 윤기가 흐르는 것이 아주 쌩쌩해 보였습니다.」

「감사합니다. 말을 잘라서 미안합니다. 흥미로운 이야기를 계속 들려주시지요.」

「역을 출발해서 적어도 한 시간은 달렸습니다. 라이샌더 스타크 대령이 10킬로미터밖에 안 된다고 했었지만, 마차 속도와 걸린 시간으로 보아 아마 20킬로미터는 되지 않았을까 합니다. 옆에 앉은 대령은 내내 말이 없었는데, 도중에 몇 번 흘깃거리면서 보니 나를 굉장히 유심히 지켜보고 있더군요. 시골길 상태가 좋지 않은지 마차가 심하게 덜컹거리고 흔들 렸죠. 주변에 뭐라도 보일까 하고 창밖을 내다보았지만, 창문은 불투명 유리로 되어 있어서 이따금 지나가는 흐릿한 불빛 말고는 아무것도 볼 수 없었습니다. 지루함을 달래 보려고 간간이 용기를 내어 몇 마디 건네 봤지만, 대령은 짧은 대답만 할 뿐이어서 대화는 곧 시들해졌습니다. 그러다 마침내, 울퉁불퉁한 길이 매끄럽게 딸각거리는 자갈길로 바뀌더니 마차가 멈춰 서더군요. 라이샌더 스타크 대령이 뛰어내리자 저도 따라 내렸고, 대령은 재빨리 저를 끌고 문이 열린 현관으로 데려갔습니다. 사실 마차에서 내리자마자 집 안으로 들어갔기 때문에 집이 어떻게 생겼는지 보지도 못했지요. 제가 문지방을 넘는 순간 뒤에서 쾅 하고 문이 닫혔고, 마차가 달그락거리는 바퀴 소리가 희미하게 멀어져 갔습니다.

집 안은 칠흑처럼 깜깜했고, 대령이 성냥을 찾아 더듬거리며 뭐라고 중얼거리더군요. 그때 복도 끝에 있는 문이 열리면서 황금색 기다란 빛줄기가 우리가 있는 방향으로 쏟아졌습니다. 빛이 점점 다가오는가 싶더니 램프를 든 한 여자가 나타났지요. 그녀가 머리 위로 램프를 들고 얼굴을 앞으로 내밀어 우리를 유심히 살폈습니다. 예쁘장하게 생겼는데, 불빛에 비쳐 반짝이는 검은 드레스를 보니 비싼 옷감으로 지은 옷이더군요. 그녀가 외국어로 몇 마디를 했는데, 질문을 하는 것 같았어요. 대령이 퉁명스럽고 짧게 대답하자 화들짝 놀라며 램프를 떨어뜨릴 뻔했습니다. 스타크 대령이 다가가 귓속말을 하더니 그녀를 다시 방에 밀쳐 넣고는 램프를 들고 돌아왔습니다.

〈이 방에서 몇 분만 기다려 주시오.〉 대령이 다른 방의 문을 열어젖히며 말했습니다. 소박한 가구가 놓인 조용하고 작은 방이었고, 한가운데 둥근 탁자에는 독일어 책들이 여러 권 흩어져 있었습니다. 스타크 대령은 문 옆에 있는 페달식 풍금 위에 램프를 놓았습니다. 그러더니 〈금방 돌아오겠소〉 하고는 어둠 속으로 사라졌습니다.

저는 탁자에 놓인 책들을 눈으로 훑어보았죠. 독일어는 모르지만, 두 권은 과학 논문집이고, 나머지는 시집임을 알 수 있었습니다. 그러고는 시골 풍경이라도 보일까 하는 마음에 창가로 가보았지만, 두꺼운 빗장이 걸린 참나무 덧문으로 막혀 있었습니다. 집은 놀라울 만큼 조용했어요. 복도 어디선가 낡은 시계가 똑딱거리고 있을 뿐 사방이 쥐 죽은 듯 조용했습니다. 막연한 불안감이 슬금슬금 올라오기 시작했습니다. 이 독일인들은 누구이며, 이 이상하고 외딴곳에서 무얼 하고 있는 걸까? 그리고 여기는 어딜까? 제가 아는 거라곤 아이퍼드에서 16킬로미터 넘게 떨어져 있다는 것뿐이고, 동서남북 어느 쪽에 있는지도 감을 잡을 수 없었습니다. 레딩이나 다른 큰 도시가 그 반경 안에 있을 테니, 어쨌거나 그렇게 외딴곳은 아닐 수도 있었죠. 그래도 그토록 적막한 걸 보니 시골임이 분명했습니다. 저는 기운을 내려고 낮게 흥얼거렸고, 50기니를 벌 생각을 하며 방 안을 오락가락했습니다.

그런데 적막하고 고요한 가운데 아무런 기척도 없이 천천히 방문이 열렸습니다. 아까 그 여자가 복도의 어둠을 등지고 문간에 서 있었는데, 방에 있는 램프의 노란 불빛이 애절하고 아름다운 얼굴을 비추었습니다. 한눈에 보기에도 겁에 질린 사람 같은 모습이라 저도 간담이 서늘해지더군요. 그녀는 소리 내지 말라고 경고하듯 한 손가락을 흔들었고, 겁에 질린 말처럼 뒤쪽의 어둠을 흘깃거리면서 서툰 우리 말로 몇 마디를 했습니다.

〈저는 갈 거예요.〉 그녀는 차분히 말하려고 굉장히 애쓰는 것 같았지요. 〈갈 거예요. 여기 있어선 안 돼요. 당신도 여기 있으면 좋지 않아요.〉

〈하지만 부인, 저는 아직 할 일이 있습니다. 기계를 보기 전에는 떠날 수 없어요.〉

〈그럴 가치가 없어요.〉그녀는 계속 주장했죠. 〈저 문으로 나가면 돼요. 방해하는 사람 없어요.〉제가 미소를 짓고 고개를 젓자, 그녀는 갑자기 조심스러운 태도를 버리고는 두 손을 꼭 모은 채 한 발짝 다가와 속삭였습니다. 〈제발요! 너무 늦기 전에 떠나세요!〉

하지만 저는 천성이 고집불통이었고, 누가 말리면 더 기를 쓰고 덤비는 성격입니다. 제가 받을 50기니와, 피곤했던 여정과, 이 밤에 돌아간다고 밖에 나갔을 때 닥칠 불편함이 떠오르더군요. 그럼 죄다 헛수고가 아닌가? 왜 내가 의뢰받은 일도 하지 않고, 받기로 한 돈도 못 받고 몰래 도망쳐야 하는 거지? 이 여자는 어쩌면 편집광일지도 모르죠. 그래서 여자의 태도에 사실 크게 마음이 흔들리기는 했지만, 완강하게 고개를 젓고 거기 남겠다고 잘라 말했습니다. 그녀가 다시 간청하려는 순간 위층에서 쾅 하는 문소리가 나더니 계단을 내려오는 발소리가 들리더군요. 그녀는 잠시 귀를 기울이더니 절망적인 몸짓으로 두 손을 들어 올리고는 나타날 때처럼 소리 없이 홀연히 사라졌습니다.

이번에 방에 들어온 사람은 라이샌더 스타크 대령과, 이중 턱에 친칠라 수염[2]을 기른 작고 통통한 남자였는데, 퍼거슨 씨라고 하더군요.

〈이쪽은 내 비서이자 관리인이오.〉대령이 소개했습니다. 〈그런데 아까 내가 나갈 때 분명 문을 닫은 것 같은데. 외풍에 춥지 않았는지 모르겠소.〉

2 남아메리카의 설치류 친칠라의 텁수룩하고 부드러운 털을 닮은 수염.

〈아닙니다. 문은 제가 열었습니다. 방이 좀 갑갑하게 느껴져서요.〉

그가 나를 의심스럽게 보더군요. 〈그럼 어서 일을 시작합시다. 퍼거슨 씨와 내가 기계가 있는 곳으로 안내하겠소.〉

〈모자를 쓰는 게 낫겠죠?〉

〈아, 아니요. 기계는 집 안에 있소.〉

〈네, 집 안에서 풀러토를 파낸다고요?〉

〈아니. 그게 아니라 집 안에서 압착하는 겁니다. 하지만 신경 쓰지 마시오! 댁은 기계를 살펴보고 뭐가 잘못됐는지 알려 주기만 하면 되니까.〉

우리는 함께 위층으로 올라갔습니다. 대령이 램프를 들고 앞장섰고, 뚱뚱한 관리인과 제가 뒤를 따랐죠. 그 낡은 집은 미로 같았습니다. 복도와 통로, 비좁은 나선 계단, 작고 낮은 문들, 몇 세대 동안 사람들이 드나들며 가운데가 우묵하게 파인 문지방까지 모두 그런 느낌을 주었습니다. 2층부터는 카펫도 깔려 있지 않았고 가구가 있던 흔적도 없었는데, 벽의 회칠은 벗겨져 떨어지고 있었고, 녹색의 불결한 얼룩을 통해 눅눅한 습기가 배어 나오고 있었죠. 저는 최대한 태연한 척하려고 애썼지만, 아까 묵살해 버렸던 여자의 경고가 머릿속을 맴돌았습니다. 저는 두 남자에게서 눈을 떼지 않았습니다. 퍼거슨은 뚱하고 말 없는 사람 같았지만, 하는 말로 미루어 우리 영국인이라는 건 알 수 있었죠.

마침내 라이샌더 스타크 대령이 어느 낮은 문 앞에서 멈추더니 잠긴 문을 열었습니다. 정사각형의 작은 방이 나왔는데,

세 명이 한꺼번에 들어가기 힘들 정도로 작았지요. 퍼거슨이 바깥에 남았고, 대령이 나더러 들어오라고 하더군요.

〈우리는 지금 유압 프레스 안에 들어와 있소. 누가 이 기계를 작동시키기라도 하면 몹시 불쾌한 일이 생기겠지. 이 작은 방의 천장이 사실상 하강 피스톤의 밑부분인데, 몇 톤의 힘을 싣고 이 금속 바닥 위로 내려온다오. 이 힘을 받도록 바깥쪽에 물을 넣은 작은 실린더들이 있어서 댁도 잘 아는 방식으로 힘을 전달하고 증폭시키는 거요. 기계는 잘 돌아가는데, 작동할 때 조금 뻑뻑한 데가 있어서 힘이 제대로 전달되지 않아요. 좀 살펴보고 어떻게 고치면 좋을지 말해 주시오.〉

저는 램프를 받아 들고 아주 꼼꼼히 기계를 살폈습니다. 실로 거대한 기계였고, 엄청난 압력을 가할 수 있었죠. 그런데 기계 밖으로 나가서 조종 레버들을 눌러 보니 치익거리는 소리를 듣고 누수가 있다는 걸 당장에 알겠더군요. 그래서 측면 실린더 중 하나에서 물이 역류하고 있던 겁니다. 자세히 살펴보니 구동축의 끝을 감싼 고무 밴드 하나가 쪼그라들어 함께 동작하는 소켓이 헐거워져 있었습니다. 그것 때문에 힘이 제대로 전달되지 않았던 게 분명했기에, 그들에게 그 문제를 지적해 주었죠. 그들은 제 말을 주의 깊게 듣더니 문제를 바로잡을 방법을 두고 여러 가지를 질문하더군요. 저는 명확히 설명해 준 뒤, 다시 방으로 돌아가 호기심에 찬찬히 기계를 살펴보았습니다. 얼핏 봐도 풀러토 이야기는 지어낸 게 틀림없었어요. 그렇게 강력한 엔진을 그런 일에 쓴다니 말도 안 되는 일이죠. 그 방의 벽은 나무로 되어 있었지만, 바닥은 커다란 철판이었는데, 가만히 살펴보니 금속 부스러기가 널려 있었어요. 그게 뭔지 알아보려고 몸을 굽혀 긁어 보고 있는데, 독일어로 뭐라 하는 소리가 들려 올려다보니 대령이 창백한 얼굴로 나를 내려다보고 있더군요.

〈거기서 뭐 하는 거요?〉 그가 물었죠.

그렇게 치밀하게 꾸며 낸 이야기에 속아 넘어갔다는 것에 화가 치밀더군요. 〈대령님의 풀러토에 감탄하는 중입니다. 이 기계의 정확한 용도를 알았다면 더 나은 조언을 해드릴 수 있었을 텐데요.〉

그 말을 내뱉은 순간 저는 저의 경솔함을 후회했습니다. 대령의 얼굴이 굳어지고 회색 눈에서 불길한 광채가 번뜩였습니다.

〈좋소, 기계에 관해 다 말하리다.〉 대령은 뒤로 한 걸음 물러서서 작은 문을 쾅 닫고는 자물쇠로 잠가 버리더군요. 저는 문으로 달려가 문고리를 잡아당겼지만, 문은 아주 단단해서 발로 차고 밀쳐도 끄떡하지 않았습니다. 〈여보세요!〉 저는 소리쳤습니다. 〈이봐요! 대령님! 나가게 해주세요!〉

그런데 갑자기 정적 속에서 무슨 소리가 들렸고, 저는 가슴이 철렁 내려앉는 것 같았습니다. 철컥, 레버를 내리는 소리, 물이 새는 실린더에서 나는 쉬익 소리였죠. 대령이 프레스를 작동했던 겁니다. 철판 바닥을 살펴보느라 내려놓았던 램프가 아직 그 자리에 있었습니다. 불빛에 보니 시커먼 천장이 저를 향해 천천히, 덜컹거리며 내려오고 있었죠. 그것이 1분 안에 저를 뭉개서 형체도 없이 곤죽으로 만들어 버린다는 사실을 나만큼 잘 아는 사람이 있을까요. 저는 비명을 지르며 온몸으로 문을 들이받고, 손톱으로 열쇠 구멍을 쥐어 뜯었습니다. 대령한테 꺼내 달라고 애원했지만, 레버가 철커덕거리는 무자비한 소리에 제 외침은 묻혀 버렸어요. 이제 천장은 제 머리에서 겨우 50~60센티미터 거리까지 내려와, 단단하고 거친 표면이 손으로 만져질 정도였습니다. 문득 죽음의 고통은 내가 취하는 자세에 따라 달라지겠다는 생각이 들더군요. 엎드린다면 무게가 척추에 가해질 텐데, 척추가 뚝 부러진다고 생각하니 끔찍해서 몸서리가 쳐졌습니다. 바로 눕는 게 더 쉽기는 하겠지만, 덜컹거리며 내려오는 무시무시한 검은 그림자를 누워서 마주 볼 배짱이 있을까요? 이미 똑바로 서 있을 수 없는 상태가 되었을 때, 희망의 불씨를 되살릴 무언가가 눈에 띄었습니다.

아까 바닥과 천장은 쇠로 되어 있지만, 벽은 나무로 돼 있다고 말씀드렸죠. 마지막으로 황급히 주위를 둘러보는데, 판자 사이에서 노란색 가느다란 빛줄기가 보였고, 작은 벽널이 뒤로 밀리면서 빛이 점점 굵어지더군요. 실제로 죽음에서 빠져나갈 문이 있다니 잠시 믿기지 않았습니다. 다음 순간 나는 벽널을 향해 몸을 날렸고, 반쯤 정신을 잃은 채 건너편에 뻗어 버렸죠. 벽널은 다시 닫혔지만, 램프가 으깨지는 소리, 그리고 몇 분 후 두 개의 금속판이 부딪치는 소리는 제가 얼마나 아슬아슬하게 몸을 피했는지 말해 주었죠.

누군가 미친 듯 손목을 잡아당기기에 정신을 차려 보니, 저는 좁은 복도의 돌바닥에 누워 있었고, 오른손에 양초를

든 여자가 몸을 굽혀 왼손으로 저를 잡아끌고 있었습니다. 제가 바보처럼 무시해 버렸던 경고를 해준 바로 그 착한 여자였지요.

〈어서! 어서 가요!〉 그녀가 다급히 소리쳤습니다. 〈그들이 곧 올 거예요. 당신이 거기 없다는 사실을 알 거예요. 오, 귀중한 시간 낭비하지 말고 빨리 가요!〉

적어도 이번에는 그녀의 충고를 거절하지 않았죠. 저는 비틀거리면서 그녀와 함께 복도를 달려 나선 계단을 내려갔습니다. 계단은 다시 넓은 통로로 이어졌는데, 통로에 이르렀을 때 급히 내달리는 발소리와 두 사내가 외치는 소리가 들렸습니다. 우리가 있던 층과 아래층에서 나는 소리였는데, 한 명이 다른 한 명한테 대답하고 있었죠. 안내하던 여자가 걸음을 멈추더니 어쩔 줄 모르는 사람처럼 주변을 둘러보았습니다. 그러다가 어느 침실로 통하는 문을 열더군요. 그 방 창문으로 밝은 달빛이 쏟아져 들어왔습니다.

〈기회는 지금뿐이에요. 창문이 높지만, 뛰어내릴 수 있을 거예요.〉

여자가 그렇게 말하는 순간 복도 끝에서 불빛이 나타났고, 랜턴과 푸주한의 커다란 식칼 같은 무기를 들고 달려오는 깡마른 대령이 보였습니다. 저는 황급히 침실을 가로질러 창문을 열어 밖을 내다보았죠. 달빛 아래 정원이 얼마나 고요하고 아름답고 포근해 보이던지. 높이는 9미터가 안 될 것 같았습니다. 저는 창턱으로 기어올랐지만, 잠깐 머뭇거리다가 생명의 은인과 나를 뒤쫓는 악당 사이에 오가는 말을 듣게 되었습니다. 그녀가 폭행이라도 당하면 위험을 무릅쓰고 그녀를 도와야겠다고 결심했죠. 그런 생각을 하는 순간 대령이 문간에 나타나 그녀를 성큼 지나쳐 왔습니다. 그녀가 대령을 두 팔로 붙들며 말렸죠.

〈프리츠! 프리츠!〉 그녀가 우리 말로 소리쳤습니다. 〈지난번에 약속했잖아요. 다시는 그런 일 없을 거라고 했잖아요. 저 사람은 말하지 않을 거예요! 오, 말하지 않을 거라고요!〉

〈엘리제, 너 미쳤어?〉 대령은 그녀를 떼어 내려 몸부림치며 고함을 쳤습니다. 〈너 때문에 다 망하게 생겼어. 저 녀석은 너무 많은 걸 봤어. 이거 놔, 놓으라고!〉 대령은 그녀를 한쪽으로 밀치고 창문으로 달려와 무시무시한 칼로 저를 내리쳤습니다. 저는 정신이 아득했습니다. 그가 내리쳤을 때 저는 손가락으로 창틀 홈을 붙잡고 매달려 있었죠. 둔중한 통증이 느껴지나 싶더니, 손에 힘이 빠지면서 저는 정원으로 떨어졌습니다.

떨어진 충격으로 후들거렸지만 다치지는 않았습니다. 그래서 몸을 일으키고 젖 먹던 힘을 다해 덤불 속으로 달아났습니다. 아직 위험에서 멀리 벗어나지 못했다고 생각했거든요. 그렇게 달리는데 갑자기 심한 현기증과 함께 구역질이 올라왔습니다. 손이 욱신거리기에 내려다보고는 엄지손가락이 잘려 나가 상처에서 피가 솟구치고 있다는 걸 그제야 깨달았죠. 손수건으로 상처 주변 부위를 묶으려고 끙끙대던 중 귀가 갑자기 웅웅거리더니 다음 순간 장미 덤불 속에서 완전히 의식을 잃고 말았습니다.

그렇게 얼마나 오랫동안 정신을 잃고 있었는지는 모르겠습니다. 오랜 시간이 지났을 겁니다. 정신을 차렸을 때는 달이 지고 환하게 아침이 밝아 오고 있었거든요. 옷은 이슬에 젖어 축축했고, 코트 소매는 다친 엄지손가락에서 흘린 피로 흥건히 젖어 있었지요. 욱신거리는 통증 덕에 어젯밤 모험의 모든 장면이 한순간에 떠올랐고, 추적자들로부터 아직 안전하지 않다는 생각에 벌떡 일어났습니다. 그런데 주변을 돌아보니 놀랍게도, 집과 정원은 온데간데없었습니다. 제가 누워 있던 장소는 대로에 가까운 산울타리 밑이었고, 조금 아래쪽에 기다란 건물이 있었습니다. 다가가서 보니 바로 어젯밤 제가 도착했던 기차역이었어요. 제 손의 흉측한 상처만 아니었다면 그 끔찍한 시간에 일어난 모든 일이 현실이 아닌 한낱 악몽으로 여겨졌을 겁니다.

저는 멍하니 역사로 들어가 아침 기차 시간을 물었습니다. 한 시간 안에 레딩으로 가는 기차는 없더군요. 알고 보니 어제 도착할 때 보았던 짐꾼이었습니다. 저는 그 친구에게 라이샌더 스타크 대령이라는 사람을 아느냐고 물어보았죠. 그는 모르는 이름이랍니다. 어젯밤 나를 기다리던 마차를 보았냐고 물었더니, 보지 못했답니다. 근처에 경찰서가 있는지도 물었더니, 5킬로미터 떨어진 곳에 하나 있답니다.

힘도 없고 아픈 몸으로 가기엔 너무 멀었습니다. 저는 기다렸다가 런던에 돌아가서 경찰에 신고하기로 했습니다. 6시가 좀 지나 런던에 도착했기에 우선은 상처를 치료하러 갔는데, 친절하신 의사 선생님께서 저를 여기로 데려다주셨지요.

저는 선생님께 사건을 맡기고 시키는 대로 따르겠습니다.」

우리 둘 다 이토록 이상한 이야기를 듣고는 한동안 말을 꺼내지 않았다. 이윽고 셜록 홈스는 스크랩한 것들을 모아 둔 큼직한 비망록을 서가에서 꺼냈다.

「당신이 관심을 가질 만한 광고가 여기 있어요. 1년 전에 신문마다 났던 광고인데, 들어 보시죠. 〈사람을 찾습니다. 제레미아 헤일링, 26세, 유압 기술자. 이달 9일 밤 10시에 하숙집을 나간 뒤 소식이 끊김. 옷차림은 이러저러함.〉하! 지난번에도 대령이 기계를 점검해야 했나 보군요.」

「이럴 수가!」내 환자가 소리쳤다. 「그래서 그 숙녀가 그렇게 말했던 거군요!」

「틀림없을 겁니다. 대령은 피도 눈물도 없는 냉혹한 사람이 분명해요. 나포한 선박에서 단 한 명도 살려 두지 않을 무자비한 해적처럼, 자기 일을 방해하는 자라면 누구도 그냥 두지 않을 겁니다. 그러니 조금도 허비할 시간이 없어요. 해설리 씨가 견딜 만하다면 곧바로 런던 경찰국에 들렀다가 아이퍼드로 갑시다.」

세 시간쯤 지나서 우리는 기차를 타고 레딩을 출발해 버크셔라는 작은 마을로 향하고 있었다. 셜록 홈스와 유압 기술자, 런던 경찰국의 브래드스트리트 경위, 사복 경찰 한 명, 그리고 나, 이렇게 다섯 명이었다. 브래드스트리트는 좌석 위에 문제의 시골 지방이 나온 육지 측량부 지도[3]를 펼쳐 놓고는 아이퍼드를 중심으로 컴퍼스로 부지런히 원을 그리고 있

3 영국의 육지 측량부에서 군사적 목적으로 제작한 정밀 지도.

었다.

「됐습니다.」 브래드스트리트가 말했다. 「마을에서 반경 16킬로미터를 그렸습니다. 우리가 찾는 집은 이 곡선 근방에 있을 거예요. 아까 16킬로미터라고 했지요?」

「마차로 한 시간 거리였어요.」

「그리고 해설리 씨가 의식을 잃은 사이에 그들이 도로 데려다 놓았다고요?」

「그랬을 겁니다. 기억이 뒤죽박죽이긴 해도 몸이 들려서 어딘가로 옮겨진 것 같거든요.」

내가 끼어들었다. 「이해가 안 가네요. 왜 그들이 정원에서 정신을 잃고 쓰러진 댁을 발견했을 때 살려 두었을까요? 여자가 애원하자 악당의 마음이 약해진 걸까요?」

「그런 것 같지는 않아요. 그만큼 냉혹한 얼굴은 평생 본 적이 없어요.」

「아, 모든 것은 저희가 곧 밝혀내겠습니다.」 브래드스트리트가 말했다. 「이렇게 원을 그려 놓긴 했지만, 그자의 집이 어느 지점에 있는지 알 수가 있나.」

「제가 알 수 있을 것 같군요.」 홈스가 조용히 말했다.

「정말입니까?」 경위가 소리쳤다. 「벌써 판단을 내렸군요! 자, 그럼 누가 홈스 선생과 생각이 같은지 봅시다. 나는 남쪽, 왜냐하면 그쪽이 좀 더 외졌으니까요.」

「저는 동쪽 같습니다.」 내 환자가 말했다.

「난 서쪽이요.」 사복 형사가 말했다. 「그쪽에 작은 마을이 몇 개 있어요.」

「그럼 나는 북쪽.」 내가 말했다. 「그쪽엔 높은 언덕이 없고, 이 친구는 마차가 오르막길을 달리는 것은 느끼지 못했다고 하니까요.」

「나, 참.」 경위가 웃으며 말했다. 「견해들이 제각각 엇갈리는군요. 결국 원점으로 돌아오고 말았어요. 홈스 선생은 어디에 표를 주겠습니까?」

「모두 틀렸습니다.」

「하지만 〈모두〉가 틀렸을 리는 없잖소.」

「아니, 그럴 수 있죠. 제가 생각한 곳은 여깁니다.」 홈스는 원의 한가운데를 손가락으로 짚었다. 「여기 가면 그들이 있을 겁니다.」

「마차로 20킬로미터를 갔는데요?」 해설리가 놀라 숨을 들이켰다.

「10킬로미터를 갔다가 다시 돌아온 겁니다. 아주 간단해요. 처음 마차에 탈 때 말이 팔팔하고 윤기가 자르르 흘렀다고 말했죠. 만약 힘든 시골길을 20킬로미터나 달려왔다면 그럴 수 있을까요?」

「그럴듯한 술책이군요.」 브래드스트리트가 생각에 잠기며 말했다. 「물론 패거리가 뭐 하는 집단인지에 대해서는 의문의 여지가 없습니다.」

「그럼요.」 홈스가 말했다. 「그들은 대규모 화폐 위조단입니다. 은 대용으로 쓰이는 아말감 합금을 만드는 데 기계를 사용했고요.」

「영리한 일당들이 작업에 들어갔다는 정보는 얼마 전부터 있었습니다.」 경위가 말했다. 「반 크라운 은화를 수천 개씩 찍어 내고 있어요. 우리가 레딩까지 추적하기는 했지만, 그만 흔적을 놓치고 말았소. 얼마나 용의주도한지 흔적을 죄다 없애 버렸으니까. 하지만 이번엔 운 좋게 이런 기회가 찾아왔으니, 일망타진할 수 있겠군요.」

그러나 브래드스트리트 경위의 생각은 오산이었다. 범죄자들은 경찰에게 붙잡힐 운명이 아니었다. 기차가 아이퍼드 역에 들어설 때 보니, 근처의 작은 숲 뒤로 커다란 연기 기둥이 피어오르고 있었다. 마치 시골 풍경 위로 거대한 타조 깃털이 드리워진 것 같았다.

「어느 집에 불이 났나요?」 우리가 타고 온 기차가 김을 뿜으며 다시 출발하여 멀어질 때 브래드스트리트가 물었다.

「네, 그렇습니다.」 역장이 대답했다.

「언제부터 시작됐습니까?」

「밤사이에 났다고 들었습니다. 하지만 점점 심해져서 건물 전체가 불길에 휩싸였죠.」

「누구 집이죠?」

「베커 박사 댁입니다.」

「저기.」 유압 기술자가 끼어들었다. 「베커 박사라는 사람이 독일인인가요? 깡마르고 콧날이 길고 날카로운?」

역장이 껄껄 웃었다. 「아닙니다. 베커 박사는 영국인이에요. 이 교구 안에 조끼를 입은 옷태가 그만큼 좋은 사람은 없어요. 하지만 그 집에 한 신사가 묵고 있는데, 환자라고 들었습니다. 그 사람이 외국인이고 질 좋은 버크셔 쇠고기로 몸

보신해야 할 것처럼 생겼어요.」

역장의 말이 끝나기도 전에 우리는 불이 난 방향으로 걸음을 재촉했다. 길을 따라 야트막한 언덕을 오르자 하얀 회칠을 한 거대한 저택이 눈앞에 나타났는데, 집의 틈새와 창마다 붉은 화염이 빠져나와 너울거리고 있었다. 앞쪽 정원에서는 소방차 세 대가 불길을 잡으려 애쓰고 있었지만 소용이 없었다.

「저기예요!」 해설리가 몹시 흥분해서 소리쳤다. 「저기 자갈 진입로가 있고, 제가 쓰러져 있던 장미 덤불이 있어요. 저 두 번째 창이 제가 뛰어내렸던 창이고요.」

「그자들에게 복수는 한 셈이군요.」 홈스가 말했다. 「프레스 안에서 기름 램프가 으깨지면서 나무 벽에 불이 붙은 게 분명합니다. 하지만 놈들은 당신을 쫓느라 흥분한 나머지 불이 난 걸 몰랐겠죠. 이제 눈을 부릅뜨고 이 구경꾼들 속에서 어젯밤에 만난 친구들이 있는지 찾아보세요. 물론 십중팔구 지금쯤 수백 킬로미터는 달아났겠지만요.」

홈스의 우려는 현실이 되었다. 그날 이후 지금까지 그 아름다운 숙녀나 악랄한 독일인, 또는 말수 없는 영국인에 관한 소식은 들려오지 않았기 때문이다. 그날 새벽, 한 농부가 아주 큰 궤짝과 사람 몇 명을 태운 마차가 레딩 방향으로 급히 지나가는 것을 보기는 했지만, 도망자들의 흔적은 모두 사라져 버렸다. 홈스의 재간으로도 그들의 행방에 관한 작은 단서 하나도 발견할 수 없었다.

소방대원들은 건물 안에서 이상한 기계 장치를 발견해 몹시 당황했고, 2층 창턱에서 잘린 지 얼마 안 된 사람의 엄지손가락을 발견하고는 더욱 당황했다. 해 질 무렵, 고생한 끝에 마침내 불길을 잡기는 했지만, 이미 지붕은 무너져 내려 건물 전체가 완전히 쑥대밭이 되었다. 뒤틀린 실린더 몇 개와 쇠 파이프를 제외하면 우리의 불행한 기술자에게 그렇게 비싼 대가를 강요했던 기계 장치의 흔적은 남아 있지 않았다. 별채에 대량의 니켈과 주석이 보관되어 있었지만, 주화는 전혀 발견되지 않았다. 그것으로 농부가 보았다는 큰 궤짝에 무엇이 들어 있었을지 설명이 될 것이다.

유압 기술자가 어떻게 해서 정원에서 의식을 회복한 곳으로 옮겨졌는지는 영원히 수수께끼로 남을 뻔했지만, 부드러운 진흙에 남은 발자국으로 간단히 밝혀졌다. 두 명이 그를 옮겼던 것으로 보이는데, 한 사람은 발이 아주 작았고, 다른 한 사람의 발은 유난히 컸다. 아마도 말수 없는 영국인이 공범 같은 철면피 살인자는 아니어서 여자를 도와 의식을 잃은 기술자를 안전한 곳으로 옮겼을 가능성이 가장 클 것이다.

런던으로 돌아오는 기차의 좌석에 앉자 유압 기술자가 유감스럽다는 듯이 말했다. 「어쨌든 저한테는 참 지독한 일이었습니다! 엄지손가락을 잃고, 50기니도 잃고, 제가 얻은 게 대체 뭐랍니까!」

「경험이죠.」 홈스가 웃으며 말했다. 「앞으로 귀중한 자산이 될 거요. 당신 경험을 글로 써내기만 한다면 남은 평생 훌륭한 회사를 꾸릴 만한 명성을 얻을 테니까요.」

독신남 귀족

    세인트사이먼 경의 결혼과 기이한 파경에 관한 이야기는, 이 불행한 신랑이 속한 상류층 사교계의 관심사에서 멀어진 지 오래다. 새로운 추문이 연이어 폭로되면서 자극적인 내용에 관심을 쏟던 사람들은 4년 묵은 그 드라마를 잊어버렸다. 그러나 내 생각엔 그 사건의 전모가 대중에게 제대로 드러난 적이 없을뿐더러, 내 친구 셜록 홈스가 사건 해결에 중요한 몫을 했기 때문에, 그토록 특이한 사건을 간략하게라도 풀어 놓지 않는다면 세인트사이먼 경에 관한 그 어떤 회고록도 완벽하지 않을 것이다.

    내가 결혼을 몇 주 앞두고 아직 베이커가에서 홈스와 같이 지내던 때였다. 오후 산책에서 돌아온 홈스는 자기 앞으로 배달된 편지를 탁자 위에서 발견했다. 나는 종일 집에 틀어박혀 있었다. 갑자기 세찬 가을바람과 함께 비가 내렸고, 아프가니스탄 참전의 유물인, 제자일 총알이 박혔던 부위가 끊임없이 쿡쿡 쑤셨기 때문이다. 나는 안락의자에 앉아 두 다리를 다른 의자에 걸쳐 놓고서, 수북한 신문에 둘러싸여 있었다. 그날의 기사를 실컷 본 다음 신문들을 옆으로 치워 버리고, 탁자에 놓인 봉투에 찍힌 커다란 문장과 모노그램을 바라보면서 내 친구에게 이런 편지를 보낼 귀족이라면 누가 있을지 한가롭게 생각하고 있었다.

「아주 화려한 편지가 왔어.」 홈스가 들어오자 내가 말했다. 「내 기억이 정확하다면 자네가 오전에 받은 편지는 생선 장수와 승선 세관원이 보낸 것들이었는데.」

「맞아, 내가 받는 편지들은 다채롭다는 매력이 있지.」 홈스가 웃으며 대답했다. 「보통은 소박한 편지일수록 더 흥미롭다네. 이건 반갑지 않은 사교계 초대장처럼 보이는데. 여기 오셔서 죽도록 지루하게 서 있거나 거짓말이라도 해주십쇼 하는 얘기지.」

홈스는 봉인을 뜯고 내용을 훑었다.

「아, 이런. 이건 흥미로운 일이 될 수도 있겠어.」

「그렇다면 초대장이 아니야?」

「응, 분명 사건 의뢰야.」

「귀족 의뢰인이라고?」

「잉글랜드 최고 귀족 중 한 명이야.」

「잘됐네, 축하해.」

「빈말이 아니라 왓슨, 나한테 의뢰인의 신분은 전혀 중요하지 않아. 사건의 흥미로움이 우선이지. 하지만 이번 사건에서는 신분 역시 흥미로울 것 같은데. 자네 요즘 신문들 열심히 보고 있지?」

「보시다시피.」 나는 구석에 한가득 쌓인 신문 더미를 가리키며 처량하게 대답했다. 「달리 할 일이 없어서 말이야.」

「잘됐어. 자네가 나한테 정보를 알려 줄 수 있겠군. 난 범죄 기사와 개인 광고 말고는 안 읽거든. 개인 광고란은 늘 유익하지. 자네가 최근 소식들을 샅샅이 훑었다면 세인트사이먼 경과 그의 결혼식에 관해서도 읽었겠지?」

「그럼. 정말 흥미롭게 읽었지.」

「잘됐군. 지금 내가 들고 있는 이 편지가 세인트사이먼 경한테서 온 거야. 읽어 줄 테니 자네는 대신에 저 신문 더미에서 관련 기사를 모두 찾아 주게. 편지엔 이렇게 쓰여 있어.

친애하는 셜록 홈스 씨,

백워터 경께서 홈스 씨의 판단과 통찰이라면 절대적으로 신용할 만하다고 말씀하셨습니다. 그래서 제 결혼을 둘러싼 매우 고통스러운 일과 관련해 직접 찾아뵙고 상담하려고 합니다. 런던 경찰국의 레스트레이드 씨가 이미 이 사건을 수사하고 계십니다만, 홈스 씨의 협조를 구하는 일을 반대하지 않을뿐더러 큰 도움이 될 거라고까지 말씀하십니다. 오후 4시에 찾아뵐 테니, 만약 다른 약속이 있으시더라도 매우 중차대한 이 일을 고려해 그 약속을 미뤄 주시면 감사하겠습니다.

그럼 이만 줄입니다.

로버트 세인트사이먼

그로스베너 저택에서 보냈고, 깃털 펜으로 썼어. 이 고귀하신 양반의 오른쪽 새끼손가락 바깥쪽에 잉크가 번졌군.」
홈스가 편지를 접으면서 말했다.

「아까 4시라고 했지. 지금 3시야. 한 시간 후면 오겠는걸.」

「자네가 도와주면 사건 내용을 살펴볼 시간은 있겠어. 신문을 뒤져서 관련 기사들을 시간순으로 정리해 줘. 그사이에 나는 우리 의뢰인이 어떤 사람인지 찾아보겠네.」 홈스는 벽난로 선반 옆에 가지런히 꽂힌 참고 서적 중 붉은 표지의 책을 꺼내 자리에 앉아 무릎 위에 책을 펼쳤다. 「여기 있군. 〈로버트 월싱엄 드 비어 세인트사이먼, 밸모럴 공작의 차남.〉흠! 〈문장: 하늘색, 방패를 가로지르는 띠 위에 세 개의 마름쇠가 있음. 1846년생.〉 나이는 41세. 결혼할 나이가 충분히 지났군. 전임 정부에서 식민지 차관을 지냈어. 부친인 세인트사이먼 공작은 외무 장관을 역임했지. 플랜태저넷 왕가의 직계 후손이고, 외가 쪽으로는 튜더 왕가의 피를 물려받았어. 하! 장황하게 쓰여 있기는 한데 쓸 만한 내용은 하나도 없군. 실속 있는 정보는 자네가 찾아 줘야겠어, 왓슨.」

「원하는 걸 찾기는 별로 어렵지 않지. 다 최근에 일어난 사건이고, 좀 놀랍기도 했거든. 하지만 자네한테 말하기가 망설여졌던 게, 자네는 조사 도중에 또 다른 사건이 끼어드는 걸 싫어하니 말이야.」

「아, 그로브너 광장의 가구 마차 사건 말이군. 그건 깔끔히 해결됐네. 사실 애초에 아주 빤한 사건이었지. 신문에서 찾은 내용이나 말해 주게.」

「이게 처음 언급된 기사일 거야. 『모닝 포스트』의 개인 광고란에 실린 내용인데, 보다시피 날짜는 몇 주 전이야. 읽어 줄게. 〈밸모럴 공작의 차남 로버트 세인트사이먼 경과 미국 캘리포니아주 샌프란시스코에서 온 앨로이시어스 도런 씨의 외동딸 해티 도런 양이 약혼했다. 소문이 정확하다면 곧 결혼식을 올릴 것이다.〉이게 전부야.」

「간결하게 요점만 썼군.」홈스가 긴 다리를 벽난로 쪽으로 뻗으며 촌평을 했다.

「같은 주에 어느 사교계 신문에 이 내용을 더 자세히 소개한 기사가 실렸어. 아, 여기 있네. 〈조만간 결혼 시장에서 보호 무역 제도를 요구하는 소리가 나올 것이다. 현재의 자유 무역 원칙은 우리 영국의 상품에 매우 불리한 것으로 나타나고 있기 때문이다. 영국 귀족 가문의 안주인 자리는 대서양을 건너온 아름다운 사촌들의 손에 하나씩 넘어가고 있다. 이 매력적인 침입자들이 차지한 전리품 목록에 중요한 한 줄이 지난주에 추가되었다. 20년 넘게 큐피드의 화살에 끄떡없었던 세인트사이먼 경이 이제 캘리포니아 백만장자의 매력적인 딸 해티 도런 양과 결혼할 예정이라고 분명히 밝힌 것이다. 웨스트버리 하우스 축제에서 우아한 자태와 빼어난 외모로 많은 관심을 끌었던 도런 양은 무남독녀로, 현재 그녀의 지참금은 무려 여섯 자리가 넘을 것이며 장차 받게 될 유산도 상당할 것으로 알려져 있다. 밸모럴 공작이 최근 몇 년 사이 소장한 그림을 팔아야 했다는 사정은 공공연한 비밀이며, 세인트사이먼 경 역시 버치무어의 작은 영지를 제외하면 재산이 없다. 따라서 이 결혼에서 득을 보는 사람이 공화국 숙녀에서 영국 귀족으로 손쉽게 신분을 바꿀 수 있는 캘리포니아의 상속녀만은 아닐 것이다.〉」

「다른 건 없어?」홈스가 하품하며 물었다.

「아니, 많아. 『모닝 포스트』에도 기사가 실렸는데, 이 결혼이 아주 조용하게 진행되고, 장소는 하노버 광장의 세인트조지 교회이며, 친한 친구 여섯 명만 초대된다는군. 그리고 피로연은 앨로이시어스 도런 씨가 사용하던 랭커스터 게이트의 가구 딸린 집에서 열린다는 내용이야. 그로부터 이틀 후 ― 그러니까 지난 수요일에는 ― 결혼식이 거행되었고 신혼여행은 피터스필드 근처 백워터 경의 영지로 갈 거라는 짤막한 기사가 실렸어. 신부가 사라지기 전에 나왔던 기사는 그게 전부야.」

「무슨 일이라고?」홈스가 화들짝 놀라며 물었다.

「신부가 사라졌다고.」

「그러면 언제 사라진 거야?」

「결혼 피로연 때.」

「그렇군. 생각보다 훨씬 흥미로운데. 아니, 아주 극적이야.」

「그래. 나도 참 별일이라고 생각했어.」

「보통 결혼식 전에 사라지거나, 가끔 신혼여행 중에 사라지는 일은 있지만, 이처럼 결혼식을 치르자마자 사고를 치는 경우는 없었던 것 같아. 좀 더 자세히 알려 줘.」

「미리 말해 두지만, 세부 내용이 완벽하지는 않아.」

「우리가 빈틈을 채워 넣을 수도 있겠지.」

「대단하진 않지만 어제 조간신문에 이런 기사가 났는데 읽

어 볼게. 제목은 〈상류 사회 결혼식에서 일어난 별난 사건.〉

〈로버트 세인트사이먼 경의 가족이 그의 결혼과 관련해 일어난 기이하고 마음 아픈 사건으로 경악을 금치 못하고 있다. 어제 자 신문에서 간단히 보도되었듯이 결혼식은 그제 아침에 치러졌다. 그러나 그동안 이상한 소문이 가라앉지 않았고, 이제야 사실이 확인되었다. 친구들은 쉬쉬하며 일을 덮으려고 했지만, 대중의 이목이 크게 쏠린 탓에, 사람들이 수군거리는 그 일을 무시하려 해도 소용이 없게 되었다.

하노버 광장의 세인트조지 교회에서 열린 결혼식은 매우 조촐했으며, 신부의 부친인 앨로이시어스 도런 씨, 밸모럴 공작 부인, 백워터 경, 유스터스 경과 클라라 세인트사이먼 부인(신랑의 남동생과 여동생), 그리고 앨리샤 휘팅턴 부인만이 참석했다. 식후 피로연 장소는 랭커스터 게이트에 있는 앨로이시어스 도런 씨의 집이었고, 조찬이 준비되어 있었다. 그런데 거기서 한 여성 때문에 작은 소동이 일어났던 것으로 보인다. 이름이 확인되지 않은 여성은 자신이 세인트사이먼 경의 약혼자라고 주장하면서 신부 측 사람들을 따라 집으로 들어가려 했다고 한다. 한참 소동이 벌어진 끝에 집사와 하인이 이 여성을 쫓아냈다. 다행히 신부는 이 불쾌한 소동이 벌어지기 전에 집에 들어간 후였고, 나머지 사람들과 함께 식탁에 앉아 있었으나 갑자기 몸이 불편하다며 방으로 들어갔다. 신부가 오랫동안 나타나지 않아 이런저런 말이 나오자, 신부의 아버지가 딸의 방으로 가보았다. 그러나 하녀에 따르면, 신부는 잠깐 방에 들렀다가 더블 코트와 보닛을 챙기고 황급히 복도를 내려갔다고 한다. 하인 한 명이 그런 차림을 한 숙녀가 집을 나가는 걸 보았지만, 신부는 하객들과 함께 있을 거라 생각했지 그 여성이 설마 신부일 줄은 몰랐다고 주장했다. 앨로이시어스 도런 씨는 딸이 사라진 것을 확인하고 신랑과 함께 곧바로 경찰에 연락했고, 대대적인 수사가 진행되고 있으므로, 이 기이한 사건은 조속히 해결될 것으로 보인다. 그러나 사라진 신부의 행방은 어젯밤 늦은 시각까지 오리무중이었다. 사건과 관련해 신부가 살해되었다는 소문이 있으며, 경찰은 애초 소동을 피운 여인이 질투 때문이든 다른 동기 때문이든, 신부의 기이한 실종과 연관이 있을 것으로 보고 여인을 체포했다고 한다.〉」

「그게 다야?」

「다른 조간신문에 짧은 기사가 하나 있는데, 자극적인 추측 기사야.」

「뭔데?」

「소동을 일으켰던 여성인 플로라 밀러 양이 체포되었어. 알레그로 극장의 발레리나였는데, 신랑과는 몇 년째 알고 지낸 것 같대. 더 이상은 특별한 내용이 없어. 사건이 신문에 실린 대로라면 이제 모든 게 자네 손에 달렸군.」

「여간 흥미로워 보이지 않는걸. 이런 사건이라면 무슨 일이 있어도 놓쳐선 안 되지. 벌써 벨이 울리는군, 왓슨. 4시가 조금 넘었으니 틀림없이 우리의 귀족 의뢰인일 거야. 자리 비울 생각은 꿈에도 하지 마. 내 기억이 아직 녹슬지 않았지만, 증인이 있는 쪽이 훨씬 좋으니까 말일세.」

「로버트 세인트사이먼 경이 오셨습니다.」 사환이 문을 열며 말했다. 호남형에 교양 있어 보이는 얼굴의 신사가 들어왔다. 안색이 창백하고 코가 높았으며, 입가엔 어딘가 성마른 느낌이 있었다. 서글서글하고 차분한 눈매에는 늘 명령하고 복종시키며 편안하게 살아온 사람 특유의 느낌이 있었다. 태도는 활달했지만 자세가 살짝 구부정했고, 걸을 때 무릎이 약간 구부러져서 전반적으로 겉늙어 보였다. 챙 끝이 말려 올라간 모자를 벗자 머리카락 전체가 희끗희끗했고, 정수리에는 숱이 듬성듬성했다. 옷차림은 목깃을 높이 세우고 검정 프록코트에 흰색 조끼를 입었으며, 노란 장갑, 에나멜가죽 구두, 밝은색 각반을 갖추어 튀지 않으면서도 세심하게 멋을 냈다. 그는 좌우로 두리번거리면서, 오른손으로는 금테 안경에 붙은 줄을 흔들며 천천히 안으로 들어왔다.

「안녕하십니까, 세인트사이먼 경.」 홈스가 일어서서 인사했다. 「거기 있는 고리버들 의자에 앉으시죠. 여기는 제 친구이자 동료인 왓슨 박사입니다. 벽난로 가까이 당겨 앉으시고, 사건 이야기를 들려주세요.」

「홈스 씨도 충분히 짐작하시겠지만 저에겐 말할 수 없이 괴로운 일입니다. 이 일로 깊은 상처를 받았죠. 홈스 씨는 이처럼 예민한 사건을 이미 여러 건 해결하셨다고 알고 있습니다. 물론 나와 같은 지위에 있는 사람이 의뢰한 사건은 아니겠지요?」

「아니요, 그렇지 않습니다. 경보다 더 높은 분의 사건을 맡은 적도 있습니다.」

「아니, 뭐라고요?」

「지난번에 이런 사건을 의뢰하신 분은 왕이셨습니다.」

「오, 정말입니까! 전혀 몰랐습니다. 어느 나라 왕입니까?」

「스칸디나비아 왕[1]이었죠.」

「뭐라고요! 왕비가 실종되었었나요?」

「잘 아시겠지만, 제가 경의 사건에서 약속드리는 것처럼 다른 고객의 비밀도 철저히 보장합니다.」 홈스가 점잖게 말했다.

「물론 그래야죠! 맞는 말씀입니다! 정말 죄송합니다. 제가 의뢰하는 사건을 속속들이 이해하는 데 도움이 될 정보는 뭐든 알려 드릴 각오가 되어 있습니다.」

「감사합니다. 신문에 난 내용은 모두 알고 있습니다만, 그이상은 모릅니다. 기사 내용이 정확하다고 받아들여도 되겠죠, 이를테면 신부의 실종과 관련된 이 기사 말입니다.」

세인트사이먼 경은 신문을 훑어보았다. 「네, 대체로 그렇습니다.」

「하지만 어떤 의견이든 드리기 위해서는 더 많은 내용을 알아야 합니다. 사실 관계를 정확히 파악하려면 경께 질문을 드려야 할 것 같습니다만.」

「어서 물어보세요.」

「해티 도런 양을 언제 처음 만나셨나요?」

「1년 전 샌프란시스코에서요.」

「미국을 여행하고 계셨군요?」

1 1872년 스웨덴 왕위에 오른 오스카르 2세를 가리킨다.

「네.」

「그때 약혼하신 겁니까?」

「아닙니다.」

「그래도 가까운 사이였겠죠?」

「저는 도런 양과 어울리는 게 즐거웠고, 그녀도 마찬가지인 것 같았습니다.」

「도런 양의 부친이 굉장한 부자라고요?」

「태평양 연안에서 최고 부자라고 들었습니다.」

「그분은 어떻게 돈을 벌었나요?」

「광산업으로요. 몇 년 전만 해도 별 볼 일 없는 양반이었어요. 그러다가 금광을 발견하고 투자해서 졸지에 떼돈을 벌었죠.」

「그 숙녀에 대한 인상은 어떠신지요. 아내분의 성격 말입니다.」

신사는 아까보다 빨리 안경을 흔들더니 난롯불을 바라보았다. 「저기, 홈스 씨. 장인이 부자가 된 시기는 제 아내가 스무 살이 지나서입니다. 그때까지 아내는 광산촌을 마음껏 뛰어다녔고, 숲과 산을 누비곤 했습니다. 학교보다는 자연에서 배운 사람이죠. 우리 영국에서 흔히 말괄량이라고 부르는 그런 여자예요. 강인하고 야성적이며 자유분방하고, 어떤 전통에도 얽매이지 않죠. 그만큼 충동적이기도 합니다. 솔직히 활화산 같다고 할까요. 결단을 내리는 데 신속하고, 행동에 옮기는 데 거침이 없습니다. 하지만 제 영광스러운 가문의 성을 그녀에게 준 이유는…….」 그는 잠깐 말을 멈추고 점잖게 헛기침을 했다. 「본바탕이 고귀한 귀족이라고 생각했기 때문입니다. 저는 그녀가 숭고한 헌신성을 갖추었고, 명예롭지 못한 일은 절대 용납하지 않을 거라고 믿었습니다.」

「사진을 가지고 계십니까?」

「이걸 가져왔습니다.」세인트사이먼 경은 로켓 펜던트를 열어 아주 사랑스러운 여인의 얼굴을 보여 주었다. 사진이 아니라 상아로 된 미니어처였는데, 윤기 나는 검은 머리에 크고 검은 눈, 아름다운 입을 생생히 살린 작품이었다. 홈스는 작은 부조를 한참 동안 열심히 뜯어본 후 뚜껑을 닫고 세인트사이먼 경에게 돌려주었다.

「그 후 숙녀분이 런던에 왔고, 다시 만나기 시작하셨군요?」

「네. 도런 양의 부친이 지난번 런던 사교 시즌에 그녀를 데려왔습니다. 저는 여러 번 도런 양을 만나다가 약혼했고, 결국 결혼까지 한 겁니다.」

「상당한 지참금을 가져왔다고 들었습니다.」

「적정한 지참금이지요. 저희 가문에서 보통 받는 정도입니다.」

「결혼을 하셨으니까, 지참금은 경이 소유하게 되는 것이지요?」

「사실 그 문제는 알아보지 못했습니다.」

「당연히 그러시겠죠. 결혼식 전날에 도런 양을 만나셨나요?」

「네.」

「기분이 좋아 보였습니까?」

「더할 나위 없이 좋은 것 같았습니다. 우리의 미래에 관해 끊임없이 이야기했으니까요.」

「그렇군요. 그거 아주 흥미롭네요. 그럼 결혼식 당일 아침에는요?」

「아주 밝은 표정이었습니다. 적어도 결혼식이 끝날 때까지는요.」

「그 후로 도런 양한테 어떤 변화라도 있었나요?」

「그게, 사실대로 말씀드리자면, 예식이 끝난 후에 처음 아내의 신경이 약간 날카로워졌다고 느꼈습니다. 하지만 그때 일은 너무 사소해서 말씀드릴 가치도 없고, 이 사건과 어떤 연관성이 있을 리 만무합니다.」

「그래도 말씀해 보시지요.」

「아, 말씀드리기도 유치합니다. 식이 끝나고 제의실로 가던 중에 아내가 부케를 떨어뜨렸어요. 신도석 앞을 지나고 있었는데, 부케가 신도석에 떨어졌습니다. 잠시 걸음이 지체되었는데, 신도석에 있던 신사가 부케를 집어 건네주더군요. 그게 나쁜 일이라고 할 수 없지요. 그런데 나중에 그때 일을 얘기했더니 퉁명스럽게 대답하더군요. 돌아오는 마차에서도 그렇게 사소한 일에 이상하리만치 마음을 쓰는 것 같았습니다.」

「그렇군요. 신도석에 한 신사가 앉아 있었다고 하셨죠. 결혼식 장소에 일반인들도 있었습니까?」

「아, 그럼요. 교회 문이 열려 있는데 들어오는 사람들을 막을 수는 없으니까요.」

「그 신사가 부인의 친지는 아닌가요?」

「아니, 아닙니다. 예의상 신사라고 말씀드렸지 아주 평범해 보이는 사람이었습니다. 별 특징이 없었어요. 그런데 얘기가 너무 핵심을 벗어난 것 같습니다.」

「그러니까 이제 세인트사이먼 부인이 된 도런 양은 결혼식에 갈 때와 달리 침울한 마음으로 돌아왔군요. 부인이 아버지 집에 다시 도착해서 무얼 했습니까?」

「하녀와 얘기를 나누는 걸 봤습니다.」

「하녀가 누굽니까?」

「앨리스라고 미국인인데, 아내와 함께 캘리포니아에서 왔습니다.」

「믿을 만한 하녀인가요?」

「좀 지나칠 정도죠. 제가 보기엔 주인이 하녀를 너무 방임하는 것 같았습니다. 물론 미국인들은 관점이 좀 다르긴 합니다만.」

「부인이 앨리스라는 하녀와는 얼마나 오래 얘기를 나누던가요?」

「아, 몇 분 정도였을 겁니다. 그때 저는 다른 문제를 생각하고 있었어요.」

「두 사람이 나누는 얘기는 못 들으셨고요?」

「아내가 〈가로채기〉 뭐 어쩌고 하더군요. 아내는 습관적으로 미국식 속어를 사용했기 때문에 무슨 말인지 알아듣지 못했습니다.」

「미국식 속어가 때로는 표현이 매우 풍부하지요. 그러면

330

부인은 하녀와 이야기를 끝낸 뒤 무얼 했습니까?」

「조찬이 준비된 방으로 들어갔습니다.」

「경과 팔짱을 끼고서요?」

「아뇨, 혼자서요. 그런 사소한 문제에는 매우 독립적인 여성이죠. 거기서 10분 정도 앉아 있다가 황급히 일어나더니, 뭐라고 사과의 말을 하면서 방을 나가 버렸습니다. 그러곤 돌아오지 않았어요.」

「그런데 앨리스라는 하녀는 부인이 방에 들어가서 긴 더블코트를 걸쳐 신부 드레스를 가리고, 보닛을 쓰고 밖으로 나갔다고 증언하고 있습니다.」

「그렇습니다. 나중에 아내가 플로라 밀러와 함께 하이드파크로 들어가는 모습을 봤다는 사람도 있습니다. 그날 아침 장인의 집에서 소동을 일으켜 현재 구금돼 있는 여성이죠.」

「아, 그렇죠. 그 젊은 여성에 대해 알고 싶습니다. 특히 경하고는 어떤 관계인지.」

세인트사이먼 경은 어깨를 으쓱하고 눈썹을 치켜올렸다. 「우리는 몇 년 동안 친하게 지냈습니다. 사실은 〈아주〉 친한 관계였다고 할 수 있죠. 플로라는 알레그로 극장에서 일했어요. 제가 야박하게 대하지는 않았으니, 저에 대한 불만은 없을 겁니다. 하지만 홈스 씨도 여자들이 어떤 존재인지 아시죠. 플로라는 사랑스럽긴 했지만, 성미가 급한 데다 저에게 너무 집착했습니다. 제가 결혼한다는 소문을 듣고는 협박 편지를 여러 통 보내기도 했습니다. 사실 그렇게 조용히 결혼식을 올린 이유도 교회에서 소동이 벌어질까 두려웠기 때문입니다. 플로라는 우리가 결혼식을 마치고 도런 씨의 집에 도착했을 때 찾아와서, 제 아내에게 매우 모욕적인 말을 퍼붓고 억지로 들어오려고 했습니다. 심지어 제 아내를 가만두지 않겠다고 협박까지 했지요. 저는 그런 소동을 예상하고 하인들에게 지시해 두었던 터라, 플로라 밀러는 곧 쫓겨나고 말았죠. 플로라는 소동을 피워 봤자 소용없음을 알고는 조용해졌습니다.」

「부인께서 그 소동을 들었습니까?」

「아뇨, 천만다행으로 듣지 못했습니다.」

「그런데 나중에 플로라라는 여성과 같이 걷는 게 목격되었다고요?」

「그렇습니다. 바로 그 점을 런던 경찰국의 레스트레이드 경위가 아주 심각하게 보고 있더군요. 플로라가 제 아내를 유인해서 끔찍한 함정에 빠뜨렸다고 말이죠.」

「하긴, 그런 추정도 가능하죠.」

「홈스 씨도 그렇게 생각하십니까?」

「일리 있다고 말씀드리지는 않았습니다. 경께서는 그렇게 보지는 않으시는군요?」

「플로라는 파리 한 마리 죽이지 못하는 성격입니다.」

「그래도 질투는 이상하게 사람을 바꿔 버리곤 하죠. 경은 이번 일이 어떻게 된 거라고 생각하십니까?」

「글쎄요, 저는 의견을 구하러 왔지 제 생각을 말하러 온 게 아닙니다. 저는 모든 사실을 털어놓았어요. 하지만 제 의견을 듣고 싶으시다니 말하겠습니다. 제 아내가 결혼으로 엄청난 신분 상승을 하게 되어 흥분한 나머지 정신적인 문제를 일으켰는지도 모른다는 생각이 들기도 합니다.」

「한마디로 부인에게 갑작스러운 착란이 일어났다는 건가요?」

「그게, 아내가 저한테 등을 돌린 이유를 다른 방식으로는 설명하기 힘든 것 같습니다. 사실 저한테 등을 돌렸다기보다 사람들이 열망해도 얻지 못하는 많은 것에 등을 돌린 것이니까요.」

「네, 분명 그것도 생각할 수 있는 가설이군요.」 홈스가 미소를 지으며 말했다. 「세인트사이먼 경, 이제 필요한 이야기는 거의 다 들은 것 같습니다. 하나 더 여쭙자면, 조찬 자리에서 창밖이 내다보이는 자리에 앉아 계셨습니까?」

「우리 자리에서는 길 건너와 공원이 내다보였습니다.」

「그렇군요. 이제 경을 보내 드려도 될 것 같습니다. 나중에 연락드리죠.」

「행운의 여신이 함께해서 선생이 이 문제를 해결해 주시기를……」 우리 의뢰인이 일어서며 말했다.

「벌써 해결했습니다.」

「네? 뭐라고요?」

「사건을 해결했다는 말입니다.」

「그럼, 아내는 어디 있습니까?」

「자세한 건 곧 알려 드리겠습니다.」

세인트사이먼 경은 고개를 저었다. 「제 생각에는 홈스 씨나 저보다 더 똑똑한 사람이 필요한 건 아닌지 모르겠습니다.」경은 이렇게 말하고는 옛날 방식으로 점잖게 인사하고 방을 나갔다.

「세인트사이먼 경이 내 머리를 자기 머리와 동급으로 봐주니 정말 영광이군.」셜록 홈스가 웃으며 말했다. 「반대 신문을 마쳤으니 소다수 섞은 위스키 한잔과 시가 한 대 해야겠구먼. 사실 난 의뢰인이 방에 들어오기 전에 이미 결론을 내렸지.」

「설마, 홈스!」

「전에도 말했지만, 이와 비슷한 사건에 관한 기록은 많아. 물론 이만큼 빨리 신부가 사라져 버린 사건은 없었지만 말이야. 세인트사이먼 경의 말을 듣고 나니 모든 추측이 확신으로 바뀌었네. 소로의 말을 인용하자면, 정황 증거는 우유에서 송어를 발견할 때처럼[2] 가끔은 아주 설득력이 있지.」

「하지만 자네가 들은 말은 나도 다 들었는걸.」

「자네는 나와는 달리 기존 사건에 대한 지식이 없잖아. 몇 년 전에 애버딘에서 비슷한 사건이 있었고, 프랑스-프로이센 전쟁 후에 뮌헨에서도 아주 비슷한 사건이 일어났지. 이건 그런 유형의 사건이야. 아니, 레스트레이드가 왔군! 어서 오세요, 레스트레이드! 저 간이 탁자 위에 잔이 하나 있습니다. 상자 안에 시가도 있고요.」

레스트레이드 경위는 더블 반코트를 입고 삼각 스카프를

---

2 우유 판매원이 우유에 강물을 탔다는 증거를 말한다. 헨리 데이비드 소로의 『일지』 중 1854년 11월 11일 자 글에서 나온 말. 〈어떤 정황 증거는 우유에서 송어를 발견할 때처럼 아주 강력하다.〉

두르고 있어서 꼭 선원 같아 보였는데, 손에는 검은 캔버스 가방을 들고 있었다. 그는 짧게 인사를 하며 자리에 앉고는 홈스가 건넨 시가를 받아 불을 붙였다.

「그런데 무슨 일이에요?」 홈스가 눈을 반짝이며 물었다. 「불만 가득한 얼굴인데요.」

「불만스럽다마다요. 지긋지긋한 세인트사이먼 경의 결혼 사건 때문입니다. 도무지 뭐가 뭔지 종잡을 수가 없어요.」

「그럴 리가! 놀랄 일이군요.」

「그렇게 뒤죽박죽인 사건을 들어 본 사람이나 있는지 모르겠습니다. 모든 단서가 내 손을 빠져나가는 느낌입니다. 온종일 끙끙대다 오는 길이에요.」

「몸이 푹 젖었는데 사건 때문인가요?」 홈스가 레스트레이드의 반코트 소매에 손을 얹으며 말했다.

「네, 서펀타인 연못[3]을 뒤지다 왔거든요.」

「아니, 왜요?」

「세인트사이먼 부인의 시체를 찾으려고요.」

셜록 홈스는 의자에 등을 기대고 껄껄 웃었다.

「트라팔가 광장 분수대 바닥은 뒤져봤습니까?」 홈스가 물었다.

「예? 무슨 말입니까?」

「시체를 찾을 가능성은 거기나 거기나 똑같을 테니까 말입니다.」

레스트레이드는 화가 났는지 내 친구를 노려보았다. 「어째

---

3 하이드 파크 안에 1730년에 만들어진 커다란 인공 연못.

이 사건에 관해 다 아는 것처럼 말씀하시네요」 그가 으르렁거리듯 말했다.

「뭐, 방금 사건 경위를 들었는데, 벌써 결론을 내렸습니다.」

「오, 그래요! 그럼 서펀타인 호수는 사건과 아무 관계가 없다는 건가요?」

「관계가 있을 가능성은 거의 없다고 봅니다.」

「그렇다면 우리가 그 호수에서 어떻게 이걸 찾아냈는지 설명해 주시겠습니까?」 레스트레이드는 가방을 열어 물결무늬 실크로 된 웨딩드레스와 하얀 공단 구두 한 켤레, 신부의 화관과 면사포를 바닥에 쏟아 놓았다. 모두 더럽혀지고 물에 젖어 있었다. 「자아, 이것도.」 그는 거기에 새 결혼반지를 내려놓았다. 「추리의 거장 홈스 선생이 이 문제를 풀어 보시죠.」

「오, 과연.」 내 친구는 고리 모양으로 파란 담배 연기를 내뿜으며 말했다. 「이것들을 서펀타인 호수에서 건졌군요?」

「아니. 호숫가에 떠 있는 걸 공원지기가 발견한 겁니다. 세인트사이먼 부인의 옷으로 확인되었는데, 옷이 거기 있었으니 멀지 않은 곳에 시신도 있을 겁니다.」

「그런 기막힌 추리대로라면, 모든 사람의 시체는 옷장 근처에서 발견되겠군요. 그래서 이것들을 보고 뭘 알아내려 했습니까?」

「이 실종 사건에 플로라 밀러가 연루되었다는 증거요.」

「그건 쉽지 않을 겁니다.」

「정말 그렇게 보십니까?」 레스트레이드가 씁쓸하다는 투로 소리쳤다. 「이번엔 홈스 씨의 논리와 추리가 별 쓸모가 없는 것 같군요. 몇 분 사이에 두 가지 실수를 저질렀으니까요. 이 드레스는 플로라 밀러 양과 관련이 있어요.」

「어떻게요?」

「이 드레스에 주머니가 하나 있는데, 거기에 명함 지갑이 들어 있죠. 지갑 안에 쪽지가 있고요. 바로 이거요.」 레스트레이드는 자기 앞의 탁자에 쪽지를 탁 내려놓았다. 「읽을 테니 들어 보시죠. 〈준비가 되면 만나기로 해요. 얼른 나오기를. F. H. M.〉 처음부터 내가 주장한 것은 세인트사이먼 부인이 플로라 밀러의 꼬임에 넘어갔다는 겁니다. 그리고 부인의 실종은 의심의 여지 없이 플로라 밀러와 공범들의 소행이고요. 틀림없이 자기 이름 머리글자를 쓴 이 쪽지를 문간에서 몰래 부인에게 쥐여 주고, 이걸로 부인을 꾀어낸 겁니다.」

「아주 좋아요, 레스트레이드.」 홈스가 웃으며 말했다. 「정말 훌륭합니다. 어디 좀 볼까요.」 홈스는 무심하게 쪽지를 받아 들었지만, 곧바로 뚫어지게 응시하더니 만족스럽게 작은 탄성을 질렀다. 「정말 중요한 단서로군요.」 그가 말했다.

「흥, 이제 아셨습니까?」

「아주 중요해요. 이걸 찾아내다니 진심으로 축하합니다.」

레스트레이드는 의기양양하게 일어서서 고개를 숙여 쪽지를 보았다. 「아니, 엉뚱한 데를 보고 있잖아요.」 그가 소리쳤다.

「여기가 중요한 쪽이에요.」

「이쪽 면이 중요하다고? 미쳤군요! 뒷면에 연필로 쓴 메모가 있어요.」

「이건 호텔 계산서 같네요. 아주 흥미롭습니다.」

「아무 내용도 없어요. 내가 살펴봤습니다.」레스트레이드가 항변했다. 「〈10월 4일, 객실 8실링, 아침 식사 2실링 6펜스, 칵테일 1실링, 점심 식사 2실링 6펜스, 셰리주 한 잔 8펜스〉거기에 뭐가 있다고.」

「그럴지도 모르지만 가장 중요한 단서입니다. 사실 뒤에 적힌 메모도 중요하고요, 아니 적어도 머리글자는 그렇습니다. 그러니 다시 한번 축하합니다.」

「공연히 시간만 낭비했습니다.」레스트레이드가 일어서며 말했다. 「수사는 발로 하는 것이지 벽난로 앞에 앉아서 머리나 쥐어짜는 게 아니죠. 안녕히 계십시오, 홈스 씨. 어느 쪽이 사건의 진상을 먼저 밝혀낼지는 두고 보면 알겠지요.」그는 옷가지들을 모아 가방에 쑤셔 넣고는 문으로 향했다.

「레스트레이드 경위님, 힌트가 하나 있습니다.」라이벌이 떠나기 전에 홈스가 느긋하게 말했다. 「이건 이 문제의 정답이라고도 할 수 있지요. 세인트사이먼 부인은 허구입니다. 그런 사람은 없고, 존재한 적도 없어요.」

레스트레이드는 딱하다는 표정으로 내 친구를 쳐다보았다. 그러더니 나를 보며 자기 이마를 가볍게 세 번 치고는 무겁게 고개를 흔들고 총총히 나가 버렸다.

방문이 닫히기 무섭게 홈스가 일어서서 외투를 입었다. 「발로 뛰어야 한다는 저 친구의 말은 일리가 있어. 그래서 말인데 왓슨, 신문 내용 정리는 잠시 자네한테 맡겨야겠어.」

셜록 홈스는 5시가 지나서 나갔지만, 나는 조용히 있을 틈이 없었다. 한 시간도 안 되어 어느 요식업자가 아주 크고 납작한 상자를 들고 왔다. 그는 같이 온 청년과 함께 상자를 열었고, 우리 하숙집의 보잘것없는 마호가니 식탁에 진수성찬이 차려지기 시작했는데 기절초풍할 정도였다. 차가운 멧도요 한 쌍, 꿩 한 마리, 푸아그라 파이, 먼지 앉은 해묵은 술병들이 놓였다. 온갖 호화로운 음식을 차려 놓은 두 방문객은 마치 『아라비안나이트』의 지니처럼 사라졌다. 음식 값은 계산이 끝났으며, 이 주소로 배달하라는 주문을 받았다는 말만 남겼을 뿐 다른 설명은 없었다.

9시가 되기 직전에 셜록 홈스가 활기차게 방으로 들어왔다. 표정은 심각했지만, 눈을 보니 실망스럽지 않은 결론을 내린 모양이었다.

「만찬이 준비되었군.」 홈스가 두 손을 비비며 말했다.

「손님들이 올 모양이군. 다섯 명분의 식사인 걸 보니.」

「응, 몇 사람이 올 거야. 세인트사이먼 경이 아직 도착하지 않았다니 놀랍군. 하! 계단을 올라오는 발소리가 경 같은데.」

아닌 게 아니라 부산스레 들어온 사람은 오전에 왔던 손님이었다. 여느 때보다 안경 줄을 세차게 흔들었고, 귀족적인 얼굴에는 매우 혼란스러운 표정을 띠고 있었다.

「제가 보낸 전갈을 받으셨군요?」 홈스가 물었다.

「네. 솔직히 내용을 보고 너무도 놀랐습니다. 확실한 근거가 있는 겁니까?」

「물론이죠.」

세인트사이먼 경이 의자에 풀썩 앉더니 손으로 이마를 쓸었다.

「공작께서 뭐라고 하실까요.」 그가 중얼거렸다. 「가족 중한 사람이 이런 수치스러운 일을 당했다는 소식을 들으신다면?」

「이건 그냥 사고입니다. 수치스러운 일이 절대 아닙니다.」

「아, 홈스 씨는 이 일을 다른 관점에서 보시는군요.」

「저는 누구 탓도 아니라고 봅니다. 그 숙녀분이 달리 어떻게 행동할 수 있었겠습니까. 다만 그렇게 급히 일을 처리한 점이 안타까울 뿐입니다. 모친도 안 계시니 그런 위기 상황에서 조언을 해줄 사람이 없었지요.」

「이건 모욕입니다, 공개적인 모욕.」 세인트사이먼 경이 손가락으로 탁자를 두드리며 말했다.

「경께서는 너무도 난처한 입장에 처한 이 가엾은 숙녀에게 관용을 베푸셔야 합니다.」

「어떤 관용도 베풀지 않겠습니다. 사실 매우 화가 납니다. 치욕스럽게 이용당한 거 아닙니까.」

「초인종이 울린 것 같군요」 홈스가 말했다. 「네, 계단을 오르는 발소리가 나네요. 관용을 베풀어 달라고 설득했지만 소용이 없을 경우를 대비해 저보다 유능한 대변인을 모셨습니다.」 홈스가 문을 열더니 한 숙녀와 신사를 안으로 들였다. 「세인트사이먼 경, 프랜시스 헤이 몰턴 부부를 소개합니다. 이 숙녀분은 이미 만나신 적이 있죠.」

새로 온 손님들을 보자 우리 의뢰인은 벌떡 일어나더니,

두 눈을 내리깔고 한 손을 프록코트 가슴 부위에 찌른 채 아주 꼿꼿이 서 있었다. 자존심을 다친 사람의 표정이었다. 숙녀가 재빨리 한 발짝 나서서 손을 내밀었지만, 그는 여전히 눈을 마주치지 않았다. 애원하는 여자의 얼굴을 보면 저항하기 어려울 테니 마음을 다잡기 위해서는 그럴 만했다.

「화가 나셨군요, 로버트.」숙녀가 말했다.「충분히 화날 만해요.」

「어떤 사과도 하지 마시오.」세인트사이먼 경이 씁쓸하게 말했다.

「오, 그래요. 제가 당신한테 너무 몹쓸 짓을 했어요. 떠나기 전에 말씀을 드렸어야 했어요. 하지만 프랭크를 본 순간 정말 당황했고, 제가 무얼 하고 있는지 무슨 말을 하고 있는지도 모르겠더군요. 제단 앞에서 바로 쓰러져서 정신을 잃지 않았다는 게 신기할 정도예요.」

「몰턴 부인, 자초지종을 설명하시는 동안 저와 제 친구는 나가 있을까요?」

「제가 한 말씀 드리겠습니다.」낯선 신사가 말했다.「이 일에 관해서 우리는 이미 너무 많은 비밀을 쌓아 왔습니다. 저로서는 유럽과 미국의 모든 사람에게 정확한 내막을 알려야 할 것 같네요.」이 사람은 몸집은 작지만 다부졌고, 햇볕에 그을린 얼굴에 인상이 날카롭고 움직임이 민첩했다.

「그럼 바로 우리 이야기를 말씀드리죠.」숙녀가 말했다.「여기 있는 프랭크와 저는 1881년 로키산맥 근처의 매콰이어 광산촌에서 만났어요. 아빠가 채굴권을 따낸 곳이었죠. 프랭크와 나는 서로 결혼을 약속했어요. 그러던 어느 날 아빠가 풍부한 금광을 발견했고, 큰돈을 벌게 되었지만, 불쌍한 프랭크가 불하받은 땅에서는 금맥이 보이는 둥 마는 둥 하다가 결국 아무것도 나오지 않게 되었죠. 아빠가 부자가 될수록 프랭크는 가난해졌어요. 그래서 아빠는 우리의 약혼을 더는 인정하지 않으려 했고, 저를 샌프란시스코로 데려가셨죠. 그래도 프랭크는 포기하지 않았어요. 저를 따라 거기까지 갔고, 아빠 모르게 저를 만났어요. 아빠가 알게 되면 노발대발하실 터라 우리는 나름대로 준비를 했어요. 프랭크는 자기도 돈을 벌러 떠나겠다고, 아빠만큼 부자가 되기 전에는 돌아오지 않겠다고 했어요. 저는 세상이 끝날 때까지 기다리겠다고 약속했고, 프랭크가 살아 있는 동안은 누구와도 결혼하지 않겠다고 맹세했죠. 그러자 프랭크가 말하더군요. 〈그럼 우리 당장 결혼하는 게 어때? 그러면 내가 어디 가 있든 마음이 놓일 거야. 돈을 벌어 돌아오기 전에는 남편 행세를 하지 않을게.〉 우리는 이 문제를 두고 이야기를 나누었고, 프랭크가 이미 목사님까지 대기시켜 모든 일을 멋지게 준비해 둔 덕에 바로 결혼했어요. 그 후 프랭크는 금광을 찾으러 떠났고, 저는 아빠한테 돌아갔어요.

얼마 후 프랭크가 몬태나에 있다는 소식을 들었어요. 그 후 애리조나로 탐사를 떠났다고 하더니, 나중에는 뉴멕시코에 갔다고 하더군요. 그러던 어느 날 신문에 한 광산촌이 아파치 인디언의 공격을 받았다는 기사가 아주 길게 났는데, 사망자 명단에 프랭크의 이름이 있는 거예요. 저는 정신을 잃고 쓰러졌고, 그 후 몇 달을 몸져누워 있었어요. 아빠는 제가 결핵에 걸렸다고 생각하시고 이 병원 저 병원에 데려갔는데, 샌프란시스코의 의사들 절반은 만나 봤을 거예요. 1년 넘게 프랭크의 소식이 들려오지 않자, 저는 프랭크가 정말 죽었다고 믿었죠. 그러던 차에 세인트사이먼 경이 샌프란시스코에 오셨고, 나중에 우리가 런던에 오면서 결혼 얘기가 나왔는데, 일이 성사되자 아빠는 매우 기뻐하셨죠. 하지만 세상의 어떤 남자도 제 마음에서 가엾은 프랭크의 자리를 차지하지는 못한다는 걸 저는 늘 알고 있었어요.

물론 세인트사이먼 경과 결혼했더라도 저는 제 의무를 다했을 거예요. 마음에 없는 사랑을 할 수는 없지만, 행동은 할수 있잖아요. 저는 충심을 다해 좋은 아내가 되겠다는 생각으로 그와 함께 교회 제단으로 나아갔어요. 그런데 제단으로 다가갈 때 얼핏 보니 신도석 맨 앞줄에서 프랭크가 저를 보고 서 있는 거예요. 그때 제 기분이 어땠을지 상상해 보세요. 처음에는 프랭크의 유령인 줄 알았죠. 하지만 다시 보니 여전히 그 자리에 있더군요. 마치 다시 봐서 반가운지 미안한지 묻는 듯한 눈빛을 보내면서요. 맥이 탁 풀려 금방이라도 쓰러질 것 같았어요. 세상이 온통 빙빙 도는 것 같았고, 목사님 말씀은 귓속에서 꿀벌이 붕붕거리는 소리 같았어요. 어떻게 해야 할지 모르겠더라고요. 결혼식을 중단시키고 교회에서 소란을 피워야 하나? 저는 다시 프랭크를 바라보았어요. 그는 제가 무슨 생각을 하는지 아는 것 같았어요. 손가락을 입술에 대고 가만히 있으라는 몸짓을 했으니까요. 그러더니 종잇조각에 무언가를 끄적거렸는데, 저한테 보내는 쪽지라는 걸 직감했죠. 제단에서 내려와 신도석 앞을 지날 때 저는 일부러 부케를 떨어뜨렸고, 그는 부케를 주워 건네면서 쪽지를 쥐어 주었어요. 딱 한 줄이 적혀 있었어요. 신호를 보내면 나오라는 거였지요. 물론 저는 누구보다 프랭크에게 의무를 다해야 한다는 사실을 한순간도 의심한 적이 없었기에 그가 시키는 대로 하기로 했죠.

집에 돌아간 뒤 저는 하녀에게 얘기했어요. 캘리포니아에서부터 프랭크를 알고 있었고, 그와도 친한 아이거든요. 하녀에게 아무 말도 하지 말라고 하고는, 몇 가지 물건과 더블코트를 챙겨 두라고 했죠. 세인트사이먼 경에게 사실을 말해야 했지만, 그분 모친을 비롯해 그토록 대단한 사람들이 있는 자리에서는 엄두가 나지 않았어요. 그래서 일단 달아났다가 나중에 설명하자고 생각했죠. 식탁에 앉은 지 10분도 안 되어 창밖으로 길 건너편에 있는 프랭크의 모습이 보였죠. 그는 저에게 손짓하더니 하이드 파크로 향하기 시작하더군요. 저는 자리를 빠져나와 외투를 걸치고 따라갔어요. 어떤 여자가 다가와 세인트사이먼 경에 관해 이런저런 얘기를 하더군요. 제대로 듣지는 못했지만, 그이 역시 결혼 전에 비밀이 있었다는 말 같았어요. 하지만 어찌어찌 그녀를 따돌리고 곧 프랭크를 따라잡았죠. 우리는 함께 마차를 타고 프랭크가 묵고 있던 고든 광장의 어느 하숙집으로 갔어요. 우리는 오랜 기다림의 세월을 견디고 드디어 부부가 되었어요. 프랭크는 아파치족에 포로로 잡혀 있다가 도망쳐서 샌프란시스코로 갔지만, 그가 죽은 줄 알았던 내가 그를 포기하고 영국으로 갔다는 얘기를 듣고, 나를 따라 영국으로 와서 마침내 저의 두 번째 결혼식 날 아침에 저를 마주쳤던 거예요.」

「신문에 난 기사를 봤어요.」 미국인이 설명했다. 「그녀의 이름과 교회 이름이 쓰여 있었지만, 어디 사는지는 나오지 않아 교회로 찾아갔습니다.」

「그런 다음 우리는 어떻게 할지 이야기했어요. 프랭크는 자초지종을 밝히자고 했지만, 저에게는 너무 부끄러운 일이라 그냥 사라지고 싶었어요. 다시는 누구도 보지 않고, 아빠한테는 제가 살아 있다는 소식이나 한 줄 전해야겠다고만 생각했죠. 아침 식탁에 둘러앉아 제가 돌아오기를 기다리는 모든 귀족 신사 숙녀분들을 생각하니 끔찍했고요. 그래서 프랭크는 제 행방을 추적할 수 없게 웨딩드레스와 웨딩 용품을 둘둘 말아서 아무도 찾지 못할 곳에 버렸어요. 우리는 내일 파리로 떠나려 했죠. 그런데 이 훌륭하신 신사분인 홈스 씨께서 오늘 저녁 우리를 찾아오셨어요. 어떻게 찾으셨는지는 모르겠지만, 이분은 제가 틀렸고 프랭크가 옳았다, 그리고 그렇게 몰래 숨어 버리는 행위는 잘못이라고 아주 명쾌하고 친절하게 설명하셨어요. 그러고는 세인트사이먼 경에게 조용히 얘기할 자리를 만들어 주신다고 제안하시기에 당장 찾아온 거예요. 로버트, 당신에게 고통을 드려서 정말 죄송해요. 그리고 저를 너무 천박하게 생각하지 말아 주세요.」

세인트사이먼 경은 뻣뻣한 태도를 조금도 누그러뜨리지 않았지만, 눈썹을 찌푸리고 입술을 앙다문 채 이 긴 이야기에 귀를 기울이고 있었다.

「미안합니다만, 이토록 사사로운 일을 이렇게 공개적으로 이야기하는 게 익숙하지 않습니다.」세인트사이먼 경이 말했다.

「그럼 저를 용서하지 않으실 건가요? 제가 떠나기 전에 악수도 안 하실 건가요?」

「오, 당신이 원하는 바가 그거라면.」그는 손을 내밀고 쌀쌀맞게 그녀의 손을 잡았다.

「화해의 의미로 모두 함께 식사를 하셨으면 합니다.」홈스가 말했다.

「그건 좀 지나친 요구 같군요.」경이 대답했다.「최근에 벌어진 일들을 어쩔 수 없이 받아들일 수는 있어도 당신들과 함께 웃고 떠들며 이야기하기는 힘들 것 같습니다. 괜찮다면 지금 작별 인사를 할까 합니다. 모두 좋은 밤 보내십시오.」세인트사이먼 경은 우리 모두를 향해 고개를 숙여 보이고 성큼성큼 방을 나갔다.

「그럼 적어도 두 분은 저와 함께해 주실 거라 믿습니다.」셜록 홈스가 말했다.「미국인을 만나면 늘 즐겁거든요, 몰턴 씨. 지난날 한 군주가 어리석음을 범했고 한 총리가 실수를 저지르긴 했어도, 저는 훗날 우리 아이들이 유니온잭과 성조기가 합쳐진 하나의 깃발 아래 세계 국가의 시민이 되는 날[4]

---

[4] 영국 왕 조지 3세와 총리 노스 경은 차에 대한 관세를 부과하며 〈보스턴 차 사건〉의 빌미를 주었고 이는 미국 독립 전쟁으로 이어졌다. 〈영미 재통합〉은 언론인 윌리엄 토머스 스테드William Thomas Stead(1849~1912)가 주창한 이념으로, 그는 궁극적으로 영어권 세계 전체의 연방을 꿈꾸었다. 코넌

을 보게 되리라고 믿는 사람입니다.」

「흥미로운 사건이었어.」손님들이 떠난 뒤 홈스가 말했다. 「얼핏 불가사의해 보여도 아주 간단히 설명할 수 있음을 분명히 보여 주는 경우야. 몰턴 부인이 설명한 사건의 전후 과정은 지극히 자연스럽지만, 런던 경찰국의 레스트레이드가 이야기한 대로라면 너무 이상하지 않나.」

「그렇다면 자네는 헷갈리지 않았다는 거야?」

「처음부터 두 가지 사실은 아주 분명해 보였어. 하나는 그 숙녀가 기꺼이 결혼식을 올리려 했다, 또 하나는 집으로 돌아오던 몇 분 사이에 결혼을 후회했다. 그렇다면 분명 그날 아침에 무슨 일이 일어나 심경의 변화를 일으켰다는 얘기야. 그게 무엇이었을까? 그녀는 신랑과 내내 같이 있었으니까 밖에서 다른 사람과 이야기했을 리 없어. 그렇다면 누구를 봤던 게 아닐까? 만약 누군가를 보았다면, 그 사람은 틀림없이 미국인이었겠지. 그녀가 영국에서 지낸 기간이 얼마 안 되기 때문에 그 사람 모습만 보고도 계획을 송두리째 바꿀 만큼 커다란 영향력을 미칠 사람은 영국인 중에는 없었을 거야. 그런 식으로 하나씩 지워 나가다 보면 그 숙녀가 미국인을 보았을 거라는 결론에 이르지. 그렇다면 이 미국인은 누구이기에 그렇게 엄청난 영향력을 미쳤을까? 틀림없이 연인이거나 남편이기 때문이겠지. 그녀가 거친 자연과 낯선 환경 속에서 어린 시절을 보냈다는 사실은 나도 알고 있었어. 세인

도일은 이 이념을 열렬히 옹호하며 영미 동맹을 촉진할 영미 협회 설립을 주장했다.

트사이먼 경의 설명을 듣기 전에 이미 그런 결론을 내렸지. 경은 신도석에 앉아 있던 남자와, 신부의 태도가 변했다는 이야기, 그리고 신부가 부케를 떨어뜨려 쪽지를 건네받는 너무도 빤한 수법, 믿음직한 하녀에게 의존했다는 이야기를 들려주었지. 임자가 있는 땅을 다른 사람이 빼앗는다는 의미로 광부들이 쓰는 〈가로채기〉를 언급한 것은 의미심장했지. 이런 것들을 종합해 보니 상황이 아주 분명해 보이더군. 그녀가 남자와 함께 달아났고 상대는 연인이거나 아니면 전남편인데, 후자일 가능성이 더 높았지.」

「대체 어떻게 그들을 찾아냈나?」

「자칫 어려울 수도 있었지. 하지만 레스트레이드가 본인도 그 중요성을 미처 깨닫지 못하는 정보를 손에 쥐고 있었네. 물론 머리글자도 매우 중요했지만, 그보다 더 중요했던 것은 문제의 남자가 최근 일주일 사이에 런던의 한 최고급 호텔에서 요금을 계산했다는 사실을 알게 된 거야.」

「최고급 호텔이란 사실은 어떻게 알았어?」

「요금이 비쌌거든. 객실 하나에 8실링, 셰리주 한 잔에 8펜스면 가장 비싼 호텔이란 얘기지. 런던에서 그 정도의 요금을 받는 호텔은 많지 않아. 아까 노섬벌랜드 대로에서 찾아간 두 번째 호텔에서 숙박부를 뒤지다가 프랜시스 H. 몰턴이라는 미국인 신사가 불과 하루 전에 호텔을 나갔다는 점을 알게 되었고, 관련 청구서 내역을 보다가 계산서 사본에서 보았던 바로 그 품목들을 발견했네. 몰턴 씨 앞으로 편지가 오면 고든 광장 226번지로 전달하게 되어 있기에 거기로 갔다가, 정말 운 좋게도 문제의 연인들을 발견한 거야. 나는 주 제넘지만 아버지 같은 마음으로 조언했네. 대중에게, 그리고 특히 세인트사이먼 경에게 그들의 입장을 분명히 밝히는 게 모든 면에서 좋을 거라고 말이야. 이 집에 와서 경을 만나라 고 했고, 자네도 알다시피 세인트사이먼 경도 여기 오도록 했지.」

「하지만 결과가 썩 좋지는 않았어.」내가 말했다. 「경이 그 다지 너그럽게 행동하지는 않았잖아.」

「아! 왓슨.」홈스가 웃으며 말했다. 「온갖 애를 써가며 구 애하고 결혼까지 했는데, 한순간에 아내와 부를 빼앗긴다면 아마 자네도 그렇게 나오지 않을까. 그 정도면 세인트사이먼 경은 아주 자비로운 편이었다고 봐야 할 거야. 다행히 우리 가 그런 처지에 놓일 일은 없을 테니 우리 운명에 감사해야 지. 자네 의자를 당겨 앉고 내 바이올린 좀 건네줘. 우리가 풀 어야 할 문제가 아직 하나 있잖나. 이 을씨년스러운 가을밤 을 어떻게 보낼까 하는 것 말이야.」

녹주석 코로넷

「홈스.」어느 날 아침 우리 하숙집 돌출 창으로 거리를 내다보다 내가 말했다. 「웬 미친 사람이 이쪽으로 오는군. 저렇게 혼자 나다니게 내버려 두다니 저 사람 식구들도 딱하군그래.」

내 친구는 안락의자에서 느릿느릿 몸을 일으키고는 실내복 주머니에 양손을 찌르고 내 어깨 너머로 거리를 내려다보았다. 밝고 쾌청한 2월 아침이었다. 전날 내린 눈이 아직 땅을 두껍게 덮은 채 겨울 햇살에 눈부시게 반짝이고 있었다. 베이커가의 차도 가운데는 오가는 마차들에 파여 푸석푸석한 눈이 갈색 띠를 이루고 있었지만, 차도 양쪽과 보도 가장자리에 수북한 눈은 내릴 때처럼 그대로 하얀색이었다. 회색 포석이 깔린 보도는 깨끗이 치워져 있었지만, 여전히 미끄러워 위험했으므로 평소보다는 행인들이 적었다. 실제로 메트로폴리탄역 방향은 기이한 행동으로 내 관심을 끄는 한 신사 말고는 아무도 없었다.

나이는 50대쯤 되어 보였고, 키가 크고 약간 뚱뚱했다. 이목구비가 뚜렷한 큼직한 얼굴에 풍채가 당당해서 위압적인 느낌을 주었다. 검정 프록코트와 반들거리는 실크해트, 깔끔한 갈색 각반, 재단이 잘된 은회색 바지 차림은 차분하면서도 부유해 보였다. 하지만 행동은 그런 옷차림과 풍채가 주는 위엄과는 딴판이었다. 다리를 많이 쓰는 데 익숙하지 않아 지친 사람처럼, 힘껏 달리다가도 이따금 폴짝거리곤 했다. 그렇게 달리면서 두 손을 위아래로 휘젓고 머리를 흔들고 있었고, 표정은 잔뜩 찌푸리고 있었다.

「대체 뭐가 문제지? 집 번지수를 살피고 있군.」 내가 말했다.

「여기로 오는 걸 거야.」 홈스가 두 손을 비비며 말했다.

「여기로?」

「그래. 나한테 자문을 구하러 오는 거겠지. 저 증상을 알 것 같아. 하! 내가 뭐라고 했나?」 홈스가 말하는 순간 남자는 헉헉거리며 우리 집 문 앞으로 달려왔고, 온 집 안이 울리도록 초인종 줄을 세게 잡아당겼다.

몇 분 후 신사는 우리 방에서 여전히 가쁜 숨을 내쉬며 부산스러운 몸짓을 보였지만, 슬픈 표정과 눈빛에 어린 절망이 너무도 역력해 우리는 곧바로 웃음을 거두고 놀랍고 측은한 마음으로 바라보았다. 그는 한동안 말을 꺼내지 못한 채 이성의 한계치까지 내몰린 사람처럼 몸을 흔들고 머리를 쥐어뜯었다. 그러다가 갑자기 벌떡 일어나 벽에 머리를 박았는데, 얼마나 세게 박았는지 우리 둘 다 달려가 그를 방 한가운데로 끌고 와야 했다. 셜록 홈스는 억지로 그를 안락의자에 앉혔고, 옆에 앉아 그의 손을 토닥이며 자신이 자유자재로 구사하는 편안하고 나긋한 말투로 이야기를 나누었다.

「저에게 이야기를 들려주려고 찾아오셨지요? 급히 오느라 지치셨군요. 기다리다 기운을 차리면 그때 말씀하세요. 제게 맡기실 문제가 무엇이든 기쁘게 살펴봐 드리겠습니다.」

신사는 1분 정도 가쁜 숨을 고르고 감정을 추스르며 앉아 있었다. 이윽고 손수건으로 이마를 훔치고 입술을 꽉 다물더니 우리 쪽으로 고개를 돌렸다.

「제가 미쳤다고 생각하시겠죠?」신사가 물었다.

「아주 중대한 문제로 고통받고 있다는 것은 알겠습니다.」 홈스가 대답했다.

「사실이 그렇습니다! 제정신이 달아날 정도로 너무도 갑작스럽고 너무도 끔찍한 문제가 생겼어요. 지금껏 티끌 하나의 오점도 없이 살아왔는데, 공개적으로 망신을 당할지도 모르겠습니다. 개인적인 불행이야 누구나 겪는 인간의 운명이겠지만, 나에겐 두 가지가 한꺼번에, 너무도 끔찍한 형태로 닥쳐서 내 영혼을 뿌리째 뒤흔들고 있습니다. 게다가 나 혼자만이 아니에요. 이 참사를 해결할 방도를 찾지 않는다면 이 나라에서 최고로 존귀하신 분이 고통받을 거요.」

「고정하십시오.」 홈스가 그를 달랬다. 「우선은 선생님이 누구신지, 무슨 일을 당하셨는지 명확히 설명해 주시면 좋겠습니다.」

「제 이름은 들어 보셨을 겁니다.」 우리의 손님이 말했다. 「저는 알렉산더 홀더, 스레드니들가에 있는 홀더 앤드 스티븐슨 은행에서 일합니다.」

아닌 게 아니라 우리가 잘 아는 이름이었다. 런던 시내에서 두 번째로 큰 민간 은행의 은행장 이름이기 때문이다. 대체 무슨 일로 런던에서 손꼽히는 명사가 이렇게 딱한 처지에 내몰렸을까? 우리는 호기심을 억누르며 그가 애써 마음을 가다듬고 다시 이야기를 시작할 때까지 기다렸다.

「촌각을 다투는 일입니다. 그래서 선생의 협조를 구하라는 경찰의 조언을 듣고 급히 여기로 온 겁니다. 지하철을 타고 베이커가에 내려서 거기서부터 달려왔어요. 이런 눈길에서는 마차가 빨리 가지 못하거든요. 그래서 숨이 가빴던 겁니다. 평소에 운동을 거의 하지 않는 사람이라서요. 지금은 좀 나아졌으니, 최대한 간단명료하게 사실을 말씀드리겠습니다.

두 분도 잘 아시겠지만, 은행 경영은 거래처와 예금주의 수를 늘리는 것에 못지않게 이익이 되는 투자처를 발굴하는 능력에 따라 좌우됩니다. 돈을 굴리는 가장 수익성 높은 방법 중 하나는 담보가 확실한 곳에 대출해 주는 거죠. 우리는 지난 몇 년 동안 이런 식으로 상당히 많은 실적을 쌓았고, 그림이나 도서, 접시를 담보로 대출해 간 귀족 가문도 많습니다.

어제 아침 사무실에 앉아 있는데, 직원 하나가 명함 한 장을 들고 왔더군요. 이름을 보고 화들짝 놀랐습니다. 그분은 바로, 아니, 그냥 세상 사람 모두가 아는 이름이라고만 해두는 편이 나을 것 같습니다. 어쨌거나 영국에서도 가장 지체 높은 분의 이름이니까요. 저는 영광스러워 몸 둘 바를 몰랐죠. 그분이 들어오셨을 때 그렇게 말하려 했지만, 그분은 내키지 않는 일을 얼른 해치우고 싶다는 듯 곧바로 용건을 말씀하시더군요.

〈홀더 씨, 선생께서 돈을 잘 대출해 주신다고 들었습니다.〉

〈저희 은행에서는 담보가 확실하면 해드립니다.〉

〈나한텐 굉장히 중요한 일입니다. 당장 5만 파운드가 필요해요. 물론 하찮은 액수니 친구들에게 부탁하면 이보다 열 배나 되는 금액을 빌릴 수도 있습니다만, 나는 이걸 사업상의 문제로 보고 직접 처리하고 싶거든요. 내 위치에서는 남에게 신세를 지는 게 현명하지 않다는 점은 잘 아시리라 믿습니다.〉

〈그럼 얼마 동안 쓰실지 여쭤봐도 되겠습니까?〉 제가 물었죠.

〈다음 주 월요일에 거액이 들어오는데, 그때 대출금을 확실히 갚겠습니다. 이자는 여기서 정한 대로 드리리다. 하지만 지금 당장 그 돈을 받는 게 굉장히 중요합니다.〉

〈제가 감당할 수 있는 액수라면 더 협상할 것도 없이 얼마든지 제 금고에서 내어 드릴 수 있습니다. 하지만 회사 돈을 꺼내 드리자면 절차가 복잡해서 상당히 번거롭습니다. 동업자를 봐서도 신분 고하를 막론하고 모든 절차를 밟아야 합니다.〉

〈나도 그러는 편이 좋습니다.〉 그분이 대답하시면서 의자 옆에 놓았던 검은색 모로코가죽으로 된 네모난 상자를 집어 들었습니다. 〈녹주석 코로넷[1]에 관해선 들어 본 적 있겠죠?〉

1 〈코로넷〉은 국가 행사에서 귀족들이 쓰는 작은 관 모양의 머리 장식이

〈대영 제국의 가장 귀중한 보물 중 하나죠.〉제가 대답했습니다.

〈정확합니다.〉그분이 상자를 열자, 부드러운 살색 벨벳 위에 그분이 말씀하신 장엄한 보관(寶冠)이 놓여 있었습니다. 〈여기에 커다란 녹주석 서른아홉 개가 박혀 있고, 금장식의 가격은 값을 매길 수가 없을 정도입니다. 이 코로넷의 가치는 아무리 적게 잡아도 내가 요청한 액수의 두 배는 될 겁니다. 담보로 이 보관을 맡기겠습니다.〉

저는 귀중한 상자를 건네받고는 약간 당황해서 상자와 고귀한 손님을 번갈아 쳐다보았죠.

〈이것의 가치를 의심하는 겁니까?〉그분이 묻더군요.

〈전혀 아닙니다. 저는 그저⋯⋯.〉

〈내가 그걸 맡겨도 되는지 의심하는 거군요. 그 점이라면 염려 놓으셔도 됩니다. 나흘 안에 되찾을 수 있다는 확신이 없다면 맡기는 일은 꿈도 꾸지 않았겠지요. 이건 순전히 형식적 절차입니다. 담보가 충분합니까?〉

〈충분합니다.〉

〈홀더 씨, 지금 저는 선생에 관해 들은 이야기를 모두 믿고 막강한 신뢰의 증거를 제시하고 있는 겁니다. 선생이 분별력이 있고 이 일에 관해 어떤 소문도 내지 않을 사람이라는 것은 물론, 각별히 조심해서 이 코로넷을 보관해 줄 거라고 믿

다. 여기서 말하는 것은 공작이 쓰는 코로넷으로, 보석이 박힌 딸기나 파슬리 잎 모양의 금판 장식 여덟 개가 들어간 금관이다. 〈녹주석〉은 에메랄드와 같은 화학 구조를 지녔으며, 연청록색 또는 노란색을 띤다.

어 의심치 않습니다. 만에 하나 이 코로넷이 조금이라도 손상되는 날에는 온 나라가 발칵 뒤집힐 거라는 점은 굳이 말할 필요도 없겠지요. 흠집 하나라도 생긴다면 보관을 통째로 잃어버린 것만큼 심각할 문제가 될 겁니다. 이런 녹주석은 세계 어디에도 없고, 대체하기도 불가능할 테니까 말입니다. 하지만 선생을 굳게 믿고 이걸 맡기고, 월요일 아침에 직접 찾으러 오겠습니다.〉

손님이 얼른 떠나고 싶어 하는 듯해 저는 아무 말도 하지 않았습니다. 그저 출납원을 불러, 그분에게 5만 파운드 수표를 드리라고 했지요. 하지만 다시 혼자가 되어 탁자에 놓인 귀중한 상자를 보게 되자, 엄청난 책임감이 엄습해 불안하기 짝이 없었죠. 국가 재산이니, 만에 하나 불행한 일이라도 생긴다면 끔찍한 파장이 따르겠지요. 괜히 그걸 받았다는 후회가 벌써 밀려오더군요. 하지만 일을 되돌리기에는 너무 늦었고, 그래서 상자를 제 개인 금고에 넣어 잠가 두고 다시 일을 시작했습니다.

그런데 퇴근 시간이 되자, 그토록 귀중한 물건을 사무실에 두고 나간다는 것은 경솔하다는 생각이 들었습니다. 전에도 은행 금고가 털린 적이 있는데 제 금고라고 안 털리겠습니까? 만약 그런 일이 생긴다면 저는 얼마나 끔찍한 상황에 처하게 될까요! 그래서 저는 며칠 동안만 출퇴근할 때 상자를 지니고 다니면서 꼭 손이 닿는 곳에 두겠다고 결심했습니다. 그런 생각으로 마차를 불렀고, 보물을 든 채 스트레덤에 있는 우리 집으로 갔습니다. 위층으로 올라가 상자를 제 옷 방의 서랍장에 넣고 잠그고 나서야 제대로 숨을 쉴 수 있었어요.

그런데 홈스 씨, 잠깐 제 식구들에 관해 말씀드리죠. 상황을 속속들이 이해하셨으면 하는 마음에서입니다. 마부와 하인은 우리 집에서 자지 않으니, 그들은 빼도 될 것 같습니다. 몇 해째 우리 집에서 지내는 하녀는 세 명인데, 전적으로 믿을 만하니 의심하지 않으셔도 됩니다. 또 한 명의 하녀, 시중을 드는 루시 파는 우리 집에 온 지 몇 달밖에 되지 않았죠. 하지만 성품이 훌륭하고 일을 똑 부러지게 잘해요. 아주 예쁜 처녀라서 그 아이를 흠모하는 청년들이 종종 주변을 어슬렁거리죠. 지금까지는 그게 유일한 흠이지만, 우리는 모든 면에서 아주 괜찮은 처녀라고 믿고 있습니다.

하인들 얘기는 이 정도로 하죠. 저희 식구는 아주 단출해서 설명할 것도 별로 없습니다. 저는 아내를 먼저 떠나보냈고, 아서라는 아들 하나가 있습니다. 참 한심한 녀석입니다, 홈스 씨, 아주 애물단지예요. 물론 다 제 탓입니다. 사람들은 제가 그 아이 버릇을 망쳤다고 하죠. 아마 그럴 겁니다. 사랑하는 아내가 세상을 뜨자 제가 사랑할 사람은 아들밖에 없다고 생각했지요. 아이 얼굴에서 한순간이라도 미소가 사라지는 걸 차마 볼 수가 없었습니다. 원하는 것은 뭐든 들어주었죠. 제가 좀 더 엄격했더라면 우리 둘한테 더 좋았겠지만, 제 딴에는 그게 최선인 줄 알았어요.

당연히 저는 아들이 제 사업을 이어야 한다고 생각했지만, 녀석에게는 사업가 기질이 전혀 없었어요. 거칠고 제멋대로라, 솔직히 말씀드려서 큰돈을 믿고 맡길 수가 없었지요. 어릴 때 귀족 클럽에 들어갔는데, 아들은 귀염성이 있어서 주머니가 두둑하고 돈 귀한 줄 모르는 회원들과 곧 친해졌습니다. 아들은 카드 노름에 빠지고 경마에 돈을 탕진하기 시작하더니, 결국 노름빚을 갚아야 한다고 용돈을 가불해 달라며 자꾸만 저를 찾아왔죠. 몇 번은 질 나쁜 사람들과 관계를 끊으려고 애쓰기도 했지만, 그때마다 친구인 조지 번웰 경의 말에 넘어가 다시 패거리에게 돌아가곤 했습니다.

사실 조지 번웰 경 같은 사람이 아들 녀석을 좌지우지하는 것도 이상한 일은 아닙니다. 아들이 몇 번 번웰 경을 우리 집에 데려왔는데, 그의 매력적인 태도에 저도 반해 버렸으니까요. 번웰 경은 아서보다 나이가 많고, 세상 물정에 밝은 사람입니다. 안 가본 데가 없고 보지 못한 것이 없으며, 재기 넘치는 입담에 용모까지 준수하지요. 하지만 그토록 화려한 존재로부터 멀리 떨어져 냉정하게 생각해 보면, 말투가 냉소적이고 눈빛도 개운치 않아 아주 미덥지 못한 사람이라는 확신이 듭니다. 저뿐만 아니라 여자의 예리한 직감을 가진 우리 메리도 같은 생각입니다.

이제 메리에 관해서만 설명하면 되겠군요. 메리는 제 조카입니다. 5년 전에 동생이 메리 혼자 남기고 세상을 뜨자, 제가 입양해서 친딸처럼 돌봤습니다. 메리는 우리 집의 햇살입니다. 사랑스럽고, 아름답고, 훌륭한 관리자이자 살림꾼이면서도, 어떤 여자보다도 다정하고 조용하고 상냥하지요. 제 오른팔과 같아요. 그 아이 없이 혼자 무얼 할 수 있을지 모르겠습니다. 딱 한 번 메리가 제 말을 거스른 적이 있었습니다. 아들 녀석이 메리를 굉장히 사랑하기 때문에, 두 번이나 청혼했는데 그때마다 거절했거든요. 아들 녀석을 올바른 길로 이끌어 줄 사람이 있다면 아마 메리일 겁니다. 결혼만 한다면 아서의 삶은 완전히 달라지겠죠. 하지만 어떡합니까! 너무 늦었어요, 너무 늦었다고요.

자, 홈스 씨. 이제 우리 집에 사는 사람들은 아셨을 테니, 저의 참담한 이야기를 이어 갈까 합니다.

그날 밤 저녁 식사를 마치고 거실에서 커피를 마실 때, 저는 고객 이름을 밝히지 않은 채 낮에 있었던 일과, 우리 집에 가져온 귀중한 보물에 관해 아서와 메리에게 이야기했습니다. 커피를 가져왔던 루시 파는 분명 거실을 나간 후였는데, 문이 닫혀 있었는지는 자신할 수가 없군요. 메리와 아서는 매우 흥미로워했고 유명한 코로넷을 보고 싶어 했지만, 저는 꺼내지 않는 게 낫다고 생각했지요.

〈그걸 어디 두셨어요?〉 아서가 물었습니다.

〈내 서랍장에.〉

〈그럼 밤새 도둑이 들지 않기를 바라야겠네요.〉

〈잠가 두었다.〉 제가 대답했어요.

〈아, 그 서랍장은 옛날 열쇠 중에 아무거나 넣고 돌려도 열릴 거예요. 어릴 때 저도 작은 방 찬장 열쇠로 연 적 있어요.〉

아서는 종종 엉뚱한 말을 하기 때문에 저는 대수롭지 않게 넘겨 버렸습니다. 하지만 그날 밤 아서가 아주 심각한 얼굴로 저를 따라 제 방으로 들어오더군요.

〈저기, 아버지.〉 아서가 눈을 내리깔며 말했습니다. 〈2백 파운드 좀 주시면 안 돼요?〉

〈아니, 안 된다!〉 저는 소리를 빽 질렀습니다. 〈그동안 돈에 관해선 너에게 지나치게 너그러웠어.〉

〈아주 잘해 주시긴 했죠. 하지만 그 돈이 꼭 필요해요. 돈이 없으면 다시는 클럽에 얼굴을 내밀 수 없어요.〉

〈그거 아주 잘된 일이구나!〉 제가 소리쳤습니다.

〈네, 하지만 제가 불명예스럽게 그 클럽을 떠나는 일은 원치 않으시겠죠. 전 그런 망신은 견딜 수 없어요. 어떻게든 돈을 마련해야 하는데, 아버지가 주시지 않으면 다른 방법을 찾아야 해요.〉

저는 화가 치밀어 올랐습니다. 이런 요구가 이번 달에만 벌써 세 번째였거든요. 〈나한테서는 땡전 한 푼도 받지 못할 줄 알아.〉 제가 소리치자 아서는 꾸벅 절을 하고 말없이 방을 나갔습니다.

아들 녀석이 나가자 저는 서랍장을 열어, 보물이 잘 있는지 확인하고 다시 잠갔습니다. 그런 다음엔 집 안을 돌아다니면서 문단속이 잘되었는지 확인하기 시작했지요. 평소에는 메리한테 맡기는데, 그날 밤은 직접 하는 게 나을 것 같아서였죠. 계단을 내려가면서 보니 메리가 홀의 창가에 서 있었는데, 제가 다가가자 창문을 닫고 잠그더군요.

〈저기, 아버지.〉 메리가 약간 불안해 보이는 표정으로 말하더군요. 〈루시한테 오늘 밤 외출해도 좋다고 허락하셨어요?〉

〈그런 적 없다.〉

〈루시가 방금 뒷문으로 들어왔어요. 쪽문에서 누군가를 만나고 온 것 같은데, 어쨌든 안전한 일은 아니니 그러지 말라고 해야겠어요.〉

〈내일 아침 루시한테 말하거라. 껄끄럽다면 내가 하마. 문단속은 확실히 했지?〉

〈확실히 했어요.〉

〈그럼, 잘 자라.〉 저는 메리한테 키스하고 제 침실로 올라가 곧 잠이 들었습니다.

홈스 씨, 사건과 관계가 있다 싶은 것은 하나도 빼놓지 않고 전부 말하려고 애쓰고 있습니다만, 명쾌하지 않은 점이 있다면 언제든 질문해 주세요.」

「아뇨, 선생의 설명은 아주 명쾌합니다.」

「지금부터는 특히나 명쾌하게 말씀드리고 싶은 대목입니다. 저는 깊이 잠드는 편이 아닌데, 불안감 때문인지 평소보다도 더 잠을 못 이루었습니다. 그러다가 새벽 2시쯤에 집 안에서 나는 소리에 잠을 깨었죠. 완전히 잠을 깼을 때는 그 소리가 그쳤지만, 어디선가 창문 하나가 가볍게 닫힌 듯했습니다. 저는 누운 채 귀를 바짝 세우고 있었습니다. 그런데 갑자기 옆방에서 살금살금 움직이는 발소리가 또렷이 들려 아주 무서웠습니다. 저는 침대를 빠져나와 두려워 몸을 떨면서 문틈으로 옆 방을 들여다보았지요.

〈아서!〉 소리가 절로 나오더군요. 〈이 못된 녀석! 이 도둑놈 같으니! 감히 코로넷을 건드리다니!〉

저는 가스등 불꽃을 반으로 줄여 두었는데, 이 못된 녀석이 셔츠와 바지만 입은 채로 코로넷을 들고 가스등 옆에 서 있는 겁니다. 그걸 비틀려는지 구부리려는지 용을 쓰고 있더군요. 그런데 제가 고함을 치자 코로넷을 떨어뜨리고는 얼굴이 새하얗게 질리더군요. 저는 얼른 코로넷을 집어 들고 살펴보았습니다. 녹주석 세 개가 박힌 금판 조각 하나가 사라지고 없었습니다.

〈이 망나니 같으니!〉 저는 분노로 눈이 뒤집혀 이성을 잃고 소리쳤습니다. 〈이걸 망가뜨리다니! 너 때문에 내가 평생 고개를 못 들게 됐어! 훔친 보석은 어디 있어?〉

〈훔치다뇨!〉 아서가 소리쳤습니다.

〈그래, 이 도둑놈아!〉 저는 아서의 어깨를 잡고 흔들며 소리를 쳤어요.

〈없어진 건 없어요. 없어질 리가 없어요.〉 아서가 항변하더군요.

〈보석 세 개가 없어졌다. 어디 있는지는 네가 알겠지. 도둑질도 모자라 거짓말까지 해? 또 하나를 떼어 내려고 기를 쓰던 걸 못 본 줄 알아?〉

〈이제 욕을 먹는 것도 지긋지긋하네요. 더 이상은 못 참겠어요. 아버지가 저를 모욕하시니 이 일에 관해서는 한마디도 하지 않겠습니다. 날이 밝는 대로 집을 나가 제 갈 길을 가겠습니다.〉

〈너는 이 길로 경찰서로 가야 할 거다!〉 저는 슬픔과 분노로 반쯤 정신이 나가서 소리쳤어요. 〈이 문제를 끝까지 파헤

치겠어.〉

　〈저한테서 아무것도 알아내지 못할 겁니다.〉아서는 어디서 그런 감정이 나왔나 싶을 만큼 울분을 토해 내더군요. 〈정 경찰을 부르시겠다면, 와서 조사하라고 하세요.〉

　이때쯤 저의 고함 소리에 잠을 깬 집 안 사람들이 움직이고 있었죠. 메리가 첫 번째로 제 방으로 달려왔고, 코로넷과 아서의 얼굴을 보고 무슨 일인지 알아채고는 비명을 지르더니 의식을 잃고 쓰러졌습니다. 저는 하녀에게 경찰을 부르라고 했고, 곧바로 수사를 맡겼습니다. 경위와 순경이 집에 들어오자, 그때까지 팔짱을 끼고 침울하게 서 있던 아서가 정말 자기를 절도 혐의로 고소할 생각이냐고 묻더군요. 저는 망가진 코로넷이 국가 재산인 만큼 이 일은 이미 개인적인 문제가 아니라 공적인 문제가 되어 버렸다고 대답했습니다. 모든 것을 법대로 처리해야 했어요.

　〈적어도 지금 당장 저를 체포하게 하지는 말아 주세요. 5분 동안만 밖에 나갔다 올게요. 그게 저한테나 아버지한테나 좋을 거예요.〉아서가 말했습니다.

　〈도망을 가거나 훔친 물건을 감출 속셈이구나.〉그렇게 말하고 나자 제가 끔찍한 처지에 놓였다는 게 실감 나더군요. 그래서 너 때문에 나의 명예뿐 아니라 나보다 훨씬 고귀하신 분의 명예마저 위태로워졌고, 온 나라가 뒤집어질 추문이 일어날 텐데 왜 그걸 모르느냐고 하소연했습니다. 사라진 녹주석 세 개를 어떻게 했는지만 말해 준다면 그런 일은 피할 수 있다고 사정했죠.

〈애야, 상황을 똑바로 직시하렴. 너는 현장에서 잡혔으니 자백하지 않으면 죄가 더 무거워질 거다. 하지만 녹주석들이 어디 있는지 말해서 네가 할 수 있는 만큼이라도 보상한다면, 모든 일을 용서하고 잊어 주마.〉

〈용서는 용서를 구하는 사람한테나 하시죠.〉 아서는 콧방귀를 뀌며 돌아서더군요. 아서는 너무 완강해서 제가 어떤 말을 해도 마음을 돌리지 않을 것 같았어요. 이제 방법은 하나밖에 없었습니다. 저는 경위를 불러 아서를 넘겼습니다. 곧바로 수색이 시작되었습니다. 아서의 몸뿐 아니라, 아이의 방과, 집 안에서 보석을 숨길 법한 구석을 모두 뒤졌지요. 하지만 보석은 흔적도 없었고, 아무리 설득하고 협박해도 그 못된 녀석은 입을 열려고 하지 않았습니다. 아서는 오늘 아침 감방으로 이송되었고, 저는 경찰서에서 모든 절차를 마치고 난 뒤 황급히 이리로 달려온 겁니다. 홈스 씨의 실력으로 이 사건을 해결해 달라고 부탁하려고 말입니다. 경찰은 지금으로선 할 수 있는 일이 없다고 대놓고 말하더군요. 필요하신 비용은 얼마든지 쓰셔도 됩니다. 이미 1천 파운드를 포상금으로 걸었습니다. 하느님, 저는 어떻게 하면 좋을까요! 저는 하룻밤 사이에 명예와 보석은 물론이고 아들까지 잃었습니다. 오, 어떻게 해야 합니까!」

홀더 씨는 양손으로 머리를 그러잡고 몸을 앞뒤로 흔들면서 도무지 슬픔을 가누지 못하는 아이처럼 속으로 웅얼거렸다.

셜록 홈스는 눈썹을 찌푸린 채 벽난로에서 눈을 떼지 않고 몇 분 동안 말없이 앉아 있었다.

「댁에 손님이 많이 옵니까?」홈스가 물었다.

「아닙니다. 제 동업자 가족들, 그리고 가끔 아서의 친구가 올 뿐입니다. 최근 조지 번웰 경이 몇 번 왔었고요. 이게 다인 듯합니다.」

「사교 모임에는 많이 나가십니까?」

「아서가 자주 갑니다. 메리와 저는 집에 붙어 있고요. 우리 둘 다 사람들과 어울리는 걸 좋아하지 않아서요.」

「젊은 아가씨가 집에만 있다니 특이하군요.」

「천성이 조용하죠. 게다가 그렇게 어리지도 않고요. 스물 네 살이거든요.」

「홀더 씨 말씀을 들으면 이번 사건이 메리 양에게도 충격이었나 봅니다.」

「끔찍하죠! 메리가 저보다 더 충격받았어요.」

「두 분 모두 아드님의 유죄를 전혀 의심하지 않으십니까?」

「제 두 눈으로 그 아이가 코로넷을 들고 있는 걸 봤는데, 안 그럴 수 있겠습니까?」

「그걸 결정적인 증거라고 볼 수는 없죠. 코로넷의 남은 부분도 손상되었나요?」

「네, 찌그러졌어요.」

「그렇다면 아드님이 그걸 똑바로 펴려고 했던 것은 아닐까요?」

「고맙기도 하시지! 아들 녀석과 저를 위해 그렇게 말씀하시는군요. 하지만 그건 무리입니다. 그럼 아들 녀석이 거기서 무얼 하고 있었단 말입니까? 아이가 결백하다면, 왜 그렇게 말하지 않았을까요?」

「맞는 말씀입니다. 그런데 만약 아드님이 죄가 있다면, 왜 거짓말로 둘러대지 않았을까요? 아드님의 침묵은 두 가지로 해석될 여지가 있는 것 같습니다. 이 사건에는 몇 가지 특이한 점이 있어요. 잠결에 들었던 소리에 대해 경찰은 뭐라고 하던가요?」

「아서가 자기 방의 문을 닫으면서 낸 소리였을 거라고 하더군요.」

「그것참 퍽이나 말이 되는 소리군요! 범죄를 저지르려는 남자가 집 안 사람이 다 깰 정도로 세게 문을 닫았다니요. 그렇다면 사라진 보석들에 관해서는 뭐라고 하던가요?」

「보석을 찾기 위해 지금도 온 집 안의 나무 벽을 두드리고, 가구도 뒤져 보고 있습니다.」

「집 밖을 찾아볼 생각은 하던가요?」

「네, 여간 열심히 하는 게 아닙니다. 이미 정원 전체를 샅샅이 뒤졌죠.」

「그렇다면 홀더 씨. 이 사건이 애초에 홀더 씨나 경찰이 생각했던 것보다 훨씬 더 심각하다는 게 분명한 것 같지 않습니까? 홀더 씨는 단순한 사건이라 생각하셨겠지만, 저한테는 굉장히 복잡해 보입니다. 말씀하신 내용을 검토해 보죠. 홀더 씨 생각대로라면, 아드님은 침대를 나와 큰 위험을 무릅쓰고 홀더 씨의 옷 방으로 갔고, 서랍장을 열어서 코로넷을 꺼내 코로넷의 일부를 힘껏 뜯어내어 서른아홉 개의 녹주석

중 세 개를 어딘가로 가져가 아무도 찾지 못하게 꽁꽁 숨긴 다음, 나머지 녹주석 서른여섯 개가 박힌 코로넷을 들고서 들킬 위험이 가장 큰 옷 방으로 돌아갔습니다. 자, 이게 말이 되는 이야기일까요?」

「하지만 달리 어떻게 설명할 수 있겠습니까?」 은행가가 절 망적인 몸짓을 하며 울부짖었다. 「만약 아들 녀석이 결백하 다면, 왜 사정 얘기를 하지 않는 걸까요?」

「그걸 알아내는 게 우리가 할 일입니다.」 홈스가 대답했다. 「그럼 홀더 씨, 괜찮으시다면 같이 스트레덤의 댁으로 가시 죠. 한 시간 정도 현장을 세세히 살펴볼까 합니다.」

내 친구는 나도 원정에 동참해야 한다고 주장했다. 지금껏 들은 이야기에 호기심과 동정심이 발동했던 터라 나는 얼마 든지 그럴 용의가 있었다. 솔직히 은행가의 아들이 유죄라는 것은 그의 불행한 아버지가 단정하는 것만큼이나 내게도 분 명해 보였지만, 그래도 홈스의 판단을 굳게 믿었기에, 그가 은행가의 설명에 만족하지 않는 한 얼마간 희망이 있을 것 같았다. 홈스는 런던 남쪽의 교외로 가는 동안 내내 입을 다 물고 앉아 있었고, 눈 바로 위까지 모자를 눌러쓴 채 고개를 떨구고 깊은 생각에 잠겨 있었다. 우리의 의뢰인은 얼핏 비 친 작은 희망의 불씨에 기운을 얻었는지, 심지어 자신의 업 무에 관해 두서없이 수다를 떨기도 했다. 얼마 후 기차에서 내려 잠깐 걸어가자, 그 중요한 은행가의 수수한 저택인 페 어뱅크가 나왔다.

페어뱅크는 흰색 돌로 지은 제법 큰 정사각형 저택으로,

길에서 약간 들어간 곳에 있었다. 잔디밭에는 눈이 쌓여 있었고, 마차 두 대가 다닐 만한 진입로가 입구의 커다란 두 짝 철문 앞까지 이어져 있었다. 오른쪽은 작은 잡목 숲이었는데, 도로에서 주방 문까지 뻗은 두 줄의 깔끔한 산울타리 사이의 오솔길로 이어져 있었다. 상인들은 이 길로 드나들었다. 왼쪽은 마구간으로 통하는 길이었는데, 사유지에 포함되지 않은 공유지였고, 다니는 사람이 거의 없지만 널찍했다. 홈스는 우리를 문간에 세워 둔 채 집 주변을 천천히 둘러보며, 집 앞쪽을 지나 상인들이 다니는 길로 내려갔다가 뒷마당을 돌아 마구간 길로 들어섰다. 시간이 한참 걸렸으므로 홀더 씨와 나는 식당으로 들어가 난롯가에서 홈스를 기다렸다. 우리가 말없이 앉아 있을 때 문이 열리더니 젊은 아가씨가 들어왔다. 보통보다 약간 큰 키에 가녀리고, 검은 머리에 검은 눈이 창백한 피부색 때문에 더욱 검게 보였다. 그렇게 무서울 만큼 창백한 여자 얼굴은 처음이었다. 입술은 핏기가 없었지만, 울어서 그랬는지 눈가가 붉었다. 미끄러지듯 조용히 들어오는 모습에서 그날 아침 우리가 은행가에게서 느낀 것보다 더 큰 슬픔이 느껴졌고, 누가 봐도 자제력이 엄청난 강인한 여자임이 분명했으므로 슬픔이 더욱 두드러져 보였다. 그녀는 나를 거들떠보지도 않고 곧장 백부에게 가더니 다정하고 여성스러운 손길로 그의 머리를 어루만졌다.

「오빠를 풀어 달라고 하신 거죠, 그렇죠?」그녀가 물었다.

「아니, 아니다. 이 사건은 철저히 조사해야 해.」

「하지만 전 오빠가 결백하다고 굳게 믿어요. 여자의 직감이 어떤지는 아시잖아요. 아서 오빠는 아무 잘못이 없고, 백부님은 그토록 모질게 대하신 일을 후회하실 거예요.」

「아서가 결백하다면 왜 설명을 못 하고 있겠니?」

「누가 알겠어요? 어쩌면 백부님이 오빠를 의심해서 너무 화가 나서 그랬을 거예요.」

「아서가 코로넷을 들고 있는 모습을 똑똑히 봤는데, 어떻게 의심하지 않을 수 있겠니?」

「아니, 오빠는 그냥 살펴보려고 했던 거예요. 부디 오빠가 결백하다는 제 말을 믿어 주세요. 이 일은 그만 접어 두시고 아무 말씀도 하지 마세요. 오빠가 감방에 있다고 생각하니 너무 끔찍해요!」

「보석을 찾을 때까지 절대 그만두지 않을 거다, 메리! 너는 아서를 아끼는 마음이 앞서다 보니 내가 얼마나 비참한 처지에 놓였는지 모르는구나. 이 사건을 조용히 무마할 생각은 없다. 대신에 더 철저히 조사해 달라고 런던에서 한 신사분을 모셔 왔다.」

「이분이신가요?」 그녀가 나를 돌아보며 물었다.

「아니, 친구분이다. 그분은 혼자 살펴보겠다고 하시더구나. 지금 마구간 가는 길을 둘러보러 가셨어.」

「마구간 길을요?」 그녀의 검은 눈썹이 올라갔다. 「거기 뭐 볼 게 있다고! 아, 저분이시군요. 선생님, 선생님은 아서 오빠가 이번 일에 죄가 없다는 제 믿음을 증명해 주시리라 믿어요.」

「저도 전적으로 같은 생각입니다. 그리고 아가씨처럼, 우리가 그걸 증명해 낼 거라고 믿고 있습니다.」 어느새 돌아온 홈스가 바닥 깔개로 가서 신발에 묻은 눈을 털며 말했다. 「지금 제 앞에 계신 분은 메리 홀더 양이시겠죠. 한두 가지 여쭤봐도 되겠습니까?」

「얼마든지요, 이 끔찍한 사건의 진상을 밝히는 데 도움이 된다면요.」

「어젯밤 아무 소리도 못 들으셨나요?」

「아무것도요. 백부님이 큰 소리를 내셔서 깼어요. 그 소리를 듣고 내려왔죠.」

「어젯밤 문단속을 하셨죠. 창문을 모두 잠그셨습니까?」

「네.」

「오늘 아침에도 다 잠겨 있었나요?」

「네.」

「애인이 있는 하녀가 있죠? 어젯밤에 하녀가 애인을 만나러 나갔다고 백부께 말씀하셨다던데요?」

「네, 하녀가 응접실에서 시중을 들었는데, 백부님이 하시는 말씀을 들었을지도 모르겠네요.」

「알겠습니다. 하녀가 애인을 만나서 코로넷 얘기를 했을 수 있다, 그리고 두 사람이 절도를 계획했을 수도 있다는 뜻이군요.」

「하지만 그런 막연한 추측이 무슨 의미가 있습니까.」 은행가가 짜증스럽게 소리쳤다. 「코로넷을 들고 있는 아서를 제가 봤다고 말씀드렸잖습니까.」

「잠깐만요, 홀더 씨. 그건 다시 얘기할 테니까요. 하녀 말입니다, 홀더 양. 그럼 하녀가 주방 문으로 돌아오는 걸 보셨 겠네요?」

「네. 주방 문이 잘 잠겼는지 확인하러 갔는데, 하녀가 몰래 들어오더군요. 어둠 속에서 그 남자도 봤고요.」

「아는 사람입니까?」

「그럼요. 우리 집에 채소를 배달해 주는 상인이에요. 이름 은 프랜시스 프로스퍼고요.」

「남자는 주방 문 왼쪽에 서 있었죠. 다시 말해, 문에서 조 금 떨어진 길 위쪽에 말입니다.」

「네, 그랬어요.」

「그리고 다리 한쪽은 나무 의족을 한 사람이죠?」

표정이 풍부한 젊은 아가씨의 검은 눈에 두려움 같은 것이 스쳐 지나갔다. 「어쩜, 마법사 같으세요. 그걸 어떻게 아셨어 요?」 그녀는 미소 지었지만, 홈스의 홀쭉하고 진지한 얼굴에 답례의 미소는 없었다.

「지금 위층으로 올라가 봤으면 합니다.」 홈스가 말했다. 「어쩌면 집 밖은 나중에 다시 둘러봐야겠군요. 올라가기 전 에 아래층 창문을 살펴보는 게 좋겠네요.」

홈스는 재빨리 이 창문 저 창문으로 자리를 옮기다가, 홀 에서 마구간이 내다보이는 커다란 창문에서 잠시 멈추었다. 그는 창문을 열더니 고배율 확대경으로 창틀을 아주 꼼꼼히 살폈다. 「이제 위층으로 올라가겠습니다.」 마침내 홈스가 말 했다.

은행가의 옷 방은 평범한 가구들이 놓인 작은 방으로 회색 카펫이 깔려 있었고, 커다란 서랍장과 긴 거울이 하나씩 있었다. 홈스는 먼저 서랍장으로 가더니 자물쇠를 집중적으로 살폈다.

「이걸 열 때 어떤 열쇠를 사용하셨습니까?」

「아들 녀석이 말했던 열쇠입니다. 쪽방 찬장 열쇠죠.」

「지금 가지고 계십니까?」

「화장대 위에 있는 그겁니다.」

셜록 홈스는 열쇠를 집어 들고 서랍장을 열었다.

「자물쇠 돌아가는 소리가 전혀 안 나는군요. 서랍장을 열 때 홀더 씨가 깨지 않으신 게 당연합니다. 아마 이게 코로넷이 든 상자겠죠. 안을 살펴보겠습니다.」 홈스가 상자를 열어 보관을 꺼내 탁자에 놓았다. 탁월한 세공술이 아낌없이 발휘된 걸작이었고, 서른여섯 개의 녹주석은 내가 본 것 중 최고였다. 그러나 코로넷의 한쪽이 휘어 쪼개져 있었다. 보석 세 개가 박힌 금판이 뜯겨져 나간 자리였다.

「자, 홀더 씨. 이쪽 금판은 불행히 사라져 버린 금판 조각과 똑같습니다. 이걸 한번 떼어 내 보시겠습니까?」

은행가는 두려워서 뒷걸음질 쳤다. 「세상에, 감히 생각도 못 할 일입니다.」

「그럼 제가 해보죠.」 홈스가 갑자기 온힘을 다해 금판을 잡아당겼지만 허사였다. 「약간 구부려지는 것도 같군요. 제 손아귀 힘이 아주 센 편이지만 이걸 부러뜨리려면 한참이 걸릴 겁니다. 보통 남자라면 할 수 없는 일이에요. 그런데 만약 이걸 부러뜨리면 어떻게 될까요? 권총을 쏠 때처럼 큰 소리가 날 겁니다. 이 모든 일이 홀더 씨 침대에서 겨우 몇 미터 거리에서 일어났을 텐데, 아무 소리도 못 들었다고 하셨죠?」

「어떻게 된 일이지 갈피를 잡지 못하겠군요. 뭐가 뭔지 모르겠습니다.」

「계속 조사해 보면 하나씩 알게 되겠죠. 메리 양은 어떻게 생각하십니까?」

「저도 백부님만큼이나 당황스러워요. 뭐가 뭔지 모르겠어요.」

「홀더 씨가 보셨을 때 아드님은 구두나 슬리퍼를 안 신고 있었죠?」

「바지와 셔츠 외에는 아무것도 걸치고 있지 않았어요.」

「감사합니다. 이번 현장 조사에서 우리에게 큰 행운이 따르는 것 같습니다. 그런데도 이 사건을 해결하지 못한다면 전적으로 우리 잘못일 겁니다. 홀더 씨, 허락하신다면 집 밖을 계속 조사해 볼까 합니다.」

홈스는 쓸데없이 발자국을 남기면 조사가 더 힘들어질 거라면서 혼자 살펴보겠다며 밖으로 나갔다. 한 시간쯤 지났을까, 마침내 그가 눈이 묻어 무거워진 발을 끌며 늘 그렇듯 속내를 알 수 없는 표정으로 돌아왔다.

「이제 봐야 할 것은 다 본 듯합니다, 홀더 씨. 저는 그만 집으로 돌아가 보겠습니다.」 홈스가 말했다.

「하지만 보석은요, 홈스 씨. 보석은 어디 있습니까?」

「아직 알 수 없습니다.」

은행가는 두 손을 쥐어짜듯 하며 외쳤다. 「그것들을 다시는 못 보겠군요! 그럼 제 아들은요? 희망은 있는 겁니까?」

「제 생각은 바뀌지 않았습니다.」

「그러면 어젯밤 우리 집에서 대체 어떤 해괴한 일이 벌어졌단 말입니까?」

「내일 오전 9시에서 10시 사이에 베이커가에 있는 저희 집에 오시면, 최대한 명쾌하게 설명해 드리겠습니다. 저는 홀더 씨를 대신해서 보석을 되찾는다는 조건으로, 활동비로 백지 수표를 받는 걸로 알고 있겠습니다. 제가 쓸 수 있는 금액에 제한은 없겠죠?」

「보석을 되찾을 수만 있다면 제 전 재산이라도 드리겠습니다.」

「좋습니다. 그때까지 이 사건을 잘 살펴보도록 하지요. 안녕히 계십시오. 어쩌면 저녁이 되기 전에 다시 여기에 올 수도 있을 것 같습니다.」

이때쯤 홈스는 이 사건의 결론을 내렸음이 분명했지만, 어떤 결론인지는 도무지 짐작할 수도 없었다. 집으로 돌아오는 길에 나는 몇 번이나 홈스의 의중을 떠보려고 애썼지만, 그는 항상 엉뚱한 이야기로 빠져나갔고 결국 풀이 죽은 나는 포기하고 말았다. 하숙집에 도착하니 3시가 조금 안 된 시각이었다. 홈스는 급히 자기 방으로 가더니 몇 분 후 흔히 보이는 건달 차림을 하고 다시 내려왔다. 목깃을 세우고, 닳아서 반들거리는 허름한 외투를 입고, 붉은 스카프를 매고, 해진 구두를 신으니 백수건달이 따로 없었다.

「이 정도면 되겠지.」 홈스는 벽난로 위의 거울을 보며 말했다. 「자네도 같이 가면 좋겠지만, 이번엔 안 될 것 같아, 왓슨. 내가 이 문제를 제대로 짚었을 수도 있고, 도깨비불을 쫓는 것일 수도 있어. 하지만 어느 쪽인지는 곧 알게 되겠지. 몇 시간 후에 돌아올 거야.」 홈스는 보조 탁자에 놓인 쇠고기 덩어리에서 한 조각을 얇게 잘라 두 개의 둥근 빵 사이에 끼우더니, 대충 만든 이 샌드위치를 주머니에 넣고 밖으로 나갔다.

홈스가 돌아온 건 내가 차를 막 다 마셨을 때였다. 기분이 좋은지 낡은 고무장화 한 짝을 손에 들고 흔들면서 들어와 구석에 던지고는 차를 한잔 마셨다.

「지나가다가 들렀어. 바로 다시 나갈 거야.」 그가 말했다.

「어디 가는데?」

「아, 웨스트엔드의 반대편에. 약간 시간이 걸릴 거야. 늦으면 기다리지 말고 먼저 자.」

「일은 잘돼 가나?」

「뭐, 그럭저럭. 불만스럽지 않을 정도. 아까는 스트레덤에 갔었지만, 그 집에는 들르지 않았지. 정말 흥미로운 사건이야. 무슨 일이 있어도 놓치지 않을 생각이네. 하지만 여기 앉아 노닥거릴 시간이 없어. 이 꼴사나운 옷을 벗어 버리고 품격 있는 본디 모습으로 얼른 돌아가야지.」

홈스의 말은 무덤덤했지만, 태도로 보아 아주 만족해하고 있음을 알 수 있었다. 두 눈은 반짝였고, 핼쑥한 뺨에 홍조까지 돌았다. 홈스는 급히 위층으로 올라갔고, 몇 분 후 현관문이 쾅 닫히는 소리가 들렸다. 홈스가 또 한 번 기분 좋은 사냥을 떠난 것이다.

자정까지 기다렸지만, 홈스가 돌아올 기미가 없자 나는 내 방으로 들어갔다. 그가 맹렬히 사건을 추적하고 있을 때는 며칠 밤낮을 들어오지 않는 경우가 종종 있었기 때문에, 늦는 것 정도는 놀랄 일이 아니었다. 홈스가 몇 시에 들어왔는지는 모르지만, 아침에 식사하러 내려가 보니 그가 상쾌하고 말끔한 모습으로 한 손에는 커피를, 다른 손에는 신문을 들고 있었다.

「자네 없이 먼저 식사를 시작해서 미안하네, 왓슨.」홈스가 말했다. 「하지만 우리 의뢰인이 오늘 아침 일찍 오기로 한 일은 잊지 않았지?」

「아니, 9시가 넘었네. 그가 왔다고 해도 해도 놀랄 일은 아니군. 방금 초인종 소리가 난 것 같아.」

과연 우리 의뢰인인 은행가였다. 하룻밤 사이 외모가 너무 변해 충격적이었다. 원래 넓고 큰 편에 속했던 얼굴은 이제 핼쑥하니 꺼져 있었고, 머리카락은 한층 더 하얘진 것 같았다. 힘없이 축 처져서 들어온 모습은 어제 아침에 야단법석을 떨 때보다 훨씬 더 안쓰러웠다. 그는 내가 밀어 준 안락의자에 풀썩 주저앉았다.

「제가 무슨 잘못을 했기에 이렇게 혹독한 심판을 받는지 모르겠습니다.」홀더 씨가 말했다. 「이틀 전만 해도 세상에 근심 하나 없이 행복하고 잘나가는 사람이었는데 말이죠. 지금은 명예도 잃고 외롭기 짝이 없는 늙은이가 되어 버렸네요. 불행은 꼬리를 물고 온다더니 제 조카 메리가 저를 버리고 떠났습니다.」

「떠났다고요?」

「네. 오늘 아침에 보니 침대에서 잔 흔적이 없더군요. 방은 비어 있고, 홀 탁자에 제 앞으로 쓴 쪽지가 한 장 놓여 있었습니다. 어젯밤에 화가 나서가 아니라 슬퍼서, 메리더러 제 아들과 결혼했더라면 모든 일이 잘 풀렸을 거라고 말했거든요. 그런 말을 하다니 제가 정신이 나갔었나 봅니다. 메리가 이 쪽지에서 그렇게 말하네요.

사랑하는 삼촌, 저 때문에 이런 문제가 생긴 것 같아요. 제가 처신을 잘했더라면 이런 끔찍한 불행은 일어나지 않았을 거예요. 자꾸만 이런 생각이 들어서 두 번 다시 삼촌과 행복하게 살 수 없어요. 삼촌을 영원히 떠나야 할 것 같아요. 제 앞길은 준비되어 있으니 걱정하지 마세요. 그리고 무엇보다 저를 찾지 마세요. 그래 봐야 소용없는 일이고, 저한테도 도움이 되지 않을 테니까요. 살아서든 죽어서든 삼촌을 영원히 사랑해요.

메리 올림

이게 대체 무슨 뜻일까요, 홈스 씨? 혹시 목숨이라도 끊겠다는 얘기는 아닐까요?」

「아니, 아닙니다. 그렇지 않습니다. 아마 이게 최선의 해결책일 겁니다. 홀더 씨, 이제 문제가 거의 해결되어 가는 듯합니다.」

「아니! 과연! 뭔가 들으신 게 있군요, 홈스 씨, 뭔가 알아내셨군요! 보석은 어디 있습니까?」

「보석 하나에 1천 파운드면 지나친 액수라고 생각하지는 않으시겠죠?」

「1만 파운드라도 내지요.」

「그럴 필요는 없습니다. 3천 파운드면 해결됩니다. 그리고 약간의 현상금도 있으니까요. 수표책 가지고 계신가요? 펜 여기 있습니다. 4천 파운드 써주시면 좋겠군요.」

은행가는 멍한 표정으로 홈스가 요구한 액수를 써주었다. 홈스는 책상으로 가더니 보석 세 개가 박힌 작은 삼각형 금판을 꺼내 탁자 위로 던졌다.

우리의 의뢰인은 기뻐서 소리를 지르며 그것을 꼭 쥐었다.

「찾으셨군요!」 그가 숨넘어가는 소리를 냈다. 「살았습니다! 저는 살았어요!」

은행가가 기뻐하는 반응은 슬퍼할 때만큼이나 격렬했고, 그는 되찾은 보석을 꼭 껴안았다.

「홀더 씨가 빚진 게 하나 더 있습니다.」 셜록 홈스가 약간 엄격하게 말했다.

「빚이요!」 그가 펜을 잡았다. 「액수만 부르세요. 얼마든지 드리겠습니다.」

「아니, 저한테 빚진 게 아닙니다. 고귀한 청년인 아드님께 아주 깊이 사과하셔야 합니다. 아드님은 이 사건에서 아주 훌륭하게 처신했습니다. 저한테 이런 아들이 있다면 정말 자랑스러웠을 겁니다.」

「그렇다면 보석들을 가져간 자가 아서가 아니란 말입

니까?」

「어제 말씀드렸지요. 오늘 다시 말씀드립니다만, 범인은 아드님이 아니었습니다.」

「정말이군요! 그렇다면 당장 그 아이한테 가봐야겠습니다. 진실이 밝혀졌다고 알려 줘야지요.」

「아드님은 이미 알고 있습니다. 제가 이 사건의 결론을 내고 아드님을 만나 봤는데, 아무 말도 하지 않으려 하기에 제 생각을 말해 주었습니다. 아드님은 제 이야기가 맞다고 고백할 수밖에 없었고, 아직 제가 확실히 풀지 못한 몇 가지 내용까지 덧붙여 설명해 주더군요. 하지만 오늘 아침 홀더 씨가 가져오신 소식을 들으면 아드님이 입을 열지도 모르겠군요.」

「그렇다면 어서 말씀해 주세요. 이처럼 해괴한 사건이 어떻게 일어난 겁니까!」

「그러죠, 제가 진실을 밝혀 내기까지 추리해 나간 단계를 설명해 드리겠습니다. 하지만 먼저 제 입으로 말씀드리기 힘들고, 홀더 씨도 듣기 괴로운 부분부터 말씀드리겠습니다. 조지 번웰 경과 조카분인 메리 양이 그렇고 그런 사이였습니다. 지금 두 사람은 함께 달아났고요.」

「우리 메리가요? 그럴 리가 없습니다!」

「불행히도 모두 사실입니다. 확실해요. 홀더 씨도 아드님도 번웰 경을 집 안으로 들이셨을 때 그의 진짜 본색을 전혀 모르고 계셨죠. 그는 영국에서 손에 꼽을 정도로 위험한 사람입니다. 파산한 노름꾼이자 구제 불능의 악당이고요. 인정이나 양심은 눈곱만치도 없는 파렴치한이에요. 메리 양은 그런 남자들에 관해서는 아는 바가 없었죠. 그자가 수많은 여자에게 했던 것처럼 달콤한 말을 속삭이자, 메리 양은 그의 사랑을 얻은 여자는 자기뿐이라고 착각하게 되었죠. 번웰이 뭐라고 했는지는 아무도 모르지만, 결국 메리 양은 그자의 꼭두각시가 되었고, 거의 매일 밤 그를 만나고 있었습니다.」

「그 말은 믿을 수도 없고, 믿지도 않겠습니다!」 은행가는 얼굴이 잿빛이 되어 소리쳤다.

「그렇다면 그날 밤에 홀더 씨 댁에서 있었던 일을 말씀드리죠. 메리 양은 홀더 씨가 잠들었다고 생각하고는 몰래 빠져나와 마구간 길 쪽으로 난 창문을 통해 연인과 이야기를 나누었습니다. 그의 발자국이 눈 위에 찍혀 있었는데 그가 거기 오래 서 있었다는 얘기죠. 메리 양은 코로넷에 관해 말했습니다. 재물 욕심에 눈이 뒤집힌 그자는 메리 양을 꼬드겼습니다. 메리 양이 홀더 씨를 사랑한 건 확실하지만, 사랑하는 연인이 생기면 다른 사람은 까맣게 잊어버리는 여성들이 있는데, 조카분도 그런 여성 중 한 명이 아니었나 싶습니다. 메리 양은 그의 지시를 받자마자 마침 홀더 씨가 아래층으로 내려오는 것을 보았고, 재빨리 창문을 닫았습니다. 그러고는 하녀가 나무 의족을 한 연인과 연애 행각을 벌인다는 말을 늘어놓았는데, 그런 얘기 자체는 완벽한 사실이었죠.

그런데 아드님은 홀더 씨와 이야기를 나눈 뒤 침실로 돌아갔지만, 클럽에서 진 빚 때문에 마음이 무거워 잠을 이루지 못했습니다. 그러다 한밤중에 문 앞을 지나가는 가벼운 발소리를 듣고 일어나 밖을 내다보았고, 살금살금 복도를 걸어가 홀더 씨의 옷 방으로 들어가는 메리 양을 보고 놀랐죠. 몸이 굳을 정도로 놀란 아드님은 옷을 대강 걸치고 나와 이 이상한 일이 어떻게 흘러가는지 보려고 어둠 속에서 기다리고 있었습니다. 이윽고 메리 양이 옷 방에서 나왔는데, 아드님은 복도의 램프 불빛으로 그녀가 귀중한 코로넷을 들고 있는 걸 보았죠. 메리 양이 아래층으로 내려가자, 아드님은 두려움에 떨면서 얼른 홀더 씨 방문 근처의 커튼 뒤에 숨었습니다. 거기서는 아래 홀에서 벌어지는 일을 볼 수 있었으니까요. 아드님은 메리 양이 조심스레 창문을 열고 코로넷을 어둠 속에 있는 누군가에게 건네고 창문을 닫은 뒤, 아드님이 숨어 있는 커튼 바로 앞을 지나 서둘러 자기 방으로 가는 것까지 보았죠.

메리 양이 현장에 있는 한 아드님이 어떤 행동이라도 했다면 사랑하는 여인의 끔찍한 소행이 드러날 수밖에 없었겠죠. 하지만 메리 양이 방으로 들어가자마자 아드님은 이 일이 홀더 씨에게 얼마나 참담한 불행이 될지, 일을 바로잡는 게 얼마나 중요한지 깨달았습니다. 아드님은 당장 맨발로 아래층으로 달려 내려갔고, 창문을 열어 눈 위로 뛰어내리고는 달빛 아래 희미한 형체를 따라 오솔길을 달렸습니다. 조지 번웰은 도망치려 했지만 아서에게 붙잡혔고, 두 사람 사이에 싸움이 벌어졌습니다. 아드님은 코로넷의 한쪽을 붙잡고 잡아당겼고, 상대방은 반대쪽을 잡아당겼죠. 그렇게 티격태격하다가 아드님이 번웰을 때려 눈 위에 상처를 냈습니다. 그러다 갑자기 무언가 뚝 부러지는 소리가 나더니 코로넷이 아드님 손에 들어왔습니다. 아드님은 코로넷을 들고 재빨리 집으로 돌아와 창문을 닫고 위층으로 올라갔습니다. 그리고 아까 벌어진 싸움의 와중에 코로넷이 뒤틀린 걸 보고는 다시 펴려고 애쓰고 있었는데, 홀더 씨가 나타나셨던 겁니다.」

「그게 정말입니까?」 은행가가 숨을 들이켰다.

「아드님은 칭찬을 받아 마땅하다고 생각했는데 오히려 심한 모욕을 받고 울화가 치밀었던 겁니다. 메리 양을 배신하지 않고서는 자초지종을 설명할 수가 없었거든요. 메리 양은 배려할 가치도 없는 사람이지만, 아드님은 기사도 정신을 발휘해 비밀을 지켜 주었습니다.」

「그래서 메리가 코로넷을 보고 비명을 지르며 쓰러졌던 거군요.」 홀더 씨가 소리쳤다. 「오, 하느님! 제가 정말 눈뜬장님이었군요. 게다가 아서는 5분만 나갔다 오겠다고 부탁했는데! 우리 아들은 사라진 금판 조각이 격투 현장에 있는지 확인하고 싶었던 거로군요. 그 애의 마음도 모르고 도둑으로 몰았으니 이 일을 어쩔꼬!」

「제가 댁에 도착했을 때, 곧바로 집 주변을 살펴보았던 것은 혹시 도움이 될 만한 흔적이 남아 있는지 보기 위해서였습니다. 전날 밤 이후 눈은 내리지 않았고, 된서리가 내려서 어떤 자국이든 그대로 보존되었을 테니까요. 상인들이 다니는 길을 살펴보았지만, 눈이 다 짓밟혀 발자국을 구분할 수가 없었습니다. 하지만 길 바로 위에, 주방 문 앞에 한 여자가 서서 남자와 이야기를 나눈 흔적이 있더군요. 남자의 한쪽 발자국이 둥글게 찍혀 있어서 의족을 하고 있다는 걸 알았죠.

심지어 그들의 밀회가 방해를 받았다는 것까지 알 수 있었습니다. 여자 발자국 앞쪽이 깊고 뒤꿈치는 얕게 파여 있어 황급히 문 쪽으로 달려갔음을 보여주는 반면에, 나무 의족의 주인은 잠시 기다리다가 자리를 떴으니 말입니다. 그때 저는 이들이 홀더 씨가 말씀하신 대로 하녀와 연인일 거라고 생각했고, 조사해 봤더니 정말 그렇더군요. 정원도 둘러보았지만, 경찰이 남긴 것으로 보이는 어지러운 발자국밖에는 없었죠. 하지만 마구간 길에 들어서자 눈길 위에 아주 길고 복잡한 이야기가 새겨져 있었습니다.

누군가 구두를 신고 왕복한 발자국과, 반갑게도 맨발의 남자가 왕복한 두 번째 발자국이 있었죠. 홀더 씨에게 들은 얘기가 있어서, 두 번째 발자국의 주인은 아드님이란 사실을 바로 알았습니다. 첫 번째 발자국은 올 때도 갈 때도 걸어갔지만, 두 번째 발자국은 급히 달려갔고, 구두 자국 위에 찍혀 있었기 때문에 아드님이 첫 번째 사람을 쫓아갔다는 게 확실했습니다. 그 발자국을 따라가 보니 홀 창문이 나왔는데, 거기서 구두의 주인공은 서성이면서 눈을 죄다 다져 놓았더군요. 다시 그 발자국을 따라가 보니 마구간 길을 1백 미터 정도 갔더군요. 구두의 주인공이 가다가 뒤돌아선 자리에서 싸움이 벌어졌는지 눈이 심하게 짓밟혀 있었고, 마침내 발견한 몇 방울의 핏자국으로 저는 제 생각이 틀리지 않았다고 확신했죠. 그 후 구두의 주인공은 마구간 길을 따라 달아났는데, 작은 핏자국이 또 있는 걸로 보아 이 사람이 다쳤음을 알 수 있었죠. 구두 발자국은 반대쪽 끝 대로까지 이어져 있었지만,

거기는 눈이 치워져 있어 더 이상 단서를 찾을 수가 없었습니다.

기억하시겠지만 저는 집 안으로 들어가면서 우선 확대경으로 홀 창문의 창턱과 창틀을 살펴보았고, 누군가 거길 넘어 다녔다는 사실을 바로 알아냈죠. 젖은 발로 들어오면서 디뎠던 자리에서 발의 윤곽을 알아볼 수 있었습니다. 그때부터 사건의 윤곽이 잡히기 시작했죠. 한 남자가 창밖에서 기다리고 있었고, 누군가 그에게 보물을 가져다주었고, 그 장면을 아드님이 목격하고는 도둑을 쫓아가서 격투를 벌였고, 두 사람이 서로 코로넷을 잡아당기는 바람에 한 사람이 내기에는 불가능한 큰 힘이 가해지면서 코로넷이 손상된 겁니다. 아드님은 전리품을 들고 돌아왔지만, 한 조각은 상대방의 손에 남았죠. 여기까지는 명백했습니다. 그런데 문제는 금판을 가져간 남자는 누구였고, 코로넷을 전해 준 사람은 누구였을까요?

오래전부터 제가 격언으로 삼는 말이 있습니다. 불가능한 것들을 배제했을 때 남는 것, 아무리 개연성이 없다고 해도 그것이 진실이다. 그렇다면 코로넷을 가지고 내려간 사람이 홀더 씨는 아니니, 이제 남은 사람은 메리 양과 하녀들뿐입니다. 하지만 범인이 하녀라면 아드님이 왜 혐의를 대신 뒤집어쓰겠습니까? 그럴 이유는 없을 겁니다. 하지만 아드님은 메리 양을 사랑했으므로, 비밀을 지켜야 하는 이유는 훌륭하게 설명이 됩니다. 비밀이 수치스러울수록 더욱 지켜 주고 싶겠죠. 메리 양이 그때 창가에 있었고, 코로넷을 보고 기절했다는 말을 떠올리자 제 추측은 확신이 되었습니다.

그렇다면 공범은 누구였을까요? 분명 메리 양의 연인일 테죠. 홀더 씨에 대한 사랑과 고마움을 저버리게 만들 수 있는 사람이 달리 누가 있겠습니까? 홀더 씨와 메리 양은 외출도 거의 하지 않고, 만나는 친구분도 아주 한정되어 있다고 하셨죠. 하지만 그중에 조지 번웰 경이 있었습니다. 저는 그자가 여자들 사이에 평판이 아주 나쁘다는 소리를 들은 적이 있습니다. 구두 발자국을 남긴 장본인이자 사라진 보석을 가지고 있는 사람은 그가 틀림없었습니다. 번웰은 자기가 한 짓을 아드님에게 들켜도 안전하다고 생각했을 겁니다. 아드님이 한마디라도 했다간 가족이 풍비박산 날 테니까요.

홀더 씨는 이렇게 추리한 제가 어떻게 행동했는지 충분히 짐작하실 겁니다. 저는 건달 차림을 하고 번웰의 집으로 갔습니다. 시종과 어찌어찌 안면을 트고는 그자가 전날 밤 머리에 상처를 입었다는 사실을 알아낸 다음, 번웰이 버린 구두 한 켤레를 6실링이나 주고 샀습니다. 그걸 들고 스트레덤으로 가서 이 구두와 길에 난 발자국이 정확히 일치한다는 걸 밝혀냈습니다.」

「어제저녁 그 샛길에 허름한 차림의 부랑자 한 명이 있더라니.」 홀더 씨가 말했다.

「맞습니다. 그게 저였습니다. 저는 범인을 찾았다고 확신하고는 집으로 와서 옷을 갈아입었습니다. 그다음에 해야 했던 일은 상당히 까다로웠지요. 떠들썩한 추문을 피하려면 번웰을 고발하는 일은 피해야 했고, 그런 약삭빠른 악당은 우리가 이 문제를 어쩌지 못한다는 걸 알고 있을 테니까 말입니다. 저는 번웰을 찾아갔습니다. 물론 처음에는 전부 잡아떼더군요. 하지만 제가 사건의 전모를 낱낱이 지적하자, 발악을 하면서 벽에서 호신용 몽둥이를 꺼냈습니다. 하지만 저는 그런 인간의 됨됨이를 잘 알고 있었으므로, 번웰이 몽둥이를 휘두르기 전에 그의 머리에 권총을 갖다 댔죠. 그제야 조금 이성적으로 나오더군요. 저는 사라진 보석값으로 개당 1천 파운드를 주겠다고 했죠. 그 말을 듣고는 처음으로 비통한 표정을 짓더군요. 「에잇, 제기랄! 세 개를 6백 파운드에 팔았는데!」 저는 고발하지 않겠다는 약속을 걸고 보석을 사 간 장물아비의 주소를 받아 냈습니다. 그리고 그 사람을 찾아가 오랜 흥정을 벌인 끝에 개당 1천 파운드를 주고 보석을 찾아왔죠. 그리고 아드님한테 가서 일이 다 잘 풀렸다는 소식을 전했고, 2시에야 잠자리에 들었습니다. 정말 고된 하루였습니다.」

「선생 덕분에 온 나라가 엄청난 사회적 파문에 휩쓸리는 일을 막을 수 있었습니다.」 은행가가 일어서며 말했다. 「홈스 씨, 뭐라고 감사의 말을 드려야 할지 모르겠습니다. 이 은혜는 평생 잊지 않겠습니다. 홈스 씨의 능력은 실로 제가 들었던 것 이상이에요. 저는 이제 사랑하는 아들 녀석한테 달려가서 제 잘못을 사과하렵니다. 불쌍한 메리 이야기는 가슴이 아픕니다. 메리가 지금 어디 있는지는 홈스 씨도 알 수 없을 테지요.」

「이것만은 확실합니다.」 홈스가 대답했다. 「조지 번웰이 어디에 있든 메리가 함께 있다는 거죠. 그리고 메리 양의 죄가 뭐가 됐든, 조만간 두 사람은 틀림없이 죗값 이상의 큰 벌을 받게 될 겁니다.」

너도밤나무 저택

「예술을 위한 예술을 사랑하는 사람들은 말이야.」셜록 홈스가『데일리 텔레그래프』지의 광고 면을 보다가 신문을 내던지면서 말했다. 「가장 하찮고 초라해 보이는 것에서 가장 강렬한 즐거움을 느끼는 일이 자주 있지. 왓슨, 자네가 원고지에 옮겨 준 사건 기록을 보면 그런 진실을 아주 잘 이해하는 것 같아서 기쁘네. 자네가 그동안 작성했던, 굳이 말하면 때로는 그럴듯하게 윤색했던 사건 기록들은 내가 활약했던 유명한 사건이나 선정적인 재판을 부각하기보다는, 오히려 사소해 보일 수 있어도 내가 이 분야에서 쌓아 온 추리력과 논리적 종합 능력을 발휘할 기회가 있었던 사건들을 조명하고 있거든.」

「그렇지만 사람들은 내 기록이 선정적이라고 비난해 왔고, 나 역시 그걸 부인할 수는 없어.」내가 웃으며 말했다.

「아마도 자네 잘못은 이거겠지.」홈스는 부젓가락으로 빨간 잉걸불을 들어 올려 기다란 체리목 파이프에 불을 붙이며 말했다. 홈스가 사색보다는 논쟁을 하고 싶을 때 도기 파이프 대신 사용하는 것이었다. 「자네 잘못은 문장 하나하나에 색깔과 생동감을 불어넣으려고 시도한다는 거야. 그보다는 사건에서 유일하게 주목할 만한 부분인 인과 관계에 대한 엄밀한 추리 과정을 기록하는 데 머물러야 해.」

「그 부분에 대해선 내가 자네의 장기를 아주 충실하게 다뤘다고 생각하는데.」 나는 약간 쌀쌀맞게 대답했다. 내 친구의 독특한 성격에서 가장 두드러진 요소이자 여러 번 목격했던 자기중심주의에 정나미가 떨어졌기 때문이다.

「아니, 이건 이기심이나 자부심에서 하는 말이 아니야.」 홈스는 버릇처럼, 내 말에 숨은 생각을 읽어 내고 대답했다. 「만약 자네한테 내 추리력에 온전히 주목해 달라고 주장한다면, 그건 내 기술이 인간 외적인, 나 자신을 넘어선 무엇이기 때문이야. 범죄는 흔하지만 논리는 드물거든. 따라서 자네는 범죄보다 논리에 초점을 맞춰야 해. 자네는 한 학기 강의가 되어 마땅한 것을 연재소설로 만들어 급을 낮춰 버린 거야.」

이른 봄의 추운 아침이었다. 우리는 베이커가의 하숙집에서 아침 식사를 마친 후 우리 방의 기분 좋은 벽난로 불가 양쪽에 앉아 있었다. 줄지어 늘어선 회갈색 집들 사이로 짙은 안개가 흐르고 있었고, 무겁게 소용돌이치는 누런 연기 너머 맞은편 집 창문들은 형체 없는 검은 얼룩처럼 어렴풋이 보였다. 우리 방에는 가스등이 밝혀져 있어, 아직 치우지 않은 탁자 위의 하얀 식탁보와, 희미하게 빛나는 도자기와 금속 식기를 비추고 있었다. 셜록 홈스는 아침 내내 말을 잃고 계속해서 여러 신문의 광고란에 푹 빠져 있다가, 마침내 찾기를 포기한 듯 이제 나의 문학적 결함을 들추며 탐탁지 않다는 식으로 강연을 늘어놓고 있었다.

「그렇긴 해도,」홈스는 잠시 말을 멈추고 불을 바라보며 기다란 파이프를 뻐끔거리고는 말을 이었다. 「자네가 선정주의에 빠졌다는 비난을 받을 것 같지는 않아. 자네가 관심을 기울인 사건들 가운데 상당 부분은 법적인 의미의 범죄를 다루고 있지는 않거든. 보헤미아 왕을 도왔던 사소한 사건이나, 메리 서덜랜드 양의 독특한 경험, 입술 뒤틀린 남자와 관련된 사건, 독신 귀족 사건 등은 모두 법의 테두리를 벗어난 경우야. 하지만 자네가 선정주의를 피하려다가 사소한 사건만 취급하는 우를 범한 건 아닌가 싶어.」

「결국엔 그렇게 됐을 수도 있지만 내가 고수한 방법론은 참신하고 흥미로웠어.」

「어휴, 이 친구야. 대중들, 그러니까 치아를 보고도 방직공을 못 알아보고 왼쪽 엄지손가락을 보고도 식자공을 못 알아보는 우매한 대중들이 온갖 미묘한 분석과 추리에 신경이나 쓰겠나! 하지만 사실 자네가 사소한 사건을 좋아한다고 해도 탓할 수는 없어. 위대한 사건의 시대는 지나갔으니까. 인간은, 아니 적어도 범죄를 저지르는 인간은 진취성과 독창성을 모두 잃어버렸어. 나의 이 탐정 노릇만 해도 잃어버린 연필이나 찾아 주고 기숙 학교 출신 아가씨들에게 상담이나 해주는 흥신소 일로 전락해 버렸지. 하지만 나는 마침내 바닥을 친 것 같아. 오늘 아침 받은 이 편지는 나의 현재 위치를 적나라하게 말해 주는군. 읽어 보게!」그가 구겨진 편지를 던져 주었다.

편지는 전날 저녁 몬터규 광장에서 부친 것으로, 이렇게 쓰여 있었다.

친애하는 홈스 선생님, 저에게 입주 가정 교사 제안이 들어왔는데, 받아들일지 말지 긴히 상담을 청합니다. 괜찮으시다면 내일 10시 반에 찾아뵙겠습니다. 그럼 이만 줄입니다.

바이얼릿 헌터

「이 아가씨를 알아?」 내가 물었다.

「아니.」

「지금이 10시 반이야.」

「그렇군. 저 초인종을 누르는 사람이 헌터 양이겠군.」

「자네가 생각하는 것보다 흥미로운 사건일지도 모르지. 푸른 석류석 사건도 그랬잖아. 처음에는 대단치 않은 일처럼 보였는데 심각한 사건이 되었지. 이 사건도 그럴 수 있어.」

「그럼 그러기를 바라자고! 하지만 우리 궁금증은 곧 풀리겠는걸. 내가 잘못 생각한 게 아니라면 편지의 주인공이 여기 왔으니까.」

순간 문이 열리고 젊은 아가씨가 들어왔다. 평범하지만 단정한 옷차림에 밝고 날렵한 얼굴에는 물떼새 알 같은 주근깨가 있었는데, 세상을 스스로 헤쳐 온 여성의 활달한 태도가 배어 있었다.

「방해가 되었다면 죄송합니다.」 홈스가 자리에서 일어나는 사이 그녀가 인사했다. 「하지만 아주 이상한 일이라서요. 조언을 구할 부모나 일가친척이 전혀 없어서, 홈스 선생님이라면 어떻게 해야 좋을지 친절하게 말해 주실 거라 생각했어요.」

「앉으시지요, 헌터 양. 도움이 된다면 무엇이든 기쁜 마음으로 하겠습니다.」

홈스는 새 의뢰인의 태도와 말투에 호감을 느낀 모양이었다. 탐색하듯 헌터 양을 살피더니 눈을 내리깔고 양 손가락 끝을 맞대며 귀를 기울일 준비를 했다.

「저는 5년 동안 스펜스 먼로 대령님 댁에서 가정 교사로 일했어요. 하지만 두 달 전 대령님이 노바스코샤의 핼리팩스로 발령을 받아 아이들을 데리고 미국으로 가시는 바람에 졸지에 일자리를 잃었죠. 구직 광고도 내보고 구인 광고에 응해 보기도 했지만, 일자리를 구하지 못했어요. 그러다가 얼마 안 되는 저금도 바닥을 보이기 시작하니 도무지 어떻게 해야 좋을지 모르겠더군요.

웨스트엔드에 웨스터웨이라는 유명한 가정 교사 소개소가 있어요. 저한테 맞는 일자리가 나왔는지 보려고 일주일에 한 번씩 찾곤 했죠. 웨스터웨이는 창업자의 이름이지만, 실제로는 스토퍼 양이 운영하고 있어요. 스토퍼 양은 작은 사무실에 앉아 있고, 일자리를 찾는 여자들이 대기실에서 기다리다가 한 명씩 차례로 들어가면, 스토퍼 양이 장부를 보면서 어울리는 일자리가 있는지 찾아봐 주죠.

그런데 지난주에 평소와 다름없이 그 작은 사무실에 들어 갔는데, 손님이 와 있더군요. 웬 남자분이 스토퍼 양 옆에 앉아 있는 거예요. 웃음을 가득 머금은 얼굴에 늘어진 턱이 목 위로 몇 겹이나 접힌 아주 뚱뚱한 신사분이었어요. 코에 안경을 걸치고서 들어오는 여자들을 뚫어지게 쳐다보고 있다가, 제가 들어가자 의자에서 벌떡 일어나더니 스토퍼 양에게 돌아서며 말했어요.

〈됐네요. 더 이상 바랄 것도 없습니다. 훌륭해요! 훌륭합니다!〉 그분은 몹시 열광하는 듯했고, 굉장히 기분이 좋은지 두 손을 비비더군요. 인상이 매우 편안한 분이어서 보기만 해도 즐거웠죠.

〈일자리를 찾고 있죠?〉 그 신사가 물었습니다.

〈네.〉

〈입주 가정 교사?〉

〈네.〉

〈급료는 얼마를 원해요?〉

〈지난번 스펜스 먼로 대령님 댁에서는 한 달에 4파운드 받았습니다.〉

〈이런 쯧쯧, 고약하구먼, 이런 착취가 어디 있나!〉 그분은 화가 끓어오른다는 듯 퉁퉁한 두 손으로 허공을 휘젓더군요. 〈이렇게 매력적이고 유능한 아가씨한테 쥐꼬리만 한 급료를 주다니 어떻게 그럴 수 있담?〉

〈어쩌면 제 능력이 생각하시는 만큼은 안 될 수 있습니다.〉 저는 그렇게 대답했어요. 〈프랑스어 조금, 독일어 조금, 음악

과 그림······.〉

〈쯧쯧!〉 그분이 혀를 찼습니다. 〈그런 건 중요하지 않아요. 요점은 아가씨의 태도와 행실이 숙녀다운가 아닌가 하는 거예요. 바로 그게 요점이죠. 아가씨가 숙녀답지 못하다면, 훗날 이 나라 역사에서 큰일을 할 아이를 가르칠 자격이 없는 겁니다. 하지만 숙녀답다면, 어느 신사가 아가씨한테 굴욕스럽게 세 자릿수 이하의 금액을 제시한단 말입니까? 저희 집에 오시면 급료는 연봉 1백 파운드부터 시작할 겁니다.〉

생각해 보세요, 홈스 선생님. 저처럼 가난한 사람은 상상도 못 할 제안이라서 꿈만 같았죠. 하지만 신사분은 믿지 못하겠다는 제 마음을 읽었는지 지갑을 꺼내 수표 한 장을 꺼냈어요.

〈이건 저의 관례이기도 합니다.〉 그분은 두 눈이 얼굴의 허연 주름 사이에 파묻혀서 빛나는 두 개의 틈새처럼 보일 만큼 만족스레 웃으며 말했죠. 〈저는 우리 집에 오는 젊은 가정 교사들에게 연봉의 절반을 선불로 드립니다. 여행 경비도 대고 옷도 사 입도록 말입니다.〉

그렇게 인심 좋고 사려 깊은 분은 처음 만났습니다. 저는 이미 여기저기 외상을 지고 있었기 때문에 선불을 받으면 큰 도움이 될 터였지요. 하지만 처음부터 끝까지 뭔가 이상했기에 계약하기 전에 좀 더 알아봐야겠다고 생각했습니다.

〈댁이 어딘지 여쭤봐도 될까요?〉 제가 물었습니다.

〈햄프셔요. 아름다운 시골 저택이죠. 윈체스터에서 8킬로미터 거리에 있는 너도밤나무 저택입니다. 아주 아름다운 전

원에 자리 잡은 아늑하고 오래된 시골 저택이에요.〉

〈그럼 제가 할 일은 뭐지요, 선생님? 알려 주시면 좋겠습니다.〉

〈아이가 하나 있어요. 이제 막 여섯 살 된 개구쟁이죠. 오, 그 녀석이 슬리퍼로 바퀴벌레를 잡는 모습을 보시면 좋을 텐데요! 탁! 탁! 탁! 눈 깜짝할 사이에 세 마리를 잡는다니까요!〉 그분은 의자에서 뒤로 기대고 또 한 번 눈이 사라질 정도로 웃었습니다.

저는 아이가 그런 걸 놀이 삼아 한다니 조금 놀랐지만, 그 애 아버지가 웃는 모습을 보고 농담인가 보다 생각했죠.

〈그럼 아드님만 돌보면 되나요?〉 제가 물었습니다.

〈아니, 아니, 그건 아니오, 그것만 하는 건 아니라오, 아가씨.〉 그분이 소리쳤습니다. 〈아가씨 눈치가 빠르니 짐작했겠지만, 내 아내가 시키는 이런저런 사소한 심부름을 해야 할 거요. 물론 어디까지나 숙녀가 품위를 지킬 수 있는 일이지만. 별로 어렵지 않겠죠?〉

〈도움이 된다면 기쁘겠습니다.〉

〈그럴 겁니다. 예를 들면 옷차림 말이오! 우리 부부는 별스러운 것을 좋아한다오. 별스러운 사람들이지만 마음은 따뜻해요. 만약 우리가 어떤 옷을 주면서 입으라고 하면, 별나다며 거절하지는 않으시겠죠, 어떻소?〉

〈네.〉 저는 그분의 말에 크게 놀랐지만, 그렇게 대답했죠.

〈여기 앉아라, 저기 앉아라 해도 불쾌하게 받아들이지 않겠죠?〉

〈그럼요.〉

〈또는 우리 집에 오기 전에 머리를 짧게 자르라면?〉

저는 제 귀를 의심했어요. 홈스 선생님도 보시다시피, 제 머리는 제법 풍성하고, 약간 독특하게 금빛 도는 밤색이에요. 사람들이 예술적이라고들 하는걸요. 이렇게 갑작스레 제 머리칼을 자르는 일은 꿈도 꿀 수 없었어요.

〈죄송하지만 그건 안 되겠습니다.〉 저는 그렇게 대답했죠. 그분은 작은 눈으로 저를 빤히 쳐다보고 있었는데, 얼굴에 그림자가 스치는 게 보이더군요.

〈그건 꼭 해야 하는데. 아내의 취향이라서요. 여자들 취향이란 만족시켜 주어야만 하거든요. 그래서 아가씨는 머리를 자르지 않겠다?〉

〈네, 그건 정말 못 하겠어요.〉 저는 단호하게 대답했죠.

〈아, 알겠습니다. 정 그렇다면 할 수 없지요. 아쉽습니다, 그것만 빼면 아가씨가 정말 딱인데 말입니다. 그렇다면 스토퍼 양, 다른 숙녀분을 만나 봐야겠군요.〉

내내 한마디도 하지 않고 서류만 보며 앉아 있던 스토퍼 양은 이제 굉장히 짜증스러운 표정으로 저를 흘깃 노려보더군요. 제가 거절하는 바람에 거액의 수수료를 날려 버린 게 분명했죠.

〈이름을 계속 장부에 올려 둘까요?〉 스토퍼 양이 물었어요.

〈그렇게 해주세요.〉

〈뭐, 올려는 놓겠지만 별 소용이 없을 것 같네요. 최고의 자리를 제 발로 걷어찼으니.〉 스토퍼 양이 쌀쌀맞게 말했죠.

〈우리가 이렇게 좋은 기회를 다시 찾아 주리라고는 기대하지 말아요. 안녕히 가세요, 헌터 양.〉 그녀는 탁자에 놓인 종을 쳤고, 저는 사환을 따라 방을 나왔죠.

그런데 홈스 선생님, 하숙집으로 돌아가서 텅텅 빈 찬장과 탁자에 놓인 몇 장의 청구서를 보니, 제가 정말 바보 같은 짓을 했다는 생각이 들더군요. 어쨌거나 이 사람들이 조금 이상하고, 아주 별난 요구를 하기는 했지만, 적어도 그런 괴벽의 대가로 기꺼이 돈을 지불하겠다는 거잖아요. 영국에서 연봉 1백 파운드를 받는 가정 교사가 얼마나 되겠어요. 게다가, 제 머리카락이 무슨 소용이 있다고? 머리를 짧게 잘라서 더 예뻐 보이는 사람도 많은데, 어쩌면 저도 그럴지 모르잖아요. 다음 날이 되자 제가 실수를 했다는 쪽으로 생각이 기울었고, 그다음 날에는 확실히 실수했다는 생각이 들더군요. 결국 자존심을 굽히고 다시 소개소로 돌아가 아직 자리가 있냐고 물어보려고 했을 때, 마침 그 신사분께 이 편지를 받았어요. 여기 가져왔으니 읽어 드릴게요.

윈체스터 근처 너도밤나무 저택에서

헌터 양,

스토퍼 양이 친절하게 주소를 알려 주셔서 이렇게 결정을 재고해 달라고 부탁하는 편지를 씁니다. 제 아내는 헌터 양이 오기를 간절히 바라고 있습니다. 헌터 양에 관해 설명해 주었더니 흠뻑 빠져 버렸거든요. 우리는 우리의 별난 요구 때문에 혹시라도 느낄 불편함을 보상하기 위해 분

기당 30파운드, 즉 1년에 120파운드를 기꺼이 드릴 생각입니다. 사실 우리 요구가 아주 까다로운 것도 아닙니다. 아내는 특이한 밝은 청색을 좋아하고, 오전에 집 안에서는 그런 색의 드레스를 입어 주기를 바랄 겁니다. 하지만 새옷을 사는 데 돈을 쓸 필요는 없습니다. 지금은 필라델피아에 있는 우리 딸 앨리스가 입던 옷이 헌터 양에게 아주잘 맞을 것 같으니까요. 그리고 여기 앉아라 저기 앉아라요구하거나, 지시한 방식으로 즐기라는 요구가 있겠지만, 결코 불편하지 않을 겁니다. 머리카락과 관련해서는, 짧은면접 시간 동안 저도 아름다움에 감탄한 만큼 분명 아쉬운일이지만, 이 점에 대해서만은 제 주장을 굽히지 않을 겁니다. 모쪼록 인상한 급료가 손실에 대한 충분한 보상이되기를 바랍니다. 우리 아이와 관련해 헌터 양이 할 일은부담이 없을 겁니다. 그럼 찾아 주십시오. 이륜마차를 가져갈 테니 윈체스터에서 뵙죠. 열차 시간을 알려 주세요.

이만 줄입니다,

제프로 루캐슬

이게 방금 받은 편지예요, 홈스 선생님. 저는 이 일을 받아들이기로 결심했고요. 하지만 가기 전에 선생님께 이 모든문제를 상의드려야겠다고 생각했어요.」

「저기, 헌터 양. 마음을 정하셨다면 그걸로 된 거죠.」 홈스가 웃으며 말했다.

「가지 말라고 조언하지는 않으실 건가요?」

「솔직히 제 여동생이었다면 그런 일에 지원하라고 하고 싶지는 않습니다.」

「이게 다 무슨 뜻일까요, 선생님?」

「아, 저에게는 아무 정보가 없으니 뭐라고 말을 할 수가 없군요. 헌터 양은 뭔가 생각이 있으시겠죠?」

「사실, 제가 생각할 수 있는 답은 하나뿐인 것 같아요. 루캐슬 씨는 아주 친절하고 성품이 인자하신 분 같았어요. 어쩌면 그분 아내가 정신 질환자여서, 아내가 정신 병원에 실려 갈까 봐 두려워서 문제를 조용히 덮어 두고 발작을 막기 위해 아내의 변덕을 죄다 받아 주는 거라면 말이 되지 않을까 해요.」

「그럴 수도 있습니다. 사실 지금 정황으로는 가장 그럴듯한 설명이죠. 하지만 어쨌거나 어린 숙녀가 지내기에 좋은 집 같아 보이지는 않습니다.」

「하지만 돈이요, 선생님, 전 돈이 필요해요!」

「네, 물론 급료는 후합니다. 지나치게 후해요. 저는 그게 마음에 걸립니다. 연봉 40파운드면 얼마든지 사람을 골라 채용할 수 있는데, 왜 120파운드를 줄까요? 틀림없이 그럴 수밖에 없는 이유가 있을 겁니다.」

「홈스 선생님께 미리 상황을 말씀드리면 나중에라도 도와주실 거라 생각했어요. 선생님이 제 뒤에 있다고 생각하면 마음이 든든할 것 같았거든요.」

「아, 그런 마음으로 가시면 되겠군요. 헌터 양의 문제는 몇 달 동안 제가 맡은 사건들 가운데 가장 흥미롭네요. 이 일에는 몇 가지 아주 진기한 특징이 있거든요. 언제든 의심스럽거나 위험하다고 판단되면…….」

「위험이라뇨! 어떤 위험을 말씀하시는 건가요?」

홈스는 무겁게 고개를 저었다. 「우리가 알 수 있는 거라면 더 이상 위험이 아니겠죠. 하지만 언제든, 밤이든 낮이든 상관없으니 도와 달라는 전보를 보내면 달려가겠습니다.」

「그거면 충분해요.」 헌터 양은 모든 근심을 씻어 낸 얼굴로 씩씩하게 일어섰다. 「이제 편안한 마음으로 햄프셔로 내려갈 거예요. 당장 루캐슬 씨한테 편지를 쓸래요. 오늘 저녁에 마음 아프지만 머리카락을 자르고 내일 윈체스터로 출발할 거예요.」 그녀는 홈스에게 몇 마디 감사의 말을 전하고는 우리 두 사람에게 잘 자라고 인사하고 급히 방을 나갔다.

빠르고 단호한 걸음으로 계단을 내려가는 발소리를 들으며 내가 말했다. 「적어도 자기 몸은 건사할 수 있는 아가씨로 보여.」

「그래야 할 거야.」 홈스가 진지하게 말했다. 「내 생각이 틀리지 않다면 머지않아 소식을 보내올 거야.」

내 친구의 예언이 현실이 되기까지는 오래 걸리지 않았다. 2주가 지난 후였다. 나는 종종 헌터 양을 생각하면서, 의지가 지없는 아가씨가 인간사의 어느 이상한 샛길에서 헤매지는 않는지 궁금했다. 이상할 만큼 많은 급료, 야릇한 조건들, 가정 교사로서는 부담 없는 일, 모든 것이 비정상적인 무언가를 가리키고 있었지만, 이게 별난 취미인지 모종의 음모인지, 루캐슬이라는 신사가 박애주의자인지 악당인지, 나로선 판단할 수 없었다. 홈스는 종종 30분 동안 꼼짝 않고 앉아서 눈

섭을 찌푸린 채 골똘히 생각에 빠지곤 했지만, 내가 헌터 양이야기를 꺼내면 손을 저으며 물리치곤 했다. 「정보! 정보! 정보가 있어야지!」 홈스는 짜증스레 소리쳤다. 「진흙도 없이 벽돌을 만들 수는 없어.」 그러면서도 항상, 누이가 있었다면 그런 제안은 받아들이지 말라고 했을 거라고 중얼거리며 말을 맺었다.

어느 날 밤 마침내 전보가 도착했다. 나는 막 잠자리에 들려는 참이었고, 홈스는 종종 그러듯 밤샘 연구를 시작하려 할 때였다. 이럴 때면 나는 증류기와 시험관 앞에 몸을 구부리고 있는 그를 두고 먼저 잠자리에 들었는데, 다음 날 아침 식사를 하러 내려가면 홈스는 어제와 똑같은 자세로 있을 때가 많았다. 홈스가 노란 봉투를 열고 내용을 훑어보더니 나에게 건넸다.

「브래드쇼¹에서 기차편 좀 알아봐 주게.」 홈스는 이렇게만 말하고 다시 화학 실험을 시작했다.

우리더러 와달라는 전보 내용은 간단하고 다급했다.

　　내일 정오 윈체스터에 있는 블랙 스완 여관으로 와주세요. 꼭이요! 어떻게 해야 좋을지 모르겠어요.

헌터

---

1 열차 및 증기선 시간을 알려 주는 시간표 책자로, 제목은『브래드쇼 철도 및 증기선 가이드』이다. 1841년 조지 브래드쇼가 처음 발간했고, 1961년에 폐간될 때까지 매월 나왔다.

「자네도 같이 갈 거지?」홈스가 나를 흘깃 쳐다보며 물었다.

「당연하지.」

「그럼 기차편 알아봐 줘.」

「9시 30분 열차가 있어.」나는 브래드쇼 시간표를 보며 말했다. 「윈체스터에 11시 30분 도착이래.」

「아주 잘됐군. 그렇다면 아세톤 분석은 미뤄야겠어. 내일 아침 몸 상태가 최고여야 하니까 말이야.」

다음 날 11시 우리는 잉글랜드의 옛 수도[2]를 향해 순조롭게 달려가고 있었다. 홈스는 내내 조간신문에 머리를 파묻고 있었지만, 햄프셔에 들어서자 신문을 치우고 풍경을 감상하기 시작했다. 연푸른 하늘에 하얀 양털 구름이 서쪽에서 동쪽으로 점점이 떠가는 더할 나위 없는 봄날이었다. 태양은 아주 밝게 빛나고 있었지만, 공기 중에는 기분을 상쾌하게 하는 쌩한 냉기가 감돌고 있어 활력을 돋우었다. 올더숏 주변의 완만한 구릉지에 이르기까지 들판 여기저기에서 빨간색과 회색의 작은 농가 지붕들이 푸릇푸릇 새싹 돋은 연녹색 나무들 사이로 고개를 내밀고 있었다.

「상쾌하고 아름답지 않아?」나는 이제 막 베이커가의 안개를 빠져나온 사람답게 들떠서 소리쳤다.

그러나 홈스는 진지하게 고개를 저었다.

「그거 아나, 왓슨? 나 같은 기질을 타고난 사람은 만사를

2 윈체스터는 잉글랜드 최초의 수도이자 6세기 웨섹스 왕국의 수도였다.

자기 전문 분야와 관련지어 바라봐야 한다는 일종의 저주에 걸려 있지. 자네는 군데군데 자리 잡은 집들을 보고, 아름답다며 감탄하지. 하지만 저 집들을 보면서 내 머리에는 집들이 고립되어 있으며 저기서는 범죄가 저질러져도 묻혀 버릴 거라는 생각만 들 뿐이네.」

「세상에!」 내가 소리쳤다. 「저 아름다운 집들을 보며 범죄를 떠올리다니!」

「난 저런 집들을 보면 항상 어떤 공포를 느낀다네. 왓슨, 그건 경험에서 생긴 내 믿음이야. 런던에서 가장 더럽고 불쾌한 골목들이라 해도 저 아름답고 명랑한 시골만큼 끔찍한 범죄가 많이 일어나지는 않았어.」

「사람 소름 끼치게 만드는구먼!」

「이유는 아주 분명해. 도시에서는 법이 할 수 없는 것을 여론의 압력이 해내지. 아무리 후미지고 비열한 골목이라 해도 학대당하는 아이들의 비명이나 취한 술꾼의 주먹질 소리가 들리면 이웃들이 동정하거나 분노하기 마련이야. 그리고 온갖 사법 기관이 가까이 있으니 한마디 신고만 하면 경찰이 달려오고, 금방 범죄자가 피고석에 앉게 되지. 하지만 이 외롭게 떨어진 집들을 보게. 저마다 농장에 따로 자리 잡은 저 집들에는 법이라고는 거의 알지 못하는 가난하고 무지한 사람들이 살아. 이런 곳에서 끔찍하게 잔인한 만행들과 사악한 짓들이 한 해 두 해 계속되어도 사람들이 여전히 모른다고 생각해 봐. 우리에게 도움을 청하러 왔던 아가씨가 윈체스터에 살러 갔다면 난 걱정하지 않았을 거야. 아가씨가 위험한 이유는 그 도시에서 8킬로미터 떨어진 시골에 있기 때문이지. 분명 신체적인 위협을 받지 않아 다행이지만.」

「그래. 우리를 만나러 윈체스터에 올 수 있다면 달아날 수도 있을 테니까.」

「맞아. 자유롭게 행동할 수 있다는 얘기지.」

「그렇다면 문제 되는 게 뭘까? 자네는 짚이는 게 있지 않나?」

「일곱 가지 가능성을 생각해 봤어. 모두 우리가 아는 사실들과 맞아떨어지는 거야. 하지만 무엇이 맞을지는 앞으로 얻게 될 정보에 따라 결정되겠지. 아, 저기 성당의 탑이 보이는군. 곧 헌터 양이 하는 말을 들으면 다 알게 될 거야.」

블랙 스완은 시내 번화가에 있는 유명한 여관이었다. 역에서 가까운 이 여관에서 헌터 양이 기다리고 있었다. 그녀는 응접실 하나를 잡아 두었고, 우리를 위해 점심 식사를 차려 놓고 있었다.

「와주셔서 정말 기뻐요.」 헌터 양이 진심으로 반가워했다. 「두 분 다 정말 친절하시네요. 정말이지 저는 어찌해야 좋을지 모르겠어요. 홈스 선생님 조언이 꼭 필요해요.」

「무슨 일이 있었는지 말씀해 주시죠.」

「그러죠, 빨리 끝내야 해서요. 루캐슬 씨에게 3시 전까지 들어간다고 약속했거든요. 오늘 아침에 외출 허락을 받기는 했지만, 내가 무슨 일로 윈체스터 시내에 나가는지 루캐슬 씨는 몰라요.」

「그럼 차근차근 말해 보세요.」 홈스가 길고 가는 다리를 난로 쪽으로 뻗어 경청할 준비를 했다.

「우선 루캐슬 씨 부부한테 실제로 학대를 받은 적은 없었다는 걸 말씀드리죠. 이렇게 말해야 그분들한테 공정할 거예요. 하지만 전 그분들이 도무지 이해가 안 가고 마음이 편치 않아요.」

「무얼 이해할 수 없다는 말인가요?」

「그분들이 그렇게 행동하는 이유를요. 있었던 그대로 전부 말씀드리죠. 제가 여기 도착했을 때, 루캐슬 씨가 마중 나와서 이륜마차로 저를 너도밤나무 저택에 데려갔어요. 말씀대로 아름다운 곳에 자리 잡았지만, 저택 자체는 아름답지 않았어요. 회반죽을 칠한 커다란 정사각형 집인데, 습기와 악천후 때문에 온통 얼룩투성이에 금이 가 있거든요. 저택을 에워싸고 마당이 있고, 삼면이 작은 숲에 둘러싸여 있는데, 나머지 한 면은 사우샘프턴 도로 쪽으로 내려가는 경사진 들판이에요. 정문에서 약 1백미터 거리에 그 대로가 굽어 지나가죠. 저택 앞쪽의 땅은 루캐슬 씨 소유지만, 집을 둘러싼 숲은 사우더턴 경의 소유로 사냥이 금지돼 있어요. 현관문 바로 앞에는 너도밤나무들이 있어서 그 저택을 너도밤나무 저택이라 부르죠.

루캐슬 씨는 마차를 타고 가는 동안 늘 그렇듯이 상냥했고, 그날 저녁 아내와 아이에게 저를 소개했어요. 홈스 선생님, 베이커가의 사무실에서 우리가 했던 추측은 그럴싸해 보였으나 사실은 전혀 달랐어요. 루캐슬 부인은 미친 사람이 아니에요. 조용하고 얼굴이 창백한데, 아무리 못해도 마흔다

섯은 넘어 보이는 루캐슬 씨에 비해 많이 젊어서 서른 살도 안 되어 보였어요. 그분들의 대화를 들으니 결혼한 지는 7년 쯤 되었고, 루캐슬 씨는 첫 번째 아내와는 사별했는데, 필라델피아에 갔다는 딸은 전처의 딸이라는 걸 알게 되었죠. 루캐슬 씨는 제게 따로, 딸이 떠난 것은 이유도 없이 새엄마를 싫어했기 때문이라고 귀띔해 주었어요. 딸이 못해도 스무 살은 됐을 테니까, 아버지의 젊은 아내와 살기가 불편했을 만도 하죠.

루캐슬 부인은 외모만큼 성격도 특색이 없어 보였죠. 딱히 좋지도 나쁘지도 않은 인상이었어요. 존재감이 없는 사람이랄까요. 부인이 남편과 어린 아들에게 굉장히 헌신적이라는 점은 한눈에 알 수 있겠더군요. 밝은 회색 눈으로 끊임없이 두 사람을 번갈아 쳐다보면서 사소한 것이라도 부족하면 최대한 미리 알아서 챙겨 주곤 했죠. 루캐슬 씨도 야단스러울 만큼 호들갑을 떨며 아내한테 잘해 주었고, 대체로 행복한 부부처럼 보였어요. 그런데 부인한테는 비밀스러운 슬픔 같은 게 있었어요. 종종 아주 슬픈 표정으로 깊은 생각에 빠지곤 했거든요. 우는 모습을 보고 놀란 적이 한두 번이 아니에요. 저는 가끔 부인의 마음을 짓누르는 게 아들의 이상한 기질인가 생각했어요. 그렇게 버릇없고 심술궂은 꼬마는 처음이었거든요. 아들은 나이에 비해 몸집은 작은데, 머리가 지나치게 크죠. 성질을 못 이기고 사납게 난리를 치거나, 부루퉁하니 심술을 부리며 하루를 보내는 것 같아요. 자기보다 약한 생물을 괴롭히는 걸 재미로 삼고, 생쥐나 작은 새, 곤충을 잡을 계획을 세우는 데는 남다른 재능이 있어요. 하지만 홈스 선생님, 그 꼬마 얘기는 그만할게요. 제가 하려는 이야기와 별 관계가 없으니까요.」

「헌터 양이 보기에 관계가 있든 없든 세세한 것까지 다 말해 주면 좋겠어요.」내 친구가 말했다.

「알겠어요. 조금이라도 중요하다 생각되는 것은 빠뜨리지 않을게요. 처음부터 불쾌하게 다가왔던 것 중에 하나는 하인들의 외모와 행동이었어요. 하인은 남자 하나와 그의 아내, 둘뿐이죠. 톨러라는 하인은 거칠고 무례한데, 희끗희끗한 반백 머리에 구레나룻을 기르고, 늘 술 냄새를 풍겨요. 제가 온후로 톨러 영감이 고주망태가 된 모습을 두 번이나 봤는데, 루캐슬 씨는 전혀 개의치 않는 것 같더군요. 톨러의 아내는 아주 키가 크고 힘이 좋은 여자인데 늘 심술궂은 표정이고, 루캐슬 부인만큼이나 말이 없지만, 훨씬 더 무뚝뚝하죠. 정말 기분 나쁜 부부인데, 다행히 저는 대부분의 시간을 집 한구석에 나란히 붙어 있는 아이 방이나 제 방에서 보내죠.

너도밤나무 저택에 도착한 후 이틀 동안은 매우 조용히 지나갔어요. 사흘째 되는 날 루캐슬 부인이 아침 식사를 마친 직후 내려와서 남편에게 뭔가 소곤거렸어요.

〈오, 그러지.〉루캐슬 씨가 대답하더니 제게 말했죠.〈헌터 양, 우리 부부는 헌터 양이 우리의 별난 요구를 맞춰 주느라 머리까지 잘라 준 것을 정말 고맙게 여기고 있어요. 머리를 잘랐어도 미모는 조금도 변함이 없다고 장담합니다. 이번에는 그 밝은 파란색 드레스가 얼마나 잘 어울리는지 보고 싶

군요. 침대 위에 놓아두었으니, 그걸 입어 주면 정말 고맙겠어요.〉

저를 기다리고 있는 드레스는 특이한 파란색이었어요. 아주 질 좋은 모직 드레스인데, 누가 입었던 흔적이 완연했어요. 하지만 마치 맞춤옷인 것처럼 제 몸에 딱 맞았죠. 루캐슬 씨와 부인 모두 그런 모습을 보고 기뻐했는데, 좀 지나치게 호들갑스러운 느낌이었어요. 두 분은 거실에서 저를 기다리고 있었죠. 거실은 건물 앞면 전체를 따라 길게 뻗은 아주 큰 방인데, 바닥까지 내려오는 기다란 창문이 세 개 있어요. 가운데 창문 근처에 의자 하나가, 창문을 등지고 놓여 있었고요. 시키는 대로 제가 의자에 앉자, 루캐슬 씨는 거실의 다른 쪽을 오락가락하면서 제가 들어 본 것 중 가장 재미있는 이야기들을 들려주기 시작했죠. 그분이 얼마나 웃겼는지 상상도 못 하실 거예요. 웃다가 지쳐 버릴 정도였죠. 하지만 유머 감각이라곤 전혀 없는 듯하고 잘 웃지도 않는 루캐슬 부인은 앉아서 양손을 무릎에 놓은 채 슬프고 걱정스러운 표정을 짓고 있었어요. 그렇게 한 시간쯤 지나자, 갑자기 루캐슬 씨가 일을 시작할 시간이라며 저더러 옷을 갈아입고 아들 에드워드한테 가보라고 하더군요.

이틀 후에도 완전히 똑같은 상황에서 똑같은 일이 되풀이되었어요. 저는 또 옷을 갈아입고 다시 창가에 앉아서, 루캐슬 씨가 누구도 흉내 내지 못할 말솜씨로 방대한 레퍼토리 중에서 하나를 뽑아 들려주는 재미있는 이야기에 또 한 번 실컷 웃었어요. 그러다가 루캐슬 씨가 노란 표지의 소설 한

권을 건네더니, 제 그림자가 책장을 가리지 않도록 의자를 조금 옆으로 틀고는 소리 내어 읽어 달라고 부탁했어요. 한 10분쯤 읽었나, 이제 막 재미있어지려는 참인데, 문장 한중간에서 갑자기 루캐슬 씨가 끼어들어 그만 읽고 가서 옷을 갈아입으라고 하더군요.

홈스 선생님, 대체 왜 그토록 이상한 짓을 하는지 제가 얼마나 궁금했는지는 말씀 안 드려도 아실 거예요. 생각해 보면, 두 분은 제가 창을 등지고 앉도록 굉장히 신경을 썼고, 그만큼 저는 등 뒤에서 무슨 일이 벌어지고 있는지 보고 싶어 미칠 정도가 되었죠. 처음에는 창밖을 볼 수가 없을 것 같았지만, 곧 방법을 궁리해 냈죠. 기쁘게도 깨진 손거울이 생각나 저는 손수건에 거울 조각을 숨겼어요. 다음번에 그런 일이 있을 때, 한참 웃다가 손수건을 눈가로 가져가 살짝 각도를 맞추자 뒤에 있는 것을 모두 볼 수 있었죠. 솔직히 실망했어요. 아무것도 없었거든요.

적어도 처음에는 그런 것 같았죠. 하지만 다시 흘깃 쳐다보았더니 사우샘프턴 도로에 한 남자가 서 있었던 거예요. 수염을 기르고 회색 정장을 입은 키 작은 남자였는데, 제가 있는 쪽을 보고 있는 것 같았어요. 거긴 큰길이라 평소에 사람들이 많이 다녀요. 그런데 그 남자는 너도밤나무 저택의 울타리에 기대서서 이쪽을 뚫어져라 바라보고 있었어요. 손수건을 내리고 루캐슬 부인을 슬쩍 쳐다보았더니, 날카로운 시선으로 저에게서 눈을 떼지 않고 있더군요. 부인은 아무 말도 하지 않았지만 제가 손거울을 감추고 뒤쪽을 비춰 보았음을 알아차린 게 틀림없었죠. 부인이 곧바로 일어섰어요.

〈여보, 저 길에서 어떤 무례한 남자가 헌터 양을 지켜보고 있어요.〉

〈헌터 양의 친구는 아니에요?〉 루캐슬 씨가 물었죠.

〈아뇨. 이 근방에는 아는 사람이 전혀 없어요.〉

〈이런! 무례한 사람이로군! 뒤로 돌아서 가라고 손짓해 줘요.〉

〈신경 쓰지 않는 게 더 낫지 않을까요?〉

〈아니, 아니에요. 그랬다가는 허구한 날 여기서 배회할 거요. 몸을 돌려서 어서 가라고 손짓해요.〉

저는 시킨 대로 했고, 그러자 루캐슬 부인이 블라인드를 내려 버리더군요. 그게 일주일 전이었고, 이후 두 번 다시 그 창가에 앉은 적이 없어요. 파란 드레스를 입은 적도, 길에 서 있던 남자를 본 적도 없고요.」

「계속 말씀하세요.」 홈스가 말했다. 「정말 흥미로운 이야기가 될 것 같네요.」

「다음 얘기는 어쩌면 관련이 없을지도 모르고, 제가 말씀 드리는 여러 사건이 서로 무관할 수도 있을 거예요. 어쨌든 너도밤나무 저택에 도착한 첫날에 루캐슬 씨는 주방 문 근처에 있는 작은 헛간으로 저를 데려갔는데, 가까이 다가가자 사슬이 짤그랑거리는 소리와 커다란 동물이 움직이는 소리가 들렸어요.

〈이 안을 봐요!〉 루캐슬 씨가 판자 사이의 틈을 가리키며 말했어요. 〈정말 잘생긴 놈 아닌가요?〉

틈새로 들여다보니 어둠 속에서 이글거리는 두 눈과 웅크린 형체가 흐릿하게 보이더군요.

〈겁먹을 거 없어요.〉 화들짝 놀라는 저를 보고 루캐슬 씨가 웃으며 말했어요. 〈내가 키우는 마스티프종 개인데 이름이 칼로예요. 내 개이긴 하지만, 저 녀석을 부릴 수 있는 사람은 우리 집 마부 톨러뿐이에요. 먹을 것은 하루에 한 번만, 그나마도 많이 주지 않아서 저렇게 늘 빠릿빠릿하지요. 톨러는 매일 밤 녀석을 풀어놓으니, 침입자가 있다면 녀석에게 물어뜯길 겁니다. 모쪼록 밤에는 무슨 일이 있어도 밖으로 나오지 말아요. 목숨이 아깝다면 말이오.〉

괜한 으름장이 아니었죠. 이틀 후 새벽 2시쯤에 우연히 방에서 창밖을 내다보았는데, 달빛이 아름다운 밤이었죠. 집 앞 잔디밭이 은빛으로 덮여 대낮처럼 환했어요. 평화롭고 아름다운 풍경에 넋을 잃고 서 있는데, 너도밤나무 그늘 밑에서 무언가 움직이고 있었어요. 그것이 달빛 속으로 나오자 무언지 알겠더군요. 송아지만큼 커다란 개, 황갈색 털에 턱이 축 늘어지고, 주둥이가 검고, 얼마나 말랐는지 뼈가 앙상하게 드러난 개였어요. 그것이 천천히 잔디밭을 가로지르더니 반대편 그늘 속으로 사라졌어요. 그렇게 무시무시하고 조용한 파수견을 보니 등골이 오싹하더군요. 도둑을 봤어도 그처럼 무섭지는 않았을 거예요.

이제 제가 겪은 아주 이상한 경험을 말씀드리죠. 아시다시피 저는 런던에서 머리를 잘랐고, 잘라 낸 머리 타래를 둘둘 말아 트렁크 밑바닥에 넣어 두었어요. 어느 날 저녁 꼬마를 재운 후, 즐겁게 침실의 가구를 살피고 제 물건을 다시 정리하기 시작했죠. 제 방에는 낡은 서랍장이 하나 있었는데, 위쪽 서랍 두 개는 비어 있고 열리지만, 아래쪽 서랍은 잠겨 있었어요. 위의 두 서랍에 옷가지를 채워 넣었지만, 아직도 정리하지 않은 물건이 많아서 당연히 세 번째 서랍을 사용하지 못하자 짜증이 났죠. 서랍이 단순한 실수로 잠겼을 수 있겠다는 생각이 들어서 열쇠 꾸러미를 꺼내 열려고 해봤어요. 마침 첫 번째 열쇠가 꼭 맞아서 서랍을 열어 봤죠. 그 안에 무언가가 딱 하나 있었는데, 무엇인지 상상도 못 하실 거예요. 제 머리 타래였어요.

저는 그것을 들고 살펴보았죠. 특유의 색깔이며 굵기까지 똑같았어요. 그런데 다음 순간 그건 말도 안 된다는 생각이 문득 떠올랐죠. 어떻게 내 머리 타래가 잠긴 서랍 안에 들어 있을 수 있지? 저는 떨리는 손으로 트렁크를 열어 내용물을 비운 뒤, 바닥에서 제 머리 타래를 꺼냈어요. 두 개의 머리 타래를 나란히 놓고 보니, 정말이지 똑같더군요. 그렇게 이상한 일이 또 어디 있을까요? 저는 혼란스러웠고, 그게 무얼 의미하는지 전혀 짐작도 가지 않았어요. 어쨌든 이상한 머리 타래를 서랍에 집어넣고 루캐슬 부부한테는 일절 함구했어요. 그분들이 잠가 둔 서랍을 연 것은 잘못된 행동이라고 생각했거든요.

눈치를 채셨을지 모르지만, 저는 원래 관찰력이 좋아서, 곧 저택 전체의 평면도를 머릿속으로 그릴 수 있었죠. 그런데 사람이 사는 것 같지 않은 부속 건물이 있었어요. 톨러 부부가 사용하는 구역의 맞은편 문이 그쪽 건물로 연결되어 있는데, 항상 잠겨 있었어요. 어느 날 저는 계단을 올라가다가 그 문으로 나오는 루캐슬 씨를 만났어요. 열쇠 꾸러미를 들고서, 제가 늘 보던 둥글둥글하고 유쾌한 사람과는 전혀 다른 사람 같은 표정을 하고 있었죠. 뺨은 붉게 상기되고, 화가 나서 미간을 잔뜩 찌푸리고, 관자놀이에선 핏줄이 튀어나와 있었어요. 루캐슬 씨는 문을 잠그고 한마디 말도 없이 저를 본 척도 하지 않고 급히 지나갔어요.

그 후로 호기심이 생기더군요. 그래서 아이를 데리고 나가 마당을 산책할 때, 그쪽 창문들이 보이는 데까지 걸어가 보았어요. 창문 네 개가 한 줄로 있었는데, 세 개는 그냥 더러웠지만, 네 번째 창문은 덧문이 닫혀 있었어요. 아무도 안 쓰는 방이 분명했어요. 몰래 창문을 흘끔거리면서 왔다 갔다 하는데, 루캐슬 씨가 언제나처럼 명랑하고 유쾌한 얼굴로 다가왔어요.

〈아! 저번에 내가 한마디도 하지 않고 지나쳤다고 무례하다고 생각하지 말아 줘요. 사업 문제에 너무 정신이 팔려서 그만.〉

저는 기분 상하지 않았다고 말했죠. 〈그런데 저쪽에 빈방들이 꽤 있나 봐요. 한 방은 덧문이 굳게 닫혀 있고요.〉

〈내 취미 중 하나가 사진이에요. 그쪽에 암실을 만들어 놓았죠. 놀랍군요! 정말 눈썰미 대단한 아가씨가 우리 집에 오셨어. 믿기 힘들 만큼 대단해요. 정말 대단해!〉 루캐슬 씨는 짐짓 농담조로 말했지만, 나를 바라보는 눈에 장난기는 전혀 없었어요. 의심, 짜증이 담겨 있었지, 절대 장난기는 아니었어요.

홈스 선생님, 그쪽 방들에는 제가 알아선 안 되는 무언가가 있다는 생각이 든 순간부터, 저는 그걸 알아내고 싶어서 몸이 달았어요. 어느 정도는 호기심이 작용했지만 단순한 호기심 때문만은 아니었어요. 의무감에 가까웠어요. 제가 거기에 가면 무언가 좋은 일이 생길 거라는 느낌이랄까요. 여자의 직감이란 말이 있잖아요. 어쩌면 바로 그런 직감에서 비롯된 것일지도 모르죠. 어쨌거나 그 건물은 거기 있었고, 저는 금지된 문으로 들어갈 기회만을 호시탐탐 엿보고 있었죠.

어제 드디어 기회가 왔어요. 사실 루캐슬 씨 말고도 톨러 부부도 버려진 건물 안에서 무언가 하는 것 같더군요. 한번은 커다란 검은색 천 가방을 들고 그 문을 지나는 톨러 영감을 봤거든요. 최근에 톨러 영감은 술독에 빠져 지내는데, 어젯밤에도 취해 있었죠. 그런데 제가 2층에 올라가 보니 그 문에 열쇠가 꽂혀 있는 거예요. 톨러 영감이 두고 간 게 틀림없었죠. 루캐슬 씨 부부는 둘 다 아래층에 있었고, 아이도 그들과 함께 있었으니 저로선 놓칠 수 없는 기회였어요. 저는 조심조심 열쇠를 돌려 문을 열고 들어갔죠.

제 앞에는 작은 통로가 있었어요. 벽지도 발려 있지 않고 카펫도 깔려 있지 않았는데, 끝에서 직각으로 꺾여 있었죠. 모퉁이를 돌자 세 개의 문이 나란히 있었는데, 첫 번째 문과 세 번째 문은 열려 있더군요. 이 두 개의 문 안쪽은 먼지가 수북하고 음산한 방이었는데, 방 하나에는 창문이 두 개, 또 다른 방에는 창문이 하나 있었지만, 먼지가 너무 두껍게 끼어 저녁 햇살이 흐릿하게 보였어요. 두 번째 문은 닫혀 있었고, 문 바깥쪽에 철 침대의 기다란 쇠막대를 가로질러 놓았는데, 막대의 한쪽 끝은 벽에 붙은 고리에 자물쇠로 채워 두었고, 다른 한쪽 끝은 튼튼한 밧줄로 다른 고리에 묶어 놓았더군요. 문은 잠겨 있었지만, 열쇠는 거기 없었어요. 단단히 빗장을 채운 그 문은 창에 덧문이 쳐진 방의 문이 틀림없었죠. 하지만 문 아래서 희미하게 빛이 새어 나오는 걸로 봐서 방 안이 어둡지는 않은 것 같았어요. 위에서 빛이 들어오는 채광창이 분명 있었을 거예요. 저는 복도에 서서 그 불길한 문을 바라보며 어떤 비밀이 감춰져 있을까 궁금해하고 있었는데, 갑자기 방 안에서 발소리가 나더니 희미한 빛이 새어 나오는 문 밑으로 오락가락하는 그림자가 보이지 뭐예요. 홈스 선생님, 그걸 보고 저는 미칠 듯한 공포에 휩싸였어요. 갑자기 엄청난 공포가 밀려와 이성을 잃은 저는 뒤돌아서 내달렸어요. 마치 무시무시한 손이 뒤따라와 제 치맛자락을 잡을 것 같은 느낌에 정신없이 달렸죠. 복도를 달려 문을 지나 뛰어든 곳은 루캐슬 씨의 품 안이었어요. 그분이 밖에서 기다리고 있더군요.

〈그래, 헌터 양이었군요. 문이 열려 있어서 그럴 거라 생각했어요.〉 그분이 미소를 띠고 말하더군요.

〈오, 너무 무서워요!〉 제가 숨을 헐떡이며 말했죠.

〈아이고, 이런! 이를 어쩌나!〉 루캐슬 씨가 얼마나 다정하게 달래 주었는지 상상도 못 하실 거예요. 〈무엇 때문에 이렇

게 겁을 먹으셨을까, 우리 아가씨?〉

하지만 약간 지나치게 어르는 목소리였죠. 너무 과장스러운 거예요. 저는 경계의 촉수를 바짝 세웠죠.

〈어리석게도 비어 있는 저 건물로 들어갔었어요. 하지만 어두컴컴한 곳에 혼자 있으려니 너무 으스스해서 겁을 먹고 그냥 뛰쳐나왔어요. 오, 정말 무서울 정도로 적막하더군요!〉

〈그게 다예요?〉 루캐슬 씨가 나를 날카롭게 살피며 물었어요.

〈아니, 무슨 생각을 하시는 거예요?〉 제가 되물었죠.

〈내가 왜 이 문을 잠가 둘 것 같아요?〉

〈저야 모르죠.〉

〈저기서 볼일이 없는 사람들은 들어가지 말라고 그런 겁니다. 알았어요?〉 그는 몹시 상냥한 태도로 여전히 미소를 띠고 있었어요.

〈제가 그걸 알았다면…….〉

〈자, 그럼 이제 알았겠군요. 다시 한번 저 문턱을 넘어갔다가는…….〉 이 대목에서 루캐슬 씨는 순식간에 미소를 지우고 화난 사람처럼 이를 드러내더니 악마 같은 얼굴로 나를 노려보았어요. 〈저 마스티프한테 던져 버릴 겁니다.〉

저는 너무 겁에 질려서 그다음에 무얼 했는지도 모르겠어요. 아마 루캐슬 씨를 지나쳐서 방으로 뛰어 들어갔겠죠. 정신이 들고 보니 내 침대에 누워 온몸을 떨고 있었는데, 그 밖에는 아무것도 기억나지 않아요. 그리고 홈스 선생님을 떠올린 거예요. 어떤 조언이라도 들어야지, 그러지 않으면 거기서 못 살 것 같았죠. 그 집이 무서웠어요, 그 남자도, 부인도, 하인들도, 아이까지 다 무서웠어요. 모두가 소름이 끼쳤어요. 홈스 선생님만 와주신다면 다 괜찮을 것 같았죠. 물론 그 집에서 도망칠 수도 있겠지만, 두려움 못지않게 호기심이 컸어요. 저는 곧 마음을 다잡았죠. 선생님께 전보를 보내기로 한 거예요. 모자와 망토를 쓰고 저택에서 1킬로미터도 안 되는 우체국으로 가서 전보를 치고 훨씬 편안해진 마음으로 돌아갔어요. 정문에 다가가면서 혹시 개를 풀어놓지 않았을까 하는 무시무시한 생각이 들었지만, 그날 저녁 톨러 영감이 몹시 취해 인사불성이 되었다는 사실이 떠올랐죠. 그 사나운 개를 다루거나 감히 풀어놓을 사람은 톨러 영감뿐이니까요. 저는 무사히 제 방으로 들어갔고, 선생님을 만날 생각에 들떠서 잠을 제대로 못 이루었어요. 오늘 아침 윈체스터 시내에 다녀오겠다고 허락받기는 어렵지 않았지만, 3시까지는 돌아가야 해요. 루캐슬 씨 부부가 나들이를 가서 저녁 내내 안 계시기 때문에, 제가 아이를 돌봐야 하거든요. 홈스 선생님, 그간에 겪었던 일을 다 말씀드렸으니, 이게 다 무슨 일인지, 무엇보다도 제가 어떻게 해야 하는지 부디 말씀해 주세요.」

홈스와 나는 이 놀라운 이야기를 넋 놓고 듣고 있었다. 이제 내 친구는 일어나서, 주머니에 손을 찌른 채 가장 심각한 표정으로 방 안을 오락가락했다.

「톨러 영감은 아직도 취해 있나요?」 그가 물었다.

「네. 톨러 부인이 루캐슬 부인한테 자기는 남편한테 두 손

들었다고 하소연하던걸요.」

「잘됐군요. 루캐슬 부부가 오늘 밤에 외출한다고요?」

「네.」

「그 저택에 튼튼한 자물쇠가 달린 지하실이 있습니까?」

「네, 와인 저장고가 있어요.」

「헌터 양은 지금까지 용감하고 현명하게 처신한 것 같군요. 그럼 한 번 더 용기를 발휘할 수 있겠습니까? 헌터 양이 비범한 여성이라고 생각하지 않았다면 이런 요구를 하지도 않을 겁니다.」

「해볼게요. 그게 뭔데요?」

「이 친구와 제가 7시까지 너도밤나무 저택에 가겠습니다. 그때쯤이면 루캐슬 부부는 나갔을 테고, 아마 톨러 영감은 술에 곯아떨어져 움직이지 못하겠죠. 그럴 경우 방해가 될 사람은 톨러 부인뿐인데, 그 여자가 소란을 떨 수도 있어서요. 무슨 용건을 만들어 톨러 부인을 지하실에 들여보낸 다음 자물쇠를 잠가 버리면, 일이 아주 쉬워질 겁니다.」

「그렇게 할게요.」

「좋습니다! 그러면 우리가 사건을 철저히 알아보겠습니다. 물론 생각할 수 있는 설명은 하나뿐입니다. 헌터 양은 누군가의 대역으로 불려 갔고, 그 누군가가 그 방에 갇혀 있을 겁니다. 분명 그럴 겁니다. 갇혀 있는 사람이 루캐슬 씨의 딸, 미국에 갔다는 앨리스 루캐슬 양이라는 점은 의심의 여지가 없어요. 헌터 양은 보나 마나 그 딸과 키와 체형, 머리색이 비슷해서 선택된 겁니다. 앨리스 루캐슬 양은 아마도 어떤 병을 앓은 이후로 머리를 잘랐을 테고, 그래서 헌터 양도 머리를 잘라야 했겠죠. 우연한 기회로 헌터 양은 루캐슬 양의 머리 타래를 보게 된 거고요. 길가에 있던 남자는 틀림없이 루캐슬 양의 친구일 겁니다. 아마 약혼자겠죠. 그리고 헌터 양이 루캐슬 양의 드레스를 입고 있었고 생김새도 워낙 비슷하니, 헌터 양을 볼 때마다 웃고 있는 모습을 보고, 나중에는 가라고 손짓하는 헌터 양의 행동을 통해 루캐슬 양이 아주 행복하고, 그래서 더는 자신의 애정을 바라지 않는다고 확신했겠죠. 밤에 개를 풀어놓은 이유는 그 남자가 루캐슬 양에게 접근하는 걸 막기 위해서일 것입니다. 아주 명백해요. 이 사건에서 가장 심각한 점은 그 아이의 기질입니다.」

「대체 그게 사건과 무슨 상관이야?」 내 입에서 불쑥 이런 말이 튀어나왔다.

「이봐, 왓슨. 자네는 의사로서 부모를 보고서 아이의 기질을 파악하잖나. 그렇다면 거꾸로 아이를 통해 부모를 이해할 수도 있지 않을까? 나는 아이들을 관찰해서 부모의 성격을 첫눈에 제대로 꿰뚫어 볼 때가 많아. 아이가 비정상적으로 잔인하고, 그저 잔인함 자체를 즐기기 위해 잔인한 행동을 한다면, 그런 성정은 아버지나 어머니한테서 물려받았을 거야. 내 생각엔 늘 미소를 띠고 있는 아버지한테서 물려받은 것 같지만, 어느 쪽이든 간에 붙잡혀 있는 가엾은 아가씨한테는 불길한 징조야.」

「홈스 선생님 말씀이 맞아요.」 우리 의뢰인이 소리쳤다. 「여러 가지를 떠올려 보면 선생님 말씀이 옳다는 확신이 드네요. 오, 한시도 지체하지 말고 어서 불쌍한 아가씨를 도와주기로 해요.」

「신중하게 행동해야 합니다. 우리의 상대는 아주 교활한 사람이에요. 7시까지는 우리가 할 수 있는 일이 없어요. 정각에 우리가 갈 테니 수수께끼는 머잖아 풀릴 겁니다.」

우리는 약속을 지켰다. 길가의 선술집에 경마차를 세운 뒤 너도밤나무 저택에 도착했을 때는 7시 정각이었다. 헌터 양이 현관문 앞에서 미소를 띠고 서 있었지만, 헌터 양이 없었어도 석양빛에 너도밤나무의 짙은 나뭇잎들이 광을 낸 금속처럼 번쩍거리는 풍경을 보고서 그곳이 너도밤나무 저택임을 한눈에 알 수 있었을 것이다.

「부탁드린 일은 다 하셨습니까?」 홈스가 물었다.

아래층 어딘가에서 쿵쿵거리는 소리가 요란하게 들렸다. 「지하실에서 톨러 부인이 내는 소리예요. 톨러 영감은 주방 바닥에서 코를 골며 자고 있고요. 여기 톨러 영감의 열쇠예요. 루캐슬 씨의 열쇠를 복사한 거죠.」 헌터 양이 말했다.

「정말 잘하셨습니다!」 홈스가 열띠게 소리쳤다. 「그럼 앞장서시죠. 이제 곧 이 음흉한 음모의 종말을 목격하게 될 겁니다.」

헌터 양을 따라 계단을 올라 잠긴 문을 열고 통로를 따라가자 설명했던 대로 빗장으로 막아 둔 문 앞에 다다랐다. 홈스가 밧줄을 자르고 빗장을 치웠다. 그런 다음 여러 열쇠를 자물쇠에 꽂아 보았지만 맞는 게 없었다. 안에서는 아무 소리도 들리지 않았고, 너무나 적막한 분위기에 홈스의 얼굴이 어두워졌다.

「우리가 너무 늦은 것은 아닌지 모르겠군요. 헌터 양, 친구와 저만 들어가는 게 나을 것 같습니다. 왓슨, 어깨로 문을 밀어 보세. 우리 힘으로 열 수 있을지 보자고.」

곧 부서질 것만 같은 낡은 문이었기 때문에 우리 둘이서 같이 밀자 금방 열렸다. 우리는 방 안으로 급히 들어갔다. 방은 비어 있었다. 작고 허름한 침대와 작은 탁자, 옷이 가득한 바구니 말고는 가구다운 가구도 없었다. 위쪽 천창이 열려 있었고, 갇혀 있던 사람은 온데간데없었다.

「여기서 뭔가 나쁜 일이 벌어졌군.」 홈스가 말했다. 「이 약삭빠른 신사가 헌터 양의 계획을 눈치채고 피해자를 다른 데로 옮겨 버린 거야.」

「하지만 어떻게 한 거죠?」

「천창을 이용한 겁니다. 어떻게 했는지는 곧 알게 되겠죠.」 홈스는 지붕 위로 몸을 끌어 올렸다. 「아, 그렇군. 여기 처마에 긴 사다리 끝이 보이는군. 사다리를 이용한 거야.」

「하지만 그건 말이 안 돼요.」 헌터 양이 말했다. 「루캐슬 씨부부가 나갔을 때는 거기 사다리가 없었어요.」

「다시 돌아와서 사다리를 놓은 겁니다. 그자는 정말 영리하고 위험한 사람이에요. 지금 계단을 올라오는 발소리의 주인은 분명 그자일 겁니다. 왓슨, 자네 권총을 준비해 놓는 게 좋을 거야.」

홈스의 말이 끝나기가 무섭게 문간에 한 남자가 나타났다. 아주 뚱뚱하고 건장했으며 손에는 묵직한 몽둥이를 들고 있었다. 헌터 양은 그를 보자 비명을 지르더니 벽에 붙어 섰고, 셜록 홈스가 비호처럼 뛰어와 그자와 맞섰다.

「이 악당 같으니! 당신 딸은 어디 있어?」

뚱뚱한 남자가 방 안을 둘러보더니 이번엔 천창을 올려다 보았다.

「그건 내가 물을 말이야.」루캐슬이 악을 쓰며 말했다. 「이 도둑놈들! 염탐질이나 하는 도둑놈들 같으니! 내 손에 잘 걸렸다! 너희들은 이제 독 안에 든 쥐야. 본때를 보여 주마!」그가 몸을 돌려 요란하게 쿵쿵거리며 계단을 내려갔다.

「개를 데리러 간 거예요!」헌터 양이 소리 질렀다.

「저한테 총이 있습니다.」내가 말했다.

「현관문을 닫는 게 좋겠어.」홈스가 소리쳤고, 우리는 모두 아래층으로 달려 내려갔다. 현관에 도착하자마자 개가 으르렁거리는 소리가 들리는가 싶더니 이윽고 고통에 울부짖는 비명이 들렸다. 듣기에도 오싹할 만큼 끔찍하고 불길한 비명이었다. 얼굴이 불콰하고 사지를 떠는 늙은 남자 하나가 비틀거리며 옆문에서 나왔다.

「아이고!」그 노인이 소리쳤다. 「누가 개를 풀어놓았네. 이틀이나 굶은 개요. 어서, 서둘러요, 더 늦기 전에!」

홈스와 나는 밖으로 뛰어나가 집 모퉁이를 돌아 달렸고, 톨러 영감이 허겁지겁 우리 뒤를 따랐다. 굶주린 거대한 야수가 루캐슬의 목에 검은 주둥이를 박고 있었고, 루캐슬은 바닥에서 몸부림치며 비명을 지르고 있었다. 나는 달려가면서 권총을 발사해 야수의 머리를 날려 버렸다. 개는 쓰러졌지만, 희고 날카로운 이빨을 여전히 루캐슬의 거대한 목주름에 박고 있었다. 우리는 끙끙대며 둘을 떼어 놓았고, 숨이 붙어 있지만 끔찍하게 짓이겨진 루캐슬을 집 안으로 옮겼다. 우리는 루캐슬을 거실 소파에 눕히고, 술이 깬 톨러 영감에게 아내한테 소식을 알리라고 보냈다. 나는 루캐슬의 고통을 덜어 주기 위해 할 수 있는 대로 조치를 했다. 모두가 그를 둘러싸고 있을 때 문이 열리고 키 크고 야윈 여인이 들어왔다.

「톨러 부인!」 헌터 양이 소리쳤다.

「네, 헌터 양. 루캐슬 씨가 돌아와서 헌터 양에게 올라가기 전에 나를 꺼내 줬어요. 아, 헌터 양, 무얼 계획하고 있는지 나한테 미리 귀띔해 주지 그랬어요. 그랬으면 이렇게 쓸데없이 수고할 필요가 없었을 거예요.」

「아하!」 홈스가 톨러 부인을 예리하게 보면서 말했다. 「톨러 부인은 이 일에 관해 누구보다 많은 사실을 아시는 것 같군요.」

「네, 그래요. 원하신다면 제가 아는 사실들을 말씀드릴 준비가 되어 있습니다.」

「그럼 앉아서 얘기를 들려주세요. 제가 아직도 밝혀내지 못한 부분이 몇 가지 있어서요.」

「곧 시원하게 알려 드리죠. 지하실에서 빠져나올 수 있었다면 더 일찍 말씀드렸을 거예요. 만약 이 일로 즉결 심판이 열린다면, 제가 선생님의 친구분뿐만 아니라 앨리스 아가씨의 편을 들어 줄 친구라는 것도 기억해 주세요.

앨리스 아가씨는 집에서 결코 행복하지 않았어요. 아버지가 재혼을 한 다음부터 그랬죠. 아가씨는 없는 사람 취급을 받았고, 어떤 일에 대해서도 입을 열지 않았어요. 하지만 아가씨의 상황이 진짜 나빠진 것은 한 친구의 집에서 파울러 씨를 만난 후부터였죠. 제가 아는 한 아가씨는 유언에 따라 받을 재산이 있었지만, 워낙 조용하고 참을성 많은 성품이어서 그런 말은 한마디도 하지 않았고, 모든 것을 루캐슬 씨의 손에 맡겨 버렸답니다. 루캐슬 씨는 아가씨와 함께 사는 한은 재산이 자기 것임을 알고 있었죠. 하지만 딸이 결혼할 가능성이 생기고, 사위가 모든 법적 권리를 요구할 거라는 생각이 들자 결혼을 막아야겠다고 생각했죠. 루캐슬 씨는 아가씨가 결혼하든 아니든 자기가 딸의 돈을 사용할 수 있도록 보장하는 서류에 아가씨의 서명을 받고 싶어 했어요. 아가씨가 서명하려 하지 않자 계속 괴롭혔고, 결국 아가씨는 뇌 열병에 걸려 6주 동안 사경을 헤맸답니다. 마침내 병은 나았지만, 완전히 수척해져서 유령처럼 되었고, 아름다운 머리카락도 잘라 버렸죠. 그래도 청년의 마음은 변함이 없었고, 참으로 지극한 순정을 보여 줬어요.」

「아, 훌륭한 설명을 듣고 보니 아주 명쾌하게 이해가 갑니다. 나머지는 알 만하군요. 그렇게 되자 루캐슬 씨가 이런 감방을 생각해 낸 거군요?」

「맞아요.」

「그리고 못마땅한 파울러 씨를 쫓아 버리려고 헌터 양을 런던에서 데려왔고요.」

「그렇습니다.」

「하지만 파울러 씨는 훌륭한 뱃사람답게 집요해서 이 집 앞을 지키다가 톨러 부인을 만났고, 금전이나 기타 수단을 써서 어떤 말로든 부인을 설득했겠죠. 톨러 부인한테 좋은 게 자기한테도 좋다고요.」

「파울러 씨는 말씨도 상냥하고 마음 씀씀이가 큰 신사예요.」 톨러 부인이 조용히 말했다.

「그렇게 해서 파울러 씨는 부인을 시켜 톨러 영감에게 술을 실컷 먹이고, 루캐슬 씨가 외출한 틈을 타 사다리를 가져다 놓게 했군요.」

「바로 맞혔어요. 말씀하신 그대로예요.」

「우리가 부인께 사과를 드려야겠습니다, 톨러 부인.」 홈스가 말했다. 「아주 시원하게 설명해서 혼란스러운 것을 정리해 주셨어요. 저기 이 지역 의사와 루캐슬 부인이 오는군요. 왓슨, 우리는 헌터 양을 데리고 윈체스터로 가는 게 좋겠어. 이렇게 된 이상 우리의 고소권은 효력이 없는 것 같으니까.」

그렇게 해서 현관 앞에 너도밤나무 숲이 있는 불길한 저택의 수수께끼가 풀렸다. 루캐슬 씨는 목숨을 건졌지만, 헌신적인 아내의 보살핌 덕에 겨우 살아 있을 뿐, 몸이 완전히 망가졌다. 그들은 지금도 늙은 하인들과 함께 살고 있다. 아마도 하인들이 루캐슬의 과거를 너무 많이 알고 있어서 내보내기 힘들었던 것 같다. 파울러 씨와 루캐슬 양은 도망친 바로 다음 날 사우샘프턴에서 특별 허가[3]를 받고 결혼했으며, 현

---

3 캔터베리 대주교의 승인으로 부여되는 결혼 허가로, 교구 거주 기간에 상관없이 언제 어디서든 결혼식을 올릴 수 있다.

재 파울러 씨는 인도양의 식민지 모리셔스섬에서 관리로 일하고 있다. 그리고 바이얼릿 헌터 양 얘기를 하자면, 내 친구 홈스는 실망스럽게도 사건이 해결되자마자 더 이상 그녀에게 관심이 없음을 선언했다. 헌터 양은 현재 월솔의 한 사립학교 교장으로 일하고 있으며, 상당한 성공을 거둔 것으로 보인다.

〈셜록 홈스〉라는 우주

2012년 5월 14일 기네스 세계 기록은 셜록 홈스가 문학 작품 속 캐릭터 가운데 영화와 텔레비전 역사상 가장 많이 묘사된 인물로 등재되었다고 발표했다. 1900년에 셜록 홈스에 관한 첫 번째 영화가 만들어진 이후, 홈스는 스크린과 텔레비전 화면에 250회 이상 묘사되었다고 한다(영화만 따지면 드라큘라가 앞선다). 이 사실만으로도 셜록 홈스는 대중적으로 가장 사랑받는 캐릭터임이 증명되고 있다. 셜록 홈스와 관련된 연구를 하는 학자들과 엄청난 팬들을 가리키는 단어도 〈셜로키언 sherlockian〉(주로 미국에서) 또는 〈홈지언 holmesian〉(영국에서), 두 가지나 되며, 셜록 홈스 이후 무수히 등장한 패러디와 혼성 모방을 생각하면 홈스는 이미 하나의 유니버스를 구축했다고 봐도 좋을 것이다.

이와 같은 셜록 홈스의 인기에 결정적인 역할을 했던 작품이 바로 1892년 10월에 출간된 단편집 『셜록 홈스의 모험 *The Adventures of Sherlock Holmes*』이다. 홈스를 주인공으로 한 장편소설 『주홍색 연구 *A Study in Scarlet*』(1887)와 『네 개의 서명 *The Sign of Four*』(1890)이 이미 발표되기는 했지만, 1891년 7월부터 월간지 『스트랜드 매거진 *Strand Magazine*』 에 시드니 패짓의 유명한 삽화를 곁들여 매월 한 편씩 소개 되었던 셜록 홈스 이야기들은 폭발적인 인기를 끌었다. 덕분 에 『네 개의 서명』이 요즘 말로 역주행해서 베스트셀러가 되 기도 했다. 이런 인기에 힘입어 1년 후 셜록 홈스의 이야기만 따로 묶어 펴낸 이 단편집은 시공간 너머로 홈스라는 캐릭터 의 인기를 불씨처럼 더욱 널리 퍼뜨렸다.

셜록 홈스의 창조자 코넌 도일은 1859년 찰스 앨터먼트 도일 Charles Altamont Doyle과 메리 도일 Mary Doyle 사이 에서 둘째이자 장남으로 태어났다. 아버지 찰스는 공무원이 었지만, 유명한 화가였던 부친 존 도일의 피를 물려받아 그 림에 재능이 있었다. 부업으로 그림을 그리면서 전업 화가로 살고 싶어 하던 찰스는 마음껏 꿈을 펼치지 못하자 좌절해서 알코올 의존증에 빠졌고 결국 실직했다. 무능했던 아버지를 대신해 어머니 메리가 일곱 자녀를 키우기 위해 하숙을 치면 서 생계를 책임져야 했다. 메리는 어려운 환경 속에서도 자 신이 좋아하던 기사 이야기를 자녀들에게 들려주면서 불안 한 상황을 헤쳐 갈 용기를 키워 주었다. 도일은 어릴 때부터 굉장한 독서광이기도 했지만, 문학과 이야기에 대한 사랑을 어머니에게서 받았노라고 훗날 이야기한다. 〈돌이켜 보면, 내가 꿈을 키우기 시작한 것은 어린 시절에 들었던 그런 이 야기를 모방하려고 하면서였던 것 같다.〉

셜록 홈스의 탄생 배경에는 19세기 중반에 크게 유행했던 탐정 소설 붐이 있었다. 1841년 출간된 에드거 앨런 포의 「모르그가의 살인 사건 The Murders in the Rue Morgue」을 비롯한 단편들이 그 출발점이었다. 1860년대에는 에밀 가보리오의 대표 작품들이 등장했고, 가보리오의 작품을 모방하는 작가들이 많이 나오면서 탐정 소설은 19세기 중반을 휩쓸기 시작했다. 도일이 창조한 셜록 홈스라는 캐릭터에는 그가 받아들인 가보리오의 선정성과 합리적인 방법론, 포의 예술성이 있었다. 도일은 셜록 홈스의 플롯과 아이디어를 구상하면서 포의 작품을 파헤쳤다고 한다. 논리적인 조사를 하는 주인공과 어리둥절해하고 혼란스러워하는 친구인 화자가 등장하는 구조 역시 포에게서 따온 것이다. 그런 한편 도일은 올리버 웬델 홈스, 오스카 와일드, 로버트 루이스 스티븐슨까지, 당대를 풍미하던 작가들의 문학 풍조까지 편식하지 않고 받아들였고, 이를 홈스 이야기 속에 녹여 냈다.

아버지가 실직할 당시 17세였던 도일은 넉넉지 않은 가정 환경 때문에 빨리 직업을 정하기로 했다. 의사는 당시 사회적으로 대우받고 수입도 괜찮은 직업이었다. 마침 그가 살던 도시 에든버러에 있는 에든버러 대학교는 의학으로도 인정받고 있었고, 집에서 다닐 수 있었으므로 도일은 1876년에 에든버러 대학교 의과 대학에 입학했다.

셜록 홈스의 모델이 에든버러 의과 대학 교수이자 도일의 스승인 조지프 벨 Joseph Bell(1837~1911)이라는 사실은 잘 알려져 있다. 벨은 뛰어난 외과 의사이자 훌륭한 교수였지만, 1877년부터 1879년까지 그의 수업을 들었던 도일 덕분에 불멸의 명성을 얻게 되었다. 실제로 도일은 한 인터뷰에서 〈셜록 홈스는 에든버러 대학교 의과 대학 은사님에 대한 내 기억이 문학적으로 구체화〉된 인물이라고 밝혔다. 셜록 홈스가 의뢰인의 직업을 꿰뚫어 보는 지식으로 사람들을 놀라게 하는 능력은 벨에게서 착안한 것이다. 수수께끼와 관련된 단서뿐 아니라 그 이상까지 찾아내는 이런 능력을 갖춘 덕에 홈스는 기존의 소설 속 탐정들과는 달리, 한 단계 더 올라선 캐릭터가 되었다. 도일은 1903년에 나온 저자 편집본 서문에 이렇게 썼다. 〈내 주인공의 특질을 현실 세계에서 발견했던 건 나로선 커다란 행운이었다. (……) 학창 시절에 나는 교수님이 나에게는 잘 보이지도 않는 것들을 근거로 삼아 추론하고, 가장 사소한 부분들을 가지고 옳은 결론을 끌어내는 과정을 얼마나 쉽게 해내시는지 보고 들었다. (……) 하나의 과학적 체계가 소설 속의 수많은 탐정이 너무도 자주 맞이하는 모든 임의적이고 불가해한 승리보다 훨씬 주목할 만한 결과를 낳을 수 있다는 확신을 키워 나갔다.〉 벨의 추론을 지켜보는 도일의 모습은 어리둥절한 표정으로 홈스의 추리 과정을 듣다가 감탄하는 왓슨의 모습과 겹쳐 보인다. 왓슨이 셜록 홈스의 놀라운 활약상을 독자에게 전하면서 평범한 독자의 입장을 대변해 준 덕에, 셜록 홈스는 그 특이한 개성에도 불구하고 기존에 발표되었던 장편 속의 셜록 홈스보다도 훨씬 더 친근하고 어딘가에 있을 법한 인물로 다가오게 되었다.

학업을 하면서도 경제적 형편 때문에 다른 일을 병행하던 도일은 틈틈이 계속 글을 썼다. 1885년에 의학 박사 학위를 받고 안과 의사가 된 도일은 최신 의학을 배우기 위해 빈에 갔다가 별 소득 없이 돌아온 후 런던에서 병원을 개업하기로 했다. 런던에서 개업을 하면 수입도 보장되고 글을 쓸 시간도 있을 거라고 기대했던 것이다. 하숙집을 구하고 병원 자리를 찾은 뒤, 1891년 4월 1일 병원에 입주한 첫날, 가구 배치도 하지 않고 개업 서명도 하기 전에 「보헤미아 스캔들A Scandal in Bohemia」을 쓰기 시작했다. 그리고 4월 3일에 그 원고를 에이전트에게 보냈고, 4월 10일에는 「신랑의 정체A Case of Identity」를 탈고했다. 4월 20일에는 「빨강 머리 연맹The Red-Headed League」 원고를 보냈다. 도일은 환자를 기다리며 시간을 때우기 위해 진료실에서 그 이야기들을 썼다고 하는데, 4월 27에 「보스콤 계곡의 수수께끼The Boscombe Valley Mystery」를 보낸 후 5월 초에 심한 독감에 걸려 집필 속도는 잠시 주춤했다. 그러나 5월 18일에 도일은 다섯 번째 단편을 보냈다. 그가 본업을 접고 글쓰기로 생계를 꾸리기로 결단을 내린 것도 바로 이때였다. 그리고 이때가 그에게 〈살면서 더없는 행복감을 느꼈던 순간 중 하나〉였다고 한다.

그러나 정작 도일이 쓰고 싶어 했던 건 탐정 소설이 아니었다. 1685년의 몬머스 반란을 소재로 한 『마이카 클라크 Micah Clarke』(1889)를 발표했던 도일은 진지한 역사 소설가로 유명해지고 싶은 마음이 있었다. 역사 소설에 대한 도일의 갈망은 다섯 번째 이야기인「다섯 개의 오렌지 씨앗The Five Orange Pips」에서도 엿보인다. 이 작품은 미국 남부 연합의 잔당 이야기를 배경으로 다루고 있는데, 도일은 자신이 생각하는 최고의 작품 12편 중 여섯 번째로 이 단편을 꼽을 만큼 큰 애정을 가지고 있었다. 그런 도일의 마음이야 어떻든 잡지사 측에서는 도일이 쓴 셜록 홈스 원고를 보고 일찌감치 반해 버린 후였다. 원고가 든 봉투를 열어 본『스트랜드 매거진』편집자 허버트 그린호 스미스Herbert Greenhough Smith(1855~1935)는 〈애드거 앨런 포 이후 가장 위대한 단편소설 작가가 등장했음을 당장에 깨달았다〉. 창간한 지 얼마 안 되어 아직 걸음마 단계인 잡지사에서 〈도저히 손볼 수 없는 엄청난 양의 원고를 처리하느라 지쳐 빠져〉 있던 스미스가 받아 든 셜록 홈스 이야기 첫 두 편은 〈신의 선물〉 같았다. 〈정교한 플롯, 명쾌하고 명확한 문제, 이야기 전개의 완벽한 기술이라니!〉

도일의 셜록 홈스 원고는 수정할 부분이 거의 없었는데, 그것도 편집자를 매료시킨 요인이었을 것이다. 1891년 창간된『스트랜드 매거진』은 매달 한 권의 단행본처럼 그 자체로 완결되는 문예지를 표방했다. 즉 장편소설을 쪼개어 연재하기보다는 매번 단편소설을 싣기로 한 것이다. 이런 방침은 도일의 생각과도 맞아떨어졌다. 연재소설은 독자가 첫 회를 놓치게 되면 줄거리를 따라가지 못하게 되므로, 도일은 각각의 연재분이 그 자체로 완결되고, 단독으로 읽을 수 있으면서도 〈주인공을 통해 각 편이 이전 편과 연관 고리를 가지게 되는 연재물〉을 쓸 생각이었다. 도일은 작품마다 똑같은 두 인물이 등장하는 단편 형식을 시도했다는 점에서 스스로 〈혁명가〉라는 자부심이 있다고 훗날 돌이켰다.

도일이 보낸 셜록 홈스 이야기는 7월부터 『스트랜드 매거진』에 매월 한 편씩 발표되었다. 첫 편인 「보헤미아 스캔들」이 큰 성공을 거두었고, 잡지의 판매 부수도 크게 늘기 시작했다. 이제 잡지사에서 도일을 재촉하기 시작했지만 처음에 도일은 거절했고, 결국 잡지사는 도일의 원고료를 올려 주었다. 도일은 더 나아진 조건으로 셜록 홈스 이야기를 계속 쓰면서도 그 작품의 집필을 오래 할 생각이 없었다. 8월 초에 여섯 번째 단편인 「입술이 뒤틀린 남자The Man with the Twisted Lip」를 보낸 후, 도일은 11월에 어머니에게 쓴 편지에서 새로이 다섯 편을 완성했다고 전했다. 〈열두 편이면 제법 괜찮은 책 한 권이 되겠죠. 마지막 이야기에서 홈스를 살해하고 영원히 끝낼 생각〉이라고 말한다. 그러나 어머니의 만류와, 셜록 홈스의 인기가 가져다주는 경제적 이점 때문에 도일은 셜록 홈스를 죽이려는 생각을 실천으로 옮기지 못했다. 그리고 도일이 어머니에게서 들은 금발의 여성 이야기에서 아이디어를 얻어, 열두 번째 단편 「너도밤나무 저택 The Copper Beeches」을 쓰게 되면서 홈스는 죽음을 면하게 되었다. 셜록 홈스의 남자로 남기보다는 다른 작품으로 문학에 이바지하고 싶었던 도일의 마음과는 달리, 대중 사이에서 홈스의 인기는 이미 걷잡을 수 없을 정도였고, 홈스를 실존 인물로 여기는 독자들도 많았다. 도일은 수십 번이나 셜록 홈스를 살해하려고 했지만, 대중의 아우성은 그때마다 셜록 홈스를 살려 냈다. 셜록 홈스의 이런 끈질긴 생명력은 백여 년 전부터 그 캐릭터가 작가의 펜 끝을 초월해서 하나의 우주를 구축해 갈 능력이 있음을 충분히 보여 주었다.

셜록 홈스 정전으로 꼽히는 작품은 장편소설 4편, 단편소설 56편인데, 그 가운데 단편소설 12편이 『셜록 홈스의 모험』에 포함되어 있다. 『셜록 홈스의 모험』은 나머지 셜록 홈스 이야기보다 높은 평가를 받는다. 문학적으로도, 독자와 시장의 요구와 경제적 대가 때문에 인기 작가가 어쩔 수 없이 걸게 되는 운명 속에서 발표한 이후의 작품들보다 더 가치가 있을 것이다. 출간 당시에도 평단에서 상당한 호평을 받았는데, 이 책을 헌정받은 조지프 벨은 셜록 홈스라는 인물에 깊은 인상을 받았으며 도일이 〈타고난 이야기꾼〉이라고 칭찬하는 서평을 한 잡지에 실었다. 그는 〈저녁 식사를 마치고 커피 한잔하기 전에 앉아서 읽을 수 있고, 도입부를 잊어버릴 새도 없이 결말에 이르는 이야기들〉이 늘어지는 법이 없이 유쾌하도록 간결하다고 찬사를 보냈다. 벨은 이 단편집에 실린 이야기들이 저마다의 특징으로 다양한 독자를 매료시키는 장점을 이렇게 말한다.

누군가는 「빨강 머리 연맹」을 좋아할 것이고, 누군가는 「푸른 석류석 The Blue Carbuncle」을 좋아할 것이다. 보통의 독자에게는 「얼룩무늬 띠 The Speckled Band」가 특별

한 매력을 지닌다. 「독신남 귀족The Noble Bachelor」은 런던 사교계에서 흥미를 끌 것이다. 「기술자의 엄지손가락 The Engineer's Thumb」에서 홈스 씨는 많은 활약을 하지는 않지만, 단순 명료한 방법론에 따라 평소처럼 명쾌하게 행동하며 할 일을 한다. 열두 편 중 어느 한 편도 실패작이 아니며, 그 이야기들을 묶어 제법 두꺼운 이 책은 좋은 이야기 읽기를 부끄러워하지 않는 모든 노소 독자에게 귀중한 책이 될 것이다.[1]

작가 로버트 루이스 스티븐슨은 도일에게 보낸 편지에서 〈셜록 홈스의 기상천외하고 흥미진진한 모험에 찬사〉를 보내면서 이 책이 〈치통을 앓을 때 읽고 싶은〉 대단한 문학이라고 추켜세웠다. 심지어 〈진짜 셜록 홈스〉의 이름으로 그 책을 논평한 기사도 있었다. 이 셜록 홈스는 도일이 아마도 왓슨 박사를 통해 자신의 이야기를 듣고 표절했다고 불만을 표하고, 몇몇 이야기에서 셜록 홈스를 왜 그렇게밖에 묘사하지 못했는지 못마땅해했다. 이 기사는 대단한 파급력을 가지고 셜록 홈스의 실체에 관한 사람들의 궁금증을 부추기도 했다.
　사실 이 책 실린 몇몇 작품은 진정한 의미의 범죄 소설로 보기 힘들 만큼 뛰어난 미학적 감각을 보여 준다. 그 시대의 분위기, 문학적 기풍을 잘 살려 도일이 유미주의와 우아함,

1 이 인용 부분은 옥스퍼드 월드 클래식 시리즈의 『셜록 홈스의 모험』에 실린 리처드 랜슬린 그린Richard Lancelyn Green(1953~2004)의 발문에서 재인용한 것이다.

유머를 한껏 세련되게 사용한 덕분이다. 셜록 홈스는 19세기 퇴폐주의의 영향을 받았으면서도, 독자에게 전혀 위협적이지 않고 가정적으로 온화하게 다가왔다. 아울러 의뢰인으로 등장하는 빅토리아 시대의 여러 계층을 통해 홈스는 나름의 정의와 공정성에 대한 사색을 단편적으로 드러내기도 한다.

한편 도일이 셜록 홈스의 이야기를 쓰기 위해 빌려 온 아이디어는 대중적인 싸구려 주간지의 짧막한 토막 정보들이나 흥미로운 단신에서 나온 것이었다. 환기통에서 나온 뱀에게 물릴 뻔한 남자, 모이주머니에 다이아몬드가 들어 있던 새, 배의 크랭크 밑에 깔려 으스러져 죽을 뻔한 남자 등등 다른 이들이 가치를 알아보지 못했던 풍부한 아이디어의 보고를 도일은 마음껏 활용했다. 얼마 전 들었던 소문의 기막힌 사건이 알고 보니 범죄 사건이었고, 경찰이 쩔쩔매던 사건을 멋지게 해결하고 범인을 찾아내는 탐정이 있다니. 1888년에 런던을 공포로 몰아넣었던 정체불명의 연쇄 살인범 잭 더 리퍼의 기억이 아직 생생한 사람들에게 셜록 홈스의 등장은 열광할 일이었을 것이다. 아울러 특이하면서도 현실적인 사건을 다루는 탐정이었으니, 많은 이들이 홈스를 실존 인물로 생각할 만했다. 홈스의 그런 현실성은 독자와 비평가 모두를 사로잡았다. T. S. 엘리엇은 셜록 홈스의 가장 큰 수수께끼는 〈셜록 홈스를 이야기할 때면 어김없이 그가 실존한다는 환상에 빠지게 된다는 것〉이라고 했다. 도일은 싸구려 잡지 속의 통속성을 가져다가 셜록 홈스를 통해 매력적으로 만들었고, 있을 법하지 않은 플롯에 오히려 현실성을 부여했다. 또한 셜록 홈스를 완벽하기보다는 결점이 많은 인물로 묘사하면서 그 캐릭터의 인간적 매력을 부각시켰다. 그렇게 해서 홈스는 도일보다 더 현실성 있는 인물이 되었고, 왓슨과 함께 저자에게서 분리되어 그들 나름의 삶을 살기 시작했다. 그들이 새롭게 만들어 간 그 우주는 130년이 넘은 지금도 팽창하고 있다. 이 책을 집어 든 독자 여러분은 그 우주 속을 한번 유영해 보시기를.

끝으로, 이 책의 번역 저본으로는 Arthur Conan Doyle, *The Adventures of Sherlock Holmes*(New York: Oxford University Press, 2008)를 사용했음을 밝힌다.

2022년 10월
오숙은

아서 코넌 도일 연보

1859년 출생 5월 22일 에든버러 피카르디 11번지에서, 공무원 찰스 도일Charles Altamont Doyle과 메리 도일Mary Doyle의 열 자녀 중 둘째로 태어남.

1868~1870년 9~11세 랭커셔의 호더 예비 학교에서 공부함.

1870~1875년 11~15세 랭커셔의 대표적인 신학교 스토니허스트에서 공부함.

1875~1876년 15~16세 오스트리아 펠트키르히의 신학 대학에서 공부함.

1876년 16세 에든버러 대학교에서 의학을 전공함. 에든버러 병원의 외과의 조지프 벨Joseph Bell을 사사함.

1878년 18세 셰필드의 의사 리처드슨Richardson 박사의 조수가 됨. 런던을 처음 방문하여 친척 마이다 베일Maida Vale의 집에서 지냄. 소설『존 스미스 이야기 *The Narrative of John Smith*』를 집필하나, 직장에서 원고를 잃어버린 후 영원히 찾지 못함. 슈롭셔 및 버밍엄의 병원들에서 조수로 일함.

1879년 19세 9월 에든버러 주간지『체임버스 저널 *Chamber's Journal*』에 최초의 단편「사삿사 계곡의 미스터리 The Mystery of Sasassa

Valley」발표.

1880년 20세 그린란드 포경선 〈희망호〉에서 선의(船醫)로 근무.

1881년 21세 서아프리카 화물 증기선 〈마윰바〉의 선의로 근무. 의학사로 에든버러 대학교 졸업.

1882년 22세 플리머스의 조지 버드George T. Bird 박사와 동업을 시작하지만 실패함.

1884년 24세 『콘힐 매거진Cornhill Magazine』에 「J. 하바쿡 젭슨의 증언J. Habakuk Jephson's Statement」 발표. 〈메리 셀레스테호〉의 미스터리에 대한 본격적인 분석으로 명성을 얻음.

1885년 25세 루이즈 호킨스Louise Hawkins와 결혼. 매독에 관한 논문으로 에든버러 대학교에서 박사 학위 취득.

1886년 26세 최초의 셜록 홈스 이야기 『주홍색 연구A Study in Scarlet』 집필. 『콘힐 매거진』 편집장 애로스미스Arrowsmith에게 반려된 후, 워드 록Ward Lock이 접수하나 출간하기 전 1년간 원고를 붙들고 있었음.

1887년 27세 『비턴의 크리스마스 연감Beeton's Christmas Annual』을 통해 『주홍색 연구』 발표.

1889년 29세 장녀 메리 루이즈Mary Louise 탄생. 첫 역사 소설 『마이카 클라크Micah Clarke』 출간. 잡지사 편집장 리핀콧Lippincott이 주관한 모임에서 두 번째 셜록 홈스 이야기를 쓰기로 약속함.

1890년 30세 『리핀콧 매거진Lippincott's Magazine』에 두 번째 셜록 홈스 이야기 『네 개의 서명The Sign of Four』 발표. 안과학을 연구하기 위해 오스트리아 빈으로 출발.

1891년 31세 런던 베이커가에서 8백 미터 떨어진 메릴본에 안과 병원을 개업하나 실패함. 『스트랜드 매거진Strand Magazine』에 최초의 셜록 홈스 단편 여섯 편 발표. 의사직을 포기하고 런던 남동부 노우드로 이사 후 전업 작가로 새 출발.『화이트 컴퍼니 The White Company』출간.

1892년 32세　아들 킹슬리 Kingsley 태어남. 단편집『셜록 홈스의 모험 The Adventures of Sherlock Holmes』출간.

1893년 33세　딸 루이즈가 결핵으로 고생함.『스트랜드 매거진』에 셜록 홈스 단편들을 더 발표하고, 후에『셜록 홈스의 회상 The Memoirs of Sherlock Holmes』으로 출간함. 그중「마지막 사건 The Final Problem」에서 코넌 도일은 셜록 홈스가 라이헨바흐 폭포에서 죽는 것으로 설정함. 같은 해 아버지 찰스 도일 사망.『도망자 The Refugees』출간.

1894년 34세　동생 이니스 Innes와 함께 미국 강연 여행을 성공적으로 마침. 의학 단편집『홍등을 돌아서 Round The Red Lamp』출간.

1896년 36세　장편소설『로드니 스톤 Rodney Stone』과 단편집『경기병 제라드의 위업 The Exploits of Brigadier Gerard』출간. 에든버러 대학교 학생지에 코넌 도일의 모방작이자, 홈스의 〈죽음〉 이후 최초의 홈스 관련 작품인「필드 바자 The Field Bazaar」가 발표됨. 서리의 힌드헤드로 이사함.

1897년 37세　『엉클 베르냐크 Uncle Bernac』출간. 진 레키 Jean Leckie 를 만나 사랑에 빠짐.

1898년 38세　『코로스코의 비극 The Tragedy of The Korosko』과『악시옹의 노래 Songs of Action』출간.

1900년 40세　보어 전쟁 중 남아프리카 공화국에서 자원 의사로 복무.『위대한 보어 전쟁 The Great Boer War』에서 갈등에 대해 묘사함. 에든버러 선거구에서 자유주의 연맹 후보로 나서나 낙선함.

1901년 41세　「마지막 사건」에서 묘사한 홈스의 공식적인 〈사망〉 이전을 배경으로 한『바스커빌가의 개 The Hound of the Baskervilles』를『스트랜드 매거진』에 연재하기 시작함.

1902년 42세   기사 작위 받음. 『바스커빌가의 개』가 단행본 형태로 출간됨.

1903년 43세   『스트랜드 매거진』의 「빈집 The Adventure of the Empty House」을 통해 홈스 본격 부활.

1905년 45세   「빈집」으로 시작되는, 홈스가 주인공인 마지막 단편집 『셜록 홈스의 귀환 The Return of Sherlock Holmes』 출간.

1906년 46세   스코틀랜드 변경의 하윅 지방 의회에 통일당원으로 출마하나 낙선함. 『나이젤 경 Sir Nigel』 출간. 아내 루이즈 코넌 도일 사망.

1907년 47세   진 레키와 결혼. 『마술 문을 열고 Through the Magic Door』 출간.

1908년 48세   『화롯가 이야기 Round the Fire Stories』 출간. 서식스의 크로보로로 이사함. 홈스가 나오는 새로운 단편 「존 스콧 에클스 경의 이상한 모험 The Singular Experience of Mr John Scott Eccles」을 『스트랜드 매거진』에 발표.

1909년 49세   저널리스트인 모렐 E. D. Morel과 함께 벨기에령 콩고 통치 반대 캠페인을 주도하고, 『콩고의 죄 The Crime of the Congo』 출간. 아들 데니스 Denis 태어남.

1910년 50세   아들 에이드리언 Adrian 태어남. 런던 애들피에서 홈스를 주인공으로 한 연극 「얼룩무늬 끈 The Speckled Band」 공연. 홈스가 등장하는 단편 「악마의 발 The Devil's Foot」을 『스트랜드 매거진』에 발표.

1911년 51세   홈스가 나오는 단편 「레드 서클 The Red Circle」과 「프랜시스 카팩스 부인의 실종 The Disappearance of Lady Frances Carfax」을 『스트랜드 매거진』에 발표.

1912년 52세   홈스가 나오지 않는 도일의 소설 중에 가장 유명한 『잃어버린 세계 The Lost World』를 『스트랜드 매거진』에 연재하기 시작하여 10월 출간.

1913년 53세   『유독 지대 *The Poison Belt*』 발표. 홈스가 나오는 단편 「빈사의 탐정 The Dying Detective」을 『스트랜드 매거진』에 발표.

1914년 54세   제1차 세계 대전 발발. 홈스가 등장하는 소설 『공포의 계곡 *The Valley of Fear*』을 『스트랜드 매거진』에 연재 시작.

1915년 55세   『공포의 계곡』 출간.

1916년 56세   전선을 수회 방문한 후 프랑스에 가서 영국의 군사 행동에 대해 설명함. 더블린의 부활절 봉기 후, 아일랜드의 애국자 로저 케이즈먼트 Roger Casement 경의 반역죄 사형 집행을 연기하는 운동을 주도하나 실패함.

1917년 57세   〈셜록 홈스의 실전 The War Service of Sherlock Holmes〉이라는 부제가 붙은 「홈스의 마지막 인사 His Last Bow」를 『스트랜드 매거진』에 발표. 홈스가 주인공인 최신 단편들을 『홈스의 마지막 인사』라는 제목으로 출간.

1918년 58세   장남 킹슬리가 제1차 세계 대전의 격전지 솜 전투에서 부상을 입은 후 결핵으로 사망. 신비주의에 대한 최초의 서적 『신(新)계시록 *The New Revelation*』 출간. 신비주의에 대한 열정적인 옹호자로서 새로운 삶을 시작함.

1919년 59세   동생 이니스도 결핵으로 사망.

1921년 61세   어머니 메리 도일 사망.

1924년 64세   자서전 『회상과 모험 *Memories and Adventures*』 발표.

1926년 66세   신비주의를 다룬 이야기 『안개의 땅 *The Land of Mist*』 출간.

1927년 67세   최근 단편들을 모아 홈스가 등장하는 마지막 단편집 『셜록 홈스의 사건 사례집 *The Case-Book of Sherlock Holmes*』 출간.

1930년 70세   7월 7일 크로보로의 자택에서 사망.

열린책들 세계문학 282 셜록 홈스의 모험

옮긴이 오숙은 1965년 제주에서 태어났다. 서울대학교 노어노문학과를 졸업하고 브리태니커 편집실에서 일했다. 현재 전문 번역가로 활동하고 있으며, 옮긴 책으로는 메리 셸리의 『프랑켄슈타인』, 조지프 러디어드 키플링의 『정글 북』, 니코스 카잔차키스의 『러시아 기행』, 『토다 라바』, 조르지 아마두의 『도나 플로르와 그녀의 두 남편』, 타네하시 코츠의 『세상과 나 사이』, 움베르토 에코의 『궁극의 리스트』, 『추의 역사』, 레슬리 제이미슨의 『공감 연습』, 『리커버링』, 아자 가트의 『문명과 전쟁』(공역) 등이 있다.

지은이 아서 코넌 도일 **옮긴이** 오숙은 **발행인** 홍예빈·홍유진
발행처 주식회사 열린책들 **주소** 경기도 파주시 문발로 253 파주출판도시
전화 031-955-4000 **팩스** 031-955-4004 **홈페이지** www.openbooks.co.kr
Copyright (C) 주식회사 열린책들, 2022, *Printed in Korea.*
ISBN 978-89-329-1282-0 04840 **ISBN** 978-89-329-1499-2 (세트)
발행일 2022년 10월 30일 세계문학판 1쇄

열린책들 세계문학
Open Books World Literature